故事会

2010 · 42

（总第 474–477 期）

合订本

I0553287

STORIES

上海故事会文化传媒有限公司　出品

（00373）

图书在版编目（CIP）数据

2010《故事会》合订本.42/《故事会》编辑部编.
上海：上海锦绣文章出版社，2011.1
ISBN 978-7-5452-0805-4

Ⅰ.① 2… Ⅱ.① 故… Ⅲ.① 故事－作品集－中国－当代 Ⅳ.Ⅰ① 1247.8

中国版本图书馆 CIP 数据核字（2010）第 234307 号

责任编辑：刘迎曦
封面设计：李宝强
责任督印：张　凯

2010 故事会合订本 42
（总第 474－477 期）
《故事会》编辑部　编

上海锦绣文章出版社·上海故事会文化传媒有限公司出版
地址：上海绍兴路 74 号
电子信箱：gushihui@263.net
网址：www.slcm.com

中国图书进出口上海公司发行
地址：上海市广中路 88 号
电话：36357888
ISBN 978-7-5452-0805-4/Ⅰ·282

474

2010
SEMIMONTHLY
上半月刊

11月
STORIES

欢迎登录本刊主办的"故事中国网"（www.storychina.cn）

故事会
STORIES

2010 年 11 月
上半月·红版

社 长、主 编 何承伟
常务副主编 吴 伦
副主编 姚自豪（上半月·红版）
副主编 夏一鸣（下半月·绿版）
本期责任编辑 姚自豪 李天然（见习）
电子邮箱：chin_poet@163.com

红版发稿编辑：
郑继文 吕 佳 叶小萌
美术编辑：李宝强
电脑制作：郭瑾玮
通 联：归依玲
本社办公室电话：021-64375030
上半月刊编辑部电话：021-64332325
下半月刊编辑部电话：021-64336469
（上海市绍兴路74号 邮编：200020）
主管、主办 上海文艺出版（集团）有限公司
出版单位：《故事会》编辑部
发行范围：公开

制作、发行总监：张 凯
电话：021-64313938
广告业务 上海故事会文化传媒有限公司
广告总监：张 淮
广告业务 021-34010383
广告投诉 021-64333738
广告经营许可证
沪工商广字3100320080016号
发行：中国图书进出口上海公司

使用童工

父亲给儿子限定零用钱，儿子却总是超支，父亲为了让他懂得每个人的钱都需要通过自己的劳动来获得，便鼓励他向一些报刊投稿，告诉他文章发表了，就有稿费可以当零花钱了。

儿子发表第一篇文章时很兴奋，可后来投了几篇都不见发表，便有些泄气了，父亲严肃地批评了他，儿子却嘟哝着："你不给我零花钱，让我自己写文章挣钱，写作也是一种劳动，你这是非法使用童工！"

（秋　树）

（本栏插图：包丰一）

没有工会

老师正给刚入学的小学生们上自然课，她告诉他们："工蚁，可以搬动五倍于它们体重的食物，从这里，你们可得出什么结论？"

一个孩子自信地答道："它们没有工会。"　　　　（一根葱）

其实不想走

父亲调动工作了，一家人要搬迁到另外一座城市去，才读小学的儿子知道这事后，立刻大哭，说啥也不同意。

父亲向儿子解释说，这是因为爸爸升了官，要到另一个城市工作。父亲说出这番话，原以为儿子会理解，不料他听了顿时"哇哇"大哭起来："爸爸升了官，我们一家人就跟着走，你们怎么不替我着想着想呢！"

父亲更奇怪了，他问儿子："你让我们替你着想什么？"

儿子抽泣着说："上周我刚被推选为中队长，这事马上也要批下来了！"　　　　（百脉泉）

细致入微

夏天中午，一男生回到宿舍，三下五除二脱去外衣，只剩一条内裤，然后躺在床上，摆成"大"字，倒头就睡。

室友甲怕他着凉，给他关上了宿舍门。

室友乙走到床边，给他放下了蚊帐。

室友丙想了半天，走到床边，从床头柜上拿起一张饭卡，盖在他的肚脐眼上……　　(小　怜)

怪　事

妻子怀孕了，丈夫陪她去医院做例行检查。

路上，有个陌生男子盯着妻子看了半天，突然说道："男孩！"一路上，夫妻俩又陆陆续续碰上了几个人，他们的目光全落在妻子的肚皮上，有的说"男孩"，有的说"女孩"。

夫妻俩觉得好奇怪，妻子说："你替我看看，是不是我的肚皮上有什么问题？"丈夫看了老半天，说："你肚皮上没什么特别的，只有一行洋文。"

妻子问："那洋文是什么呀？"

丈夫抓耳挠腮地说："你又不是不知道，我……我不懂洋文呀！"

"真笨！"妻子挺着个大肚子，艰难地俯下身、低下头，一看，乐了，"Guess! Please ——请猜猜看！"

(孙　勇)

特别的珍珠丸子

表弟到表哥家吃饭，表嫂做了很多菜，其中有一道珍珠丸子十分美味，表弟赞不绝口，他问："表嫂，以前吃的珍珠丸子都是糯米在肉丸子的外面，你做的这个是糯米在肉丸子的里面，很特别，是不是什么地方的特色菜？"表嫂说不是。

饭后，表哥偷偷地告诉表弟："你表嫂的厨艺其实是很差的，今天的菜做得好吃，纯粹是瞎猫遇上死耗子——碰巧的，早上我还听到你表嫂在厨房里自言自语——这糯米是应该放在丸子外面，还是放在里面呢？"

(梅正平)

谁是老婆

小 P去年淘换了一辆二手红色桑塔纳，当宝贝似的，可不久发现了一个问题：这车在大街上开，老有人招手，路人当成出租车啦。

有一天，老婆在百货大楼买完东西，打电话让小P去接，等他赶到那里，老婆已等得望眼欲穿了。小P的车还没停稳，前后门都打开了，老婆在后门急喊："我等了一个多小时啦！"

前门一个女人嚷道："我等的时间更长！"

老婆赶紧声明："我是他老婆！"

前门那女人一个劲地冲小P使眼色，示意他"配合"一下，并对着小P的老婆嚷道："就你？我才是他老婆呢！"

（董　行）

比 方 说

有个老师是教高中政治的，他的口头禅是"比方说"。一次讲到人的自然属性和社会属性，老师拿自己举例子，他说："比方说，我是一个人……"台下有些同学笑了起来，老师想了想，说："这么说吧，比方说，我是一个完整的人……"同学们的笑声更大了。

老师很无奈，又改口说"这么说行吧，比方说，我是一个完整的、正常的人……"全班同学狂笑。

（教　云）

详细情形

有个电影评论家，他有个情人，是个女演员，这女演员在新近拍的一部电影中担任了主角，新片上映之日，虽然那女演员演技平庸，但是评论家也不得不捧捧她，他在影评中写道："女主角的演技取得了很大的成功，详细情形，请待明日。"

当天，评论家去女演员的公寓，女演员很热情地接待了他，允许他亲吻和拥抱，评论家还想进一步地亲热时，女演员却脸色一变，把他推到门外，说："详细情形，请待明日——看电影上座率再说！"

（徐运源）

珍惜生命

一位小学老师在上课时出了一个作文题目：珍惜生命。

老师问学生："人类为什么要珍惜生命呢？"

一个家里卖海鲜的学生站起来答道："活鱼每斤十元，死鱼每斤一元；活虾每斤三十元，死虾每斤二元；活蟹每斤四十元，死蟹要丢进垃圾桶。因此，生命宝贵，我们一定要珍惜。"　　（苏　童）

踏几条船

一个宿舍里住着八个女生，这八个人中，小八身材高挑，面容姣好，很受男生的喜欢，她也乐得跟他们保持着亲密的关系。

一天，宿舍的几个姐妹看不下去了，就开始"数落"她。

大姐先开了腔："小八，你看你脚都踩了几条船啦，也不给姐妹们留几个啊？"

"是啊是啊，"老四也接了茬，并掰着指头把小八的那些男友数了起来，"小刘、小马、小王……我的天，这么多呀！"

大家你一言我一语的，最后一数整整11个呢，这时，小七开口了："小八，你好歹踩个双数啊，你踩11个，不怕掉水里啊！"　　（王　婷）

调成振动挡

局里新分来了一个大学生，小伙子工作倒还勤快，只是单位里三天一大会，两天一小会，弄得他昏头昏脑，幸好可以在开会时发发手机短信，以此来打发时间。

这天又有会议，小伙子把手机调成振动挡，开始发短信，正发得起劲，局长叫到了他的名字，局长说："你是我们局新来的高材生啊，说说你对治理城市噪音污染的看法吧。"

小伙子脱口而出："全部调成振动挡啊！"　　（卢　娟）

本栏欢迎来稿，读者、作者可将有新鲜感、有精彩细节的笑话佳作投寄给我们。来稿一经采用，最高稿费为一则100元。本期责任编辑电子信箱：chin_poet@163.com。

不要你帮忙

□ 陈万创

李勇是个大三学生,这年放暑假,同学们实习的实习,打工的打工,李勇可不想这样,他趁机当起了背包族,跳上火车,去了一个旅游胜地。

一到那里,李勇先挑了家看上去很干净的旅馆,旅馆老板也是个小伙子,看上去和李勇年纪差不多,他给李勇开了房间,李勇把背包放在房间里,只随身带了些钱物,便出门转悠去了。

李勇来到景区,在一个景点,他看见那里有不少照相摊,其中有一个摊位,看摊子的是个十二三岁的小女孩,生意十分惨淡,这时摊位前来了几个游客,那小女孩便上前招呼,那些游客见做生意的是个小孩,都摇摇头,准备离开。李勇见状,便走上前

去,对小女孩说:"小妹妹,我来帮你吧!"

没想到小女孩一看到李勇,就牢牢地把相机抱在怀里,警惕地摇了摇头,去找边上一个摊位的摊主帮忙拍照,那摊主很不耐烦,可小女孩却并不在意,"叔叔""叔叔"地求个不停,嘴别提多甜了。李勇觉得很奇怪:我明明是好心,小女孩为什么对我如此防备,反倒去求不愿帮忙的人?不过,这么件小事,李勇也没放在心上,该吃吃,该玩玩,很快就忘到脑后去了。

这天傍晚,李勇返回旅馆时,又经过那景点,虽然这时游客已经不多,不少照相摊也已经开始收摊,但那个小女孩却仍守在自己的摊子上,

用稚嫩的声音招揽生意。

李勇停下来，远远地看着，过了一会儿，有个游客走过来，看样子是想拍照，这时其他照相摊都相继收摊了，这小女孩一时找不到人帮忙，那游客也犹豫着想走，小女孩四下张望，恰好和李勇四目相对，见到小女孩无助的样子，李勇心软了，又走了过去——可没想到，还没等李勇走近，小女孩居然扔下摊子，抱着相机，远远跑开了，小女孩这一跑，只见有几个保安模样的人围了上来，其中一个还喝道："你是哪里的，要干什么！"看来，这些人都把李勇当成坏人了！

李勇又好气又好笑，悻悻地回到旅馆，对这趟旅行也有些心灰意懒了。

第二天一早，李勇拿着房卡，去前台退房，恰好旅馆老板也在，他见李勇一脸沮丧，忙问："怎么，刚来就要走？玩得不开心吗？"这话触动了李勇，彼此又都是年轻人，李勇就把这次旅行的原因和昨天遇见的怪事全倒了出来。旅馆老板听了，哈哈大笑："亏你还是大学生呢，怎么就不懂得观察生活呢？你有没有想过，小女孩为什么要

这样警惕？"

李勇满不在乎地回答："为什么？是因为'防人之心不可无'？"

旅馆老板也没回答，只是说："明天你再去观察观察。"

这天，李勇抽空又来到了昨天那个景点，小女孩的摊位前依旧是冷冷清清的，有时好不容易拉来一趟生意，她还是不厌其烦地求边上那摊主帮忙拍照，李勇看了半天也没看出什么门道来，不过，有时边上那个摊主实在太忙，小女孩只好找游客帮忙。这一来，李勇就更奇怪了，自己也是游客啊，为啥小女孩看到自己偏偏那么害怕，那么警惕？

回到旅馆，旅馆老板看到他，便问："有什么新发现吗？"李勇就把今天看到的事告诉了旅馆老板，又说了

自己的疑问。旅馆老板反问他："你觉得这是为什么？"李勇想了想，摇摇头。旅馆老板又问："你觉得自己和那些被小女孩求助的游客之间，有什么区别？"

一语点醒梦中人，李勇惊呼："我知道！因为我是主动过去帮忙的，这让她觉得我不怀好意，而那些游客则恰恰相反。"谁知，旅馆老板却笑了笑，说："只答对一小半。"李勇顿时泄了气……

很快，旅行的日子就要结束了，临走的前一天，李勇背着背包，去了趟市场，买了不少纪念品和土特产，把背包塞得满满的，最后，他决定再去一趟小女孩的照相摊，他还就不信

这个邪了，这么件小事，靠脚趾头都能想明白的，这里面还能藏着什么道道？

来到景点，快到小女孩的摊位前了，这次，李勇换了个办法，等小女孩揽到游客、正在找人帮忙的时候，李勇目不斜视，像没事人一样慢悠悠地从小女孩的摊位前经过，没想到小女孩竟走到他面前，说："大哥哥，请……请你帮个忙，帮我给那几个叔叔阿姨拍张照，好吗？"咦，这次怎么成功了？拍完照，李勇就把自己这几天来的疑惑告诉了小女孩，小女孩一听，脸就红了……

原来，当地虽然风景秀美，但治安不好，民风颇为剽悍，在景点这样人流密集的地方，经常会有人当路抢劫、盗窃，或放单，或三五成群，他们见了人也不说话，抢了就跑，追都追不上，久而久之，当地人都形成了这样一种经验：只要看到背包族，那即便不是游客，也一定不会是强盗；若是那人两手空空，就要留个心眼儿；像李勇这样一个大男人，既空着手，又主动凑上去，还一身运动打扮的，别人若不远远避开，那就怪了！

李勇明白了一个道理：自己本想借旅游来逃避实习，可就算出来玩，没有能力，没有经验，那也是寸步难行！

（题图、插图：田　红）

一枝红杏出墙来

一天，一队人马簇拥着一位巡抚经过一个农家院子，发现一枝红杏伸出墙头，巡抚勒住马，问随行的两个即将上任的县令："那红杏是酸是甜？"

县令甲说："我给大人采来一尝就知道了。"说完，他催马向前，不料"扑通"一声响，连人带马掉进了陷阱。

县令乙见农家设了陷阱，便改换方法，攀墙去摘，不料刚到红杏下，"扑通"一声，也掉进了陷阱。

正在这时，院子的大门开了，只见一个仆人来到巡抚跟前，奉上一张纸，纸上写道："院内有上等红杏销售，有意购者，请与张三联系。"

巡抚看完纸，又望了望刚从陷阱里爬上来的两个县令，伤心地说："悲哀，真让我为你们感到悲哀！眼看就要独闯江湖了，这怎么能让我放心呢？"

县令甲惭愧地说："大人，我们辜负了你的一片苦心……"

巡抚大人说："我为什么没去自己摘呢？就因为我考虑它是有问题的，这个农民不看《种植》，改看《营销》了！"（作者：青 通）

三英战吕布

吕布通过两次融资，在城市的黄金地段开了一家超市，生意非常火爆。没过几日，吕布超市的对面新开了一家张飞肉铺、一家关羽水果店、一家刘备鞋类中心，这三家店铺在经营上都很有特色，很快就把吕布的超市挤兑得招架不住了。

刘关张高歌猛进，各路精英纷纷仿效，不出半年，吕布的超市已经到了揭不开锅的地步。

一天，北方最大的家电中心老板曹操约见刘备，曹操问："吕布想和我共同出资联合经营，你看怎么样？"

刘备说："你忘了他是怎么从董卓、丁原那里融资的吗？"曹操一听，脸上顿时失色。一个月后，吕布的超市被曹操兼并。那天，吕布登上白门楼，纵身一跳……（作者：李大勇）

· 手机版故事 ·

昂贵的可乐

某楼盘卖得很火，一对80后小夫妻拿出了几年来的全部积蓄，又把双方父母的钱包掏了个干干净净，高高兴兴地来到售楼处。谁知妻子和丈夫各看中了一套新房，两人谁也不肯让步。

丈夫提出先出去喝点饮料，冷静冷静，两人在路边一家冷饮店喝了两听可乐，终于心平气和了，妻子心疼丈夫，便放弃了自己的选择。夫妻俩回到售楼处，可他们做梦也没想到，此刻正赶上这个楼盘调价，每平米涨了一千多块，总房价眨眼间多出了十几万……

（作者：崔新三）

神奇的戏袍

有个年轻的昆曲艺人，最拿手的角色是《桃花扇》中的侯朝宗。这天，年轻人跟随戏班来到应天府，天色已晚，进不了城，便在城外破庙歇脚。

当夜，年轻人做了一个梦，梦见戏中的李香君向他哭诉"侯公子，老鼠在撕咬我的身体，快救救香君吧！"年轻人惊醒，四处搜寻，发现佛像后面有个隐蔽的鼠洞，掘开洞口，竟然摸到了一件戏袍，那正是戏班里扮演李香君的旦角穿的，但是已经被老鼠咬得残破不堪。

进城后，年轻人花掉所有积蓄，找来缝纫高手将戏袍修补一新。这天夜里，年轻人梦见穿戴一新的李香君对他说，她会报答他的。

戏班进城后演出的第一台戏就是《桃花扇》，年轻人和那个旦角在舞台上将侯、李恋情演绎得出神入化，精美绝伦……晚上，年轻人去找那个跟自己配戏的旦角，却发现她几天前就因家事回乡了。

年轻人十分吃惊：白天扮演李香君的人又是谁呢？他捧着那件曾被老鼠咬坏的戏袍，却嗅到戏袍散发着一阵阵异香。年轻人一查史书，那正是李香君最爱的一种香料……

（作者：瘦骨人）
（本栏插图：安玉民　梁　丽）

12

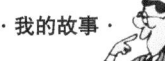

一个是精明人，一个有点傻，你说谁更占便宜？

□左怀利

局里那些事儿

赵局长的司机老王病了，患的是很严重的糖尿病，这下，我这个办公室主任可忙坏了，局长指示，要公开招聘，物色一个合适的司机。

我们局是县里的一个重要部门，招聘启事一发布，应聘者如云，我从中筛选出几个，把名单交给赵局长审定，没想到局长连连摇头，一个也不满意。我一看没了主张，就问局长："您是不是还有什么具体要求？"

赵局长瞪了我一眼，说"你好像有些性别歧视。"我一听恍然大悟：原来我选的这几个应聘者全是男的，而局长是想找一名女司机给自己开车。

我立即把应聘者中仅有的两位女司机的资料找了出来：一个叫小兰，长相一般，体型还稍显胖些；另一个则是窈窕淑女。我想，赵局长一定会选那个美女，不想，局长认真看了看两人的照片和资料，然后指着小兰的照片说"就选她吧。"我一时不解，局长呵呵一笑，说："你呀，其实还是不明白我的意思，天下哪个女孩不爱美？小兰胖些，她能不急着减肥吗？她要减肥，在酒桌上肯定吃得少，遇到咱们做东请客，不就省下饭钱了？就定小兰吧。"

我一时语塞，但不管怎么，局长的指示必须执行，我立即打电话通知小兰："你被录用了，明天早上九点来上班吧。"我猜想，小兰听到被录用的消息，还不激动得直哆嗦？谁知她却轻描淡写地反问一句："怎么回事呀，不是说好后天去上班的吗？"

我好生奇怪，她怎么知道自己已经被录取了？我疑惑地问："你是听

谁说的？"小兰说："我姐夫亲口告诉我的，他又不是不知道，我的驾照明天下午才能办出来。"我连忙问："你姐夫是谁？"小兰说："还能是谁？你们赵局长呗。"挂了电话，我一屁股坐到椅子上：这司机的人选原来早就内定了，怪不得赵局长选人的理由，怎么听怎么像胡扯……绕来绕去，我这办公室主任，只是这次招聘中的一个道具而已呀！

事弄清楚了，我冲了一杯咖啡，想给自己压压惊，这时，局长司机老王进来了，我知道他是来请假、借公款外出治病的，就打起精神问他："这次准备去哪儿查病呀？"老王一笑，说："局长向我推荐海南，顺便看看风景，请假一个月，先借一万吧。"

办完手续，老王客气地问我"左主任，你需要我给你捎些什么回来，尽管说。"我懒洋洋地说："什么也不需要。"老王看了眼桌上的咖啡："对了，你喜欢喝咖啡，海南恰好出咖啡呀！"说着，他把我刚冲好的一杯咖啡喝了个底朝天，吧唧着嘴，连连叫好，我惊呼："老王，你不是有糖尿病吗，这含糖的咖啡你也敢喝？"

老王一抹嘴唇，瞪了我半天，很不解地问："我有病吗？"我被老王问糊涂了："不就是因为你有很严重的糖尿病，老是请假，局长不得已才换的司机吗？"老王听了，哈哈大笑，一巴掌拍在我肩膀上："我的主任哎，你真傻。"说完，他乐呵呵地扬长而去。

看着老王的背影，我半天才回过味儿来，我抽了自己一个嘴巴，骂道："你真傻！"

两天后，小兰来局里报到，可问题又来了，她在驾校学的车是手动挡，可赵局长的车是自动挡，好不容易，经过我近一个月手把手的传授，小兰终于可以单独开车上路了，这才正式成为了赵局长的司机。

这天，老王从海南回来，还真给我带了两盒高级咖啡，还说，他昨天给赵局长那边也送了两盒。正说着，交警队打来了电话，说是局长坐车在路上出事了，人已经进了抢救室。放下电话，我立即赶到医院。局长正在抢救中，我又去看小兰，她倒只是受了些轻伤，可由于过度惊吓，她只是愣愣地笑，说不出话来了。

经过抢救，局长总算醒了，他立即把我叫到病床前："车、车怎么样？"我有点好笑，便说："局长，好好养伤吧，车算什么呀？"局长却执意让我把耳朵凑到他的嘴边，嘱咐我说："快去看看车，后备箱里有个提包，是我的私人物品，我最信任你了，你给我送家去；还有个盒子，盒子里的东西送给你了。"

我有些摸不着头脑，但还是遵照局长的指示，立即赶到汽修厂，从车里找到那个包，还有一个盒子，里面有几个旧花瓶什么的，我一看这些物件，都不是我喜欢的东西，想来想去，就把这些东西送给同学老胡了。

几天后，县里对这起车祸的处理决定下来了：我选用司机不当，给公家造成了数十万的财产损失，受到行政处分，被免去了办公室主任的职务。

几天后，局里来了个新局长，接着，老王和小兰从局里消失了，虽然这结果我并不意外，可整件事的来龙去脉还是让我有些吃惊——

这天，老胡打来电话，约我晚上到他家吃饭。席间，老胡提到我交给他的那些东西，笑着说："你小子真傻。就说你送我的那些东西吧，哪件不值十万八万的？姓赵的居然都给了你，你倒好……不过，话又要说回来，如果你把盒子里的东西昧下了，现在也不会太太平平在家里待着了。"

老胡说，老王多次请病假，就是要造成病重的假象，好把司机的位子让给赵局长的亲戚小兰……

是这么回事儿啊！我恍然大悟，却不由得一声苦笑：小兰车技不好，酿成车祸，自己也吓傻了，赵局长怕收礼的事败露，想来想去，决定让和他关系不远不近的我出面料理，还送我东西，想拖我下水，可没想到我不识货，又怕惹事，急着把东西全送给了老胡，送得太急，就犯了点迷糊，竟忘了老胡是咱们县的纪委书记！

老胡说得没错，我是真傻，可这人，有时还是傻点好……

（题图、插图：包丰一）

信用度为零

有一对父子差异很大：父亲小心谨慎，从不敢欠别人钱；儿子小小年纪，要买什么零食，却总是去附近的小店赊账，事后由他妈妈付钱。

这天，父亲带儿子外出，刚走出小区门口，父亲想去门口的小店买包烟，付钱时才发现没带钱包，父亲便和店主商量，说自己就住在小区里，今天身上没钱，明天一准还上。

店主说啥也不答应，父亲有些尴尬，正要回去取钱，一旁的儿子说："老板，他是我爸。"

店主听了，态度马上一百八十度转弯，把烟赊给了父亲。

后来，父亲把这件事告诉了亲戚，他有些沮丧地说："想不到我这么一个老爷们，信用度竟然还不如一个读小学的儿子。"亲戚听罢"哈哈"大笑："这有什么奇怪的？你儿子有欠有还，信用自然高；而你从不欠钱，你的信用度当然就是零了。"

（推荐者：芊 子）

在风暴声中安睡

有一个农场主，他的农场临近海边，人们都不愿到他那里工作，因为海上常有风暴，会摧毁建筑物和农作物。

一天，有个人来应聘，农场主问他有什么特长，他回答："我可以在风暴声中安睡。"虽然农场主对他的回答不满意，但还是雇用了他。

夜里，风暴又来临了，农场主去叫那个雇工，不料那雇工在床上翻了个身，说："先生，我告诉过你——我可以在风暴声中安睡。"农场主非常生气，他不得不自己跑出去看看有什么需要做的，可他惊讶地发现：所有的干草堆都盖上了防水油布，牛入栏，鸡入圈，门都拴得紧紧的，每样东西都被绑紧了，没有什么会被风暴刮走的了。

那一刻，农场主终于明白了那个雇工的意思：当你各方面都做好充分准备时，你就可以在风暴声中安睡了。

（推荐者：赵景亮）

爱心储蓄

□ 赵 谦

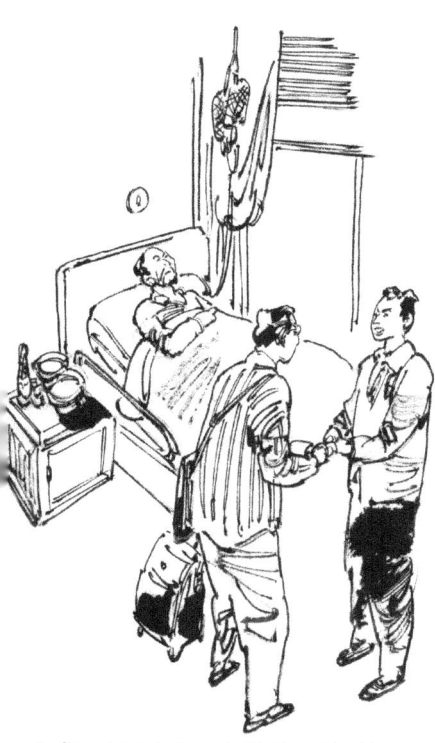

这人过中年，身体就一天不如一天，这不，李哲的爸爸又住院了，可李哲最近才升任部门经理，公司就派他出一趟重要的差，不能不去；妻子工作也很忙。李哲想来想去，想到有个赋闲在家的朋友，便请这个朋友来替他照顾一下爸爸。

过了几天，李哲出差回来了，当他赶到医院时，发现那朋友不在，而是换成了一个陌生青年。这人自我介绍，叫王浩，他说李哲的朋友刚找到工作，他替那朋友来帮几天忙。

李哲赶紧表示感谢，临走前，李哲的爸爸还拉着王浩的手说："小伙

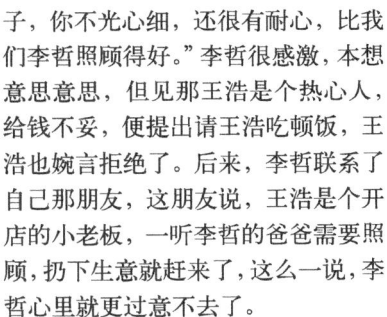

子，你不光心细，还很有耐心，比我们李哲照顾得好。"李哲很感激，本想意思意思，但见那王浩是个热心人，给钱不妥，便提出请王浩吃顿饭，王浩也婉言拒绝了。后来，李哲联系了自己那朋友，这朋友说，王浩是个开店的小老板，一听李哲的爸爸需要照顾，扔下生意就赶来了，这么一说，李哲心里就更过意不去了。

没多久，李哲的爸爸出院了，但李哲还是犯愁，因为爸爸身体一直不好，说不准什么时候旧病复发，自己往后又是越来越忙，怎么办？他忽然想到，既然自己可以让朋友来帮忙，朋友又找来王浩帮忙，为什么不想个办法，让更多人互相帮助呢？

说干就干，李哲在网上发了一个帖子，大意如下：俗话说，"一方有难，八方支援"，一说到援助，大家首先想的就是募捐，其实在现代社会中，越来越多的人缺的不是钱，而是爱心援助，尤其是家中有老人亟待照顾、亲

人又分不开身的……李哲在帖子里呼吁，要建立一个"孝心储蓄联盟"，这个组织不捐钱，不捐物，只是把有老人的家庭组织起来，在需要时彼此守望相助。

帖子一发，立刻吸引大量支持者，大家出谋划策，不久，"孝心储蓄联盟"成立了，还建起了自己的网站。不过，联盟刚建立，就遭到强烈的反对，而且反对者不是别人，正是李哲的妻子，妻子觉得他纯粹是胡闹，现在社会上很多人对自家老人都能弃之不顾，谁还愿意照顾别家老人？再

说，照顾好了便罢，万一有个三长两短呢？面对妻子的"发难"，李哲笑着说，他还是相信这个世界上好人多，妻子大概觉得这理由太苍白，一声冷笑，就不再理他。

一天，李哲在网站上查看会员资料，忽然，"王浩"这个名字映入眼帘，李哲细看他的资料，发现"父母"这一栏竟是空的！李哲想，或许王浩的父母早已过世，既然如此，为什么他要加入联盟，难道就为了无偿奉献？

过了一阵，李哲父亲又住院了，恰好又逢李哲出差，李哲在网上发个帖子寻求援助，很快有人来了，一看，又是王浩。因为时间紧，李哲也没多问，匆匆嘱咐几句，就出差去了。

这天，李哲出完差，回到医院和王浩交班，和上次一样，王浩交完班就要走，李哲拉住王浩，说一定要请他吃顿便饭，送送他，见盛情难却，王浩也不好推辞，两人便来到餐厅，边吃边喝边聊，聊着聊着，自然就聊到了孝心储蓄联盟，李哲便趁机把心中的疑问说了出来。

王浩听了，沉吟许久，缓缓说道："我倒不是无偿奉献，而是……良心不安。"

李哲笑了，说："你的意思是，如果你明明有能力却不去帮助别人，就会心中有愧，是不是？"王浩摇摇头说："不是这样。"可到底是什么，王浩就是不说，最后李哲也急了，他将

两人面前的杯子倒满酒，对王浩说："兄弟，在我最需要帮助的时候，你两次帮了我，我无以为报。今天我把话撂在这儿，你要是信得过我，有什么难处尽管说出来，我能帮则帮，而且一定替你保密，你要信不过我，吃过这顿饭我就送你回去，以后我要是再有了难处，也不敢劳你大驾！"说完，他举杯一饮而尽。

王浩十分感动，可神色又有些尴尬，他陪着李哲喝了一杯酒，放下杯子，低头想了想，这才慢慢说了他的故事——

几年前，有个老人在路边被一辆摩托车撞倒，摩托车逃逸，有个过路的女青年把老人送往医院，还垫付了住院押金，等老人的两个儿子赶到医院，老人已经脱离了危险。女青年说明情况后想走，大儿子却一把拉住她，一口咬定老人就是她撞的。女青年一个劲地为自己辩白，但由于一时找不到证人，只能等老人醒过来之后再说。没想到老人醒来后，竟然也说她是肇事者，她当时就急得大哭起来，最后，在好心人的协调下，女青年只得"赔偿"了一半住院费，大儿子才让她走。

李哲说："你就是那个大儿子？"

王浩说："那个大儿子是我大哥，我是那位老人的小儿子。我当时本想挺身而出，可我失业在家，身无分文，拿什么给我爸治病呢？所以也只能眼睁睁看着那女青年被大哥敲诈。我爸为这事，心里难受了好多年，临终前还拉着我的手，说他这一辈子没干过亏心事，到老了竟然把一个好心人害得这么惨，他觉得自己作孽啊！他让我无论如何要多做点好事，否则他就算下了地也不得安生……"

李哲问："你还记得那个女青年叫什么名字吗？"

王浩说："记得，她叫张雅琪，我一直在找她，可世上的人那么多，我也没指望能找到，所以，我只有通过帮助别人的方式，慢慢为父亲还这笔天大的人情债吧！"

当晚在饭桌上，李哲给妻子讲了王浩的故事，讲完故事，李哲对妻子说："你老是唠叨，好人没好报，社会不公平，对我办这个孝心储蓄联盟也总是冷嘲热讽的，可我早说过，你做了好事，总会有人记在心里。雅琪，你说是不是？"

原来，李哲的妻子就是张雅琪。

妻子低下头，想了好一会儿，抬起头对李哲说："不，我还是有意见！"

李哲一愣："你有什么意见？"

妻子笑着说："你那个联盟，只说是关心老人，可一个家庭，老老小小，难处多着呢，我觉得，应该改成'爱心储蓄联盟'，从今起，我也入会啦！"

（题图、插图：刘斌昆）

一个小小的心计，温暖了大家的心灵……

有同学在北京吗

□ 林元硕

杨肖大学毕业后，进了一家外贸公司，工作很忙，加班是家常便饭。这天是周末，终于难得早下班，他刚走出公司的大门，突然接到在广州工作的老同学林路发来的短信："张老师在北京，身上钱被小偷偷了，现在流落在街头，你知道有高中同学在北京吗？收到速回。"

张老师是杨肖高中三年的班主任，他平易近人，尽职尽责，将同学们当自己儿女看待，师生之间感情深厚。

杨肖想：高中毕业到现在，已经六七年了，中间除了一次同学会，很少有机会聚在一起。他绞尽脑汁，也没能想出哪个同学在北京，于是他给林路回了短信："没有，想不起来了，

我再问问吧。"林路回短信说："多联系些同学，让大家都想想办法。"

杨肖回到宿舍，马上翻出高中通讯录，发起了短信。很快，很多同学陆陆续续地回复了，大家都说不知道谁在北京。这时，同学胡茂打来了电话："你今晚有空吗？要不到我这里来一趟，大家也好一起想想办法。"

杨肖和胡茂家在一个城市，大约一个多小时的路程，平日里大家都忙，也没怎么来往，杨肖想了想，说："好吧。"

天已经很黑了，杨肖坐在车上，一边赶往胡茂家，一边和广州的林路

保持着联系，可还是一点消息也没有，不由得心急如焚。到了胡茂家，已经晚上八点了，胡茂也急得团团转，饭也吃不下。怎么办，张老师现在一定连饭都还没吃，杨肖突然想起，张老师有怕冷的毛病，冬天总是穿着很厚的衣服，毕业那天，同学们还凑钱给他送了件外套，象征大家的心永远都在他身边，温暖着他，可现在正是大冬天，老师却身无分文，流落街头，可受苦了啊……

两人又尝试着联系其他同学，全国各地的大城市几乎都有同学，可就是没有在北京的。

就在两人焦急不已的时候，电话响了，是林路打来的："找到了！大家不用担心了，张老师找到熟人了。"

杨肖刚想问有关细节，林路说得通知其他人，就先挂了。

两人不禁欢呼起来，杨肖看看手表，哇，已经九点了，胡茂拍了拍他的肩膀，说："今晚就不要回去了，在我这凑合一晚吧，咱哥俩很久没好好聚聚了。"

"好啊！"杨肖乐了，为了张老师的事，还没顾得上吃晚饭呢，"走，咱哥俩出去好好喝一杯！"

两人出了门，进了一家小饭店，要了几样菜，两瓶酒，就喝开了。胡茂说："要不是因为张老师，我们哥俩还聚不到一起呢，我先敬你一杯。"说完，他端起酒杯，一饮而尽。杨肖接

下话茬儿说："还记得你高三时候偷喝酒、被发现的事不？"胡茂也笑了起来："当然记得，那次，幸好同学们联名'上书'，还有张老师的帮忙，我才逃过一劫。"

"是啊，听说张老师那时候还遭到领导批评，被扣奖金呢。"两人沉默了一下，又碰起了杯……

那天晚上，两人喝到大半夜才回去，又挤在一张床上，聊着天，一直到天快亮才昏昏沉沉地睡过去。两人

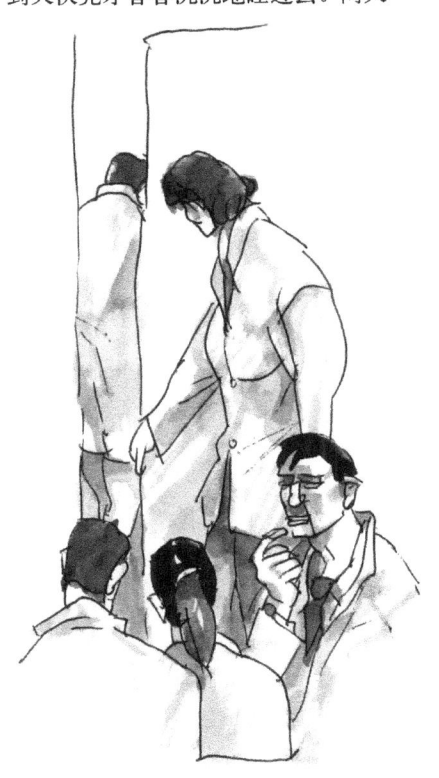

约定，今年春节，要回老家去看看张老师。

第二天，林路发来短信说："张老师让我转告同学们，他的困难解决了，感谢同学们的关心！"

转眼到了春节，杨肖的公司也放了假，正巧，也有很多同学想去看望张老师，于是大家就约了个时间，说好一起去。

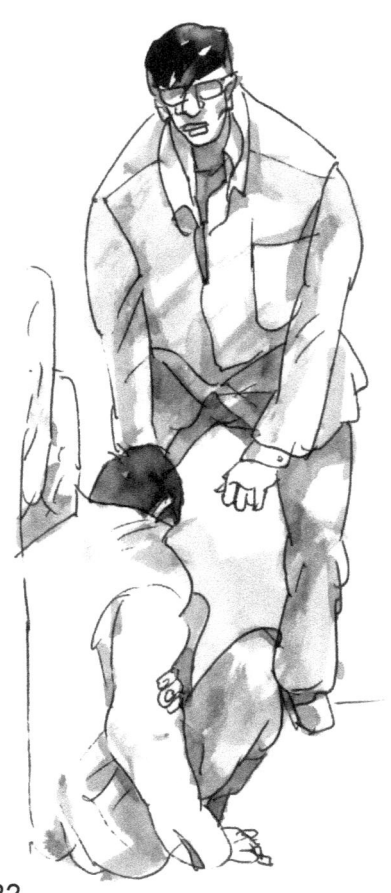

那天，杨肖一行人来到张老师家的时候，已经接近中午了，巧的是，全班三十几人都到齐了，屋里挤得满满当当的。大家坐了下来，谈天说地，欢声笑语，大过年的，又这么多人，满屋子喜气洋洋。

中午，大家都留在张老师家吃饭，好在他家大，大家把几张桌子拼凑起来，三十几个人围在一起，很像一个大家庭。

席间，有人问起了张老师前一阵子在北京的事，张老师放下筷子，慈祥地笑了笑，说："我前一阵子去北京办点事，后来要回去的时候，发现钱包被小偷摸走了，当时天气又冷，正急得团团转，我摸了摸口袋，意外地摸到了一个硬币，想了想，就给林路打了个电话。"

大家听着，骂了小偷两句，又为张老师最后的"化险为夷"干了一杯，接着，又有同学问张老师最后住在谁家、班里哪位同学住在北京，张老师笑笑："最后，我住在一个老同学家里。"

大家一阵欢呼，又举起酒杯，庆祝了一番。

张老师心情很好，多喝了几杯，有点撑不住了，师母扶他进去休息。一会儿，师母出来了，她唠叨着："这老头子，前一阵子累病了……"大家忙追问是怎么回事，师母回头看了看

·大千世界 众生百相·

张老师住的房间，叹了口气，说："说实话，其实呀，他根本就没去北京……"

"什么？张老师没去北京？"大伙儿一听，全惊呆了。

师母说，张老师其实去广州找老同学办事，没想到因为太久没联络，感情生疏，受到了那个老同学的冷落，准备回家时，才发现钱被小偷偷了……

大伙儿听到这里，都瞪大了眼睛，心也悬到了喉咙口："后来怎么样啦？"

师母继续说着，眼眶也有些红了："当时他身上只剩几毛钱，想打电话都不行，他走了大半夜，才找到一个派出所，是派出所把他送回家来的。"

大家把眼光投向林路，杨肖问道："你不是告诉我们说，张老师找到熟人，才解决问题的吗？敢情最后是派出所给解决的呀！"

林路说："回到家以后，张老师就病了，这病一是累的，二是老同学的冷落让张老师很难过，他怕同学们重蹈覆辙，于是就打电话给我，说他在北京遇到了困难，问有没有同学在北京，我想了半天，说好像没有。这时张老师突然问：'你和同学之间还有联系吗？'我只好说实话，没什么联系。张老师叹了口气，说：'同学之间老不联系，时间一久，感情就生疏

了……'说完，他让我问班里别的同学，有没有人在北京……当时我没多想，就答应了，可是我马上发现这电话的区号不是北京的，于是就回拨了过去，张老师禁不住我的发问，才把来龙去脉告诉了我，不过，他让我一定配合他演好这出戏……"

听到这里，师母已泪眼涟涟"你们是他教的最后一班学生，他在家里常常念叨你们，他怕你们年轻，有些东西不懂得珍惜，工作一忙，就把同学之间的感情忘掉了。那天晚上，他一个人走了大半夜，一回家就发起高烧，在医院住了一个星期。"

有同学还是不明白，问道："张老师为什么要说自己在北京呢？"

师母说："你们每个人在哪里工作，他都记得一清二楚，所以才故意挑了个没有同学的地方，你们问不出谁在北京，自然会一直问下去，同学之间也就重新联系上了。"

大家沉默了，想不到大家眼里木讷寡言的张老师，竟然会有如此的"心机"。杨肖又悔又愧，他说："我们不能辜负老师做出的牺牲，以后不管多忙，同学之间都要多联系，多聚聚……"说到这里，三十几双手紧紧握在一起……

（题图、插图：谭海彦）

（本栏目欢迎来稿。来稿可从邮局寄发，也可从网上传递。如为电子邮件，请发以下信箱：chin_poet@163.com。）

夜半堵车

□ 一冰

这天深夜两点多钟，林奕突然接到老板打来的电话，让他立即赶到公司去处理一桩紧急事务。因为事关重大，老板还要亲自前往公司督战，林奕不敢怠慢，马上通知了主办这项业务的下属小郭子。小郭子已经睡了，接到电话还有些不乐意，问道："头啊……我现在一定得去吗？都这时间了，明天不行吗？"

林奕叹口气，半夜去加班，别说是小郭子，连林奕自己也不乐意呢，可他敢跟老板说"不"吗？他只好耐着性子说："这事是你经手主办的，快别废话了，老板还等着呢。"

挂了电话，林奕就开车上路了，他家在城郊，离公司有二十公里路程，如果在上下班时段，这段路至少要走一个半小时，所幸现在是深夜，一路畅通，自从买车以来，他还从来没有开得这么舒畅过，这让林奕的心情稍稍好了些。

就在林奕快到公司的时候，忽然手机响了，是小郭子打来的，小郭子开口第一句话居然说："头，我被堵住了。"

林奕一听，不禁哑然失笑，说："你真是太有才了，这样的借口都想得出来，看来我得提拔提拔你啰。"

小郭子有些急了："我说的是真的，我真的被堵住了！"

哼，这深更半夜的，哪条路上不是一马平川的？这故事也编得太离谱了！林奕没好气地说："别跟我废话，我限你在十分钟内赶到公司，否则后果自负。"说完，林奕就挂断了电话，小郭子再打过来，他一概不理睬。

这时，林奕的车紧跟着一辆大货车拐上了一条小马路，这是到公司的必经之路，穿过这条马路就到公司了，可前面有那辆大货车，摇头晃脑地慢慢走着，林奕把喇叭按得山响都没用。又走了一会，那辆大货车忽然停了下来，不走了，等了好一会儿，前面的大货车还是没动静。林奕扫了一眼后视镜，乖乖，后面也紧跟着一辆大货车，把他卡在了中间！

林奕心道"不好"，他下车一看，只见前面是看不到头的一长溜大货车，后面也是看不到尾的一长溜，一辆接着一辆，这是条小马路，只有双车道，中间是护栏，两边是花坛，就是插上翅膀也飞不出去，他被堵住了！

这当儿，后面大货车上的司机跳下车来吸烟，林奕凑上前一问，原来这前面有一个工地，按施工规定，送料和转运建筑垃圾的工作都在夜间进行，这些车都是来转运建筑垃圾的，那司机告诉林奕，等这些车都装完离开，差不多得要两个小时。

林奕急了，他立即给老板打电话汇报："老板，不好了，我堵车了……"

老板"哼"了一声，打断了他的话："你真有才，这种理由也想得出？别跟我废话，我限你在十分钟内赶到公司，否则后果自负。"说完老板就挂断了电话，林奕再打过去，老板就再也不接了。

这下林奕傻了，怎么办？这边，一堵就得两小时；那边，老板又催得紧。其实，从这里开到公司只要两分钟，他恨不得立马弃车跑到公司！

林奕想不出什么好办法，他跑到车龙前面去，想看看情况，没走多远，他忽然看见一辆白色的小轿车也"堵"在大货车中间，没想到还有人跟自己一样倒霉，林奕心里顿时稍稍有些平衡了。

林奕顺便看了看车厢，里面没人，显然司机也是下车去听情况去了，他再往前走，忽然跟一个人撞了个满怀，抬头一看，两人都吃了一惊——那人不是别人，正是小郭子！

小郭子哭丧着脸说："主任，你看，我没骗你吧，我是真被堵了！"他说着还指了指那辆白色的小轿车，原来那是小郭子的车。

两人面面相觑，只有苦笑，这时，老板打电话过来了："林奕啊，我这会暂时过不来了，那边客户还等着呢，他是四点钟的飞机，时间很紧。我相信你是真堵车了，而且我也相信，以你的聪明智慧，一定会把事情办妥的，到时候公司会重重奖励你！"

不知怎么的，这次老板的态度来了个一百八十度转弯，看来老板还是十分信任他林奕的，不管怎么说，工

作第一位，虽然林奕有怨气，可不能真耽误事啊！

他看了看小郭子的车，忽然灵机一动，对小郭子一伸手，说："拿来！"

小郭子纳闷了："拿什么？"

林奕说："车钥匙！"

小郭子问："你要车钥匙干吗？"

林奕胸有成竹地说："那桩业务不是你负责的吗？这样，你先去办公室把问题解决了，我在这里帮你看着车。等前面的车队动了，我就先挪你的车，再挪我的车，只有这样一点点挪了，反正早晚都能挪出来。"

小郭子恍然大悟，立即把车钥匙交给林奕，跨过护栏，打了一辆出租车走了，林奕留下来，轮换着把小郭子和他的车一点点往前挪，过了一个多小时，小郭子把事情做完了赶回来，林奕也正好把两辆车都给挪出了路口。

事情圆满解决，林奕很高兴地给老板打了个电话，可不知怎么回事，电话那头就是没人接。

不过，事情办得顺利，林奕很高兴，他给小郭子放假一天，好好睡一觉。小郭子一听乐坏了，一踩油门就走了，林奕也开车往回走，回去的路就顺畅多了，可旁边那一长溜大货车还一辆接着一辆等着装货。

忽然，林奕眼睛一亮：在那条车龙的内侧，居然还堵着一辆轿车，那辆车十分眼熟，仔细一看，居然是老板的座驾！林奕明白了，怪不得老板刚才给他打电话时和风细雨的，原来也被堵。林奕连忙停下车跑过去，想跟老板打声招呼，顺便摸摸情况，看老板打算怎么奖励。他走到车前，叫了一声，里面没有反应；又敲了敲车窗，还是没人应答，透过车窗一看，老板居然睡着了，哈喇子都流到了方向盘上……

林奕没叫醒老板，自顾自悄悄溜走了。让老板也吃点苦头，知道下属的难处，这对公司发展有好处……

（题图、插图：刘斌昆）

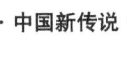

□ 老 三

下岗神医

有个退休老中医周鹤祥,这天,他来到社区小公园晨练,见一对小夫妻不知因为什么,大吵起来。两人越吵越凶,男的骂女的是不下蛋的母鸡,女的骂男的是穷光蛋、命中注定要绝后……恶言恶语,引得晨练的人们纷纷侧目,窃窃议论。

吵了五六分钟后,女的哭着跑了,小伙子往花坛边一坐,拧着眉头直叹气。

周鹤祥踱到小伙子跟前,坐下来,关切地向他询问是怎么一回事,小伙子认出周鹤祥也在本小区住,有点头之交,他寻思了片刻,信任了这位慈祥的老人,便滔滔不绝地诉说起他的苦恼来。

小伙子叫王贵,和他吵架的是他的妻子香香。两人结婚几年了,可香香一直都怀不上,去医院检查,确认问题出在香香身上,几年下来,医院不知跑了多少趟,钱越花越多,可仍没个着落。一开始,他们看西医,没治好,最近他们又换了中医看。本市最大的中医院名叫尚德中医院,香香去那里看专家门诊,那天坐诊的恰巧是该院的刘院长,他给香香开了药方,每服药要200多块,每月光吃药就要3000多块,还不算别的费用。好在他的药挺管事,服用后,香香的月事正常了,痛经不见了。刘院长叮嘱香香,只要坚持吃上一年的药,准能怀上娃娃。

这几年结婚、买房子,加上给香香看病,花光了他们所有的积蓄,如今,面对每月3000多元的药钱,真有些吃不消。人穷,火气就大,刚才两

人出门买菜，也不知为了什么鸡毛蒜皮的事儿争了起来，两人越吵越凶，最后就吵到了香香的病上。

周鹤祥听到这里，便问："能给我瞧瞧刘院长给香香开的药方吗？"

"您懂医？"

周鹤祥微微一笑："略知一二。"

那张药方王贵正巧随身带着，他掏出来递给了周鹤祥，老人接过来扫了一眼，浓眉紧锁，好像非常生气的样子，过了一会儿，周鹤祥终于开口说道："你一会儿带你太太上我家来一趟，我给你太太诊治诊治——我是个退休的中医大夫。"接着，他说了家里的门牌号。

王贵有点喜出望外，他感觉这个老头不一般。回到家后，他先向香香赔不是，哄她高兴了，然后讲了周鹤祥老人的事，香香一听也很高兴，两人便去了周家。

周鹤祥10年前、55岁的时候，在尚德中医院下了岗，后来又从医院提前退休。这些年来，他丰衣足食，过着种花养鸟、优哉游哉的生活，他也乐得过这种清闲日子，从不给人瞧病，今天也不知为啥，他居然要破例，重操旧业。

周鹤祥给香香足足号了五分钟的脉，又询问了些情况，然后笔走龙蛇，在一张白纸上"刷刷"开出了一张处方，共开了六味药。他把方子拿给王贵，交代说："你要是信任我，就按这个方子，给香香抓药。每服药大概40块钱，每10天煎服一次，3个月内包好。"

王贵高兴坏了，他问："那刘院长开的药，还吃吗？"

周鹤祥坚决地说："不吃了！"

王贵和妻子站起身，连连给周鹤祥鞠躬道谢，还要把诊疗费塞给老人，周鹤祥忙把钱推回去："我不缺吃不缺喝的，可不想开张坐诊，就是人太闲了，偶尔帮个忙，纯属义务劳动，这钱可要不得。"见周鹤祥坚决不收钱，小夫妻俩又是千恩万谢，就要告辞。

周鹤祥说："谢就不必了，倒是有两点，我希望你们能做到。"

王贵两口子在门口站住了，恭恭敬敬地说："您说吧，我们保证做到。"

老人说："第一，你俩决不能告诉任何人，是我给香香看的病 第二，决不能去尚德中医院的药房拿药，倒不是说它那药是假的，而是因为你拿着这药方到了他们那里，他们一看方子，就会猜出是我开的药方。"

小两口不解了："这是为什么？"

周鹤祥正要继续说下去，忽然门铃响了，他附到猫眼上一看，吓了一跳，立时出了一身的冷汗，他转过身来竖起食指"嘘"了一下，悄声说道："你俩快去小卧室躲躲，尚德中医院给香香开药方的那个刘院长来了，千万不能让他知道我们认识。"

王贵和香香虽然仍未弄清周鹤祥到底葫芦里卖的什么药，但见老人焦急的样子，不忍使他为难，便躲进小卧室，从里面关上了门。

周鹤祥定了定神，高声说着"谁呀"，打开了房门。

刘院长笑呵呵地走了进来，他身后还跟着个大小伙子，刘院长介绍说，那是他儿子，大学放假，刚回来。这些日子，孩子身体一直不舒服，让周鹤祥给调理调理。

周鹤祥半开玩笑地说："院长大人啊，10年前，你搞优化组合，逼我下岗，又让我提前退休，每月除了退休金，还付给我一笔丰厚的'慰问金'，对我提出的唯一要求，就是不许给人看病。今天，你自己主动违约了……你自个儿怎么不给他看？"

刘院长赔笑道："我那两把刷子我自个儿还不知道吗？真要看好病，还得你周神医啊！"

两人说笑着坐了下来，接着，周鹤祥给孩子望闻问切，开了张药方，又交代了些饮食起居的注意事项，之后，刘院长让儿子先回家，和周鹤祥聊起天来。

聊了一会儿，刘院长拿出一个厚厚的牛皮纸的信封，搁在茶几上，说："呶，这是你这月的慰问金，又给你涨了200块呢。"

周鹤祥笑着说："真的？刘院长，

你这是何苦呢？话说回来，我倒一直想知道，当年你为啥非要我下岗？"其实，周鹤祥是想让小卧室里的王贵两口子听听，也省得待会自己再给他们解释了。

刘院长说："你真糊涂还是装糊涂？当年，那家医院由我承包了。你开的药既便宜，又管用，同样一个病号，吃我20000块钱的药都不一定好，吃你200块钱的药就好了。我那时苦口婆心地求你周神医高抬贵手，别那么死心眼，可你倒好，医术高，脾气大，这样的神医，哪个医院敢用？用了你，医院还赚钱不？我不得已才让你下了岗，不过我也不是不讲理的人，每月额外给你一大笔钱，只求你别给人看病，砸我们医院的饭碗，也

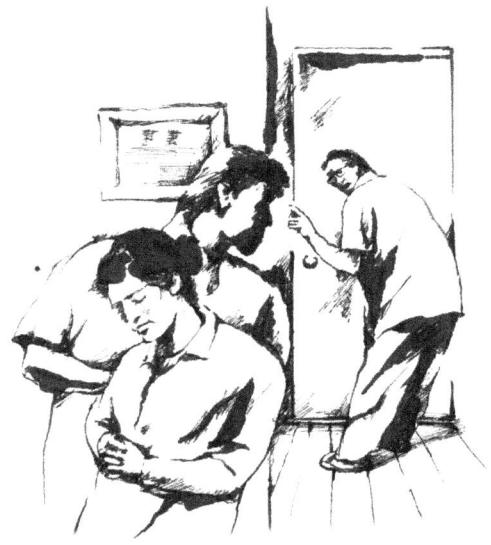

算对得起你了吧！"

小卧室里，王贵和香香气得直哆嗦。

三个月后，吃了周鹤祥开的药，花了不到400元钱，香香就怀上了宝宝。一年后，顺利产下了一个女婴。这天，两口子抱着孩子在街上逛，邂逅了刘院长。

刘院长一瞅香香怀里的娃娃，有点吃惊，说："这么快就治好了？有娃娃了！"

王贵带着嘲讽的口气说道："吃了你刘大院长的仙药，咋会治不好？不成笑话了嘛！"

刘院长并未听出王贵的弦外之音，还以为香香真的这么快就好了，他眼珠一转，说："那——那你们怎么不给我送面锦旗呢？哈哈哈……"

香香佯装出笑脸，说："哟，您不讲我们还真忘了，这几天就送。"

"我是说着玩的，别当真，别当真，哈哈……"刘院长就这么"哈哈"笑着走了。

次日下午，刘院长正在主持科室长会议，休息间隙，快递公司给他送来了一个包裹，他一看是王贵和香香寄的，知道是锦旗，就打算显摆显摆，吩咐秘书把包装纸撕开，当着大家伙把锦旗展示展示。秘书答应着，撕开牛皮包装纸，取出锦旗，转动着木轴，旗身缓缓垂下……

科室长们知道是患者给院长送锦旗，早讨好地围拢上来，奉承的奉承，讨口彩的讨口彩，可是突然间，整个会议室里鸦雀无声，静得掉下根针都能听见。

鲜红的锦旗上，绣着四个白色的大字："白衣魔鬼"。

再看刘院长的脸，就像七彩变色灯泡，一会儿红，一会儿绿，一会儿蓝，一会儿紫……

（题图、插图：张恩卫）

·本刊信息传真·

法律知识故事征文启事

本刊推出的"法律知识故事"，通过发生在我们身边的、短小而具体的个案，生动、形象地宣传法律知识。这些知识注重现实性、实用性，真正起到解剖一个案例、明白一个道理的作用。

为鼓励作者深入生活，写出高质量的法律知识故事，我刊决定面向全国征文，优秀作品除在《故事会》发表并参加评奖外，还将结集出书。

本次征文也欢迎读者和法律界人士提供相关素材、案例，一经录用，即付稿酬。

来稿方法：1. 从邮局寄发，请在信封上注明"法律知识故事"字样，本刊地址：上海市绍兴路74号《故事会》杂志社，邮编：200020。2. 从网上传递，可寄以下信箱：wulun@vip.sohu.net，请在主题上注明"法律知识故事"字样。凡已和我刊编辑有联系的作者，稿件可继续投给联系的编辑。

一个电话，惊心动魄，所以说，千万别干那偷鸡摸狗的事儿……

你打错电话了

□ 无字仓颉

一个游戏

这天早晨，像往常一样，李强带着妻子来到公园里慢跑，跑了几圈之后，李强走进边上的篮球场，那儿早有几个铁杆球友等着了，李妻找了个石阶坐下，远远地看着李强他们打球。

看了会儿球，李妻有些魂不守舍，她掏出手机，拨了一个号码，听见手机那头响起熟悉的炫铃——王菲的《传奇》，李妻赶紧挂断，脸上满是俏皮的笑意。她知道，这会儿她那个王伟一定躺在床上呼呼大睡呢，说不定铃声已经吵醒了他……李妻制造了一个令她开心的恶作剧。

过了两分钟，李妻再次重复这美妙的小游戏——重拨，王菲的《传奇》再次响起，李妻正要挂断，没承想那头"喂"了一声，竟然通了！

李妻吓了一跳，全然没有提防，她犹豫了一下，挂断了。她只想玩游戏，不想通话，现在可不是时候！

收起手机，李妻心里还"扑扑"直跳，再一看，天！老公什么时候来到身旁了？李强对她的异常神色毫无察觉，他说："等急了吧？走吧。"李妻的一颗心方才安定下来。

这时，李妻突然感觉到运动裤兜里有强烈的振动感，天！这个死人，竟又打过来了！她暗暗埋怨那个人，又很为自己不合时宜的玩笑后悔，唉，由它振去吧，这会儿万不能轻举妄动！

临近小区大门时，执拗的振动终于停歇下来，这时，李强不经意的一句话让李妻五雷轰顶："你的手机我用一下，我忘带了。"李强没注意到李妻神色的变化，补充道："给我们处长说一声，我晚点去，要先到市体协问一下篮球联赛的事儿。"李妻木然地递过手机，脑子里一片空白。

李强接过手机，盯着上面九个"未接来电"的显示，狐疑地看了李妻一眼，转过身去，摁下了回拨键……

电话那头

清晨，王伟半梦半醒地躺在床上，他没有早起的习惯，倒是习惯了早晨这会儿睡个"回笼觉"。

突然，枕头边的手机振了起来，王伟迷迷糊糊睁开眼，看了一眼手机屏，脸上浮现出爱怜的笑意：这小女人，一大早就想我啦？

手机振了两下断了，王伟拿起手机，准备拨回去，这时，振动又起，他一下子接通了，"喂"了一声，里面却没了动静，她又在搞恶作剧！王伟暗自笑了笑，旋即拨回去，一曲《爱就爱了》的炫铃唱完，也不见有人接，王伟有些诧异，接着连拨了八次，次次不通。王伟有些沮丧和愠怒，他不知道这个小女人到底在搞什么鬼。这时，突然有了尿意，他顺手把手机撂到洗衣机上，钻进了卫生间。

"吱呀"，门开了，那是去菜场买菜回来的老婆——我们姑且称她为王妻吧，王妻一进门，就听到洗衣机盖上"吱吱"作响，起初她以为洗衣机忘了关电源，走近一看，原来是老公的手机屏在闪动，谁这么一大早打电话过来？王妻放下菜篮，满腹狐疑地摁下接听键……

这头那头

这头，李强按下回拨键，听到接通的声音，便习惯地道了声"您好"……

那头，接通电话，王妻听到里面一个好听的男中音在问好，她也礼貌地回了句"您好"，李强放下心来，问道："哦，刚才是您打电话吧？"

王妻听到卫生间里面有动静，猜想刚才是老公起来打的电话，便下意识地"嗯"了一声，李强心里一块石头落了地，随手将手机递给李妻，说："喏，还是你来说吧。"他想电话是刚才跑步时打来的，老婆大概是没听到。

王妻心里也是一块石头落了地，这时，她见王伟正好从卫生间出来，便顺手把手机递了过去："哎，你的电话。"

惊魂未定的李妻和王伟接过手机，不约而同地叫了起来："你打错电话了！"

（题图：张恩卫）

如果土豆可以相爱

□ 马超

两个土豆想逃跑

有两个土豆，一个个头很大，叫大块头；另一个长得小巧玲珑，叫粉小妹，它们在一块土豆地中，你挨我，我挨你，紧紧靠在一起，平平安安地生活着。

有一天，粉小妹不住地叹气，大块头一见，关切地问："粉小妹，你怎么了？"粉小妹没有回答，却反过来问道："大块头，你知道我们生长了多少天吗？"

大块头想了想，说："差不多快60天了。"

粉小妹说："我就为这个叹气，你知道吗，到了90天的时候，我们就会被挖出来，送到别人的厨房里……"

大块头打断了粉小妹的话："这是必然的，谁让我们是土豆呢？"

粉小妹的情绪更低落了，它说，就连那些蟋蟀，都可以成双成对在土豆地里谈情说爱；甚至连那些貌不惊人的蝼蛄，也可以热热乎乎地生儿育女，为什么土豆的命运只能是被端上别人的餐桌，而不能……

说到这里，粉小妹突然不说了，大块头急了："'不能'啥啊？你快说，急死我啦！"

粉小妹的脸更红了："为什么就不能相亲相爱？"

这下轮到大块头说不出话了，它忽然醒悟了，看着楚楚可怜的粉小妹，好一阵子才说出了一句话："是啊，为什么土豆就不能相亲相爱呢？"

打这天之后，大块头渐渐地爱慕上了粉小妹，而粉小妹也爱上了这个大块头，两个土豆就这样过上了开心的恋爱生活，可是，离90天的成熟期越来越近，两个土豆不由焦急万分，它们想赶快离开这块土地，一起去过相亲相爱的生活，可土豆没手没脚，怎么能够离开这令人窒息的黑土地呢？

这一天，两个土豆相偎相依地在暗中落泪，突然，头顶上传来一个声音："你们两个土豆还真有点意思，算了，我来帮助你们逃跑吧！"

两个土豆一听，激动万分，大块头问："请问，好心人，您到底是谁啊？"

上面的声音又响了起来："我是一只老鼠，最近我听了不少你们说的话，被你俩给感动了，我决定，赶紧帮助你们逃离这块黑土地，让你们过幸福日子去……"

两个土豆当即抱头痛哭，大块头安慰粉小妹："瞧瞧，有了好心的老鼠大哥帮忙，我们土豆也可以相亲相爱啦……"

土豆也可以相爱

好心的老鼠用嘴咬，用爪挖，花了大半夜的工夫，好不容易把大块头和粉小妹从泥土深处挖了出来，这时，粉小妹抬头看了看天，开心地说："天上的太阳真漂亮，像眉毛！"

老鼠连忙纠正道："错了，错了，这根本不是太阳，这是月亮，太阳比这漂亮多了，太阳一出来，一切东西都会变得金光闪闪。"

接着，老鼠问："你们俩想好了没有，要去哪里，我可以帮你们。"

大块头摇了摇头，说："我们不知道该往哪里去。"

老鼠一听，急得蹦了起来"哎呀呀，你们连到哪儿去都没想好，那怎么办呢？"它考虑了一会儿，叹了口气，说："帮人帮到底，算了，把你们带回我的窝里吧，不然的话，第二天你们就会被人捡走，那样，还不如埋在地下呢。"

老鼠费了九牛二虎之力，把两个土豆弄回自己的储藏室，一到那里，大块头和粉小妹开心地叫了起来，老鼠的储藏室实在太棒了，干燥、通风、又宽敞，老鼠得意地对它们说："你们以后就住在这儿吧，反正我这地方大得很。"就这样，老鼠和两个相爱的土豆居住在一起，成了好朋友。

在大块头和粉小妹的眼中，老鼠的生活实在太幸福了，它可以到处跑，可以随便吃，可以看见金光闪闪的太阳，但两个土豆很明白，自己可比不了老鼠，它们能够待在一起，相亲相爱，已经是不容易了。

秋去冬来春过半，那一天，老鼠跑进储藏室，开心地对两个土豆说："哎呀呀，外面的天气实在太好了，所有的花都开了，水哗哗地流，风微微地吹……"

粉小妹听了，再也忍不住了，对大块头说："亲爱的，我想出去看看。"

大块头立刻紧张起来"不行，你怎么能有这种想法呢？我们是土豆，在一起相亲相爱已经很不容易了，怎么还想出去看看呢？"

粉小妹撒娇地说："可我真的很想看看太阳究竟是什么样子。"

两个土豆争吵了好长时间，最后，大块头同意老鼠把粉小妹带出去看看，然后再把粉小妹带回来。

就这样，老鼠拖着粉小妹离开了储藏室，在粉小妹离开自己的一瞬间，大块头流泪了，它有一种预感，也许自己再也见不到粉小妹了，它含着泪，冲着粉小妹渐渐消逝的背影大声喊道："粉小妹，说好了，我们永远不要分开！"

远处的黑暗中传来粉小妹熟悉的声音："大块头，我知道啦……"

说好永远不分开

天刚蒙蒙亮，太阳还没出来，老鼠刚把粉小妹拖到洞口的草丛中，突然，不远处冲过来一个人，大吼一声"死老鼠！"

老鼠吓得魂飞魄散，它来不及往洞里跑，只能往草丛深处狼狈逃窜，那人跟在后面，紧追不舍……

不知跑了多久，老鼠才把身后的人甩掉，这时，天上忽然掠过一道闪电，响起了"隆隆"的雷声，老鼠心想："不好，要下雨了，我的洞口还没堵上，还有那个土豆，被我扔在外面，弄不好，会被雨泡坏的。"可它实在跑得太远了，怎么也找不到回家的路。

再说粉小妹躲在草丛中，目睹着老鼠被人追赶，吓得半死，它哆嗦着说："我不看太阳了，我要回洞里……"

让粉小妹担心的事情终于发生了：不仅老鼠没有回来，无法带它回到洞里，而且天上还下起了冰冷的雨，雨很大，不知下了多久，好不容易停了，不久太阳又出来了，粉小妹睁开疲惫的双眼，看到太阳不是金光闪闪的，而是像一团可怕的火，粉小妹身上又是湿又是烫，它觉得自己的皮肤快被烤熟了。

几天过去了，粉小妹身上的皮肤开始溃烂，它回头看看，见老鼠的洞口已被泥土掩埋了，它立刻明白了：从此以后，再也见不到大块头了，曾经相亲相爱的两个土豆，再也不能待在一起了，它痛恨自己当初为什么这么固执、任性，一个土豆拥有了爱情，是多么不容易的事情啊，为何还要奢望去看太阳呢？

在风雨阳光的肆虐下，粉小妹的身体很快腐烂了，就在粉小妹即将死去的时候，它忽然听到了一个熟悉的声音："粉小妹，你醒醒，我来了。"

粉小妹惊喜地睁开眼，望了望周围，并没有看到大块头那熟悉的身影，就在这时，熟悉的声音再次在耳边响起："我是大块头，我变了样子啦！"

粉小妹这才发现，身边有一株刚刚破土而出的幼苗，粉小妹流着泪说："大块头，你怎么变成这个样子了？"

大块头说"你好久不回来，我急了，恰好有雨水灌了进来，我就拼命喝水，发了芽，钻破泥土，我一定要找到你，因为我们说好了的，永远不能分开的……"

粉小妹含着泪，点点头，用最后的力气，紧紧抱住了变成幼苗的大块头。

不久，原野上成长起一株健壮的土豆苗，它迎风招展，在土豆苗的周围，有一团黑糊糊的土豆泥，它就是粉小妹，两个相亲相爱的土豆，把彼此的生命重新融在了一起，永远不再分开……

（题图、插图：张恩卫）

· 本刊信息传真 ·

2010 年中国最佳故事评选

为了繁荣故事文学、推动故事创作，2010 年，故事中国网(www.storychina.cn)继续举办年度中国最佳故事评选。

评选标准：在情节性、艺术性、思想性、文学性方面有突出表现，能够代表年度故事创作最高水平的各类故事作品。参赛作品分为中篇（8000 字以上）、短篇（1000-8000字）、超短篇（1000 字以下）三组。**参选条件：**2010 年 1 月 1 日至 2010 年 12 月 31 日期间在国内正规报刊（省级以上）发表的故事作品均可参加，不限题材、风格、篇幅。**参加方法：**1、作者本人通过故事中国网的原创地带或人气写手板块提交作品；2、推荐别人的作品，需事先征得作者本人的同意，通过故事中国网的网文搜罗板块提交；3、各家故事报刊编辑部可直接向故事中国网推荐作品，推荐信箱：storychina@gmail.com。

年度最佳故事作者获得特别荣誉证书及奖金（中篇 2000 元、短篇及超短篇各 1000元），所有优秀作品将结集出版《2010 年度中国最佳故事》一书，并支付稿费。更多详情请登录故事中国网查看。

战争造就了心灵废墟，也带来了人生大发现……

重返前线

□ 梁　锐

二战中的黑夜

比尔是个美国二战老兵，这天，他收到一个国际邮包，里头装着十多个编着号码的信封，寄信人署名"前线"。比尔先打开1号信封，从信封里掉下一张机票、一张车票，还有一封信，信上写道："尊敬的比尔先生，如果您现在生活愉快，心情舒畅，那么请您不必再往下读；如果您正在为过去苦恼，请执行以下任务——任务一，使用来信所附的机票飞往日本鹿儿岛市，然后使用所附的车票从鹿儿岛市前往川内市，在车站月台上采集一朵樱花，完成后打开第二个信封。"

这是怎么回事？比尔惊讶万分，邮件上确实写着他的姓名和地址，机票和车票也都是真的，是谁寄给他的？比尔反复琢磨着"为过去苦恼"这几个字，看看自己右臂残肢，眼前不禁浮现出一段往事——

1943年，比尔作为美国空军飞行员，参加了太平洋战争，在一次执行任务时飞机被击落，他让日本人俘虏了，被押往北婆罗洲的战俘营。那是南太平洋上一座布满热带雨林的岛屿，由于战争的需要，日军要在这里修筑两条隐蔽的飞机跑道，大批盟军战俘成了免费的血汗劳工。为了防止暴露目标，所有修筑都在夜里进行。

一天夜里，比尔等八名战俘组成小队，如往常一样，在几名日军的押送下，准备穿越一座山林，到岛屿东北角修筑跑道。这一天正值月圆，山林里各种鸟兽的叫声异常诡异。

为了避免发生意外，队长山野龙二决定临时率队从一处河滩绕行，这条河滩没有开过路，山野龙二指挥队伍尽量靠河边崖壁走，然而不幸还是发生了，突然一声惊叫，一名战俘陷入沼泽，而战俘们的脚都是用铁镣锁在一起的，另外几名战俘也被巨大的力量拖向沼泽中央，两名日军见状，试图拉住铁镣，结果先后被沼泽吞噬。

眼看八名战俘即将葬身沼泽，情急之中，山野龙二掏出一副手铐，战俘队伍中离他最近的是比尔，他将手铐的一端铐住比尔的右手，准备将另一端铐在一棵树上，可就在这个时候，在沼泽巨大的吸力之下，比尔意外地滑了一跤，山野龙二一失手，竟然把自己的左手给铐上了。两个人的手铐在一起，山野龙二只好死死地用右手挽住树干，拼尽全力支撑着……

这时，一个硕大的黑影闪过，紧紧钳住了山野龙二，那黑影似乎身具蛮力，不但山野龙二不再滑行，就连齐腰陷入流沙中的比尔也被一节节拔了出来。在两股力量的拉扯中，比尔脚下先是一紧，再一松，脚镣居然给挣断了。于是山野龙二和比尔都被拉了出来，但那"黑影"没有松手，而是挟着山野龙二、拖着比尔往河滩方向退却，就在他们快要进入河里的时候，只听"砰"的一声枪响……

比尔挣扎着抬头一看，发现这个"黑影"竟然是一条大鳄鱼，它满嘴的尖牙，不仅咬穿了山野龙二的皮带，扎入了他的身子，而且正好咬住山野龙二的手枪。不知道是巧合还是天意，手枪居然走火，子弹打入了鳄鱼的嘴中，但鳄鱼没有被打死，它依然紧紧咬住山野龙二，丝毫不肯松口。

千钧一发之际，比尔看到山野龙二背上有把军刀，便伸手用力将刀抽了出来，高高举起，眼睛直直地瞪着脸色惨白的山野龙二……

山野龙二心里清楚，他的左手和比尔的右手铐在一起，比尔为了逃命，肯定要砍断他的手臂，果然，寒光一闪，断掉的那截手臂掉到了河里，一大摊血迹涌出，鳄鱼嗅到了血腥味儿，立刻扔下了山野龙二，去咬刚刚砍下来的那截断臂，趁此机会，山野龙二拼命往岸上爬去，等他回过神来，这才震惊地发现自己双臂完好，被砍断手臂的竟是比尔！比尔砍下了和山野龙二铐在一起的右手，跟跄几步后晕倒在河滩上。

当比尔醒过来时，山野龙二已为他止住了血，包扎好伤口，但山野龙二下半身受了重伤，他用不熟练的英语叫比尔离开，言下之意是比尔自由了，比尔惨笑一声，指指树上的大黄花，摇摇头，结果，失去右手的比尔艰难地把山野龙二背回了战俘营。

打那以后，比尔所在营点的战俘受虐的情况大大减少。随着战争结束，岛上的情况发生了戏剧性变化，日军监视员多被判刑，而且就在战俘营里服刑，盟军战俘反而成了看守员。比尔当了几年看守后回到美国，干过不少工作，但由于失去了右手，常常被"炒鱿鱼"，最后比尔只好登记失业救济，还患上了深度抑郁症，成日靠酗酒、吸食大麻麻醉自己……

追寻人生的"前线"

想起这些往事，比尔把那封信揉成一团扔到地上，失声痛哭起来："我是个废人！这里不需要我，我应该死在战场上，只有前线需要我！"哭着哭着，比尔想起了什么，他把信捡起来又看了一遍，上面的落款竟然是"前线"，比尔越想越觉得奇怪，"前线"是个人？还是个地方？他决定按照信上所说，赶赴日本，去解开这个谜团。

比尔在女儿的陪同下，按信上的要求飞抵日本鹿儿岛，开始执行"任务"，他坐列车前往川内市，到了那里，果然在月台上看到满树樱花开得烂漫。他摘下一朵樱花，装进密封袋，又打开2号信封，上边写着："任务二，从川内市到八代市，收集月台上的一朵樱花，完成后打开第三个信封。"同样，里边附有一张车票。

就这样，比尔花了两个多月的时间，从南端的鹿儿岛出发，一直走到了北海道北端，他按照信封上的要求，收集每一个站台上的樱花，一共拆了15个信封，最后一个信封指示的目的地不是站台，而是一间靠近大海的寿司店，店名正是"前线"，而且还是用英文写的！看到这个词，比尔禁不住热泪盈眶。这时，一位年轻的女老板走出寿司店，热情地接待了比尔父女。

原来，这家寿司店是一个退伍日本军人开的，已有近40年历史。老人去世前，说他曾在南太平洋与盟军作战，有一回在丛林行进时遭到鳄鱼袭击，绝望之际，一名美军战俘将他救出险境，那战俘为了救人失去了右臂，却强忍疼痛，指着岛上特有的大黄花

鼓励他——人的生命就像花儿一样可贵，谁都不应该轻易放弃。敌方士兵的举动使日本军人深受感动，终于支撑着活了下来。

战争结束后，日本军人退役回到本土，他远离都市，来到北海道的最北端开了一家寿司店，生意越来越好，但老人不扩大店面，而是委托一些民间组织寻找当年盟军的二战老兵，邀请他们到日本作一次观光旅行。他说，不少老兵饱受战争创伤，战后他们往往很难融入社会，他希望那些老兵能通过旅行重新振作起来，这也是日本军人对战争表示忏悔的最好方式。

比尔从女儿手里接过了那只装着

十多朵樱花的密封袋，把袋子递给了女老板，女老板从袋里拿出一朵尚未完全干枯的樱花，动情地说："樱花的花期很短，仅七天左右，但如果追寻着它的花期走，一路上你总能看到正在盛开的樱花，这在日本叫'樱前线'。爷爷说，人生旅程中最重要的就是远离绝望，尽管樱花的花期很短，只要肯追寻，总会有惊喜等着你。"

比尔听完女儿的翻译，若有所悟，他走进店堂，一眼就看到了正中挂着的一张大幅照片，照片中那位老兵正是山野龙二，比尔看着照片，突然像小孩子似的蹲下身来，失声痛哭起来："不是这样的，不是这样的呀……"其实，当时比尔想砍的正是山野龙二的手臂，却被树上的大黄花晃了眼，误砍了自己；事后，他又没胆量一个人逃离岛屿，把山野龙二背回去纯粹是为了讨好日军。

这时，店里的几名厨师和员工都围了过来，一只只手轻轻搭在比尔的肩上，有人说："兄弟，别哭了，过去是一场梦，重要的是你回到了真正的前线。"比尔止住了眼泪，抬起头来一看，他惊奇地发现这些人竟然都是些老兵，肤色各异，国籍不同，有的缺了胳膊，有的挂着拐杖……

后来，比尔就留在了北海道，据说现在仍然可以在"前线"寿司店里看到这位失去右手的老人。

（题图、插图：佐　夫）

只要你爱一点点

□ 飞　扬

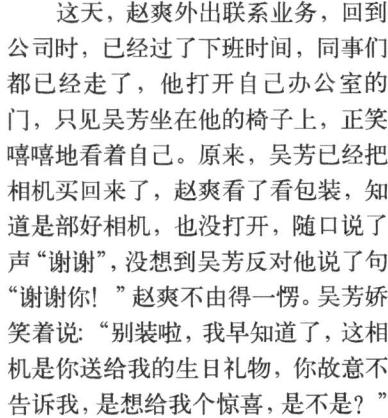

有一对夫妻，男的叫赵爽，女的叫林梅，两人十分恩爱，还有一个十岁的儿子。赵爽三十多岁，在一家著名企业担任中层干部，年轻得志，人也不免飘飘然起来，便和一个叫吴芳的女下属偷偷好上了。

最近，赵爽所在的企业准备在中层干部中提拔一个副总经理，他当然想得到这个职位，就准备讨好一下总经理，赵爽知道总经理的儿子酷爱摄影，便决定送总经理的儿子一部高档数码相机，可因为工作太忙，抽不出空，于是托情人吴芳去帮他买。

这天，赵爽外出联系业务，回到公司时，已经过了下班时间，同事们都已经走了，他打开自己办公室的门，只见吴芳坐在他的椅子上，正笑嘻嘻地看着自己。原来，吴芳已经把相机买回来了，赵爽看了看包装，知道是部好相机，也没打开，随口说了声"谢谢"，没想到吴芳反对他说了句"谢谢你！"赵爽不由得一愣。吴芳娇笑着说："别装啦，我早知道了，这相机是你送给我的生日礼物，你故意不告诉我，是想给我个惊喜，是不是？"

赵爽一听，脑门上一下子沁出了细汗，糟糕！过几天就是吴芳的生日，自己怎么把这茬儿给忘了呢？这吴芳虽然漂亮，却是个难缠的主儿，要让她知道相机不是买给她的，她失望之余，少不了对自己一顿数落，说不定还会生别的麻烦呢！赵爽支吾了几句，借口说要把相机带回家玩儿几天，便挟着相机离开了公司。

回到家，妻子林梅正在做饭，儿子在打电脑游戏。赵爽随手把相机放在一边，去帮妻子做饭，做完饭，他发现儿子竟拆开了相机包装，正摆弄相机，赵爽边喝斥着边把相机夺过来，重新装好。吃过饭，赵爽便把相机送到了总经理家里，走出总经理的家门，赵爽才松了口气。

两天后，赵爽来到公司，吴芳瞅着个空，偷偷问他："照片好看吧？"赵爽问："什么照片？"吴芳说："相机里的照片啊，怎么样，性感吗？"原来，那天吴芳坐在赵爽的办公室里等他，闲着无聊，就拆开了相机包装，搔首弄姿地自拍了起来，拍完了，她又把相机原样装好，后来又听赵爽说要回去研究相机，便故意不告诉他，想让他自己发现。赵爽听罢，惊出一身冷汗，总经理肯定发现了相机里的照片，这下完了！他连忙去找总经理，

先假装问相机性能如何，又找了个理由想把相机要回来，总经理一听笑了："我儿子学校组织他们去外地春游，相机被他拿去玩了。"赵爽估摸着，总经理大概还没看到照片，可相机拿不回来，里面的照片早晚都会发现的，要是他和吴芳那点儿事被总经理察觉了，那可就坏了大事了！

接下来的几天，赵爽吃饭不香，睡觉不宁，做梦都在担心照片曝光，可又想不出什么好办法。

好容易熬到竞聘结果公布的日子，赵爽心如死灰，知道一会儿总经理宣布的，肯定不会是自己的名字，然而结果公布，赵爽却傻了——副总经理的任命，竟真的落到他赵爽头上！任命仪式结束之后，总经理拍着他的肩膀，小声说："好好干啊！还有，谢谢你送我儿子的相机，里面的照片很不错嘛！"赵爽一惊，心想，这件事到底被总经理知道了！可是，总经理似乎并不在意那些照片，还是提拔了自己，这究竟是怎么回事？

回到家，赵爽看到儿子在房间摆弄一部相机，走近一看，竟然和他送给总经理的是一个型号，他拿过相机，打开一看，懵了，里面居然有十几

张吴芳的自拍照，只见吴芳搔首弄姿地倚在赵爽的办公桌边，明眼人一看就知道他俩的关系——这不正是自己送给总经理的那部相机吗？赵爽定了定神，正想把照片删掉，这时他觉得不对劲，猛一抬头，只见林梅站在不远处，冷冷地望着自己，赵爽有些心虚，问道"怎么啦？"林梅也不答话，打开儿子桌上的电脑，点开一个文件夹，只见里面居然有十几张和相机里一模一样的照片！事情到了这一步，赵爽也泄了气，便老老实实把跟吴芳那些事儿说了出来，说完了，赵爽问林梅："这相机怎么会在我们家？"

林梅说，那天赵爽把相机拿回家，儿子在玩相机的时候，见里面有照片，就传到了自己电脑里，后来林梅无意中发现了，又问了儿子，就全明白了。她知道赵爽送礼的事，也知道总经理的儿子爱好摄影，恰好他们的儿子和总经理的儿子是同班同学，便掏钱另买了一部同款式的相机，又从网上下载了一些高水平的摄影作品存在这部相机里，然后偷偷嘱咐儿子在春游的时候把那部送出去的相机换了回来。

赵爽听着，心里真不是滋味，他羞愧地问林梅："明明都是我的错，可……你为什么还要帮我呢？"这时林梅微微一笑，说秘密其实就在吴芳的自拍照里，赵爽对着照片看了很久，也没看出什么名堂。林梅指了指照片中赵爽的办公桌，问那里是什么，赵爽一看，脸顿时更红了，办公桌上有一台笔记本电脑，这是谁都能看到的，可赵爽知道，那台笔记本下还压着一张照片，那是他和林梅第一次约会时一起拍的，照片上的两人年轻、单纯，手拉着手，笑得那样甜蜜，那样无拘无束。这张照片过去一直摆在赵爽的办公室桌上，可自打有了吴芳，赵爽不想让她看到照片，可又不舍得把照片锁进抽屉，便把它翻了过来，压在笔记本电脑下面，细心的林梅发现笔记本电脑下露出的照片的一点边角，一眼便认了出来……"其实我当时真想狠狠心见死不救算了，可当我一眼看到露出的照片，心一下子就软了，别看那张照片只是露了点边角，可我要的也就是这么一点点……"

林梅话没说完，赵爽早已泣不成声，还是妻子理解他啊，要知道，他真正留恋的还是这个家！想到这，赵爽拿起相机，把吴芳的照片一张一张删掉，接着把电脑里的照片也删了个精光，删完照片，他很认真地对妻子说："从明天开始，我一定会天天回家的。"他知道，就算他真的把和林梅的照片锁进抽屉，林梅也一定不会见死不救，因为在林梅心里，永远有那么一点点光亮，那么坚定、温暖，那里才是自己真正的家。

(题图、插图：田 红)

家中有宝

□ 王瑞霞

坟场住着个女鬼，叫阿娇。这天夜里，一对小夫妻正赶着夜路，他们恰好经过阿娇的坟头，丈夫张三喜滋滋地说："老婆呀，上次你回娘家，也是夜里回来，在这坟场，咱们竟然捡着宝啦！"女的听了，羞羞答答地笑道："瞧把你给美的！"

说者无意，听者有心，刚才那一对小夫妻，阿娇是认识的。大概一个月前，女的回娘家，男的陪着，路过这里，当时因为突然下起了暴雨，小夫妻俩就在坟场旁边的小茅屋里留宿了一夜，当时阿娇也没太在意，刚才听了这小夫妻的话，阿娇顿时满腹狐疑 那天夜里，他们果真捡到了宝贝？

小夫妻俩说着笑着，渐渐走远了，可谁知道，他俩说的这番话，除了女鬼阿娇外，还被一个人听到了。那人长着一张疤癞脸，平时游手好闲，惯于偷鸡摸狗。疤癞脸刚才正躲在茅屋后面方便，无意之中听到了小夫妻俩说的悄悄话，疤癞脸"呸"地吐了口唾沫，嘀咕着："这个张三，真他妈好运气，娶了个如花似玉的老婆不说，走亲戚还捡着宝贝了！"可人家捡着宝贝是人家发财，疤癞脸再眼红也无济于事，他只得骂骂咧咧地离开了坟场。

转眼间，三十多年过去了。当年的女鬼阿娇，早做了鬼妈妈，她的儿子，也都快二十岁了。

近日，阿娇遇上了急事，急着用钱，又无处筹措，一个激灵，就把当年张三夫妻俩坟场捡宝的事给记起来了。其实，阴间也是讲究"见者有份"的，况且，他们还是在自己的地界儿上捡的宝贝呢。这么一想，阿娇决定去找张三夫妻讨宝贝去，哪怕分杯羹呢！

主意打定，阿娇如一缕轻烟，飘飘忽忽地找到了张三的家。当年那娇羞的小媳妇，早成了满面风霜的"三嫂"了，她的丈夫，也成了个老头子。

阿娇正想着如何开口跟他们交涉，突然，汽车喇叭"嘟嘟"响了，门外突然热闹起来，一会儿，有人开门进来，那人西装革履，风度翩翩，一口一声"爹"、"娘"，看来，他就是张三夫妇的儿子了。

张三夫妇一见儿子，立刻眉开眼笑。三嫂转身进屋，出来时双手捧着一个陶瓷杯子，那杯子古色古香，纹饰精美，一看就是个好东西。看得出，他们一家对这杯子都十分珍爱，那一刻，一家三口的目光全注视着这杯子，三嫂更是像捧着宝贝疙瘩似的捧着它，生怕有点闪失。

阿娇看着这杯子，心想：三十多年前，他们捡到的"无价之宝"莫非就是它？

儿子盯着三嫂手中的杯子，为难地说："娘，我时间紧迫，急着走哩。"

三嫂赶紧说："还是老规矩——就在家喝一杯水，喝完就走。"三嫂说着，满脸含笑，把盛了水的杯子小心翼翼地递给儿子。

阿娇心想，人家正享受着天伦之乐呢，宝贝的事儿，过些日子再提吧。

过了几天，阿娇惦记着张三家的宝贝，又飘飘悠悠地一路赶去，到了那里，阿娇走上前去，用尽量平静的口吻说："三哥，三嫂，想当年，你们在我的地盘上到底捡着啥宝贝呢？"

张三夫妇没回答，于是阿娇又抬高声音问了一遍，两人还是没理会，那张三望望窗外，说："他娘，好像起风了。"阿娇一想，是啊，人和鬼，阴隔阳啊，自己的说话声，在人听来，就像是风吹树叶时发出的"沙沙"声呀，看来，不好跟他们语言交流啊！

阿娇没办法，只好等到张三夫妻俩熄灯睡下后，翻箱倒柜地找了起来。还好，没费多少时间，阿娇总算在橱柜里找到了那只陶瓷杯子。她伸出手，端起杯子，哎呀，好重啊！

说来也巧，这时候有个黑影，正偷偷摸摸地撬开门闩，蹑手蹑脚地摸了进来。黑影进得屋来，一看，我的妈呀，怎么空中悬着一只杯子？他不知道那是阿娇拿着杯子，吓得一声惊叫："鬼呀——"

阿娇也吓了一跳，手中的杯子"咕咚"落在地上，幸好没砸碎。这一下，张三夫妻都给惊醒了，张三大喊

"有贼"，三嫂跌下床来，连滚带爬朝杯子扑过去："别动我的杯子！我的儿，我的杯啊……"

那黑影猛地推开三嫂，一把将杯子揣进怀里，转身就要开溜。三嫂死死抱住黑影的腿，冲着张三大喊"他爹啊，赶紧去叫人！"张三嘴里应着，冲了出去。

其实，那黑影正是当年躲在茅屋后方便的疤癞脸。最近他赌博，欠了一屁股债，正没辙呢，他忽然想起张三家还藏着宝贝，今儿晚上，他就是冲着宝贝来的。现在见三嫂没命地夺那杯子，他顿时明白了，这杯子，就是张三夫妻俩捡来的宝贝！于是，他从身上抽出一把寒光闪闪的刀来，对着三嫂的胸口就是一刀……

一会儿，张三带着乡邻们赶来了，疤癞脸被制服了，但三嫂也一命呜呼了。她望着自己的老屋，望着那血泊中的杯子，千般无奈，万般悲切，一缕幽魂，依依不舍地离去。

三嫂的魂魄到了坟场，阿娇见了，笑脸相迎"欢迎，欢迎你来这里，和我做邻居。"三嫂一愣：是啊，自己已经死了，用不了几天，坟场上就会筑起一座新坟。

紧接着，阿娇问道："三嫂，你那杯子，是个宝贝吧？"

三嫂又是一愣："哪里会是什么宝贝呀！那杯子只是厚了点儿，重了点儿，那不过是个普通杯子啊！"

阿娇急了："那你咋把这杯子像儿子一样宠着？还把命都搭上了？"

三嫂叹口气，幽幽诉说起来——

原来，三嫂的儿子大学毕业后进了城，当了干部，官越当越大。按说，这是好事儿呀，可是儿子忙啊，忙得一年回不了几趟家，即使回来，也最多只是在家里喝一杯水，说上几句话后就匆匆走了。于是，三嫂就到镇上的商店，挑选了一只最厚重的杯子，用它给儿子盛水，杯子厚了，水不容易冷，要喝下杯子里的水，就得多等上一会儿。这样，儿子就能在家里多待上一点时间了。

说完这些，三嫂泪眼涟涟"有了这只杯子，我就能把儿子多留住一会儿，你说，这杯子，不就是宝吗？我怎么能让别人抢走呢？"

阿娇听了，禁不住也哭了："三嫂，原来是这么回事呀，实不相瞒，我那儿子，他也要去上大学了，虽说是阴曹地府，那学费也贵哪，我没钱，这才惦记上你家的宝贝。唉，阳间阴间，父母心疼儿女，那是一样的呀……不过，我还是不明白，你们上次经过坟场，不是亲口说捡到过宝吗？"

三嫂微微一笑，深情地说："我们夫妻，曾因下暴雨，在坟场的茅屋里留宿过。算时间，大概就是那一晚，我怀上了儿子，这对做爹娘的来说，可不就是无价之宝吗？"

（题图：黄全昌）

阿P 当保安

□ 左文萍

阿P在一个高档小区当上了保安，他想好好表现一下，让大家对自己刮目相看。可是干了几天，就觉得英雄无用武之地，说管理吧，小区里连个乱扔垃圾的人都没有，更别说小偷强盗什么的了，阿P觉得十分郁闷。

一天，阿P在小区里转悠，当他转到一号楼时，忽然看见一个戴着草帽的瘦老头在楼下草坪里忙活。他凑上前一看，发现瘦老头正在清理一小块地。阿P眼前一亮，立马来了精神，大喝一声："干吗呢？"

瘦老头吓了一跳，停下手看着阿P，说："我看这地闲着，想栽点葱。"

阿P一听，好家伙，这下有机会展现我阿P才能了，他清了清嗓子，严肃地说："这是公共草坪，你以为是你家菜园呢？还栽葱呢，不许栽！听见

没有？"瘦老头有点不服气，嘟囔道："啥草坪啊，杂草都长那么高了也没见有人管，这地荒着……"

嘿，还敢抬杠？阿P准备好好教训一下瘦老头，刚一抬头，就见远处保安小刘在朝自己招手。阿P不知出了什么状况，不情愿地走过去，问："咋啦？我正在维护小区环境呢。"小刘紧张地说："这老头是张处长的爹，你怎么敢这么跟人家说话？你还想不想干了？"

阿P一听，有点傻眼了，自己找份工作还真不容易，可是眼瞅着这么整洁的小区种小葱，阿P心里不舒服，他还在磨蹭，小刘已经过去，朝老头拱拱手说："大爷，误会误会，阿P是刚来的，不知道您老人家，多有得罪。"说完拉着阿P一溜烟走了。

从此，一号楼下的草地上多了一片葱，绿油油的，长得很旺盛。阿P心里有气，可不服也没办法，谁让人家

是领导的爹呢！每次经过那片葱，阿P总要狠狠瞪上几眼。

话说阿P这人忘性大，事情过去了一段时间，他又发现二号楼下的草坪多了一片绿油油的菜苗。有情况！阿P浑身来了劲，他四下望望，没人。阿P知道，这年头讲证据，不能打草惊蛇，要抓就得抓个现行！于是，他悄悄躲在一棵大树下。

不一会，打前面过来个胖老头，只见他大模大样地跨进草坪，蹲下身子，在菜苗地里拔起草来。

阿P见时机已到，像一头豹子似的扑过去，大喝一声："住手！"

胖老头没防备，吓得一屁股坐在地上，好半天才问："小伙子，你、你要干吗？""干吗？执行公务！你在干吗？"胖老头回过神来，说："我看这地还挺肥的，种点西红柿，咋的啦？"

憋了这些天，总算抓了个现行，阿P双手把腰一叉，正气凛然地说："这是公共草坪，不能乱种东西！"

胖老头很不服气，他站起身，喉咙比阿P还响"真是太平洋的警察管得宽，那边有人种葱，你怎么不管？"

人家是谁你是谁？阿P心里冷笑一声，嘴上说："你甭管别人，你种就是不行，把菜苗都给我拔了！"

胖老头惊呆了，他不相信地上下左右打量阿P。阿P挺神气地说："看什么，不认识铁面无私的阿P呀？"胖老头确信对方不是开玩笑，气呼呼地丢下一把杂草，走了。

阿P打了一个翻身仗，心情别提多好了。回到休息室，逢人便吹自己如何舌战胖老头，维护小区环境。几个保安开始还赞叹阿P挺勇敢，可听着听着一个个脸色都变了。阿P浑然不觉，得意地说："破坏公共草坪，改天见了我还得教训他！"

"阿P，写检查，跟我上门道歉去！"一声怒喝，把阿P拉回了现实之中。一看，是自己的顶头上司，保安队长。"队长，怎、怎么啦？"阿P忙问。"还怎么啦，你把王局长的爹得罪了，这让我们今后怎么开展工作？"原来胖老头的儿子是局长呀！

第二天，队长带着阿P去胖老头家里登门道歉。胖老头还拿上了架子，忿忿不平地训阿P："我一个孤老头，把儿子拉扯这么大容易吗？我儿子为人民服务，忙得天天不着家，我还被人欺负……"顿一下，胖老头又问，"我就想自己种点新鲜的西红柿吃，有错吗？啊！有错吗？"队长和阿P一起点头："没错，没错。"阿P还加了一句："劳动光荣！"队长一个劲儿说好话，好说歹说，胖老头才肯作罢。

事后，阿P又被更大的领导狠批了一顿。大领导千叮咛万嘱咐，以后发生什么事，一定要先搞清楚状况，要是再发生这种事，立马卷铺盖走人！

阿P气啊，可端人家的饭碗，又有什么办法呢？这一天，又逢阿P值班，他巡逻到三号楼时，又见有人在草地上忙碌。那是一个黑瘦的矮老头，手里拿着一把小锄，正细细地把土坷垃敲碎。旁边一只小篮子里装着一些个头饱满的大蒜，看样子是要种蒜苗。

阿P原想睁一眼闭一眼就过去了，但前几天的委屈就像一股气，在胸口上下折腾，阿P最终决定管一管。有了前两次经验，阿P学乖了，他先仔细打量矮老头，见他衣着破旧，脚下还放着一只破塑料袋，里面装着踩扁的空可乐瓶，怎么看都不像这小区里的住户，倒像是个拾破烂的。为了证实自己的判断，阿P先火力侦察，他客气地问："大爷，您是谁的爹？"

"啊？"矮老头没反应过来，愣在那里。阿P赶紧换了一种有水平的问法："您儿子在哪里高就？"

"我……我没儿子。"矮老头不知对面这个保安想要干吗，一时说话也不太流利。

这下阿P就像是打了鸡血，浑身来了劲，两眼一瞪又问一句："你不住在这小区里吗？"

矮老头一摇头："我住外面。"

一个拾破烂的，看到别人在小区草坪里种菜，也想来插一脚，是可忍，孰不可忍？阿P中气十足地吼道："你敢破坏公共草坪？知不知道这是违法的？走，跟我上保安队，今天一定要罚你的款！"

矮老头显然没料到事情会这样，说话都有点不利索了："同志，对……对不起，我看到有人种，我以为没人管呢，不种还不行？"

阿P一把抓住矮老头的前胸，趁势就朝前拉。矮老头不住地挣扎，不住地求饶。阿P更来劲了，几天前的那口怨气终于找到了出口，他使出吃奶的劲儿硬是把矮老头拉到了队部。

矮老头开始以为是遇着绑票的，吓得一路狂叫"救命"，直到进了队部才安静下来。阿P大声喊道："队长，

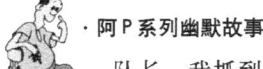
队长，我抓到一个破坏小区绿化的老头。队长……"队长慢慢从里间走出来，看了看，面无表情地说："阿P，你到财务那里去领钱吧。"

哈哈，这么快就发奖金了？阿P还要谦虚两句："队长，这是应该的……""去吧，去领钱吧。"队长不耐烦地挥挥手，让阿P快点消失。

阿P高高兴兴去财务领奖金，会计笑嘻嘻地递过当月工钱，嘲讽道："阿P，你行啊！"阿P心里得意，但场面上还得谦虚一下；"嘻嘻，举手之劳嘛……"会计说："阿P，领导说了，我们这庙小，以后你就不要来上班了。"阿P愣住了，他急着问："怎么回事，我，我不是刚刚立过功吗？"会

计不愿多说，让他去找队长。

阿P百思不得其解，返身就去队部，队长不见了，那个矮老头也不见了，只有小刘在值班。阿P苦着脸说："我就想不通了，罚了一个拾破烂的，至于开除我吗？"

小刘悄悄说道："什么拾破烂的？你这人死活不长记性。你知道他是谁？他是赵厅长的爹！"

"啊？"阿P的嘴巴张成了"O"形，整个人都傻了。他呆呆地说："不可能啊，我事先还问过呢，他说他没儿子！怎么还成了厅长的爹？"

"废话！"小刘一副恨铁不成钢的表情，"赵厅长是女的！"

阿P闻言，呆若木鸡。好久，才回过神，收拾好行李，很无奈地出了小区。忽然，阿P想起了什么，他跑回一号楼下面，把那一片小葱拔得干干净净，接着又跑到二号楼和三号楼下面，把菜苗和蒜苗也拔了个精光，阿P边拔边想：自己没做错呀，处长、局长、厅长他爹怎么啦，难道可以不要社会公德了？开除我又怎么啦，临走前，怎么也得治治你们！

拔完那些苗子，阿P拎起行李，大摇大摆地走出小区大门，边走还边唱着："该出手时就出手啊，风风火火闯九州……"

（题图、插图：顾子易）

（本栏目欢迎来稿。来稿可从邮局寄发，也可从网上传递。如为电子邮件，请发以下信箱：chin_poet@163.com。）

打不死的鸟儿

□原著:〔美〕弗兰克·鲍姆

有一个叫波波的鸟神,他厌倦了神仙生活,想做点新鲜事。哪里有新鲜事呢?他决定去地球上看看,他施展法力,一转眼,来到一座大城市。

这时夜深人静,人们都睡了,波波来到了商业区,觉得一切都很陌生,很新鲜。波波走进了一家女帽店,见玻璃柜里摆放着琳琅满目的帽子,许多帽子上都装饰着各种各样的小鸟,波波很惊异,他是鸟类的保护神,看到他的小朋友们被缝制在帽子上,关在玻璃柜里,感到很伤心。波波毫不犹豫地打开柜门,吹了一声只有小鸟才能听懂的口哨:"朋友们,门开了,请你们飞出来吧!"

波波不知道鸟儿们已经被做成了标本,可是不管真鸟假鸟,活鸟死鸟,都必须遵从波波的命令,他可是鸟神呀,所以,它们全都离开了帽子,飞出玻璃柜,飞出了屋子……

波波在街上逛了一圈,再次路过那家女帽店,这时,他发现屋里的灯亮着,屋里有个妇女,正伏在桌上伤心地哭泣,她是帽店的女老板,这晚发生了这样的事,使她十分伤心,她喃喃自语:"现在只有用鸟儿装饰帽子才是时髦,鸟儿没了,没人会买我的帽子了,我会因此破产的……"

波波听了,禁不住内疚起来,他没想到因为自己对鸟儿的爱护,无意中却伤害了一个人,使她陷入不幸。

这天夜里,波波望着玻璃柜中那些帽子,寻思着用一种什么东西来代替帽子上的小鸟,他四处寻找,后来在附近的地窖里发现了许多灰色的小

老鼠，波波想：倘若把这些小动物放在帽子上，不是也可以吗？

波波念起咒语，把所有的老鼠从地窖中呼唤出来，然后用魔法把它们固定在玻璃柜里的帽子上。在波波眼里，这些配着老鼠的女帽那么别致、漂亮，他决定待在商店里，他要亲眼看看，那个女商人看见这些帽子被装饰得如此优雅，会有多高兴！

一大早，女商人来了，在擦洗玻璃柜的时候，她看见了帽子上镶嵌着的老鼠。"一只老鼠！"她吓得浑身发抖，惊叫起来。

看到眼前的情景，波波才意识到

老鼠是特别令人厌恶的，于是，他马上吹出一声只有老鼠才能听懂的口哨，所有老鼠都从帽子上跳了下来，冲出玻璃柜，一溜烟地跑出了商店，回到地窖里。这场面吓坏了女老板，她昏倒在地，不省人事。

波波心地很善良，看到自己好心办了坏事，他想，看来只好让那些鸟儿再回到玻璃柜里了，于是，他来到了树林，找到了那些鸟儿，鸟儿们看到波波来了，顿时欢呼雀跃："波波，谢谢你让我们恢复了自由。"

"不用谢了。"波波说明来意，让鸟儿们回到帽店里去，鸟儿们不愿意，并责问为什么要让它们回去，波波回答道："因为你们是那个女商人的私有财产。"一只黄雀严肃地说："你是所有鸟类的保护神，你应该知道我们生来就是自由的，可那些可恶的人用枪打中我们，用别的东西填满了我们的肚子，把我们做成标本，又将我们卖给女帽商，还说我们是她的私有财产，这从何谈起呢？"

波波听了这番话，有点困惑了，他说："可假如我让你们自由，那些可恶的人还会向你们射击呀……"

黄雀嚷道："现在我们不怕了，因为我们肚子里填了别的东西。今天早晨有个人向我们开枪，子弹消失在我们的肚子里，我们却什么事都没有！"

波波不知所措，默默离开树林，

跑去请教鸟神之王，讲述了事情的经过，鸟神之王听着听着，皱起了眉头："干涉人类很愚蠢，这对你是一个教训。既然事情已到了这般地步，毫无疑问，我们的鸟儿不能再作奴隶了，不过，你可以改变时髦的风气，让妇女们觉得有鸟儿的帽子已经过时了。"

波波问："那我该怎么做呢？"

鸟神之王侃侃而谈："很容易，所谓时髦是经常变化的，人们往往从报纸和杂志上读到现在什么是时髦的，所以你要拜访一下报社和杂志社，对铅字施以魔法。"波波还是有点迷惑不解："对铅字施魔法？"

"是的，你要让人们知道装饰着鸟儿的帽子已经不再时髦了。"

波波恍然大悟，他谢过聪明的鸟神之王，便造访了市内所有的报社和杂志社，他用魔法支配了编辑们的大脑，结果他们就按照波波的愿望写出一篇篇稿子来，很快，所有出版物都登出了关于"帽子新潮流"的文章。

这天早晨，帽子店女老板在报纸上读到了一篇文章："没有一个妇女再喜欢带有鸟儿的帽子了，因为这种帽子已经过时，现在最时髦的是佩有缎带和花边的帽子……"女商人看了这篇文章，高兴极了，因为她的店里有很多很多佩有缎带和花边的帽子。

从此以后，鸟儿们不再被做成帽子上的装饰了，有时猎人还会对准鸟儿放上一枪，可他总是奇怪，为什么

射不中呢？当你读完这个故事，一定会明白其中的奥妙：打不死的鸟一定是从女商人的帽店里飞出来的，因为它们的肚子里填满了别的东西。

银手指点评：帽子上的标本鸟儿获得生命、飞走了，这个故事的开头一看就是"假"的，却不妨碍大家津津有味地读下去，因为写故事有个诀窍：假的要当做真的来写。

很多好故事开头都是虚构的，比如仙女下凡、花鸟成精，但随着情节发展，故事越写越真。就像这则故事，标本鸟儿飞走是假的，但女帽商面临的困境是真实的，鸟神帮助她走出困境的方法也符合"鸟神"特有的思维，鸟神用老鼠装饰帽子、对编辑施魔法，这些情节，非但不会让读者觉得虚假，反而会觉得这正像鸟神干出的事儿。

虚构的情节能否让读者觉得真实，关键在于故事是否把握住生活的本质，比如这个故事的结尾，对"帽子新潮流"的调侃就抓住了所谓时尚的本质，让人不禁会心一笑。好故事常能从生活表象中提炼出艺术真实，而糟糕的故事往往相反：故事一开始就局限于表象真实，并因为缺少对生活的深入思考，越写越假，最终沦为胡编乱造……（供稿：顾　诗）

（题图、插图：佐　夫）

笔 罚

□ 邓耀华

清朝康熙年间，襄阳城南清水湾住着一户姓陈的人家。这陈家是富户，但人丁不旺，陈家女人四十岁上才生下一对龙凤胎，儿子取名东东，女儿取名梅妞。

和陈家相邻的李家有三个儿子，这三兄弟天生残疾，李大瞎了一只眼，李二是个瘸子，李三只有一条胳膊。别看这三兄弟都有残疾，从小就好舞枪弄棒，个个都有一身功夫，才稍大些，便在清水湾一带欺男霸女，巧取豪夺，无恶不作。

遭李家三兄弟欺负最惨的，莫过于陈家了。一次，李家三兄弟公开调戏陈家女人，陈家男人实在忍不住，就抄刀子找李家三兄弟拼命，却哪里是他们的对手？很快就被打翻在地，

被人抬回家后，气恨交加，伤势一重，没几天便含恨死去。

这以后，李家三兄弟更是有恃无恐，不仅霸占陈家的家产，还把一家三口逼出了家门，陈家只好住进破庙。

这年，陈家一双儿女长到了十岁，儿子东东文文弱弱，女儿梅妞水水灵灵。陈家女人看着儿女一天天长大，不由得揪心，尤其是梅妞出落得花朵一样鲜亮，以后肯定逃不出李家三兄弟的魔掌。东东他看出了娘的心事，说："娘，让我出去学本事吧，学了本事回来保护娘和梅妞。"无奈之下，陈家女人只好点了头。

东东就在一个黑夜悄悄离家了。

李家三兄弟不见了陈家儿子，就

问陈家女人："你家小崽子死哪去了？"梅妞怒目回敬道："我家东东出去学本事了，学了本事回来找你们报仇。"李家三兄弟"哈哈"大笑，李大狠狠地捏了一下梅妞的脸蛋，嬉皮笑脸地说："好，老子等着他学了本事回来报仇，到时候非把他揍扁不可！"

一晃三年，东东没有一点音讯。

第四年，还是音讯全无。

捱到第五年上，陈家十五岁的梅妞已出落成水灵灵的大姑娘了，李家三兄弟早对她垂涎三尺，要不是他们互相争着要娶梅妞做老婆，梅妞早被他们糟蹋了。争来争去，三人最后终于说定把梅妞娶回家，一人一天，轮流侍候三兄弟。陈家女人死也不答应，李家三兄弟就来硬的：抢！

这天，风和日丽，李家三兄弟请了吹鼓手，抬了轿子，吆五喝六地来到破庙前，就要抢人，眼看着梅妞就要落入恶魔之手，只听见一声大喝："住手——"

人们循声望去，惊呆了——是东东回来了！可再一看他的装束，顿时大失所望：一身青衣打份，肩背一个小包袱，手拿一支二尺来长的毛笔，还是一副文文弱弱的样子。

陈家女人扑上前去，抱住儿子哭得死去活来："儿呀，你可回来了呀！看你这手无缚鸡之力的样子，哪是他们的对手呀？"乡亲们也纷纷上来劝说，东东朗声说道："娘，各位乡亲，

东东跟了师父五年，可他只教我写字，能不能除掉李家三害，说实话我心里也没底，今儿豁出去了，是死是活，总得见个分晓！"说是这么说，可他心里害怕，身子也有些哆嗦。

李家三兄弟勃然大怒，一场恶斗开始了：李大使出"连环腿"，腿腿紧逼，招招夺命，只见东东左支右绌，十分狼狈，忽见他笔一扬，腕一抖，一滴墨水便从笔尖飞出，不偏不倚，正好射进了李大的眼睛里，还没等李大弄清怎么回事，眼珠子就掉了下来，李大疼得大嚎："我的眼睛看不见啦！"

东东自个儿也是一愣，还没回过神来，边上李二突然使出鹰爪手，朝东东抓来，东东一闪身，伸笔朝李二腿上一捺，只听"刷"的一声，那腿便从腿根处齐齐断掉，李二一下子扑倒在地，嚎道："老三快跑，那小子使的铁笔功呀！"李三听喊，也慌了，转身就要开溜。"想跑，没那么容易！"东东士气大涨，话落笔出，那笔如利箭般一下刺进了李三的胳膊，把"独臂小三"的另一只手也废了。

报完仇，东东才算恍然大悟，他跪下来，朝师父所在的方向恭恭敬敬磕了三个响头。

从此，清水湾多了三个走哪都不招人待见的乞丐……

（题图：黄全昌）

深夜的纸飞机

□ 谢丰荣

不用去邮局寄钱

王帆家住山村，三间茅屋十分破旧，家里还有个高位截瘫的父亲，这年，王帆决定出去打工挣钱，可又不放心父亲。父亲却笑着说，没事，他会照顾好自己，只要王帆每月寄钱回来。父亲还乐呵呵地说："儿啊，我是给你攒钱盖房、娶媳妇呢，不过，你不用去邮局寄钱，那样太麻烦。"

父亲有残疾，去邮局的确很麻烦，可是不去邮局，怎么寄钱呢？

父亲说出一番话，令王帆大吃一惊，他说，他还在和王帆妈好的时候，有一回出远门，怕王帆妈寂寞，想寄一封情书，可当时他住在野外一座古庙里，怎么寄呢？庙里有个和尚，很有本事，教给他一个方法，父亲照着和尚说的做了，实在太神奇了，那封信果然寄到了王帆妈那里。后来，两人不光寄信，还寄过多次钱。

父亲说着，便将方法告诉了王帆，王帆听了，将信将疑。

王帆到了外省，在一个建筑工地上干活，工资不高，就一千多块，第一个月发了工资，那天深夜，他悄悄起床，走出工棚，爬到还未竣工的楼梯顶上，然后掏出十张百元钞票，将钱全部折成飞机，面对家乡的方位，在心里默默地念叨着："爸，儿子挣到钱啦，我这就寄给你。"

这时，王帆冒出了一个念头：要是这办法不灵怎么办？于是决定先用一百元试试。他手里拿着一只"飞机"，闭上眼睛，内心极其虔诚，默默想着家里那三间破房子和残疾的父亲，接着将纸飞机抛向夜空……映着城市的灯光，他看到这只飞机好像突然获得了灵性一般，箭一样地飞走了。

王帆坐在楼顶上焦急地等待，不到一小时，空中缓缓落下一样东西，落在王帆身边，那是一只用白纸折成的飞机，拆开一看，是父亲的笔迹："帆儿，一百元到家了！"

这么快就飞了几百里路，真是个寄钱的好办法！王帆将剩下九只纸飞机全部放出，那些纸飞机绕着王帆飞了三圈，划出美妙的弧线，恋恋不舍地向远处飞去。

放出纸飞机后，王帆放心地回工棚睡下，凌晨时分，父亲的第二只纸飞机越窗而入，降落在他的枕边……

没收到父亲的回信

从此，王帆就用这个方法给父亲寄了好几次钱，当然，他遵照父亲的嘱咐，对任何人都没说过这事。

俗话说，在家靠父母，出门靠朋友。王帆有个工友叫陈艺，两人同住一室，无话不说，但性格迥异，陈艺花钱大手大脚，工资经常不够用，他几次向王帆开口借钱，但王帆每个月往家里捎回一千元，哪有钱借给他呢？时间一长，陈艺觉着这个朋友小家子气。

有一天，陈艺在王帆枕边发现一只纸飞机，就好奇地问："你没事玩这个？"王帆说这是父亲写给他的信，陈艺不信，拆开一看，上面真有一行字，说钱到家了，时间正是今天。

"这信真是快得邪乎！昨天才发工钱，今天你父亲不仅收到了钱，连回信都来了！"

王帆怕被陈艺问出破绽来，连忙搪塞了几句，可陈艺一直觉得奇怪。

又到发工钱的日子，陈艺暗中注意着王帆。深夜十二点，王帆轻手轻

脚地出了门，这时陈艺也起了床，悄悄尾随着……就这样，陈艺终于明白王帆是怎么寄钱回家的了，世上竟有这样的事！他悄悄回到工棚，假装睡得很沉。

转眼又过了一个月，那天晚上，王帆给父亲"寄"完钱后回到工棚，可是早晨他一摸枕边，脸色蓦地煞白，因为他没有看到父亲收到钱后放飞回来的纸飞机！

原来，昨天夜里，王帆放飞的十只纸飞机在夜空中飘飘悠悠飞着，突然，领头的纸飞机一头栽了下来，接着是第二只、第三只……十只全都掉了下来，紧接着，黑暗中闪出一个人来，那是陈艺，他从小就是一个弹弓高手，百发百中，就是他用弹弓，把王帆放飞的十只纸飞机全打了下来。陈艺捡起了纸飞机，长长地叹了口

气，喃喃自语："王帆，对不住了，我也是没有办法……"然后，他揣好一千块钱，匆匆赶回了工棚。

再说王帆没见到父亲放飞回来的纸飞机，正床前床后地找呢，陈艺见状，强作镇定地问："丢东西了？"

王帆语无伦次地说："丢钱了……不不不，是一封信……"

陈艺假意帮着找了一会儿，就溜出了工棚，他抹了抹一脸的汗，接着，就去找包工头，吞吞吐吐地说："我想求你预借两个月的工钱，行不？"

包工头说："两个月工钱？昨天才发工资，今天就开始借钱？我怕你还不了，不行！"陈艺没办法，又向其他工友借钱，可一无所获，大家都不是很宽裕，再说都来自天南地北，指不定哪一天散伙，到时找谁要去？

传递爱心的纸飞机

这天，王帆过得很不轻松，他愁眉苦脸，干活也心不在焉，好不容易散了工，王帆跟陈艺又回到工棚，两人闷头吃饭，一声不吭。突然，王帆发话了："陈艺，我们是朋友吗？"

陈艺猝不及防，他回答"是"，王帆盯着陈艺放在墙角的木箱，目光跟剑似的："那你就把钱还给我吧！"

陈艺大惊失色，王帆怎么知道的？他定定神，冷笑着说："怀疑起朋友来了？我箱里怎么会有你的钱？"

谁知王帆叹了口气，说"你快打

开箱子吧，我的钱能听我的话。"

陈艺当然不相信，他打开箱子，箱里整整齐齐地放着一叠钱。王帆随即闭上了眼，默想起来，这时，不可思议的事情发生了：那十张平平整整的钱，突然像被风吹起一样，腾空而起，空中又像有十双无形的手在飞快地折叠一样，"哗啦哗啦"，瞬息之间，十张纸钞变成了十只纸飞机，紧接着，它们迅速整队，像接受过训练似的，排成了队，在头顶绕了三圈，然后轻轻着陆，停在王帆面前。

王帆说："尽管你把飞机拆了，钱上面还留有印痕，只要我心思一动，它们就会恢复纸飞机的模样。早上我试了试，心里一念叨，箱子里就'哗啦哗啦'直响，我就知道是那些纸飞机拼命想飞出来。"陈艺见事情败露，霍地跳起来，冲着王帆嚷道："这是什么妖术？别想用来诬陷我！"

王帆不语，拿起一只纸飞机，拆开，递给陈艺看，陈艺这才发现，钞票上用铅笔写了几个小字："爸，你要保重身体！王帆。"原来王帆每次给父亲寄钱时，都用铅笔写几句问候的话。

铁证如山，陈艺的脸"刷"地红了，突然，他蹲下身哭了起来——原来，前天晚上，陈艺接到家里电话，说女友小琳生病住院，需要不少钱，要他想想办法。他犹豫再三后，这才打起好朋友的主意……王帆见他说得恳切，就问他治病需要多少钱，陈艺说要五千。

王帆听了，"哼"了一声，说："你呀，算什么朋友！"说着，他将桌上的钱全推到陈艺面前，然后又找出一张白纸，飞快地写了一行字，写完，又折成了飞机，拉着陈艺往外走去。

两人来到了楼顶，王帆郑重其事地将那只纸飞机向空中一抛，飞机破空而去。陈艺问道："你这是干什么？""待会儿你就明白了！"王帆拉着陈艺坐下，继续说，"我平时的确舍不得花钱，也不肯借给你乱花，可这次你确实遇上了难处，我能不帮？"

陈艺惭愧地低下头……

一个小时过去了，突然，陈艺惊奇地发现空中有一群鸟儿飞来，等鸟儿到了近处，才看清全是用百元钞票折成的飞机，这些飞机姿势优雅地在楼顶上盘旋，然后徐徐降落在两人周围。王帆拾起一只用白纸折成的飞机，上边的留言是："帆儿，你热心帮助朋友，老爸全力支持！"王帆笑着对陈艺说："这些钱是我爸借给你的！"陈艺感动得直抹眼泪，他将纸飞机拾起来，一数，正好四千元，加上刚才那一千，整整五千，这下小琳的病能治了！

"现在我来教你这种办法，相信我，小琳很快会好起来的！"接着，王帆毫无保留地传授起父亲的办法……

（题图、插图：田　红）

刀鱼宴

□ 萧 寒

故意刁难

长江边上有个江阴县，临江有座大酒楼，叫江鲜楼，酒楼的招牌菜"刀鱼宴"，是江阴一绝，江鲜楼老板廖平正直、侠义，因为他带头拒交官府多如牛毛的苛捐杂税，深得江阴百姓拥戴，却让县令牛子禄对他恨得咬牙切齿。

这年三月，正是长江刀鱼收获的时节，牛子禄派人给廖平送了个帖子，上面写着三日后，他要来江鲜楼品尝刀鱼宴。

三天后，牛子禄果真来了，身后还跟着江阴有名的食客侯刁嘴，两个人瘟神似的走进江鲜酒楼。这侯刁嘴原有万贯家财，可为遍尝天下美味，经常不惜一掷千金，几年下来，就把自己吃成了一个穷光蛋，牛子禄将侯刁嘴请来，自然是没安好心。果然，两个人来到酒楼，并没有去雅间，而是要廖平先带他们去参观厨房。

酒楼大厨江百变领着十几个徒弟正在后厨中忙活呢，一边的砧板上放着六七条一尺长的刀鱼，只见侯刁嘴摇摇脑袋，酸溜溜地说道"诗云'肩耸乍惊雷，腮红新出水，佐以姜桂椒，未熟香浮鼻。'这诗说的就是吃刀鱼贵在新鲜，我看这几尾刀鱼，恐怕已死两个时辰了吧？"

牛子禄竟想吃活的刀鱼！要知道刀鱼性格暴躁，触网后，不像其他江鱼那样坐以待毙，而是拼命挣扎，一转眼的工夫，就脱力死掉了，想吃活刀鱼，是难于登天啊！

廖平刚要说话，江百变却对着牛子禄一拱手说道："牛大人，请您明日再来，我一定给您做活刀鱼尝鲜！"

困难重重

第二天，牛子禄带着侯刁嘴又来到了江鲜楼，他们来到厨房，一看厨房正中放着的大木桶，当即愣住了。

原来，江百变叫木匠赶制了一个带滑盖的大木桶，木桶桶底的钉子上系着一个革囊，这只革囊中装的就是刀鱼爱吃的红线虫，只要把这个木桶沉入江中，将桶口留出一条缝，刀鱼就会钻进桶中，去偷吃革囊中的红线虫，此时只须潜入水中关上滑盖，刀鱼就出不来了。因为桶内有足够的活动空间，刀鱼虽被捕获，却不会奋力挣扎，自然也不会死掉。

牛子禄、侯刁嘴都是美食行家，一见木桶，便明白了，牛子禄十分尴尬，勉强夸了江百变几句，就虎着脸坐到雅间去了。不一时，菜上来了，一桌子刀鱼宴，共有八个菜，其中最令人叫绝的就是莲蓬刀鱼翅、兰花笋刀鱼、刀鱼炖辽参和燕皮刀鱼小馄饨。

牛子禄挨个尝了一遍，这些菜做得真是令人拍案叫绝，不仅保留了刀鱼的鲜味，又各具特色，尤其是那道燕皮刀鱼小馄饨，套用一句俗语来说——真的可以鲜掉人的眉毛呀！

牛子禄实在是挑不出刀鱼宴的刺儿来，他扭头望着侯刁嘴，侯刁嘴咂了咂嘴，忽然对一边作陪的廖平和江百变说："这刀鱼小馄饨，还是不地道

呀！"

原来，据说刀鱼小馄饨这道菜，一定要选用肥硕的雌鱼，才能做出最好的味道，其实这只是个说法，又有哪家酒楼真的会这么做？而且侯刁嘴虽然嘴刁，却断断不能尝出刀鱼的雌雄来，他这么说，是故意哪壶不开提哪壶——因为雌雄刀鱼体形相近，一年四季，只有在雌刀鱼怀孕待产的时候，才能分辨出雌雄来，否则就算剖开鱼的肚子也无从分辨。

这一下，廖平和江百变都傻眼了。

牛子禄得意地一摆手，说道："何时弄明白肉馅里刀鱼的雌雄，何时我们再来！"说完带着侯刁嘴扬长而去。

江百变冲着这两人的背影直骂，廖平更是气急，"砰"地拍了一下桌子，桌子上的茶壶茶碗咕噜噜滚到了地上，打碎了，江百变急忙弯身去捡，可是手指却被碎瓷片割出了血，看着江百变流血不止的手指，廖平忽然叫道："我有办法了！"

巧辨雌雄

廖平给牛子禄下了帖子，上面说，江鲜楼已经找到了辨别刀鱼雌雄的方法，恭请牛侯二位光临酒楼品尝最地道的燕皮刀鱼小馄饨。

这天正午，牛子禄没来，侯刁嘴却一个人来了，他说牛子禄今日公务

在身，派他先来看看情况，说着侯刁嘴来到后厨，看着木桶中游动的几条刀鱼说道："廖老板，您是用什么方法鉴别刀鱼雌雄的呢？"

廖平说了句"请看"，便把手探到了木桶中，侯刁嘴还没等细看，就听廖平一声惨叫，伸起手来，手指上鲜血淋漓。

廖平一边用布条包扎手指，一边说道："虽说刀鱼不是什么凶猛的鱼类，可是它被困在木桶中，还是免不了焦躁，这时若把手伸到水里，雄鱼就会立刻游过来，张口就咬，而雌鱼只有用手去抓它时才会咬你！"

侯刁嘴看着廖平血淋淋的手指，吓得一缩脖子，说道："高，你们想出的办法真是高，我回去禀告牛大人一

声，三天之后，我们再来品尝你们的刀鱼宴！"

廖平见侯刁嘴远走，才将手中一件物什丢到地上，原来，廖平将手伸入木桶时，手心里早藏了一小片薄铁，若不是他用这片薄铁割破自己的手指，侯刁嘴一定又要借题发挥，贬低江鲜楼的声誉了呀！

这一关又躲过去了，可廖平又皱起了眉头，因为三天之后，就已过清明节了，这刀鱼和别的鱼类有所不同，一旦过了清明，它的骨头便硬如顽铁，鱼肉枯似干柴，那时牛子禄要吃肉质鲜美的活刀鱼，不是把人往死里逼吗？

借尸还魂

三天后，牛子禄、侯刁嘴果然又

来了，可这一次不止他们两人，还有个十分威严的人，虽然穿着低调，可一看那气度，还有牛、侯两人对他那巴结样儿，就知道是个大官。廖平小心招呼，不一时，一桌子刀鱼宴上齐了。牛子禄刚尝了一口菜肴，就把筷子"啪"地拍到了桌子上，喝道："大

胆奸商！我要的是活刀鱼，这刀鱼一定是清明前就冰镇起来的死刀鱼！要不然过了清明，岂能还如此肥嫩？"

廖平面不改色地答道："本店用的刀鱼，绝对鲜活，几位如果不信，可进后厨一观！"一行人来到后厨，见大木桶中有十几尾刀鱼，这些刀鱼卧在桶底，尾巴和身子还在不停搅水呢！

侯刁嘴不信，指着木桶中的活刀鱼，对江百变说道："你就用桶里的活鱼，现在就给我们做一道菜！"

江百变应了一声，右手探进木桶，将一条摇头摆尾的刀鱼抓了出来，去鳞下锅，油炸浇汁，眼还未眨一下，一道红烧活刀鱼就出锅了，更奇的是，这刀鱼躺在盘子里，还在一下下扭动身体呢！

侯刁嘴和牛子禄拿起筷子，各尝了一口刚装盘的刀鱼，这鱼肉做得可比龙肝凤髓，美味至极，那位大官模样的人也尝了一口，口中啧啧不已。这时，廖平忽然提起一根筷子，猛地往鱼身上一刺，一股带着腥味的鱼血飞射出来，那鱼剧烈地扭了几下，就此不动了，廖平用另一根筷子拨开鱼肉，那鱼腹中竟然藏着一条黄鳝，上面还插着筷子呢！

牛子禄又惊又怒："廖平，你竟敢……"

廖平一跪到底，对那大官说："巡抚大人明鉴，草民廖平，以开酒楼为生，江阴知县牛子禄，中饱私囊，横

征暴敛，因草民带头拒税，怀恨在心，数次将草民逼入绝境，草民叩请巡抚大人为民做主！"

那大官眉头一皱："你怎知我就是巡抚？又如何证明牛子禄的所作所为？"

廖平毕恭毕敬地说："草民低贱，只能在这红烧活刀鱼中动手脚，牛子禄是一方父母官，自然能在江阴的江堤上动手脚；巡抚大人几日前就到了，焉能不知？"

大官听了廖平的话，脸微微一红，对牛子禄说："牛知县，饭也吃过了，我们走吧！"

原来，最近城中传闻，巡抚大人近日将巡访江阴县，三天前侯刁嘴独自来江鲜楼，廖平猜想牛子禄是接待巡抚去了，今日廖平看见与牛、侯同来的大官，十成中更是料定了九成。没错，这大官正是巡抚，他早知道牛子禄不但搜刮民脂民膏，还在江堤修筑工程中掺入大量泥沙，但在牛子禄重金贿赂之下，巡抚竟决定向朝廷隐瞒此事——万万没想到，牛子禄的所作所为，连廖平这么个平头百姓都了然于胸，他巡抚再要瞒，那不是自找苦吃吗？

从此，牛子禄、侯刁嘴就在江阴城消失了，江鲜楼的名声却一日响过一日。

（题图、插图：黄全昌）

光说不算

□ 叶敬之

现如今，这结婚越来越快，离婚也越来越快，就说有这么一对小夫妻，男的叫张登科，女的叫李桂萍，他们结婚才一年，因为过不到一块儿，决定离婚了。

这天，李桂萍提出，虽然两人在一起的时间不长，可毕竟做过夫妻，离婚前，应该进行财产分割。张登科想，分就分吧，便问李桂萍打算怎么分。李桂萍说："我们这套婚房现在大概值60万吧，你先选，你如果想要房子，就给我30万，房子归你；你如果不要房子呢，我就给你30万，房子归我。"

张登科一听，眼珠子瞪得像牛眼那么大，怒气冲冲地说："你真是昏了头，房子是我父母买来送给我结婚用的，你们家一分钱没出，怎么能分你一半？"

李桂萍嘲笑道："哟，你真是贵人

多忘事啊，不错，房子是你父母买的，但不是送给你一个人的，其中也有我的份。"

张登科好不气恼，说："李桂萍，你不要胡搅蛮缠，房产证上写的是我的名字，没你的份！"

李桂萍冷笑一声，从包里拿出一支录音笔，说："婚礼才过去一年，你真的全忘了？"张登科突然想起了一件事，一时间倒愣住了。这时，李桂萍按了一下放音键，录音机里随即响起了一片喧闹之声，细听之下，能够听出是宴席上的声音。只听有一个中年男人说道："什么你的我的？我买的房子，是送给我儿子张登科的，你如今成了他的媳妇，房子当然也就是你的了！"接着，一个中年女人的声音附和着说："对对对，房子是儿子的，也是儿媳妇的。"又听得李桂萍的声音说："谢谢爸爸妈妈，我给爸爸妈妈敬酒！"

李桂萍放完录音，得意地说："听清楚了吗？房子是两位老人当着所有参加婚宴的人，亲口许诺送给我俩的，这是我们夫妻共同财产，不应该一人一半吗？"

原来，在张登科的婚宴上，他的父母一时高兴，确实当着众人的面，说过将房子送给小夫妻俩。这下，张登科有点吃不准了，婚宴上的许诺能算吗？

张登科找到自己的父母，一讲此事，两位老人气不打一处来："我们拿出贴皮贴肉的钱买的房子，她这会儿想拿现成的？这房子我们说了算，没她的份！"

这事后来越闹越大，最后，李桂萍把张登科告上了法庭，要求法院判决房子的一半归自己所有。

张登科一家专门请了个好律师，一开庭就很有气势，他的理由就是《婚姻法》司法解释第二十二条："当事人结婚前父母为双方购置房屋出资的，该出资应当认定为对自己子女的

个人赠予。"张登科的代理律师说："我的当事人的房屋，是当事人结婚前父母出资为他购置的，只能算是对我的当事人的个人赠予，而不是对双方的赠予。因此，我请求法庭驳回原告的诉讼请求。"

谁知，李桂萍的代理律师也不是省油的灯，他不紧不慢，侃侃而谈："刚才，被告的律师念了最高人民法院的司法解释，可惜的是他只念了前半句，没有念后半句。现在，我替他把后半句念出来。这后半句是：'但父母明确表示赠予双方的除外'。也就是说，如果被告父母明确表示，这套婚房是赠给双方的，那么，原告就理所当然地享有这套房子一半的产权。"

说完，李桂萍的代理律师当庭出示了三份证词：一份是婚宴摄像师写的，一份是婚礼主持人写的；还有一份是酒店服务员写的。他们都证明，婚宴上新娘新郎给新郎父母敬酒的时候，新郎的父母确实说过，他们买的房子，是送给儿子张登科的，如今李桂萍成了张登科的媳妇，房子当然也就是小夫妻两人的了！

形势急转直下，旁听席上，张登科的父母脸色变得惨白，差点晕过去。他们没想到婚宴上一高兴说的话，竟然成了证据，真是追悔莫及！

旁听席上的其他人也都预感李桂萍将要赢得这场官司，有几个性急的人已经站起身来，准备离庭。

 ·法律知识故事·

不料，张登科的代理律师并不慌张，他脸上带着一丝嘲弄的神色，站起身来，严厉地质问对方律师："请问什么叫房产赠予？"

李桂萍的代理律师有点不屑地回答："房产赠予是指将房屋所有权无偿赠给他人的行为。"

张登科的代理律师立即说道："好。下面我就来读一下法律对赠予的解释……"

听到这句话，李桂萍的代理律师已经意识到这场官司已经没了胜算，他再也没有站起身来反驳……

随着法官的一纸判决，房子归张

登科一人所有。眼看就要飘然而去的30万元，又晃晃悠悠地飘回来了，真是任你口说有凭，到底不如白纸黑字啊！

律师点评：

房产赠予是指将房屋所有权无偿赠给他人的行为。根据法律规定，赠予房屋应提交房产权证、赠予书、契证、公证书等相关凭据，到房产交易中心办理变更手续或订立书面协议，并实际交付受赠人房屋的赠予方可成立。而故事《光说不算》中在没有赠予协议前提下，仅凭张登科父母在婚礼上对儿媳李桂萍的几句不确定的表述，显然不足以成为有效赠予的法律依据。

录音的表述中也有"你如今成了他的媳妇，房子当然也就是你的了"的话。这当属附加条件的赠予，即赠予的前提首先房是给了儿子，而因为"你"是他们的儿媳妇，所以才有房子。假设原告要与被告离婚，赠予的前提条件已经不存在，这种赠予也就不成立了。

（题图、插图：谭海彦）

红版编辑部各编辑邮箱：
姚自豪：yaobianji@126.com;
郑继文：zjw002@vip.163.com;
吕　佳：lujia411@yahoo.com.cn;
叶小萌：xiaomeng.ye@gmail.com;
李天然：chin_poet@163.com。

信不信：真正让人幸福的，未必是爱情，而是情分……

赶我不走

□ 王兴莱

1. 新婚之夜

网上有句调侃的话，叫做"鲜花往往不属于赏花的人，而属于牛粪"。这话还真说对了，世间许多的婚姻都是错搭错配的，有时候，相貌丑陋的男人阴差阳错，却是"丑汉娶娇妻"。就拿刘庵庄出了名的丑人刘大宝来说，个头不足一米六，又黑又瘦，像根烧火棍，就这么一个要人才没人才、要家财没家财的人，居然把一个十里八村都出了名、如花似玉的大姑娘娶回了家，一时被附近村庄的男女老少传为奇闻，更惹得那些正当年的帅小伙，嫉妒得牙根都痒痒。

这个叫宋水仙的女人，人如其名，长得亭亭玉立，像朵盛开的水仙，单单年龄上，就比刘大宝小七八岁，两人这一结合，老少爷们都说真是一朵刚盛开的水仙花插在臭狗屎上——刘大宝在大家伙的眼中，连一坨牛屎都算不上，只能算泡臭狗屎。

谁都能看得出来，这么两个人会走到一起，必定是有缘由的，缘由很简单，就是"换亲"：宋水仙有个哥哥，年龄快三十了，有些弱智，说不到媳妇，而刘大宝有个妹妹，也正是当年，两家老人一合计，不管两个姑娘愿不愿意，便很快把婚事给办了。

结婚这天，刘大宝别提有多高兴了，他穿着一身借来的西装，一条红

领带系得有板有眼，六十多块钱买的一双皮鞋，擦得锃亮，端着杯子四处敬酒。

等宴席撤了，贺喜的人陆续离开，太阳也快落山了，刘大宝西服一脱，袖子一卷，想要帮着去收拾满院子的碗盘碟勺，这时，他娘走过来，一把夺过刘大宝手中的盘子，然后指指屋里，小声说："大宝，这儿活不用你干，你赶紧进屋和水仙说说话。"

刘大宝有些不好意思，说实话，直到现在，他都有点不敢相信，自己把宋水仙娶到了手，他红着脸，干搓手，不迈步子。

刘大宝的娘一看，立刻佯装不快地推了刘大宝一把说："结婚之前，你们俩总共没说过三句话，你赶紧给我进去，不管怎么样，她现在是你媳妇，你还怕她不成？她是漂亮，你也确实配不上她，不过等她给你生了孩子，

再过几年，还不到三十，这女人就老了，到时不就般配了？"

听娘这么说，刘大宝只好硬着头皮走进了屋里，一推开门，刘大宝就看见宋水仙坐在床的一角，瞪着眼，又怒又怨，冷冷地盯着他看，看得刘大宝不禁打了个冷颤，他笨嘴笨舌问了句不沾边的话："水仙，那个……你饿不饿？"

水仙理都没理刘大宝，鼻子里"哼"了一声，头一扭，把刘大宝撂在一边。刘大宝一见这情势，就想推门出去，可他刚推开门，就看见娘站在门外，那眼神分明是警告刘大宝：无论如何不能打退堂鼓！

无奈之下，刘大宝只好把门关上，拉条板凳，和水仙离得远远地坐下，从口袋里摸出烟来，点着，皱着眉头抽起了烟。

时间一分一秒过去了，水仙坐在床上，刘大宝坐在板凳上，两人一句话都没说，眼看外面天越来越黑，这时，门外传来刘大宝的娘急切的催促声："大宝、水仙，天不早了，你们赶紧睡吧。"

刘大宝应了一声，然后抬头看看水仙，灯光下，水仙还是冷冷地看着刘大宝，刘大宝再笨也能看出来，今晚，

水仙是绝不会让他靠近的!

两人就这么耗到了半夜,天色已经黑透了,突然,窗外传来两声猫头鹰凄厉的叫声,水仙猛地站起来,主动朝刘大宝走来,而且边走边伸手去解上衣的扣子,刘大宝一看,呼吸顿时急促起来,觉得自己站也不是坐也不是。

水仙走到刘大宝跟前,这当儿,衣服扣子也解得差不多了,她望着刘大宝,冷冰冰地问了一句:"刘大宝,我问你,你觉得自己配得上我吗?"

这么冷冰冰的一句话,瞬间把刘大宝打入了地狱,他脸上悲哀地抽搐了几下,然后自卑地摇了摇头。

水仙冷笑一声说:"你知道就好,我宋水仙是个爽快人,现在我有件事必须要告诉你。"说着,水仙猛地撩起自己的上衣,白皙的小腹露在刘大宝面前,微微凸起,刘大宝一见,赶紧把头转向一边。

水仙轻轻地摸着小腹,说:"刘大宝,你看看我这鼓起的肚子,说明里面已经有娃了,这娃儿当然不是你的,我实话告诉你,其实,我早已经是别人的女人了,还怀了别人的种,今天我跟你结婚,这都是被逼的,我一丝一毫都不情愿,你是个好人,是个老实人,我知道,可我这么一个漂亮的女人,嫁给你,我想你自己也知道,那是糟践了。"

事情来得太突然,刘大宝看着眼前的水仙,看着那团凸起的肉,又听到宋水仙像机枪扫射般的一番话,整个人傻了、懵了、瘫了,不知该说什么好。

这时,水仙慢慢把掀起的衣服放下,把扣子重新扣好,说:"刘大宝,我告诉你,我今天必须要离开你,我要走,走得远远的,你放也好,不放也好,反正我不会留下。"

听完这番话,刘大宝眼中早已饱含泪水,他用粗糙的手背揉揉眼窝,突然,他把抽了一半的烟扔到地上,猛地站起来,走到门口,拉开门栓说"我知道自己配不上你,你走吧,我不拦你,去找你想找的人吧!"

这下轮到水仙愣了,她没想到刘大宝这么爽快就放自己走,愣了一会,她赶紧回到床边,拿起一个小布包,歉意地对刘大宝说:"大宝哥,你是个好人,我这辈子是对不住你了,下辈子我再补偿你吧。"说完,她走到门口,一拉门,说:"进来吧。"

刘大宝哪里想到门外还有人,正在诧异,从门外走进了一个小伙子,手里还操着一把刀,刘大宝见了,吓了一跳,惊慌失措地站起来说:"你……想干吗?"

水仙赶紧夺下小伙子手里的刀,扔在地上,说:"大宝哥,这就是我的那个心上人,他叫孙建设,我们本以为你不会放我走,就约好了,他在外面等着我,只要屋里的灯一黑,他就

会冲进来，哪怕闹出人命，也要把我弄走，我们说好了，要活一起活，要死一起死……现在我啥也不说了，你是个好人，我们以后一定会报答你的！"说完，两人推开门，一前一后离开了屋。

刘大宝惊恐地望着地上那把闪着寒光的刀，不由后怕起来，心想："幸亏我主动放她走了，不然，今天晚上可要出大乱子啦……"

2. 夜半敲门

第二天一大早，刘大宝把水仙跟心上人走的消息告诉了娘。

刘大宝的娘一听这话，立刻昏倒在地，刘大宝赶紧又掐又喊，老人家总算醒过来了，她醒来第一句话就是："大宝，赶紧去把你妹妹喊回来，咱们不能便宜了宋家啊！"

刘大宝嘴里应着，身子却没动，昨天一晚上，他几乎一夜没合眼，最后他想通了，这是自己的命不好，怪不得别人，妹妹既然嫁了就嫁了，再说水仙有心上人这事，宋家也不一定知道，与其让两家人都不好受，索性不如就让一家人受罪吧。

天下没有不透风的墙，就在这天下午，宋家也知道了水仙逃走的事情，刘大宝的妹妹听说这事后，大闹了宋家一场，收拾铺盖，要回刘庵庄，刘大宝赶紧跑去，骂了妹妹一顿，她才安静下来。宋家当然知道理亏，最后允诺刘家，就是砸锅卖铁，也要帮刘大宝再娶上一门亲。

过了三个多月，宋水仙的娘主动来到了刘家，欢天喜地对刘大宝的娘说，刘大宝再娶的事有眉目了，原来河西王家村有一户姓马的人家，家里有个二十七八的老姑娘，一直未嫁，这姑娘人长得没得说，高挑的个子，脸蛋也俊，比水仙还要漂亮几分，眼下，碰巧现在马家出了点事，急需一笔钱，于是马家就放出话来，谁要是能拿出五万块彩礼钱，就把自家姑娘嫁出去。

这倒是个好机会，宋家和刘家当即就拍了板，接着，宋家卖了几十棵树，又借了点外债，凑了三万，刘大宝这边也凑了两万，正好五万，彩礼钱就有了，于是找了个熟人，给马家传了话，准备初八这天，把彩礼钱送过去，同时，把结婚的日子定下来。

初七这天晚上，刘大宝躺在床上翻来覆去睡不着，想到自己结个婚要五万块钱，不由心疼起来，再加上这次对方又是一个漂亮姑娘，他更加没有自信，毕竟上次水仙都嫁到了自己家里，连洞房都入了，可最后还是跑了，闹了个鸡飞蛋打。

就这样思来想去，到了凌晨两三点钟，刘大宝还没有睡意，最后，他索性拉亮电灯，把钱从箱子里拿出来，看着厚厚的五摞人民币，刘大宝真有些不舍，庄户人家，哪曾见过这么多的钱？眼看着这么多东借西挪弄来的钱明天就要成为别人的了，刘大宝顿时心里空荡荡的……就在这时，突然有人轻轻地敲响了门。

刘大宝家住在村西头，位置很偏，白天都很少有人来，现在，娘睡在屋后菜园的小屋里，前面就刘大宝一个人住，这都凌晨三点多了，怎么还会有人敲门？刘大宝手忙脚乱地把钱藏到被子底下，稳了稳心神，这才低声问道："谁？"

门口有个女人的声音："是我。"

刘大宝没听出来是谁，不敢下床开门，又问了一句："你是谁？"

这次，门外很快就回了话"我是水仙。"

听到水仙两个字，刘大宝立刻跳下床，开门一看，门外站着的果然是水仙。水仙挺着个大肚子，摇晃着闪进屋里，灯光下，刘大宝见她脸色蜡黄，额头上全是汗珠子，嘴唇也泛起了一层干皮，他赶紧弄了碗水，递到水仙手中，水仙接过来，"咕咚咕咚"一气喝完，然后"扑腾"一声跪在地上说："大宝哥，你可得帮帮我啊！"

刘大宝赶紧把水仙拉起来，水仙一五一十把来意说了，原来她和孙建设逃出去后，就到附近一个城市打工，两人租了间小屋，日子过得还算不错，不料孙建设在工地上突然出了事，从三楼的脚手架上摔了下来。包工头死活不认这是工伤，孙建设送到

医院后，很快就没钱治了，眼下孙建设还没醒过来，医院催得紧，水仙举目无亲，又不敢回自己的家去要，想来想去，能开口借钱的只有刘大宝一个人，就这样，她挺着怀孕的身子，连夜赶了回来。

刘大宝听完，关切地问："水仙，医院说了要多少钱吗？"

水仙难为情地说："得四五万左右，不过大宝哥，我知道你没这么多钱，你能借我一万就行，剩下的我再想办法。"

刘大宝一听，心想这真是太巧了，居然正好是五万这么个数，想了一会儿，刘大宝苦笑一声，说："你一个女人家的，能想什么办法？你要是昨天来我没有钱，你要是明天来我也没有钱，你今天来可就巧了，我正好有钱，看来这钱该借给你。"说完，他回头揭开被子，把那五摞人民币拿了出来。

水仙一看，呆住了，她根本没想到刘大宝居然有这么多钱，刘大宝说："拿去吧，本来这钱是我明天娶媳妇用的，不过我想通了，强扭的瓜不甜，花五万块娶个漂亮媳妇回来，要是跟你一样再跑了，我就太不值了。"

水仙一听，"哇"地哭了，腿一弯，又要磕头，刘大宝一把拉住了她，说"钱用在救人上那叫钱，哪有用钱买媳妇的？水仙，这钱这么花了我也心甘，你以后有了就还我，没有也没关

系，你别想太多。"

接着，刘大宝找来一块布，帮着水仙把钱包好藏好，水仙含着泪，转身刚要往外走，刘大宝突然说："慢着。"

水仙一听，吓了一跳，以为刘大宝反悔了，不料刘大宝回到床边，披上外套，又摸出一个手电筒，说："水仙，这半夜三更的，你一个人怀孕在身，又带着钱，走山路不安全，我送你。"说着，他毅然跨出了门。

就这样，刘大宝在前面打着手电筒，水仙紧紧跟在后面，两人沿着山路，往南面的公路走，一路上，两人一句话都没说，刘大宝不知该说啥

好，水仙呢，眼泪一直往外淌着，满肚子的话，只是说不出口。

约摸走了四五十分钟，眼看要到公路边了，刘大宝停住脚步，对水仙说："水仙，你自己往前走吧，几分钟后就到路边了，现在应该有早班车了，我就不往前去了，路口那家小卖店是咱们村上的人开的，我怕开店的人看见我们在一起不好，还有，你怀着孩子，别光顾着照顾孙建设，也得照顾照顾自己。"

听刘大宝说出这番暖肠子的话，水仙觉得嗓子里像被一团什么东西堵住了一样，一句话也说不出来，过了一会儿，她缓过气来，开口说道："大宝哥，上次咱们结婚时，我人在你家，但心不在你家；现在，我人必须要走，但我的心……已经有一半留在你身边了，你放心，我一定会报答你的。"说着，她快步走到刘大宝跟前，趁他不注意，重重地亲了他一口。

刘大宝没想到水仙会突然来这么一下子，整个人木然地站在那里，甚至感到脚下有些发飘，愣了老半天的神，他才笨笨地说了句："那个……我得走了，你也走吧。"说着，他头也不回地往刘庵庄方向走去……

3. 天上掉下个女人

刘大宝把五万块钱给了水仙的事，除了他，谁也不知道，而且他在借钱给水仙的时候就下定了决心：

"这辈子自己就是个光棍的命了，算了，以后再也不提娶媳妇的事了！"经历了两次"失败"的婚姻，刘大宝再也不去想结婚的事，只是闷着头干活，可这个世界总是挺奇怪的，你不去找女人，女人却主动上门找上了你。

有一天，刘大宝上山去挖地，中午回来的路上，突然看到一个衣衫褴褛的女人躺在路边，处于半昏迷的状态。刘大宝赶紧把女人背回家，给她熬了点粥喝，女人这才渐渐缓过神来，一五一十地说了自己的经历。

这女人叫王丽，贵州人，前段时间被人拐骗到两百多里路外的后山，后来，她趁那家人不注意，偷偷逃了出来，大路她不敢走，怕被追上，于是一个人翻了好几座山，总算逃出了虎口。一路上，她饥渴难捱，最后晕倒在路边，幸好遇到了刘大宝。

吃完饭，王丽说想回家，刘大宝就拿了两百块钱给她当路费，王丽感激不尽，临走时，她对刘大宝说："我回到家后，安顿好，一定回来好好谢你！"

刘大宝本以为王丽只是说说而已，可没想到一个星期后，王丽居然真的回来了，不仅回来了，还带了一包衣服，来到刘家后，不等刘大宝吩咐，她就自己动手在房里收拾起来。

刘大宝吓了一跳，问王丽："你想干吗？"

王丽笑笑："大宝哥，我知道你是一个好人，我这次来了，就没想走，除非你撵我走。我们老家穷，男人都走光了，我又是这样的情况，大家都知道我被人拐卖过，再想嫁出去挺难的，我就自作主张，如果你不嫌弃，我就和你一起过日子了。"

刘大宝还没表态，刘大宝的娘却乐得合不拢嘴，是啊，王丽这闺女收拾收拾还是挺俊的，加上她有主动嫁给刘大宝的意思，刘大宝的娘怎么会放过这个机会呢？

在刘家住下一个星期后，王丽找到刘大宝的娘，红着脸说："阿姨，您看看……能不能把我和大宝的事办了，我怕老这么住着，别人会说闲话的……"

一个子儿没花，白捡着一个大姑娘，加上王丽这几天对他们母子照顾得非常好，刘大宝母子两人商量一下，决定三天后办婚事，王丽一听，开心极了，拉着刘大宝就到集上去，说要打个电话告诉家里一声。

来到集上，王丽拨通了电话，用家乡话开心地说着，刘大宝怀着幸福的心情，站在旁边看着，可王丽说着说着，忽然腔调变了，接着，开始流起了泪，后来干脆"哇哇"大哭起来，把旁边的刘大宝吓了一跳。

挂上电话，王丽像掉了魂似的，刘大宝赶紧问她怎么了，可王丽死活

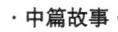

都不说，到最后，被刘大宝问急了，王丽才小声开了口，原来王丽的娘在老家那边出了车祸，从手扶拖拉机上翻到了沟里，摔成了重伤，送到医院抢救，需要两三万块钱，可她家里本来就穷，拿不出这么多钱……

刘大宝一听，眉头紧皱起来，末了，他拍拍王丽的肩膀，说："咱俩马上就要结婚了，你的娘也就是我的娘，这钱我来想办法。"

刘大宝把王丽送回家后，转身骑着自行车就出了门，他在镇子上有个表弟，开着一家批发店，手头宽裕，借几个钱，应该没问题。一路上，刘大宝蹬得飞快，冷不丁路对面有人大声喊着："大宝哥——"

刘大宝赶紧刹车，等自行车停下，他才看见喊自己的人居然是水仙，刘大宝赶紧推车上前，问"水仙，你怎么回来了？"

水仙瘦了一圈，原先凸起的肚子也平了，一听刘大宝这么问，她的眼圈不由红了："大宝哥，孙建设他人没了，我肚子里的孩子也没了，我刚下车，正要去找他呢。"

听水仙这么一说，刘大宝赶紧安慰了她几句，接着，刘大宝把自己要和王丽结婚的事告诉了水仙，水仙一听，眼泪顿时像断了线的珠儿，"滴滴答答"，淌个不停，原来孙建设死后，水仙想好了，这次回来，就是想和刘大宝一起好好过日子的，哪想到半路杀出这么一个叫王丽的女人。

水仙拍了拍身上的包说："大宝哥，钱你就别去借了，上次你给我的那五万块，我都给你带回来了……"

刘大宝一听，高兴极了，把自行车车头一调，带着水仙往村子骑，到了村口，离家还有五六十米，刘大宝停下来，吞吞吐吐地问水仙："你……你要去哪里？"

水仙爽快地说："去你家。"

刘大宝的脸上不自在了，说道："水仙呀，你知道，我马上要结婚了，你……你去我家不太合适吧？"

水仙没搭理刘大宝，她跳下自行车，自

74

个儿往刘大宝家里走去，刘大宝一见，赶紧推着自行车追了上来。

水仙进了院门，二话不说，直奔前房，进屋后，她看见有个女人正坐在床上发呆，就猜出那人应该是王丽，水仙走上一步，冷冷地说道："你叫王丽吧，我叫水仙，有件事我想告诉你，目前，我和刘大宝还没正式离婚，我们是办了结婚证的，受法律保护，你想嫁给刘大宝，那是根本不可能的。"说完，她走出房来，像刘家的家庭主妇一样，袖子一卷，拿着笤帚就开始扫起了院子。

这下，轮到刘大宝犯难了：没女人的时候，一个都找不到，现在倒好，有女人了，却一下子来了两个，这该怎么办呢？

4. 水仙，咱们离婚吧

刘大宝的娘正在院子后面浇菜地，听到前房里吵吵闹闹的，过来一看，居然是那个逃走的女人宋水仙，刘大宝的娘不快地说："水仙，你怎么回来了？"

水仙一见是刘大宝的娘，便笑吟吟地走上前，热情地说："妈，我嫁给了刘大宝，就是你们刘家的人了，这里当然就是我的家，我当然是要回来的啰！"

刘大宝的娘冷冷地说："水仙，你嫁给了刘大宝不假，但你一天刘家的媳妇也没当，就跟人跑了，现在刘大

宝已经有了新媳妇了，就是你身边的这个王丽。"

水仙看了看王丽，挖苦地说道："一看她眼神就知道是个狐狸精，不知道她肚子里想什么坏点子呢，你们还真以为她是想跟大宝结婚啊？"

王丽一听这话，双手捂着脸，悲伤地哭起来，一扭头，跑进了房里。

刘大宝一向脾气很好，可这次还是被水仙的话给激怒了，他气呼呼地说："水仙，你到底想怎么样，新婚之夜，你要走，我让你走了，你遇到难处来向我借钱，我把娶媳妇的钱都借给你了，我算对得起你了吧？可你怎么还来捣乱？"

水仙没想到刘大宝会发这么大的火，眼泪不由自主地淌了出来，她一字一句地说："刘大宝，我告诉你，我回来，绝对不是来捣乱的，而是回来做你媳妇的，从今以后，我会和你一起好好过日子的……"

这天晚上，刘大宝的娘死活不同意让水仙进屋去睡，还让刘大宝把门关严实了。刘大宝心上有些不忍，可是见向来温顺的娘发了这么大的火，只好把门关上了。到了半夜，刘大宝越想越不放心，他披衣起床，一拉门，一团黑东西立刻倒进了屋里，借着灯光，他发现那"黑东西"居然是水仙，原来水仙一直靠在门外睡觉。

刘大宝一见，连忙把水仙扶到床上，心疼地说："水仙，你怎么就这么

鞏呢,你这是何苦呢,我们俩真的是有缘无分,你这么年轻,这么漂亮,随便找一个也要比我好啊!"

水仙一听这话,眼泪"哗哗"淌下来:"大宝哥,说句实在话,我最爱的人就是孙建设,可我们俩没那个缘分,我们刚在一起他就死了。你呢,是个好人,主动放我走,又把娶女人的钱借给了我,你就是除孙建设之外我这辈子最想嫁的人,我已经失去了最爱的人,无论如何也不能再失去我最想嫁的人了,你就是赶我走,打着我让我走,我也不会走,我一定要留下来,当你的媳妇儿!"

水仙一番话,说得刘大宝热泪盈眶,他想了想,对水仙说:"既然你这么说,那我明天就让王丽回去,说实话,一开始我就不太同意和王丽的婚事。"

水仙一听,咧着嘴笑了,上前紧紧抱住了刘大宝。

第二天一早,刘大宝还没起床,就有人敲响了门,刘大宝披着衣服开门一看,门外居然站着两个警察,刘大宝正觉得诧异时,警察拿出一张照片,问刘大宝:"这人是不是在你家?"

刘大宝一看,照片上的人居然是王丽,他连忙点头:"是,是在我家,她前段时间被人拐卖,你们是来调查这事的吧?"

两个警察一听,面面相觑,其中一个警察笑笑,说:"看来你也被她骗了,这个女人是专门靠假结婚来骗财的,我们是来抓她的,你倒好,居然说她是被拐卖的。"

刘大宝一听,张大了嘴巴说不出话来,当警察从房里带走王丽时,这个女人果然一句话都没说,低着头,顺从地跟着警察上了停在门外的警车,开车之前,警察听说刘大宝没被骗走一分钱,便笑着说:"兄弟,你觉悟还是很高的,你昨天要是把钱给了这个女人,今天你肯定就再也见不到她了,幸好你没把钱给她,不然我们也不能这么顺利地把她抓住。"

警察走后,水仙立刻露出一副得意洋洋的笑容,她这才对刘大宝说:"我早就看出这个王丽不是个好人,你想想,贵州那么远,她怎么可能一个星期去了又回来?再说了,她从老家回来,既然是打算和你长久过日子的,为什么带的那包衣服,只有夏天穿的,没有冬天穿的?还有,她说她家里穷,那怎么还有电话呢?"

刘大宝一听,啧啧称道,信服地连连点头。

当天,水仙烧了一大锅开水,把自己洗得干干净净,她洗完澡,穿上新衣服,光彩照人地走出来,把刘大宝都看呆了,水仙一见刘大宝那火辣辣的眼神,害羞地红了脸,她走到刘大宝跟前,温柔地说:"自己老婆有什么好看的？"

柳暗花明又一村，经历了这些波折的水仙，心终于收回来了，她本来就聪明，又读过几年书，把这个家里里外外收拾得妥妥当当，既能照顾刘大宝，又对刘大宝的娘十分孝顺，刘大宝看在眼里，喜在心头，可让刘大宝想不到的是，突然有一天，水仙突然像变了个人似的，还惹出了一个大乱子来。

那是一个雨天，水仙坐在堂屋里看电视，电视里放的是汶川抗震救灾的节目，看着画面上的断壁残垣，水仙哭得像个泪人，突然，她像着了魔一样，撑起一把伞就冲进了雨中。两个多小时后，她从镇子上带回了几包红糖、一堆莲子、几支西洋参，还有一些不知名的东西，接着，她就生起火来，熬起了黑糊糊的粥。

也就是从这个雨天开始，水仙坚持每天都要生火熬粥喝，而且每次熬粥都不允许别人去看，自己熬好了，便躲在屋里偷偷地吃，一口气吃了好几个月，从没间断过。

有一天下午，刘大宝的娘觉得有点饿，恰好水仙又在煮粥，刘大宝的娘就推门进去，想要一碗粥喝。

水仙正坐在桌边偷偷喝着一碗黑糊糊的粥，见刘大宝的娘进来，顿时神色慌张、举止失措，连忙喊了声："娘，你进来干吗？"刘大宝的娘说饿了，想要碗粥吃，水仙忙说粥刚吃完

了，没啦，刘大宝的娘不信，走到灶边一看，锅里果然还有，刘大宝的娘一见，人愣住了，心凉透了，这儿媳妇是吃独食啊，刘大宝的娘本来血压就有点高，加上一时气急，当场倒在地上，不省人事……

水仙一见，吓了一跳，抱着刘大宝的娘大哭起来，刘大宝找来邻居的拖拉机，把娘送到了镇医院。

医生检查后说是病人急火攻心，引发大面积脑溢血，病人即使治愈了，也会半身不遂，也就是说，刘大宝的娘从此以后就只能躺在床上了。

听完医生这番话，刘大宝一边流

泪，一边把水仙拉出急诊室，对她说"水仙，你不觉得自己太过分了吗？我娘肚子饿，向你要一碗粥都不成啊？你怎么这样狠心啊！"

水仙双手掩面，痛哭起来，哭了一会儿，她抬起头，冷静地说"大宝，其实，你不知道，我那粥里放了许多苦的东西，我怕娘喝不惯，才没让她喝……"

刘大宝问粥里放了什么，水仙摇摇头说"我现在还不能告诉你，但大宝你要记得，我喝那粥，真的完全是为了你好，你就别问这么多了，到时候，我会告诉你的……"

刘大宝见水仙说出这么一番话来，将信将疑，他想了想，说"水仙，自从认识你之后，我这日子老是过得七上八下的，我觉得也许咱俩真的不合适，我们还是离婚吧……"

水仙的话斩钉截铁："我不会同意离婚的，娘是因为我犯病的，至少，我要照顾好她，毕竟，她是你的娘，也是我的娘！"

这几句话，说得刘大宝再也忍不住了，他上前紧紧抱住水仙，"呜呜"哭了起来，像个受伤的孩子……

5. 黑粥里的秘密

半个月后，刘大宝的娘出院了，在水仙的悉心照顾下，刘大宝的娘恢复得很快，不出一个月，居然可以下床挪着往前走了。刘大宝看在眼里，喜在心头，可谁料祸不单行，就在这时，刘大宝本人却突然出事了。

那天，刘大宝上山去刨那二分山地，不料，一不小心，脚踩空了，从崖上滚了下来，虽说那崖不高，但腰椎正好抵在一块青石上，当即昏死过去。

到了下午两点，水仙见刘大宝还没回家吃饭，就上山去找，发现铁锹扔在地边，人却没了影，她忐忑不安地探头往崖下一看，一眼就看到了昏迷着的刘大宝，她当即爬下了崖，一口气把刘大宝背下了山，在邻居的帮助下，水仙找了个平板车，把刘大宝送到了医院，人是保住了，可腰却坏了。

刘大宝住在医院的时候，水仙每天都要两头跑，既要照顾家里半瘫痪的婆婆，又要上医院服侍刘大宝，人很快瘦了一圈，而且最要命的还是刘大宝情绪很不稳定，医生私下里告诉水仙，让她注意盯着刘大宝，说他心理负担很重，有轻生的念头。

出院这天，刘大宝对水仙说："水仙，我想了想，我们还是离婚吧，我不能拖累了你，你还年轻，再说我们也没有孩子，你也没有什么拖累，赶紧找个好人家嫁吧，过几天好日子去……"

一番话说得水仙泪眼涟涟，她一边收拾着刘大宝的衣服、用具，一边

口气坚定地说："刘大宝，我告诉你，这辈子，我就像蚊子，像蚂蟥，像苍蝇，一辈子围着你，叮你，咬你，闹你，绝不离开，你想和我离婚，休想！"说完，她就背着一大包衣服、生活用品，架着刘大宝，来到医院外面的平板车边，让刘大宝躺到车上，然后把板车上的绳套往肩上一套，拉着回家了。

回去的路上，刘大宝不停地长吁短叹，嘴里反复嘀咕着："这以后的日子可怎么过啊？"

起初水仙不搭理刘大宝，可老听他这么念叨，就生了气，她停下脚步，回过身来，对着刘大宝发起了火："大宝，你不是一直想知道我为什么要喝那粥吗？那我今天告诉你……"

"好，那你说说，你为什么要喝那粥？"

水仙含着满眶的泪水，说起了那段辛酸的往事：

那时，她和孙建设一起逃了出来，进城打工，可没想到孙建设在工地上受了伤，最后还死在医院里，当时包工头死活不承认这是工伤，水仙为了给孙建设讨回个公道，就拖着怀孕的

身子，在工地上长跪不起，而且一跪就是三天，最后，她当场晕厥过去，肚子里的孩子就此没能保住。水仙在医院里做引产的时候，一个老医生对她说，她那段时间里身子骨受了大罪，从今以后再生孩子的希望就很渺茫了，不过他还是开了个方子，让她按方子抓药试试。水仙一听，当时就绝望了，从此她就放弃了……

水仙抹了抹泪水，又接着说："可是，那天我看抗震救灾的电视节目，碰巧听到了温总理的一句话：只要有一丝希望，就要尽百分努力，决不放弃。就是这句话，让我想通了，人嘛，一辈子就应该这样，任何时候，任何事情，只要有一丝希望，也要尽百分努力，决不放弃。当时我就想——我一定要把自己的病治好，一定要给你

们刘家生个孩子，所以我就冒雨到镇上按方子买了药，那方子要连吃三个月，其中有几味药，常人闻着对身体不好，所以我就一个人关在屋里熬，那种药闻都不好闻，我怎么能让咱娘喝药？"

刘大宝一听，心中不禁感慨万千，他无论如何也没想到，原来水仙是为了能给自己生个孩子，才接连去吃三个月的苦粥，这番苦心，真是感天动地啊，想到这里，刘大宝愧疚万分，他说："水仙，你受苦了，可我还是想问你，既然你喝那些药是为了生孩子，可你又干吗不告诉我和娘呢？"

水仙一边拉着板车，一边头也不回地说："你傻啊，这还用问？我怕告诉了你，你心里就老挂念着这事儿，到最后，假如我喝的那药没用，那你该多失望啊，所以，为了不让你失望，索性从一开始我就不让你抱什么希望。"

刘大宝一听，不住点头，水仙的话，使他的心情好了许多，他让水仙放心，他会好好活下去的。

"这就对了，你的腰是坏了，可是你的人不是还在吗？就算你再也不能干活了，那不是还有我吗？"说到这里，水仙突然回过头来，开心地问，"对了，大宝，你知道今天是几月初几了？"

刘大宝想了想："好像是四月初八，你看看这满眼的油菜花开得正盛呢。"

水仙转过头，笑着对刘大宝说："那到今年腊月，过年的时候，我送个礼物给你。"

刘大宝一听，不解地问："礼物？什么礼物？"

水仙却回过了头去，继续吃力地拉起了板车："到时候你就知道了，我想这个礼物你一定会喜欢的。"说着，她低头偷偷看了一眼自己平坦的小腹。

是的，再过几个月，水仙现在平坦的小腹，将再次会被一个小生命顶起，就在昨天，在医院陪刘大宝看腰上的伤时，水仙接连呕吐了好几次，浑身乏力，她觉得有些不对劲，生怕自己再病倒了，于是，她就瞒着刘大宝去做了个检查，结果医生的诊断结果说，她怀孕了。

当时，水仙简直不敢相信自己的耳朵，没想到那三个月的中药居然真的见效了，老天开眼了，真的让她可以给刘大宝生个孩子了，得知这个消息，她跑到医院后面僻静的墙角，痛痛快快地大哭一场。

路两边，四月的油菜花，开得漫山遍野，美极了，在一片油菜花的包围中，那辆拉着幸福和快乐的板车，顺着弯弯曲曲的山路，渐渐地走远了……

（题图、插图：杨宏富）

洋人给咱打工不稀罕，可洋人打短工的不多见，故事中的洋短工更是难能可贵……

□常山

洋短工

小龚出身本地农村，是个在校大学生，主修的是荷兰语，现在趁放暑假，在旅行社打工。

这天，巧事来了，小龚接待了一个老外，竟然是荷兰人，他叫范斯特，是个乡下老头，种了一辈子地，挤了一辈子牛奶。去年老伴过世，为了缓解自己的哀伤心绪，他把农场交给儿子打理，自己到国外旅游去了，周游了几个国家后，来到了中国。小龚没想到自己能真的接待到一位荷兰人，可以借此机会练练口语，这让他有些喜出望外。

这天，小龚陪同范斯特，来到了著名的黄河入海口游玩。

两人乘着游船，饱览了黄河入海口的壮丽景色，上岸回来后，觉得有些口渴，就到露天茶座喝茶。就在这时，小龚无意中看到有个小伙子在不远处招手示意，要他过去，一看，不是别人，竟然是他的初中同学郝顺，这家伙怎么也在这？他向范斯特道了声"失陪"，起身向郝顺走去。

郝顺是个聪明人，脑瓜子好使，除了读书不行，别的什么都行。他高中没上就出去打工，认识了一个姓毛的生意人，从此一直跟着他干。这些年，毛老板开奶牛场、牛奶厂、冷饮厂……买卖越做越大，最近成立了一家"馨香奶业股份有限公司"，当上了董事长，郝顺也跟着水涨船高，年纪轻轻就成了"董事长助理"。小龚疑惑地想：他找自己会有什么事呢？

郝顺递给小龚一根熊猫香烟，问："你陪的这个是哪国人？他能说英语或者汉语吗？"

· 中国新传说 ·

小龚说，那是个荷兰的农场主，只会讲荷兰语，郝顺一听，乐得张大了嘴巴好久没合上："这么巧？真是天助我也！"

原来，毛老板最近通过一番运作，将一笔款子转到荷兰的一家山寨投资公司，扣除给人家的好处费，再把款子原封不动打回来，便使他的"馨香奶业股份有限公司"摇身一变，挂上了"中荷合资企业"的招牌，这样，奶业公司就可以享受减税、退税等优惠政策。今天下午，毛老板要召开新公司成立庆祝大会，就在刚才，

毛老板检查大会筹备情况，突然一拍脑袋，说："妈的，要是再能有个真老外——最好是荷兰老外，那就更完美了！"于是他吩咐郝顺，立即赶到入海口去，那里是旅游景点，老外多，就算寻摸不着荷兰人，能寻摸着一个白人，那就成。那老外也不用干别的，只需参加下午的成立大会和晚上的庆祝晚宴，明天一早公司派车把人送走，到时就能净赚2万元。

到这会儿，小龚算听明白了："你的意思是——让这荷兰老外帮你们打个短工？"

郝顺连连点头："对，对，只要你能帮这个忙，这2万元钱，你俩每人1万。会议在豪迈宾馆开，食宿都在那里。"

小龚说，这事得跟荷兰老外商量商量，说着，小龚转身回到范斯特身旁，将事情说了，最后说："范斯特先生，咱们聊过，您也知道，我家经济条件很困难，为我上大学，加上我妈妈长年生病卧床不起，家里借了很多钱，欠了很多债，三天两头打饥荒。因此，这1万块钱的外快，对我来说非常非常重要……拜托您，就答应了吧！"

范斯特思考了片刻，爽快地同意了。

于是，郝顺开着自己的奔驰车，把两人拉到了豪迈宾馆，这是本地唯一的一家五星级宾馆，郝顺为他们登

记了一间客房，中午又带他们去餐厅吃饭，其间，他把需要注意的事项，不停地向小龚和范斯特交待着，生怕出什么差池。

下午三点，中荷合资企业"馨香奶业股份有限公司"挂牌成立大会，在"豪迈"宾馆五楼的会议大厅举行，市里各级领导，当地商界的一些重量级人物，以及毛老板、范斯特等，都在主席台就座。小龚坐在范斯特身后，给他做同声翻译。

主席台下面，一千多人的席位几乎坐满了，有馨香公司的员工、前来捧场的商界朋友，还有市电视台和当地其他媒体的记者们。

大会开始，毛老板依次介绍贵宾，最后，轮到介绍范斯特了，毛老板热情洋溢地说："下面，让我们以最最热烈的掌声，欢迎荷兰鹿特丹布鲁姆投资公司副总裁范斯特先生，为新成立的馨香奶业致辞！"

范斯特在全场热烈的掌声和欢呼声中起身，健步走到中央的发言台前，待场面安静后，他开始镇定地背诵起郝顺事先为他拟好的发言稿，而站在他身旁的小龚则手持话筒，熟练地翻译着——"能和馨香奶业公司结成战略合作伙伴关系，鄙人深感荣幸。我们布鲁姆投资公司有上百年的投资经验，我相信，布鲁姆投资公司的独特眼光，和馨香奶业的蓬勃朝气相结合，必将孕育出商业上的一朵奇葩……"

谢天谢地！范斯特虽然是个荷兰的乡巴佬，却很上得了台面，风度翩翩，有模有样，圆满地完成了长达五分钟的演讲，博得了长时间的热烈掌声，许多人甚至起立鼓掌，毛老板、郝顺、小龚等人，全都长长地舒了一口气。

大会过后，照例是盛大晚宴，范斯特在小龚及郝顺的协助、配合下，表现得相当得体，与方方面面的人物照面、碰杯、交谈、周旋，举止落落大方，甚至堪称优雅。

晚宴终于结束了，两人回到客房。这一天下来，可把范斯特和小龚累坏了，他们一头倒在床上，很快就进入了梦乡。

次日一早，是个大晴天，馨香奶业公司的一辆轿车早早地等在停车场。按照行程，今天范斯特要去北京旅游，小龚作为他的全陪，也将一同前往。

郝顺等候在车旁，将2万元酬金交到范斯特手上，和他握手道别，就在这一刻，意想不到的事情发生了，只见范斯特接过钱来，却不上车，对小龚说："我要见毛老板。"

小龚对郝顺说："他要见毛老板。"郝顺正要张口，你说巧不巧，毛老板正巧下楼来，准备开车回公司，郝顺便喊住了他，说："毛老板，范斯特先生要走了，他要见您。"

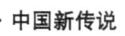

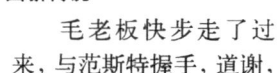

毛老板快步走了过来，与范斯特握手，道谢，范斯特对小龚说"告诉他，再给我10万元，否则我就去北京，找荷兰驻华使馆，召开记者招待会，揭露他们弄虚作假、搞假合资的内幕。"

小龚一听，吓得脸都白了，他说"范斯特先生，你疯了？为什么出尔反尔？这是敲诈你知道吗？"

范斯特冷冷地说："把我的话翻译给他们听！"事已至此，小龚只得硬着头皮，把话翻译了，毛老板一听傻了，他恶狠狠地瞪着郝顺，低声喝

道："你是怎么办事的？这是怎么回事？"

郝顺又急又恼，他再三向毛老板解释"我要知道是怎么回事，就让我全家被车撞死，我真的不知道，这荷兰乡巴佬怎么会突然间提出这个要求……"

双方僵持了老半晌，范斯特丝毫不肯退让，最后，毛老板无奈地叹了口气，掏出手机，给公司财务打了个电话，叫他们送10万元现金来，然后，气急败坏地坐上车走了。

二十分钟后，钱送到了，范斯特接了钱，和小龚一起上了车。小轿车开出豪迈宾馆大院，上了公路，开往北京。

一路上，范斯特很高兴，不停地吹口哨，哼小调，讲笑话，小龚却愁眉苦脸，怎么也开心不起来。

四五个钟头后，他们抵达了北京，在订好的宾馆前下了车，打发走了馨香奶业公司的小车司机，范斯特把那个装着12万元钱的牛皮纸袋往小龚怀里一塞，笑眯眯地说："这些钱，交你的学费，治你妈妈的病，还你家借的债，够了吗？"

小龚愣在了那里，他望着眼前这个满脸皱纹、和蔼可亲的外国老人，半天说不出一句话来，然后，他感到眼角一湿，好像有两滴泪珠滚落了下来……

（题图、插图：安玉民　梁　丽）

天外飞来臭石头

□〔法〕贝纳尔·韦尔贝 著

戴 露 翻译 赵勤华 改编

这天一大早，一块大陨石从天而降，砸在巴黎卢森堡公园的草坪上。这一下动静可不得了，方圆几里都能感觉到地面的颤抖，附近的居民被这声音给惊醒了，纷纷出来观看。陨石越来越引人关注，成了公园一道独特的风景。

这天，像往常一样，一群人围着陨石议论纷纷，忽然有人喊了一声："什么东西，这么臭？"大家嗅了嗅，才明白，是这块陨石散发着阵阵臭气。很快，几位天文学家奉命赶到，他们察看了半天没得出什么结论，最后把陨石命名为"太空排泄物"。

一天天过去，陨石越来越臭，人们推测：陨石内部是不是有什么正在腐烂？可是，陨石太硬了，谁也打不开。这块"太空排泄物"很快变成了巴黎的头号问题，市政府见问题严重

了，决定动手处理这块大陨石。

怎么处理呢？有个工程师提了个建议：用混凝土把陨石包裹起来。

这个建议得到了市长认可，很快，各地的上等水泥被运到了公园，工人们戴着面具开始给陨石"穿衣服"。忙活了一个月，任务完成了，可出乎意料的是，陨石虽然增添了十公分厚的"外衣"，却仍然臭气熏天。

后来又有人分析：一定是混凝土空隙太大，得找一种空隙极小极小的物质，才能抵挡住陨石臭味的渗透！

有人提议用石膏，政府采纳了这个建议。过了半月，陨石又穿上了"石膏衣"，可是，臭味还渗透了出来，"石膏计划"失败了，市长又开始召集专家开会讨论：什么材料能抵挡住如此臭的味道？最后工程师说了个词：玻璃！

大家恍然大悟，一致赞同用玻璃。于是，工人们运来了玻璃，并将它们化成热的熔浆，涂在那块大陨石的表面，最终，玻璃挡住了臭味。人们开始庆祝胜利，原来搬走的居民又搬回来了。现在的陨石，看起来像个圆溜溜的大球，晶莹剔透，比原来要好看十倍。灯光下，这个大球把公园装点得格外雅致。

一天深夜，忽听一阵"轰隆隆"的巨响，卢森堡公园草地上的那块大陨石突然消失得无影无踪了，人们惊诧万分，是什么力量使这么一个庞然大物消失的？它到哪里去了？

也就在这个时候，在另一个叫"巨人星"的星球上，一个女顾客光顾了一家珠宝店。女顾客从柜台里拿起一颗价格十分昂贵的珍珠，说："我从来没有见过这么美丽的珍珠，维特小姐，您是用珍珠蚌养殖成功的？"

珠宝店女老板维特露出一丝微笑，说："珍珠蚌虽然也能分泌珠质包裹住杂质，但抛光效果并不那么理想，所以我用了新办法，瞧瞧，多么完美！不过，这可是个秘密。"

女顾客对维特说："我那些姐妹都喜欢这样的装饰品，所以，您能不能优惠些，我回去向她们炫耀炫耀，下次把她们一起带来。"

维特答应了女顾客的要求，以九折的价格卖给了她，并悄悄对她说："您是忠实的顾客，我告诉您吧，加工珍珠的那种动物，很小很小，有两只手和两只眼睛，却比珍珠蚌更懂得制造出优质的珍珠……"

一天半夜，维特拿起钳子，夹起后院草坪上一块圆石子，朝卢森堡公园扔了下去。这次的陨石比上次的还大，而且更加"香"气扑鼻，接着，她又往莫斯科红场、纽约中央公园、伦敦圆环广场各扔了一颗，她想好了，如果没什么意外，她打算在地球这个小行星上每年养殖50到100颗这样的珍珠，因为，女顾客的几十个姐妹都已经电话预订那样的珍珠了……

（题图、插图：安玉民　梁　丽）

"不听话"和"听话"

□ 王庆东

老张养了一只饶舌的八哥和一条凶猛的猎狗，分别起名"不听话"和"听话"。邻居老赵也是一个宠物爱好者，他对此一直大为不解：八哥，多可爱，反而叫"不听话"；凶巴巴的狗，倒取名"听话"？

这天，老赵去老张家拜访，想一探究竟。两个人抽烟喝茶，相谈甚欢，只是鸟笼里那只八哥，不断地在一旁插科打诨，让老赵感到十分讨厌，而那只猎狗，却安静地趴在老张的旁边，显得温顺而可爱。

不一会，老张要去阳台接一个私人电话，离开客厅前，老张再三叮嘱老赵千万不要去招惹那只八哥，也不必害怕那只表面凶恶的猎狗，说完，他就急匆匆地去阳台接电话了。

老赵才不信那个邪，一条凶猛的猎狗能驯服，一只饶舌的八哥倒驯服不了吗？等老张一离开客厅，老赵就把笼子拎起来，一边上下晃动，一边凑上前去仔细打量那只令人讨厌的八哥。那只八哥被他摇晃得很不舒服，在笼里上窜下跳，最后竟然骂了一句脏话："晃什么晃？你傻蛋呀？"

老赵无端挨了骂，更生气了，就压低嗓音凶狠地对八哥说："快给我闭嘴！不然我杀了你！"

那只八哥果然安静下来，竟然还胆怯地说了声："先生，对不起！"

老赵高兴了，不无得意地把八哥放到茶几上，就在这时，八哥"嘿嘿"地冷笑了一声，然后竟然学着老张的语气对一旁的猎狗说："听话，去咬他！"客厅里立即传出老赵的惨叫声……

出摊有窍门

□ 吴海英

集贸市场被拆了，原先卖水果的老于丢了生计，他在街上转悠了几天，还是卖起了水果，不过打这以后，老于每天太阳落山，才不紧不慢推着三轮车出摊，晚上十点不到车上的水果基本卖光，一有刮风下雨就干脆连摊儿也不出了。

邻居老钱也是卖水果的，却嫉妒

得要命，自己早出晚归，水果也比老于的好，为啥生意却不如老于？

这天，老钱早早收摊，见老于刚出摊去，他便悄悄尾随其后，想看看老于究竟有啥高招。只见老于推着车，来到一个树林子边上。老钱纳闷了：这荒郊野外，有生意吗？只见老于从车里拿出个扩音喇叭，喊了起来："瞧一瞧，有新鲜水果卖了！"

不多会儿，从林子里走出一对对说说笑笑的青年男女，他们来到老于摊位前，也不还价，一股脑儿将各种水果装入袋中，付钱后又匆匆离去，不多会儿，老于的水果卖得一干二净。

老钱在不远处看傻了眼。

"过来吧，老钱！"老于突然叫道，还朝老钱乐呵呵地招手，老钱一怔，红着脸走上前去，嘿嘿笑道："好巧啊！在这碰到你。"

老于说："都是老邻居了，还来这套？你不就是想知道我为啥生意好吗？"老钱不好意思地干笑了几声，问道："老于，这到底是咋回事啊？"

老于晃晃手里的喇叭，对老钱说："那些小青年，买的不是水果，是安静！这树林子里是小青年谈恋爱的地儿，我这扩音喇叭一响，他们巴不得我早点儿走人，只能拼命买我的水果，希望我早点卖完收摊，所以啊，我每次都进些便宜水果，专挑好天气来这里卖，时间一长大家都有了默契，这水果当然好卖啦！"

这下凑够了

□ 韩春玲

胡北风是个赌徒，这天，他捡到了一个奇怪的盒子，上面布满了许多的小孔——这是什么东西呢？

盒里有张纸，上面写着一行字："吹一下，奇迹就会诞生。"

胡北风对着那些小孔吹了一下，盒子发出了一种很奇怪的声音，而就在这时，一个女人从他面前经过，只见她停下来，从包里取出一张百元大钞，放到地上，然后就匆匆走开了。

胡北风一愣："这女人为啥这么做？莫非是我吹出的那个声音有股魔力？"这时，又有一个人走了过来，于是胡北风又吹了一下。那人听到声音，也停了下来，从钱包里取出一张百元大钞放到地上，走了。

胡北风激动得双手颤抖："这一下我可找到生财之道啦！"

这时，那边又走来一个西装革履的男人。"估计这家伙是个有钱的主儿。"胡北风嘟囔了一句，闪身躲到了一棵大树后，等那个男人来到跟前，胡北风掏出盒子，接连吹了十声。果然，那个男人停了下来，从钱包里掏出一沓钱，飞快地数着，只见他接连数了两遍，然后又急急地把钱包翻了个底朝天，这才把钱放到地上，走了。

胡北风连忙跑过去，捡起钱，可一连数了几次，都是八百："怎么回事？难道是那盒子不灵了吗？我明明吹了十声，他怎么只留下八百块？"

这时，胡北风发现面前站着一个人，正是刚才丢下钱的那个男人。胡北风还没明白过来，那男人一拳砸在胡北风的太阳穴上，胡北风顿时两眼一黑，那男人从胡北风兜里搜出二百元钱，又一把夺过胡北风手里的八百元，数了数，把钱一起放到了地上，嘀咕着："真是邪门了，如果不马上凑够一千元钱，我的脑袋就像快炸了一样，不过，这下终于凑够了。"

·幽默世界·

让人扫兴的理发师

□ 邓 笛 编译

这天，一个女人找理发师做发型，她告诉理发师准备去罗马度假。那理发师心理有些阴暗，他说："那见鬼的罗马！你们怎么去呢？"

"乘大陆航空公司的航班。"

"大陆航空？"理发师说，"这航空公司服务差，航班还常误点。那在罗马你们住哪儿呢？"

"我们住在泰斯特大酒店。"

理发师眉头皱得更紧了，他说："我敢说，它是全罗马最蹩脚的酒店。那么你们打算游览哪些地方呢？"

"去梵蒂冈，拜见教皇。"

"拉倒吧，"理发师大笑，"每天有成千上万的游客想见教皇，哪里会轮到你们呢？那么祝你们好运吧。"

一个月后，女人回来了，理发师问她罗马之旅的情况。

"真是太好了！"女人眉飞色舞地说，"大陆航空的飞机准点起飞，空姐服务周到，泰斯特大酒店刚重新装修过，我们住进了总统套间……"

"呃……"理发师嘀咕道，"那倒不错，不过你肯定没能见到教皇。"

"哦，你不知道我们多幸运！我们游览梵蒂冈的时候，一名卫兵彬彬有礼地把我们请到教皇私邸，教皇不仅接见我们，还和我们聊了好久呢。"

"真的吗？他说了些什么？"

女人朝这个爱泼冷水的理发师看了一眼："他说：'给你设计发型的理发师肯定是一个没有品位的人。'"

（本栏题图、插图：顾子易）

·本刊信息传真·

阿P系列幽默故事征文

阿P系列幽默故事栏目开辟二十多年来，深受读者欢迎。阿P是个有多重性格的喜剧人物，他正直、朴实，却又染有许多不良习气；他自作聪明，却又往往事与愿违，弄巧成拙；面对屡屡受挫的现实，他却能自我解嘲，很有点阿Q的精神姿态，让人啼笑皆非。

为了把这个栏目办得更好，本刊再次面向全社会征稿，希望有更多的人来关注阿P，把您身边的阿P故事写得更精彩，更有现实意义和典型意义。

来稿方法：1. 从邮局寄发，请在信封上注明"阿P故事征文"字样，本刊地址：上海市绍兴路74号《故事会》杂志社，邮编：200020。2. 从网上传递，可寄以下信箱：wulun@vip.sohu.net，请在主题上注明"阿P故事征文"字样。凡已和我刊编辑有联系的作者，稿件可继续投给联系的编辑。

475

2010
SEMIMONTHLY
下半月刊

11月
STORIES

欢迎登录本刊主办"故事中国网"（www.storychina.cn）

x

故事会
—— STORIES ——

2010 年 11 月
下半月刊·绿版

社长、主编：何承伟
常务副主编：吴　伦
副主编：姚自豪（上半月·红版）
副主编：夏一鸣（下半月·绿版）
本期责任编辑：杭　帆
电子邮箱：hangfan1102@126.com
绿版发稿编辑：
夏一鸣　朱　虹
见习编辑：
刘迎曦　颜轶超　黄美舟
美术编辑：李瑾super
电脑制作：郭瑾玮
通　联：归依玲
本社办公室电话：021-64375030
上半月刊编辑部电话：021-64332325
下半月刊编辑部电话：021-64336469
（上海市绍兴路 74 号　邮编：200020）
主管、主办：上海文艺出版（集团）有限公司
出版单位：《故事会》编辑部
发行范围：公开

制作、发行总监：张　凯
电话：021-64313938
广告业务：上海故事会文化传媒有限公司
广告总监：张　淮
广告业务：021-34010383
广告投诉：021-64333738
广告经营许可证
沪工商广字 3100320080016 号
发行：中国图书进出口上海公司

·笑话·

你猜错了

这天，一个瘦高个子的年轻人从发廊里出来，甩着一头披肩长发，得意地在街上散步。

一路上，有个中年男子一直跟在他后面，没多久就被年轻人发觉了，年轻人很生气。不料中年男子并不理会，而是客客气气地说"你的后侧位人头像很漂亮，我想给你拍张艺术照，用于商业广告，可以吗？"

年轻人一听十分高兴，连声说："可以可以，我猜你一定是发型设计师！"

"你猜错了，"中年男人摇摇头说，"我是卖拖把的。"（蓝昌科）

（本栏插图：包丰一）

无心上课

这天上数学课，快到11：30的时候，老师发现学生们一个个无精打采，哈欠连天，心思都飞到食堂去了。于是，他走到一个正在发呆的男生身边，大声问道："1.130的小数点向右移动一位，会怎么样？"

男生吃了一惊，可脑子却没有转过弯来，竟脱口而出："11：30，将会开午饭！"

（茜　茜）

小故障

经理刚刚做完手术，几个同事就相约一起去医院探望。可到了病房，大家见到经理，都只会呵呵地傻笑，谁也不好意思开口询问病情。为什么？原来，这次经理得的是痔疮！

这时，只听司机师傅干咳了两声，很认真地问道："经理，听说最近'底盘'出了点儿小故障，现在好些了吗？"

（咏　儿）

4

用人单位

有一对情侣刚刚订婚。这天，女友突然问男友："老实交代，你以前到底谈过几次恋爱？"

男友为难地说："其实也不多，和大家都一样。"

"那到底是几个呢？"女友追问道。

男友想了想，回答道："不是说'一个女人就是一所学校'吗？我还不是跟大家都一样，先进幼儿园，然后小学、中学、大学，接着读硕士、博士，一直读到博士后。现在遇上你，我总算是找到'用人单位'啦！"

（阿科）

意外的选择

一位丧偶女士想买一部新车。为此，她的儿子做了广泛的调查，最后认为X型是最好的。儿子告诉她说："这车内部十分宽敞，我和朋友试过了，两个六英尺高的男人都能舒服地坐在后排座位上！"

可意外的是，女士买了另一款较小型的车子。儿子不解道："我不是已经告诉你X型才是最好的吗？"

"是不错，"女士点点头，"可我只需要一个六英尺高的男人，而且，他也没必要坐在后排座位上！"

（余娟）

比比谁更牛

这天，教授在讲台上偶然发现，下面竟然没有一个学生在记笔记，他便问前排的一个男生："你不做记录，怎么能记住我讲的内容？"

男生嘿嘿一笑，从口袋里掏出一个U盘高高举起："老师，我带着这个呢！"教授点点头，接着又问其他学生："带了U盘的同学请举手。"几乎所有学生都举起了手，唯独后排一个戴眼镜的女生坐在那里一动不动。

教授感到好奇，就说："你什么都不带，怎么行呢？"那女生站起来，朝教授鞠了一躬，答道："老师，麻烦你课后把讲课内容发到我的QQ上，QQ号我等会儿再告诉你！"（史志鹏）

·笑话·

鱼与花

妻子养了几条金鱼，可过了一阵子，鱼缸里的金鱼一条一条地死去，最后只剩下一条了。

这天，丈夫见妻子站在鱼缸前直叹气，便问她："怎么了，最后的那条鱼也要死了？"妻子点点头，难过地说："你看它游得有气无力的。"

丈夫连忙安慰道："你别太难过了。你多看看我养的花，它们长得多旺啊！"

妻子哼了一声，说道："我的鱼儿都成你的花肥了，它们好意思不往好了长嘛！"

（王　忠）

后生可畏

弟弟刚上小学三年级。这天，哥哥跟弟弟开玩笑，问他有没有喜欢的女孩子。

"当然有啊！"弟弟一本正经地说，"不过这要分校外跟校内，请问你想问哪一个？"

哥哥听了，大惊失色，心想：现在的孩子真是不得了啊！于是，他顺势说道："那么，你就先说说在学校里喜欢的女孩吧。"

"可是，"弟弟眨眨眼睛，一脸为难地说，"我们这个年级有八个班耶！"

（丁　强）

我也放心了

一个年轻人去拜访老作家。两人闲谈中，老作家随手翻开一本市面上很"火"的杂志，指着上面的一篇小说，问年轻人："你看得懂吗？"年轻人有点难为情地摇摇头，说："看不懂。"

老作家笑道："我原以为自己看不懂是因为思想老化，既然你这年轻人也说看不懂，那我就放心了！"

一听这话，年轻人也哈哈大笑起来："我原以为自己看不懂是因为年幼无知，现在您这老前辈也说看不懂，我也就放心了！"

（雷　茜）

6

赎回去

一位大富翁第一次接见他的准女婿。他对女婿说："欢迎你成为我们家庭的一员。等你和我女儿结婚后，我将给你公司一半的产权，你只需每天去工厂转一转、看一看就可以了。"

女婿听了，却皱皱眉头道："可是，我受不了工厂的那些噪音。"

富翁感到很为难："那你想让我怎么办？"

"其实很简单，"女婿轻快地说道，"你把我那一半产权再赎回去，直接兑现给我就可以了。"

（小　凡）

跑调大王

这天，公司集体去k歌，看到同事们纷纷登场，五音不全的老李忍不住也高歌一曲。可等他唱完，却发现大家东倒西歪，都笑得不行了。这时，经理走过来，拍着老李的肩膀，说："这歌唱得有水准啊，调儿都跑了十万八千里了！"

老李听了，顿时羞红了脸，小声解释道："最后不是找着调儿，又跑回来了吗？"

经理却摇摇头，说："我看啊，那顶多算是路过！"

（毛　毛）

夹豆

有个老外在餐馆点了一盘炒毛豆，菜上来后，他就一手抓着一只筷子，双手同时发力，想把盘子里的毛豆夹起来。可费了半天力气，也没有夹起一粒，毛豆倒是散了一桌子。

旁边的一位小青年实在看不过眼，探身过去把桌上的一粒毛豆夹起来，大声说道："应该这样夹！你看，这不夹起来了吗？"

"那还用说，"老外眨眨眼睛，说道，"它们都已经和我斗得精疲力竭了，当然容易夹了！"（蓝　天）

（本栏目欢迎原创笑话或翻译的最新外国笑话。来稿可从邮局寄发，也可从网上传递。如为电子邮件，请发以下信箱：hangfan1102@126.com）

跳槽的秘诀

□ 罗列超

这年头，跳槽也成为一种流行。就拿我来说吧，我是学工商管理专业的，一直以来，我的理想是薪水三年过五千，五年破一万。为此，我开始频繁跳槽，三年之内，换了八个工作，薪水终于升到了四千元。

可我还不满足，想一步到位，把薪水加到五千元！这天，我鼓起勇气跟老板提出了加薪的要求，谁知老板听了，居然激动得从沙发里跳了起来："小罗，你知道现在的大学生平均工资是多少吗？两千都不到啊！你如今都四千了，还想加？"

"老板，可我是有三年工作经验的！"我据理力争道。老板"哼"了一声，说道："好吧，如果不想干的话，你就走吧，想加薪？绝不可能！"说完，他挥挥手让我离开。

我的头一下子大了，心说：这个老板还真辣手啊！不过，表面上我还是不动声色，故作潇洒地笑了笑，然后收拾东西就准备离开。谁知临出门前，老板突然走过来意味深长地对我说道"小罗啊，听我一句忠告：如今，这大学生到处都是，你眼光可别太高了！"一听这话，我狠狠瞪了他一眼，就头也不回地走了。

老板的那句话虽然难听，但还真是实情。这之后，我投了一百多份简历，却音信全无，我的心一下子掉进了冰窟窿。这天回到家里，我一头栽在床上，眼泪马上不争气地掉了下来。刚好父亲回来看到了这一幕，他在得知事情的经过后，叹了一口气说道："我早让你踏踏实实地干活儿，你就是不听，瞧见没，知道厉害了吧！"

我抹了一把眼泪，嘲讽道："踏踏实实？您倒是踏实了一辈子，结果怎么样？""你……"父亲用颤抖的手指指着我，不过好半天，一句话也没有说出来。他跑到阳台上去抽了一支烟，才慢慢踱回我身边，沉吟半晌，忽然问道："只要能找到一份五千元的工作，你真的就不再跳了吗？"我点了点头。"那好，"父亲爽快地说道，"你准备一下，明天我就带你面试去！"我简直不敢相信自己的耳朵，心想：就凭他，也能给我找到一份五千元的工作？

谁知第二天一大早，父亲还真催着我跟他去面试。我一脸狐疑地跟他出了门，一路上七拐八拐，不想父亲竟把我带到了他工作的那家酒楼，然后，指着酒楼门口的一块木牌，说道："看见了吧，我们老板最近想要招聘一批管理人才，那个大堂经理的月薪就是五千元，你有把握干好吗？如果有，我这就跟老板说去！"

"这个不是我的老本行吗？"我不屑地说道，"怕只怕您没那么大面子！"父亲没有搭理我，径直朝楼上的老板办公室走去，我也只得跟了上去。也许因为有熟人引荐，老板对我十分客气。他接过我的简历后，就认真地看了起来，不过看着看着，只见他的眉头慢慢皱了起来，我的心也跟着提了起来。过了一会儿，老板放下简历，说道："小伙子，你这三年已经在八家单位干过了，工作经验很丰富啊！"

一听这话，我心里总算松了一口气，说道："是啊，我想趁着年轻，应

该多做点事情，见见世面，这样才能见多识广啊！"老板听后，微微一笑，冲我说道："不错，我也年轻过，非常能够理解你的心情。只是，我想问你一个问题：当你离开你的前任老板时，他花了多长时间挽留你呢？"

这么一问，我回想起上次在老板办公室的情形，突然觉得脸上像火烧一样发烫。老板见此情景，轻轻合上了简历，说道："看来你虽然工作经验丰富，但并不是不可取代的人才啊。这份工作不合适你，对不起！"

这次我的脸没有红，而是由红转青。老板说得没错，我的专业是管理，管理最需要经验的积累和沉淀，而我因为跳槽太过频繁，最缺乏的恰恰就是这个。难怪之前每次辞职都那么容易，原来那些老板根本就没觉得我是他们必不可少的人才！

这时，老板站起身来，拍拍父亲的肩膀，说道："老罗，对不住了，我也是爱莫能助啊！"说完，就准备起身送客。见此情景，我也站了起来，真恨不得马上逃离这里。

"等一等！"父亲突然大喊了一声，我顿时吓了一跳，要知道父亲从来没有这么大声说过话，不过他接下来的一句话更让我吃惊，他说，"老板，如果您不要我儿子的话，我就辞职！"

"你……"老板显然也没料到，他怔怔地看着父亲，过了一会儿，突然

笑了笑说道，"老罗，我知道你爱子心切，可也别拿自己的饭碗开玩笑啊！你知道现在工作有多难找吗？再说，你都这么大年纪了……"

这时，父亲居然从衣兜里掏出一封信来，然后拍在桌子上，说道："老板，我不是开玩笑的，这是我的辞职信！我来之前就想好了，如果您不同意留下我儿子，我再呆下去也没意思了……还有，对面'陈福记'的老板找过我好几次了，工资虽然不比你高多少，但我敢保证，这次我要是带上儿子去，他们肯定会接收的！"

我一听急了，心想：父亲真傻啊，哪有这样威胁自己老板的？万一这边辞掉了，那边又不肯兑现承诺怎么办？我不禁为父亲捏了一把汗。谁知，那老板在屋子里转了三圈之后，居然咬咬牙，说道："老罗，看在你我多年的交情上，我就答应你，把你儿子留下吧，不过……"他看了看我，示意我先出去。

站在玻璃门外，我看到老板附在父亲耳边说了句什么，父亲先是一怔，接着又忙不迭地点头。不一会儿，门开了，父亲临别时激动地握着老板的手，说道："老板，我这也是为了儿子，您千万别怪我啊！"老板无奈地点点头，说道："老罗，别说了，我理解你！"从老板办公室出来，父亲带着我去领了崭新的工作服，我呆呆地捧

着工作服，一脸不可置信，想不到一向都蔫嗒嗒的父亲居然也能这么牛气！

吃晚饭时，我仍心有余悸地对老妈说："咱爸今天也太冒险了，要是那老板真同意了他的辞职，而'陈福记'的老板又不要他，那可就惨了！"谁知，父亲"哼"了一声，不屑地说道："孩子，你太小看你爸了！没有绝招，我敢拿跳槽来威胁老板吗？"

原来，老板酒楼里的一道招牌菜"活捉秦桧"（泥鳅煮豆腐）是父亲的绝活儿，做出来的菜鲜美无比，无人能出其右。对面"陈福记"的老板之所以想要把他挖过去，看中的也正是这个，所以父亲才坚信，老板绝对不会轻易放自己走！

这次，我算实现了自己的小目标，也尝到了跳槽的"滋味"，所以接下来的时间里，我一门心思搞工作，竟也做得风生水起的。这天，父亲和我对饮，他喝高了，大着舌头对我说："儿子，你……你知道那次老板为什么留你吗？""知道，那是怕老爸您跳槽。""不！"我怔了一下，忙问："那五千元是怎么回事？""其实你的薪水只有四千元，另外一千元是从我的薪水里扣下来给你的。因为老板……老板始终觉得你只值四千元。"

原来如此！过了好一会儿，我含着眼泪对父亲说："爸，相信我，总有一天我会让老板相信，我能值五千元！

（题图：谢　颖）

阿P种地

□李 谦

阿P最近又下岗了，合适的工作迟迟找不到，小兰天天在家唉声叹气，阿P急得眼里直冒火星子。

这天，阿P正在蹲市场等零活儿，肩膀突然被人拍了一下，一回头，原来是好久不见的小舅子德明。这小舅子是有名的"人精儿"，前几年阿P的儿子上重点中学托他帮忙，竟比别的孩子多花了五千块，过后才听说是小舅子从中捞了一票。

阿P爱理不理地哼了一声，德明倒不计较阿P的冷淡，亲热地说："姐夫，干零活儿能赚几个钱？我手头有个好活儿，你干不干？"

阿P一脸的不相信"你有什么活儿，别又来忽悠我！"德明忙说："我能忽悠自家人吗？种风险地，听说过没？""风险地？"阿P一头雾水。

原来，德明的老家在城东大王乡，那里的乡政府划了不少田地等待招商。可因为地处偏僻，多数地块没能招商成功，就成了荒地，时间一长，就有人偷偷捡了那些撂荒的土地耕种，这些地没费用，种着很划算。

阿P听完，眼前一亮："这是好事啊，那地撂荒了不种多可惜！可为啥叫风险地呢？"

德明"扑哧"一声乐了："姐夫，种地是要花本钱的吧？可是万一没等收割，地就被卖掉了，不就血本无归了？白捡的土地，哪个给你青苗补偿啊？"阿P听了，连连点头。德明又说，大王乡的牛乡长是自己铁哥们，也不用付啥好处费，只是风险需要阿P自己承担。

阿P出身农村，对种地还真不外行。他沉吟半晌，就有了主意，心说：种大田成熟期长，风险大，不过，自

己可以种小菜呀！主意打定，阿P就兴冲冲地跟着德明来到大王乡，经过上下活动，他挑中了一块地，雇拖拉机翻好、耙匀，又撒下了一些蔬菜种子。这才种上不久，就下了一场透雨，菜苗齐刷刷出了土，没过多久蔬菜就上市了！

阿P起早贪黑，忙活了两个多月，一捻票子，居然净赚了几千块钱！这下阿P乐开了花，他又四处打听，那些地一点卖掉的迹象都没有，阿P胆子就大了，决定再大干一票！

这天，阿P请德明去大馆子撮了一顿，哄着德明领他见了牛乡长，好话说了一箩筐，又给了牛乡长一个大红包，这才又圈定了东郊一大块荒地。这地前边有条小河，河边还有一排老柳树。

阿P早打算好了，饿死胆小的，撑死胆大的，他准备种西瓜，这个时候下种，到八月下旬晚瓜就能上市，这就赚大了！为了保险，阿P还接来了老爸，要知道，他老爸当年可是种瓜好手。然后，阿P买种子、买化肥、雇短工，又在地里搭了一个简易窝棚，每天清晨天才放亮，他就一头扎到地里剪枝、掐蔓，一直忙活到天黑。大半个月下来，阿P掉了十多斤肉，但一想到满地的西瓜，他心里就喜滋滋的。不过每天晚上，阿P上床睡觉前，都要默默祈祷几句：这地两个月内千万不要卖出去呀！

这样又过了半个月。这天上午，阿P正在瓜地里忙活，忽听远处传来喊声："姐夫！姐夫！"只见德明气喘吁吁地跑过来，上气不接下气地嚷道，"坏了！出事了！"阿P心里"咯噔"一下，正要发问，却见德明一边大喘气，一边用手向着公路一指。阿P顺着方向一看，只见那边走过来几个挺胸叠肚的男人，他们手里拿着图纸，正沿着阿P的瓜地查看。阿P一看那架势，心里明白了七八分，他故作镇定地走过去，问这些人要干啥，那几个人大模大样，连眼角都没扫阿P一眼，就走了。

这时，德明才哭丧着脸说："姐夫，我实在无能为力啊！刚才牛乡长给我打电话，说有开发商要建啥基地，就看好你这儿了！"阿P腿一抖，差点尿了裤子，哭道："你说我咋这么倒霉？地那么多，偏偏就看中我这块了？我已经投了这么多钱，这不是要我命吗？"

德明长叹一声："姐夫，还不是你那条小河坏的事！开发商都迷信，他们说你这块地风水好，你快想想办法吧，不然损失就大了！"阿P这晚一夜没睡，几乎愁白了头。

果然，转天那几个男人又来了，他们在地里指手画脚。忽然，河边腾起一阵烟雾，只见有四五个男女正在笼火烧东西，还有人大声嚎哭。阿P急忙跑过去，大声问："你们在干吗？

别烤死了我的瓜!"

一个老年妇女抬起头,断断续续地抽泣道:"这……这不是鬼节快到了吗?我们在给亲人烧纸钱。"那几个男人听了面面相觑,阿P也吓了一跳,疑惑地问:"这儿从前是墓地?"

几个女人立马七嘴八舌嚷起来:"这是我家的祖坟,我们几个离家多年,起坟的时候也没人给打个招呼,现在都找不到爹娘的阴宅了!听说,那些没主的坟都铲平了,压根就没起出尸骨!"阿P又是一惊一乍地喊起来:"我说呢,一到晚上就听到这河边有哭声,原来是鬼作怪啊!"那几个男人听了这话,互相看了看,掉头就走。

看着那些人远去的背影,几个女人立刻停止了哭泣。随后,只听得阿P哈哈大笑:"各位辛苦了,来,这是你们的劳务费。"原来,这都是阿P一手导演的妙计!他早听说了,开发商都迷信,一听说这里曾经是大片阴宅,还不怕坏了风水倒了运!

可阿P就开心了一天,那几个人又来了。德明急着跑来告诉阿P,那几个开发商回去找风水大师掐算了,风水大师对他们说,他们的命硬,再多的坟也败不了运!

这下阿P没辙了,鼻子一酸,眼泪都下来了:眼看辛辛苦苦的劳动,再加上几万元的投资就要泡汤。德明比他姐夫还要着急,他在屋里兜了几

个圈子后,忽然急中生智,一拍手道:"有了!我看这事……还有救!"阿P听了,立刻就像落水人抓住了救命稻草一样,一把抓住德明的手,说:"兄弟,我知道你手段高,你一定有办法保住我的西瓜地!"

德明得意洋洋地说:"我有一招,咱们不妨以其人之道,还治其人之身。"德明的意思是既然开发商迷信风水,干脆给他来个以毒攻毒,花钱买通风水大师!于是,他立刻带阿P找到了那个风水大师,可是一谈价格,大师张口开价十万,阿P听了几乎要晕过去,地里的那些西瓜当人参卖也卖不到这个数啊!还亏得德明在中间好说歹说,大师终于同意打个对

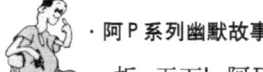

折，五万！阿P现在是身不由己了，只能硬着头皮答应下来。

这风水大师还真能办事，没几天，那几个男人再没出现了。阿P细问原因，德明告诉他："风水大师对开发商说，'他的命相八字有说道，东行不利，西行利润是东行的十倍！'于是，人家就跑到城西看地去了！"就这么简单啊，阿P心疼送出去的五万元，可已经晚了，只能把希望寄托在满地的西瓜上来。

说话间西瓜就熟了，到底有高人指点，阿P老爸没白请来，瞧那些西瓜，个个翠绿溜圆，一打开香甜爽口，还没采摘呢，小贩就上门来了，没多久就卖了个精光。可阿P是丰收没赚钱，一拨拉算盘珠，除去支出，还亏了几千块！

小兰一听，有点打蔫儿。阿P立刻安慰道："知足吧，这还多亏了德明帮忙呢，要不好几万都赔进去了！别看没赚钱，明天我们还要去谢谢牛乡长，买点礼物过去吧。"

之前每次去见牛乡长，都是德明陪着去的，阿P正想打电话约德明，真巧了，他竟在小区门口碰见了牛乡长，原来牛乡长的岳母就住在这里。牛乡长笑着问："你小子这一下有六七万进账了吧？"阿P拉着牛乡长连连道谢，说要不是中途有人来买地，可不有这个数嘛！

牛乡长愣了一下，问："买地？谁来买地？我怎么不知道？"阿P急忙说："不是开发商相中了我那块河边地吗？"牛乡长大惑不解"你说什么呢？最近几个月压根儿就没人看地！"

阿P更是吃惊，好半天才恍然大悟：敢情又是德明这小子在中间捣鬼，那几个看地的开发商人和风水大师八成都是他安排的托儿，就为了忽悠自己吐出那五万元！当下，阿P气又急，可这话却没法跟牛乡长说，支吾了半天才苦笑道："是我糊涂，记错了，您忙，您忙！"

阿P心里憋着一口气，心说：姥姥的，我出苦力他乘船，我担风险他捞钱！阿P怒气冲冲地去找德明算账，可德明死不承认，阿P也没办法，毕竟种这地见不了光，到头来，只能是打掉牙齿朝肚里咽。

阿P开头很沮丧，但不久就想开了，虽说忙活几个月，没赚到什么钱，但这种西瓜的技术倒是摸清楚了，权当是交了学费，明年干脆就正大光明承包几块老乡的地，接着种西瓜，这回咱名正言顺，看谁还能坑我！想到这里，阿P心情豁然开朗，唱着小曲回家了……

（题图、插图：顾子易）

（本栏目欢迎原创作品。来稿可从邮局寄发，也可从网上传递。如为电子邮件，请发以下信箱：hangfan1102@126.com）

宅男手记

◆ 看到这个月的工资，我趴在ATM机上哭了两次：第一次是看到了工资数，第二次是看清了小数点！

◆ 今天联通来电话了，客服小姐说："如果你能保证连续三个月不再骚扰10010人工台，公司就每月返还你5元话费……"

◆ 我向上帝许愿让小腹平坦下去，哪晓得上帝也搞促销，连屁股一起没了！

◆ 刚写完的简历根本不敢看第二遍，因为里面那个人根本不是我！

◆ 在古代，我们不短信、不网聊、不漂洋过海、不被堵在路上，如果我想你了，就翻两座山，走五里路，去牵你的手。

◆ 一个同事是个月光族，可偏偏养了条狗，他总结自己的生活，说："月初时我吃什么，狗吃什么；月末时狗吃什么，我吃什么……"

◆ 当方便面的酱包由固态变成液态的时候，我就知道夏天来了！

◆ 世界五百强的企业来短信通知我去面试啦：您的话费余额不足，请到当地移动营业厅续缴话费。

◆ 俗话说"左眼跳财"，今天左眼跳了一整天，晚上查了一下银行卡余额，没发现有什么值得关注的变化。

◆ 自作多情不是多情，是想象力太好。

◆ 人生为棋，我愿为卒，行动虽慢，可谁曾见我后退一步。

◆ 思念一个人的滋味，就像喝了一杯冰冷的水，然后一滴一滴凝成热泪。

◆ 昨晚，我做了一个梦，梦见我的颈椎离家出走了……

◆ 我年轻，需要你指点，但不需要你指指点点！

◆ 厌倦，就是一个人吃完盘子里的食物后对盘子的感情。

（推荐者：汪　杰）

沟通落差

上司和下属之间，往往会因为理解的差异，出现一些令人捧腹的笑话：

◆ **来自：总裁　发往：副总裁**

明天早上9点钟，将会出现日全食，这可不是每天都能见到的景象。请号召所有员工穿上最好的衣服，排好队伍观看。为了纪念该天文奇观，我将亲自向员工讲解现象发生的原理。如果明天不幸下雨，我们观看起来不太方便，那么，所有员工就去食堂集合吧。

◆ **来自：副总裁　发往：各部长**

根据总裁的指示，明天早上9点钟将会出现日全食。如果下雨的话，我们就不能穿着最好的衣服现场观看了。那么，我们只好去食堂里欣赏太阳消失的过程。这可不是每天都能发生的事。

◆ **来自：部长　发往：部门经理**

孩子眼中的世界

每个孩子眼中的世界都是与众不同的，充满了无穷的想象力：

◆ 为什么现在没有恐龙了？

答：恐龙去拍电影了。(原来如此！)

◆ 如果有一天大海里没有水了，鱼怎么办呢？

答：让小河里的水流到大海里去，再放点盐，就变成大海了。(明白海水和淡水的区别呀！)

◆ 小鸟的尾巴有什么作用？

答：可以盖屁股。(遮羞用的啊！)

◆ 怎么样让蚊子不叮我们呢？

答：请一个保姆在门口守着。(保姆血溅三尺！)

◆ 人为什么不是从蛋里孵出来的？

答：小鸡有尖嘴巴，人没有尖嘴巴，我们没办法从壳里钻出来。(好像有点道理！)

◆ 小朋友的脸是干什么用的？

答：我的脸可以用来洗脸。(捶地……)

◆ 为什么小孩是从妈妈肚子里生出来的，而不是从爸爸肚子里生出来的？

答：爸爸肚子里都是啤酒，生出来的孩子都是醉的。(爸爸血溅三尺！)

◆ 人的鼻子有什么用处？

答：没鼻子的话，鼻毛和鼻涕就没地方住了。(抱头……)

◆ 头发有什么用处？

答：给理发师一点事做。(理发师感激涕零……)

◆ 爸爸为什么要刮胡子？

答：胡子长了，喝稀饭不方便。(是有多长啊！)

◆ 有什么办法让胖子瘦下来，让瘦子胖起来？

答：瘦子多打拳击，胖子做靶。(胖子血溅三尺！)

◆ 如果你家门口撞死一只兔子，你爸爸妈妈会怎么办呢？

答：我妈妈会把它送到医院的，我爸爸会高兴地流口水。(爸爸：……)

(推荐者：史顺利)

根据总裁的指示，明天早上9点钟，我们将穿着最好的衣服，在食堂里观看太阳的消失。总裁会告诉我们是否会下雨。这种事也不是每天都发生。

◆ **来自：部门经理　发往：车间主任**

如果明天食堂里下雨，那可真是天文奇观了。总裁会穿着他最好的衣服，在9点钟消失。

◆ **来自：车间主任　发往：工人**

明天早上9点钟，总裁会一丝不挂地消失。很遗憾，这样的事情不是每天都发生。

(编译：冯国川；推荐者：史志鹏)

整容风波

□ 韩文萍

要爱情还是要工作

如今，女大学生为了找份好工作，纷纷加入了整容大军。

大四女生温小雅对此也是颇为心动，要知道她是学公关管理专业的，这个专业对人的外貌、气质和心理素质等等要求都非常高。可是苦于经济条件，她一直也没付诸行动。眼看身边的同学一个个找到了满意的工作，这让温小雅很着急，她四处面试，却又屡屡受挫，越发感到灰心。

这天，男友李大维约温小雅出去吃饭，突然神秘地说要送她一份大礼，接着从怀里掏出一张纸来。温小

雅接过来一看，居然是一家整形美容医院的宣传单。李大维豪气地说道："怎么样，想去做吗？我埋单！"

"真的吗？"温小雅激动地跳了起来，狠狠在男友脸上亲了一下。李大维得意地笑了笑，接着说道："不过，你最好能照着周迅的样子整！"

"为什么啊？"温小雅好奇道。

"你不觉得自己的样子跟周迅有点像吗？"李大维很认真地托住温小雅的脸，说道，"你看，只要把你的眼角往上拉一点，再把嘴角往上提一提，你至少跟她有八九成像了！"

见李大维说得有鼻子有眼的，温小雅忙掏出包里的化妆镜仔细看了一下。还别说，经李大维这么一指点，温小雅还真觉得自己跟周迅长得有几分像。于是，她随口问道："你怎么对周迅这么了解啊，难道你很崇拜她？"

李大维立刻点头如捣蒜，说道："那当然了，她那么小巧可爱，哪个男人不喜欢啊！"不知为什么，一听这

话，温小雅顿时感觉浑身不舒服。不过，她想到男友就是追个星，没多大的事儿，也就不再计较了。

临分别时，李大维认真地说道："过两天，我就把钱打到你卡上。你安排好时间后记得通知我，我有一个朋友是整容专家，可以安排他给你做手术，不仅价格优惠，而且保证让你脱胎换骨！"温小雅听了，高兴地连连点头。

回到宿舍后，温小雅见小姐妹们都在，便激动地把男友打算出钱帮她整容的事情说了一遍。大家听后，都羡慕地说她男朋友真好。这时，宿舍老大却犹豫道："只是……等你整好容了，你男朋友到底是在跟你谈恋爱，还是在跟'周迅'谈恋爱呢？"此话一出，宿舍的气氛顿时为之一变。温小雅突然意识到，男友这样做，也许只是为了满足他的心理。如果真是这样，自己岂不是很可悲！

当晚，李大维打电话过来，温小雅正在气头上，便没有接听，最后索性把手机关机了。可是第二天，她去银行取钱时，却发现卡上多出了一大笔钱！不用说，肯定是李大维打过来的整容费。其实，李大维平时十分节俭，没想到这次却如此大方又积极，这不禁让人更加怀疑他的动机。

温小雅心里乱糟糟的，拿不定主意：到底要不要整容呢？不整吧，工作没着落；整吧，说不定把爱情也给整没了！可是，现代女性没了工作，爱情也是虚幻的。于是，温小雅咬了咬牙，决定还是先去整容搞定工作，至于爱情，还是以后再说吧！

要美丽还是要个性

第二天，温小雅主动去找李大维，一见面，李大维就焦急地问道："你昨天怎么啦，一直都找不到你的人，真把我急坏了！"温小雅尴尬地笑了笑，没做声。李大维好像根本就没注意到女友的变化，他马上掏出手机，给整容医生朋友打了电话，然后，就带着温小雅来到了整容医院。

在进手术室前，护士给温小雅打了一针麻醉针。迷迷糊糊中，温小雅看到李大维掏出一张美女照递给医生，然后低头附在对方耳边说着什么，可自己一句也听不清楚。在失去知觉的最后一刹那，她不禁在心里对自己说了一句：别了，温小雅，以后这个世界上再也没有你这个人了！

等温小雅再次醒过来的时候，她感觉自己的整个脸都被绷带包了起来。医生反复叮嘱她说，手术使用的是最先进的激光缝合技术，术后不会留疤，一周左右就可以出院。但这种方法毕竟没有传统针线缝合来得牢靠，所以，温小雅一定要时时保持微笑，尽量让提拉过的眼角和嘴角往上自然伸展；否则如果整天耷拉着脸，眼角和嘴角重心向下，就很容易撕裂伤口，到时候就回天乏术了！

温小雅一听吓坏了，连忙咧开了嘴巴使劲笑。医生出去后，李大维讨好道："亲爱的，一想到以后能每天和大明星级别的美女谈情说爱，我就高兴坏了！"温小雅只觉得一阵恶心，心说：好啊，狐狸尾巴终于露出来了！不过想到医生刚才的嘱咐，她马上收起心思，咧开嘴巴又笑了起来。

七天难熬的日子终于过去了。拆绷带的那天，温小雅紧张极了，李大维却一脸轻松地安慰道："你就放心吧，我朋友在业内可是一流的，你要相信他！"果然，绷带拆下来后，温小雅看着镜子中的自己，简直不敢相信：只见整张脸的重心仿佛上移了十度，看上去顿时充满了青春活力，更让人意想不到的是，皮肤也变白了！

温小雅奇怪道："医生，难道提拉眼角和嘴角还能美白吗？""这也算是一个小小的'副作用'吧！"医生微笑着说道。原来，面部肌肤经过提拉后，会明显促进血液循环，所以，看上去显得变白很多。

温小雅高兴坏了，她连忙拿过镜子，又美美地照了一通，心说：现在的科技真是先进啊，才几天时间，开刀的地方居然已经看不出一丝痕迹了。她正准备伸手去摸摸，李大维阻止道："千万别摸！那里面还需要一段时间才能长好。"接着，他又递过一张照片，兴奋地说道，"你现在跟周迅有八九分像了！剩下的无非是发型和服饰，只要再打扮一下，就十全十美了！"看着男友那副得意劲，温小雅心中像打翻了五味瓶一样，不知是高兴还是难受。

不久，温小雅又接到了一家公司的面试通知。李大维听说后，马上送了她一套衣服。可临出门前，温小雅却固执地把那套衣服脱了下来，换上了自己的白色T恤和牛仔裤。见男友惊讶地看着自己，她一字一顿说道：

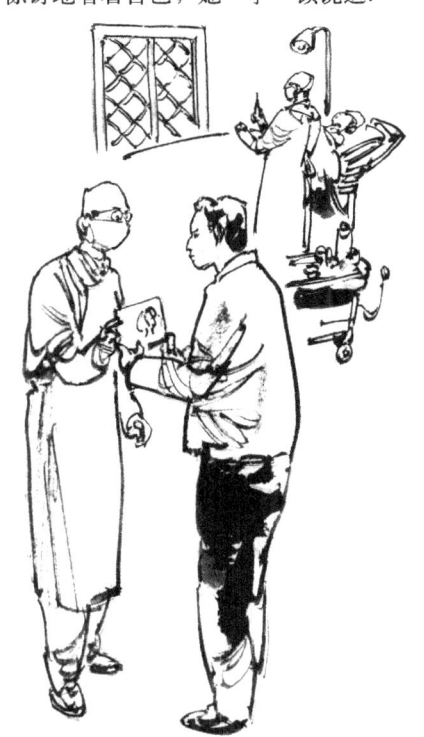

"人人都爱漂亮，我也不例外，可这并不代表我没有自我，请让我为自己保留一点个性吧！"说完，便昂首走了出去。

李大维瞪大眼睛看着她，一句话也说不出来……

要工作也要爱情

这年头，美丽是一种竞争力。面试时，温小雅终于从面试官眼中看到了自己渴望已久的赞许之情。不久，她果真收到了那家公司的录用通知。

报到那天，人事经理盯着温小雅仔细看了看，说道："你这丫头老是笑眯眯的，看上去挺有人缘的，怪不得面试时几个考官都很喜欢你。只是……我怎么老觉得你像谁啊？"温小雅在心里苦笑了一声，不过依然面带微笑地说道："您是不是想说我像周迅？"

人事经理点点头，又摇摇头说道："有一点像，不过……你有自己的味道，看上去有朝气、有活力、讨人喜欢！"一听这话，温小雅高兴得差点跳了起来。原来，她依旧还是自己，没有变成别人的影子！

毕业那天，李大维捧着大束的鲜花来祝贺，温小雅却没有理会，还冷冷地说道："我没有成为你理想中的大明星，你是不是很失望啊？"

李大维微微一笑，说道："你就是我心中最耀眼的明星，我又怎么会失望呢？"接着，他告诉了温小雅事实的真相 医生根本没有给温小雅整过容，只是在她麻醉昏睡的过程中，给她注射了一针非常普通的美白针而已！

"真的吗？"温小雅飞快地掏出镜子，拼命用手揉搓着自己的脸，说道，"既然是这样，你们为什么还要哄我说那个激光缝合技术不结实，害我整天傻呵呵地笑，难受死了！"

李大维解释道："如果不这样骗你，你又怎么会放下那些不高兴的事情，开心做人，成为一个魅力四射的阳光丽人呢？"

原来，温小雅从小就没有父母，一直跟奶奶相依为命，所以，她生活在人们的歧视中，一直都感到很自卑。虽然长得不错，但她整天一副心事重重的样子，没有一点青春活力。而"手术"后的温小雅，因为害怕伤口破裂，不得不整天对人笑脸相迎，而且为了不受男友的摆布，她极力彰显自己的个性，这才使得个人魅力在短期内充分爆发了出来！

得知一切后，温小雅娇嗔地捶了一下李大维，说道："我可真是太傻了，居然被你骗得这么惨！"

李大维却得意地说道："亲爱的，你一点都不傻。爱美是你们女孩的天性，难得的是你虽然爱美，但依然保有自己的个性，这才是我最欣赏你的地方！"

(题图、插图：刘斌昆)

养生药

□ 王静者

都说"最美莫过夕阳红"，赵大爷的夕阳生活就非常"红"：老伴体贴，儿子孝顺，赵大爷很满足，唯一的愿望就是身体棒棒的，再多活几年。

这天，快中午时分了，赵大爷兴高采烈地拎着一个鼓鼓囊囊的塑料袋回家。老伴问："你干啥去了？这么晚才回来。"赵大爷嘿嘿一笑："我能干什么去？你看，"说着，把手里的塑料袋扬了扬，"我弄了些好东西回来，全都是养生药啊！"

原来，这几天赵大爷胃不舒服，今天去"三笑大药堂"买点胃药，却看到有位姓张的专家正在免费给老年人坐诊看病，已经排了好多人了。赵大爷也跟着排上了，被专家一番检查后，便买了这些药。

老伴听完，顿时就急了："你傻啊，这药不会是假的吧！"赵大爷瞪了老伴一眼，说："我什么没见过？这是养生药，跟传统药物不一样。人家专家要看每个人体质的，不是你想买多少就买多少。就说咱前楼的老刘头，好话说了一箩筐，可专家就卖给他300块钱的，不多卖！"老伴听了点点头，也就不再多说了。

第二天，赵大爷开始吃养生药了。这一吃不要紧，麻烦事情跟着来了。原来，这养生药规矩大了，必须每天按规定时间吃，分别是早上六点、中午十二点、傍晚六点、和子夜十二点。前三顿好说，可子夜十二点这顿，赵大爷怕自己睡过点，所以定了个闹钟。这下好了，老伴睡得正香呢，一下子被"丁零零"的声音吵醒了，结果后半夜再也没睡着，转过天来，就跟赵大爷干了一架。

赵大爷自知理亏，连忙跟老伴解释，说是专家嘱咐的，子时正是天地阴阳交替的时刻，这时吃药效果加倍。老伴气归气，但也没办法，只得把赵大爷轰到另一间屋睡去了。

过了几天，儿子来看望老两口，说了会儿闲话，赵大爷就把自己买养生药的事说了出来。儿子一听，马上瞪大眼睛，问道："什么养生药？爸，你拿给我看看。"

赵大爷马上起身去里屋，不久，拿着一盒药出来，说："好着呢！我吃了好几天了，现在感觉全身上下神清气爽。"儿子看了一下药盒，便抬起头，神色有些严肃地问："爸，你是不是在一个姓张的养生专家那里买的？这药一天吃四顿，其中一顿必须是子夜十二点吃？"

赵大爷点了点头，突然觉得心里没底，又说："听说这个专家是从外地请来的，来了几个月了。咱前楼的老刘头也买了，不像是糊弄人的，不然

怎么那么多人买。"说完，他有点不确定地看向儿子，谁知儿子却莫明其妙地叫起来："太好了，我终于找到这种养生药了！"

"什么？"赵大爷吃惊道。儿子这才告诉赵大爷："爸，我媳妇早就买了这种养生药，效果非常好，可没几天就吃完了，本想再买，却听说这养生专家又被别的地方给请走了，媳妇正为此着急呢……"可赵大爷不等儿子说完，就骂了起来："胡说八道！你媳妇才多大岁数，吃什么养生药？你给我说实话，到底是怎么回事？"

这时，儿子不好意思地笑了起来："爸，你真厉害！一眼就看出我撒谎了。其实……是我们领导在吃这种药，正好吃完了，想再买，养生专家却走了，领导很是着急！再说，如今单位里有个职务空缺，我想从你这里……""歪门邪道！"赵大爷没好气地接了话，"我最看不起走歪门邪道的人。"

"我就知道说了实话，你会骂我！"儿子委屈地说，"我也是……""你也是什么？"赵大爷吼了一嗓子，然后看了眼老伴，说，"都是你教育出来的。"说完，他冲老伴挤了挤眼睛，然后手一背，走出了家门……

直到吃饭时间，赵大爷才回到家，一进门就问："老婆子，药都给儿子了没有？"老伴没好气地说："都给了！你个死老头子，说一套做一套。"

赵大爷嘿嘿笑道："他已经大了，我也就只能说说。"

老伴点点头，突然想起了什么，又问："药都送人了，专家也被接走了，你咋办啊？"赵大爷拍拍自己的胸脯，说："我身子骨硬着呢。再说，为了儿子的前途，值得！"老伴没再说话，进厨房拿饭去了，转过身去的时候，却禁不住捂着嘴笑了起来……

一晃又是几天过去了。这天，赵大爷突然紧皱着眉头回到家，对老伴说："今天到南关那边去了，你猜我看到谁了？"老伴问："谁啊？"赵大爷说："就是那位养生专家！"

"什么？"老伴不解道，"不是说去外地了吗？他又卖养生药呢？"赵大爷摇了摇头，说："他在一家宠物医院，说是专门为宠物研制食谱。他怎么又成宠物营养专家了？""死老头子！"老伴哈哈大笑了起来，说，"你还不明白？"

原来，当时赵大爷买回那些药，又言之凿凿地解释了一番，老伴也就信了。可谁成想，还有子夜十二点吃药这规矩，虽分房睡，但老年人睡眠浅，深更半夜的闹钟一响，老伴也被吵醒了。一连几天下来，老伴就吃不消了，把这事跟儿子说了。儿子听完也是大吃一惊，心说：这哪里是养生，分明是折腾人玩！他连忙上网一查，发现已经有人揭露了，这种养生药虽然没什么副作用，但也毫无效

果，两天前刚被有关部门取缔。可这事要是直接告诉赵大爷，既怕他心疼钱，又怕太伤他的自尊心。所以，母子俩这才上演了一出"骗药戏"。

赵大爷听完是哭笑不得，正不知该说什么呢，"咚咚咚"有人敲门，打开门一看，居然是老刘头来了！只见他刚进门就嚷了起来："老赵，我今天才知道，那个养生专家是骗子，药是假的，已经被取缔了！我特意来告诉你一声，千万别再吃了！"

赵大爷苦笑着点了点头。那老刘头发了几句牢骚后，突然想起什么似的站起身，说："坏了，光顾说话忘正事了，我得赶紧走。"

赵大爷连忙把老刘头送出门，随口问道："看你慌慌张张的，什么事啊？"

老刘头摆了摆手，说："我家那条花花狗，这一阵子总不好好吃东西。听说南关那边，新来了位很厉害的宠物营养专家，我赶紧带着去看看。"说完，头也不回地走了……

（题图、插图：谢 颖）

绿版编辑部各编辑邮箱：

夏一鸣：gshxym@163.com
朱　虹：zhong98305@sina.com
杭　帆：hangfan1102@126.com
刘迎曦：liuyingxi1203@163.com
颜轶超：yanyichao1004@sina.com
黄美舟：piggybank81@sohu.com

我爱代驾女

□ 银凤凰

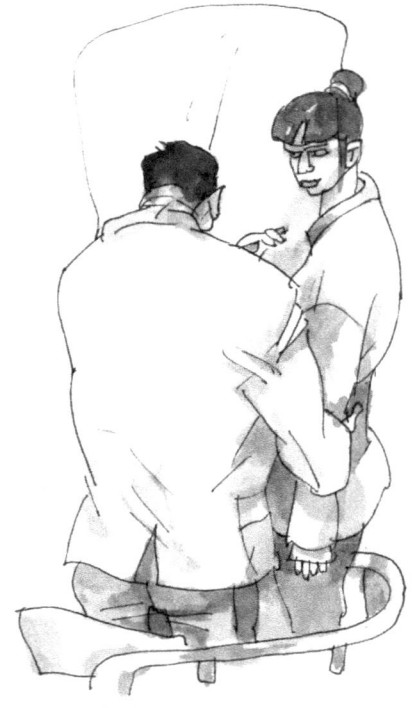

安心代驾

张超是个私企老总，平时生意应酬，难免要喝两杯，都说"喝酒不开车，开车不喝酒"，但张超偏偏要醉酒驾车，有两次还险些出了事故。直到交警对酒驾采取了严厉措施，他才收敛一些，碰到非要喝酒应酬的场合，就请个代驾送自己回去。

这天夜里，张超喝了好多酒，便请代驾给他开车回家。代驾的是个年轻女孩，见面先做了下自我介绍"大哥你好，我叫安心，很高兴为你代驾。"张超硬着舌头说："安心，这个名字好听，安心代驾，安全放心。"安心笑起来："我们一定能合作愉快！"

张超喝得太多了，一路上东拉西扯废话不断。车到护城河路段时，他忽然来了兴致，说要下车吹吹风。按说一般代驾是不愿半途停车的，更何况已经很晚了。可是安心不但停下车，而且还陪着张超欣赏月下河景，直到他尽兴为止。

第二天，安心正在大酒店等待代驾，张超来了，只见他一身名牌西服，显得干练又帅气，与昨夜的醉态判若两人。张超见到安心，高兴地说："小妹你在啊？不好意思，昨晚我喝多了，忘了给你代驾费。"说着，掏出五张百元大钞递给安心。安心只拿了一百块代驾费，其余四百块坚持不肯要。张超非给不可，说："这是我的一片心意。昨天我真不好意思，太麻烦你了！"安心笑道："那有什么啊，谁让咱俩有缘。"张超看她态度坚决，便也不再勉强了。这以后，张超每有应酬，都来这家大酒店，酒后必定请安心代驾，两人的合作越来越多。

一天晚上，安心接到张超的电话，让她等会儿送自己回去。正等着，服务员却急匆匆跑来说，张超刚才醉醺醺地自己开车回家去了。安心一听急了，赶忙打出租车去追，可一路上也没见到张超的车子，打他手机也是关机。

这样一直追到张超住的小区，也没见到人，安心正焦急不安，突然"滴"的一声，不远处停着的一辆轿车响了声喇叭，车窗打开，张超正坐在车里向她招手。安心急奔过去，喘着气道："你……你这是怎么回事？"看到安心又急又气的样子，张超反倒很高兴，说自己根本没喝酒，刚才他就开车跟在出租车的后面，手机也是故意关掉的。安心奇怪了，问他为什么要这样骗人？张超意味深长地说："我想看看你对我能有多关心啊，安心，其实……我喜欢你，我想向你求婚！"

"什么？"安心简直不敢相信，"这也太突然了吧！"张超用力摇摇头，说："一点儿都不突然，我已经考虑过了，而且我知道你也是单身。"安心问："你有向我求婚的权利吗？"张超说："我有：第一，我再不会酒后驾车，能保证自身的安全和家庭的完整；第二，我已经离婚一年了，目前没有对象；第三，我有自己的公司，能

让你过上舒适的生活。"安心沉默了一会儿，说："让我好好想一想，请你给我点儿时间。"

言而无信

过了几天，这天一早，安心就接到张超的电话，说今晚有个重要客户，想请安心过来和他一起陪同。安心说恐怕不行，自己已经答应了一位客人餐后代驾的要求。张超说："你推掉不就完了吗？"安心说："那样不太好吧，做代驾也要讲诚信的！"

晚上，张超盛情款待这位大客户和女秘书，宾主相谈甚欢，都喝了好多白酒。深夜，张超陪两位客人出酒店，来到自己的车前，硬着舌头说"我亲自开车，送你们回宾馆。"然后，他也不顾对方的反对，硬把两人推进车里，拉开前门正要进驾驶室时，有人一把抓住他的手，说："请你到副驾驶的座位上去，我来开！"张超揉揉眼睛，不禁住了："安心，是你？"

安心驾车送客人到了宾馆，又送张超回家。她摇摇头对张超说："你真让我失望啊，像你这样言而无信的人，根本没有娶我的权利，再见！"说完，安心转身就要走。张超一把抓住她："别……别走！我告诉你，我是喝了酒，可那是啤酒，也只喝了几小杯。"

见张超不说实话，安心从衣兜里掏出个手机，摁动键钮，屏幕上立刻出现张超频频举杯豪饮的画面。张超

愣住了，急道："这是怎么回事儿？安心，你听我解释，这么重要的大客户，我能不破格奉陪？喝酒是为了表达盛情啊！"安心打断他的话"那你酒后驾车呢，也是表达盛情？表达盛情就可以不顾生命安全吗？说到底，这些都是借口！我看得很清楚，你的这番表现，不光是为了帮公司多赚钱，你还要显示骨子里大男人轻视生命的那份威风。"

张超急了，抓紧安心的手不松开："请你务必相信我！这是我最后一次酒后驾车。"安心淡淡一笑："我曾经相信过你，可是现在我不信了……"说完，她快步离去。

别留遗憾

这以后，安心就从酒店辞职了，手机也换了，张超再也找不到她，心里感到空落落的。

过了几天，一个女人给张超打电话，说她是张超既熟悉又陌生的人，想约张超在绿意茶楼见个面，聊点事情，张超答应了。晚上，张超准时来到绿意茶楼，那女人早就到了，起身热情相迎。张超打量了她一下，吃惊道："你不是那天跟着来的秘书吗，怎么在这里？"女人笑起来，自我介绍道："其实……我不是秘书，我是安心的大学同学洁娜，这座茶楼就是我开的。"张超糊涂了："你不是秘书？这到底是怎么一回事儿？"

原来，那位大客户是洁娜的表哥。听说表哥要出差，洁娜本想陪表哥好好玩两天，可安心知道后，却动起了心思，她让洁娜假装表哥的女秘书，陪着一起去张超的公司考察。说到这里，洁娜笑道："安心告诉我，她要借这个机会，现场检测一下你珍惜生命的坚定性。"

听到这里，张超恍然大悟道："这么说，一切都是安心有意安排的？"洁娜点点头："安心说，要让在商场上打拼的男人放下酒杯，彻底远离酒后驾车，并不那么容易。于是，我俩合演了这一出。其实那晚，安心根本没有给人代驾，她一直都守在酒店外面。"张超连连点头："够厉害，真不知道她还有这样的本事！"

洁娜又说："今天请你过来，也不是安心的意思，而是我自己。我总觉得你俩就这样放弃了，太可惜了！"张超低下头，叹口气道："我只想找个老婆好好过日子，不想娶个'交通警察'，日夜在身边监视我。"洁娜用力摇摇头，说："你知道安心为什么要这样做吗？"

原来，安心以前有个幸福的家庭，可是一次老公酒后驾车，付出了生命的代价。这以后，安心一咬牙辞去了工作，然后应聘到大酒店做代驾。在她看来，酒后驾车猛于虎，好多人都被这只"老虎"给"吃"掉了。她虽不能像武松那样打虎，但能拦拦"老虎"也行！听完洁娜的讲述，张超感叹道："真想不到，安心心里有这么大的伤痛！"

生死一场

从绿意茶楼出来，张超一个人喝了好多闷酒，临走时，打了个电话请代驾送他回家。等那代驾来时，张超已经醉得不行了，他迷迷糊糊地交代了几句，就在副驾驶位置上睡着了。

谁知轿车驶上大街后，迎面开来一辆醉驾车，忽左忽右地在马路上画龙，摇晃着向张超的轿车撞来。轿车急向右避让，谁知醉驾车也向右面而来，两车眼看就要撞上了，突然"嘎"

的一声刺耳的刹车声，张超一下子惊醒了，他瞪大了眼睛看着车前面，发出连连惊呼。

原来，就在两车将要顶头相撞时，轿车再次急往反方向打转，瞬间驶向了马路另一边。一阵急刹车声后，车停住了，可车头已经撞坏了路边的铁护栏。再看那辆醉驾车，一头撞开铁护栏，掉进了护城河里。

张超惊出了一身冷汗，他一回头，见代驾伏在方向盘上大哭起来，连忙安慰道："哥们，别哭了，我们的车没事儿！"那代驾抬起头抹了一把脸上的泪水，张超顿时睁大了双眼，不敢相信，代驾竟是剪了短发的安心！原来，两人中断联系后，安心就去了别的酒店做代驾。正巧张超今晚喝酒的地方，就是安心的新东家，张超酒后要代驾，酒店就安排安心去了，而张超醉醺醺的，竟然也没有发现。此时，两个人对视良久，随即紧紧地抱在了一起……

半年后，安心嫁给了张超。张超送她的新婚礼物，是公司全体员工亲笔签名的一份不酒后驾车的庄严承诺。而安心送给张超的新婚礼物，是她亲手制作的一个汽车小吊坠，上面写着八个字：只有生命给你权利！

婚后，安心既没做全职太太，也没和张超一起管理公司，而是继续做代驾，为喝酒的司机一路护航……

（题图、插图：谭海彦）

大妈发威

□ 陆增波

牛大爷今年刚退休，在家闲着无聊，便和老伴一起在路口开了一爿便利店，做点小生意。

这天，老两口正准备关门打烊，忽然门外闪身进来一个人。这人的帽檐压得很低，只露出半张脸，下巴上横着一道刀疤，最要命的是他手里握着一把明晃晃的水果刀。一瞧这架势，牛大妈顿时吓得跌坐在地上，牛大爷还算镇定，可刀疤脸的水果刀就架在他的脖子上，也不敢轻易反抗。

"把钱拿出来！"刀疤脸压低声音说道。牛大爷感到后脖子一股凉气，只好乖乖把货架上的几十块零钱递了过去。谁知，刀疤脸一巴掌把零钱打翻在地，怒吼道："你当我是要饭的！老东西，你的钱放在柜台下面的箱子里，你当我不知道，再不老实，我一刀捅了你！"

原来，刚才牛大妈藏钱时，全被刀疤脸看见了。牛大爷知道瞒不过去了，只好极不情愿地从柜台下面拖出箱子，摸出拴在腰间的钥匙去开上面的锁，可他两只手抖得实在厉害，对了好几遍，钥匙也没能插进锁眼里。刀疤脸急了，喊道："老东西，快点，别跟我要花招！"

这时，坐在地上的牛大妈担心地说道："你把刀架在他脖子上，叫他怎么开啊？"刀疤脸想想也是，便把刀往后收了收，安慰道"老头，别害怕，只要你把箱子打开，我决不动你一根

汗毛！"可牛大爷颤巍巍地开了口："不是……不是害怕，我这是喝酒落下的毛病。""什么，喝酒落下的？"刀疤脸不解道。牛大爷一边抖动着双手，一边解释说："早些年，我一天三顿酒，一顿大半瓶，就落下了这毛病。"

看那情形，牛大爷这毛病不像是装出来的。刀疤脸眼睛一翻，对坐在地上的牛大妈说："老太婆，你过来开！"说着，一把从牛大爷手上拽过钥匙，递给牛大妈，牛大妈浑身直哆嗦，哪敢伸手去接。刀疤脸气极败坏，把水果刀一下子伸到了牛大妈的面前，牛大妈脸都吓白了，人像面团一样软绵绵地倒了下去，别说让她开箱子，就是钥匙也拿不起来了。

牛大爷见状，连忙对刀疤脸说："别逼她了，还是我给你开！不过，你得先让我喝口酒。""喝酒？"刀疤脸一脸的疑惑。牛大爷点点头："我这毛病是喝酒落下的，还得喝酒治，一口酒下肚，手就不抖了。"说着，就伸手去拿货架上的酒瓶。

可还没等牛大爷的手摸着酒瓶，坐在地上的牛大妈猛地咳嗽了一声，牛大爷一听，连忙又把手缩了回去。刀疤脸问："怎么又不喝了？"却见牛大妈正使劲用眼瞪着牛大爷，刀疤脸马上明白了，"她不让你喝？"牛大爷点点头。

"你个死老太婆，看我不捅了

你！"说着，刀疤脸就把水果刀朝牛大妈跟前伸去。牛大爷急了，连忙一把拉住刀疤脸"你别吓唬她，我这就喝！"于是，他拿起一瓶酒，拧开了瓶盖，高举起酒瓶对着嘴，刚要喝，却听牛大妈又咳嗽了一声，牛大爷只好停了下来。刀疤脸火了，刀尖对着牛大爷的脖根，怒道："喝，快喝！喝了好开锁。"

这时，牛大妈在一旁哀求道："你不要再逼他喝酒了！你把刀放下，自

己去开，我们决不为难你。"刀疤脸却冷笑一声，说："你当我是傻子，我把刀放下，你们还听我的吗？"

"要不，你连箱子一块儿拿走算了，反正你不能让他喝酒！"牛大妈差点就要给刀疤脸跪下了。可刀疤脸很是精明，说道："带着这么大的箱子，我走得了吗？老太婆，你是在坑我吧。老头，快喝！"说着，仍一个

劲儿地催牛大爷喝酒。

这边，牛大妈不让喝；那边，刀疤脸用刀威逼着，一瓶酒就停在嘴边，牛大爷是左右为难。正巧牛大爷手里拿的这瓶酒，是小店最好的酒，一阵阵酒香从瓶里飘散出来，一个劲儿往鼻孔里钻。牛大爷肚里的馋虫给勾引上来了，他再也忍不住了，张开嘴，一仰脖子，猛地灌下去一大口，呛得他一阵咳嗽。

牛大妈一看牛大爷真把酒喝了下去，竟噌地站了起来，冲上去抓住刀疤脸的胳膊，就狠狠地咬了一口。刀疤脸猝不及防，疼得他嗷嗷直叫，把水果刀都扔了。牛大妈还是不管不顾，一副拼命的架势。而牛大爷一口酒下肚，精神也随之大振，看到牛大妈和刀疤脸扭打在一起，赶紧上去帮忙。老两口一边和刀疤脸打斗，一边大喊起来，很快，闻讯赶来的路人制服了刀疤脸，把他捆了个结结实实。

不多时，派出所的民警也来了，在被民警带走前，刀疤脸垂头丧气，又有点不甘心地说："老子抢了两家店，没有一个敢反抗的，没想到最后栽在一个老太婆手里！"

牛大妈听了，一边指着牛大爷，一边气愤地对刀疤脸说："他喝酒喝得手都软了，我费了多大劲才让他把酒戒了。你却又来逼他喝，这不是要他命吗？你要他的命，我就跟你拼命！"

（题图、插图：刘斌昆）

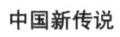

· 中国新传说 ·

□ 梁洪涛

谁动了我的爱心

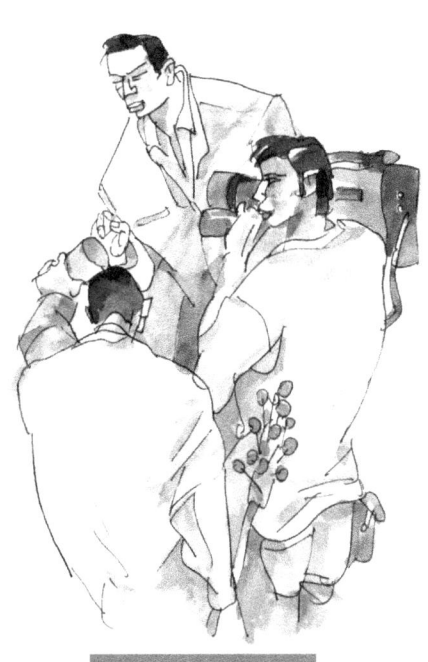

没钱欲捐物

最近,"卫县吧"的一个帖子引起吧友们的热切关注。帖子是吧主老管发的,说的是卫县一中有个叫林小海的学生,在一场火灾中被烧成重伤,巨额的医疗费成了横亘在这个少年面前的一座大山。老管和几位吧友一商量,决定第二天上午在广场搞一个爱心义捐活动,希望大家都能伸出援助之手,帮一帮这个不幸的孩子。

卫县吧人气非常旺,短短一个小时内,跟帖者就达到了数百人。就连卫县著名的私企老板秦越天也露了面,承诺他将以个人名义捐款五万元。这时,一个名为"断翅飞翔"的

吧友跟帖说:"我也想为林小海献一份爱心,可我实在拿不出钱来,请问我捐物行吗?"

断翅飞翔是卫县吧里的活跃分子,经常发一些励志的帖子,很受大家欢迎。可这次义捐是为林小海筹集医疗费,捐物算咋回事?于是,老管回帖说:"林小海现在需要的是治病救命的钱,既然你手头不方便,就口头支持一下吧!"

"口头支持怎么能算献爱心呢?"断翅飞翔说,自己要捐的是一件工艺品,可以在义捐现场拍卖,拍卖所得将全部捐给林小海。老管一听来了兴趣,好的工艺品也价值不菲啊。于是,他忙问是什么工艺品,拍卖底价是多少。

断翅飞翔说:"是我自己绣的一幅十字绣,花了三个月呢,底价就定五百元吧。"老管不禁有点失望,心说:原来是十字绣啊,这东西现在谁

稀罕呀？别说五百元，怕是五十元也没人要。但他也不好泼人家冷水，就勉强答应了下来，哪知却引起了一场风波……

捐物拍不出

第二天上午，吧友们从四面八方赶到广场。老管来得最早，他和几个吧友搭了个简易的舞台，舞台正中央的桌子上摆着捐款箱。电视台的记者早已得到消息，此时已架好了机器，准备随时进行采访。

这时，一个卖糖葫芦的小商贩忽然挤到台前，从怀里取出一幅十字绣，结结巴巴地问："这……这东西给谁？"老管一愣，心说：没想到断翅飞翔是一个小商贩！

老管把十字绣接在手里，展开一看，只见上面绣的"学海无涯"四个大字为横排，下面的"书山有路勤为径，学海无涯苦作舟"为竖排小字，横竖搭配得十分精美。

"这是你绣的？"老管问道。那人嘿嘿一笑："不，是我老婆绣的，她让我交给你们。"说完，扛着糖葫芦杆子走了。这么说，商贩的老婆才是断翅飞翔，可她自己为啥不来呢？

十点整，爱心义捐正式开始，吧友们非常踊跃，这个一百，那个两百，捐款数额节节攀升。这时，老板秦越天出场了，他兑现了自己的承诺，把五万元现金塞进了捐款箱，全场顿时

掌声雷动。在秦越天的带动下，周围看热闹的群众纷纷加入进来，把活动推向了高潮。

这次爱心义捐非常成功，一共募得善款九万多元，老管当即赶到医院，把捐款送到林小海家人手里。晚上，县电视台对这次义捐活动作了全面报道。同时，卫县吧里也热闹起来，有夸老管组织有方的，有赞秦越天出手大方的，一时议论纷纷。

这时，断翅飞翔突然发帖问："吧主，我那幅十字绣拍出去了吗？"这一问让老管沸腾的热情一下冷却下来，他想了想，回复道："很抱歉，没有拍出。"断翅飞翔又说："我刚才一直在看电视新闻，为什么自始至终都没看见拍卖的画面？"老管说，可能是因为东西没有拍出去，电视台才没有播吧。

"那现在十字绣在哪里？"断翅飞翔又问。老管略一沉吟："哦，今天下午我去医院送捐款时，把它交给林小海了。"断翅飞翔马上发过来一个笑脸"这样也好，希望林小海好好学习，将来考个好大学！"

看到这里，老管长出了一口气，起身去了厕所。哪知几分钟后，他返回电脑前，情况却陡生变化……

十字绣失踪

原来，老管和断翅飞翔的对话引起了吧友们的关注，有人揭发道："老

管在撒谎！今天我一直都在义捐现场，根本没有看见他把十字绣拿到台前拍卖。"

一石激起千层浪，吧友们纷纷跟帖证明。老管感到脑袋"嗡嗡"作响，他强迫自己冷静下来，发帖解释道："各位吧友，今天在义捐现场确实没有拍卖十字绣，但我决不是故意的，实在是忙得晕头转向把这事给忘了……而且我觉得，把'学海无涯'直接捐给林小海更有意义，对他的学习也是个促进。"有道是话不说不明，看了老管的解释，大家纷纷表示理解，卫县吧里逐渐平静下来。老管擦了擦额头上的汗珠，看看时间不早了，便上床休息了。

第二天，老管起床后的第一件事就是打开电脑，登录卫县吧。这一看不要紧，吧里已经乱成了一片，很多吧友都在质问老管，为何一再撒谎。原来，有个吧友是护士，正好就负责林小海的病房，她已经去问过了，林小海说根本没见过什么十字绣。这下大家纷纷声讨老管，让他出来解释一下，这一切到底是怎么回事？

面对大家的质疑，老管心里乱糟糟的，不知道从何说起。正心急呢，突然有个匿名吧友站出来为他说话："大家安静一下好不好，你们只关心一件普通的手工绣品，可在这次义捐中，有的人爱心更大，比如那个秦越天，一下子就捐了五万元，

这五万元可以买多少幅十字绣啊！"

有人马上跟帖反驳，说秦越天那么有钱，捐五万元对他来说只是九牛一毛；而断翅飞翔的十字绣虽然普通，却也是她的一份爱心，是爱心就应该让大家都看得见，不应该被雪藏起来。老管点点头，觉得这话有理。

双方正争持不下，这时，断翅飞翔又出现了，她说："我本想自己来义捐现场把十字绣拍卖掉，然后把拍卖所得亲手投进捐款箱……但从我家到县城有二十多里地，坐在轮椅上的我

实在无法跨越这段距离……现在我只想知道，十字绣到底在谁手里，是谁动了我的爱心？"

这番话犹如投进湖面的一块石子，在吧里掀起了轩然大波。原来，断翅飞翔是个残疾人啊，残疾人的爱心更应该得到尊重！大家的矛头又一次指向了老管。这下老管没办法了，他感到全身直冒冷汗，后背都湿透了。没想到，一个神秘的帖子却又帮他解了围……

爱心无大小

发帖人叫"小豆子"，是一个刚刚注册的小吧友。小豆子说，过几天就是自己的生日了，昨天爸爸特意带回家一幅名为"学海无涯"的十字绣，说是送给他的生日礼物。不成想，今天他无意中来到卫县吧，看到大家的议论后，才知道事情的经过。小豆子说，自己决定不要这个生日礼物了，他现在就去把十字绣送还林小海……

小豆子的一番话引起了不小的反响，大家纷纷猜测小豆子的爸爸是谁，有人甚至直接问老管："吧主，小豆子是你儿子吧？"弄得老管哭笑不得。

这时，刚才那个匿名吧友又露面了，他对小豆子说："你先不要急着把十字绣送回去，也不必感到心里不安。因为这次义捐总额一共九万多

元，而你爸爸的捐款就占了一半还多。他拿走一幅普普通通的十字绣，又算得了什么呢？"原来，拿走十字绣的是大老板秦越天啊！吧里一下子安静下来，大家心说：是啊，人家一下子捐了五万元，拿走区区一幅手工绣品的确算不得什么。毕竟对林小海来说，最重要的还是治病救命的医疗费啊！

还是小豆子打破了僵局，他说："虽然我爸爸的捐款占一半还多，但我还是觉得他这样做有些不妥。十字绣虽然值不了多少钱，但却是断翅飞翔阿姨的一份爱心，也是她三个月的劳动心血。爱心和劳动都应该得到尊重，再多的钱也不能把它们埋没！"

这番掷地有声的话，立即引起吧友们的疯狂顶帖。断翅飞翔说："谢谢小豆子，你是好样的，阿姨决定再绣一幅'学海无涯'送给你！"老管也勇敢地站出来，说："作为吧主，我愧对大家，这件事从头到尾我最清楚，我觉得秦老板捐了这么多钱，拿走一幅十字绣算不得什么，所以一直试图隐瞒真相。在此，我向断翅飞翔和大家真诚地说一声'对不起'！"

这时，那个匿名吧友也亮明了身份："我是秦越天，谢谢儿子给我上了一课，你让爸爸明白了一个道理：爱心没有大小，每一份都是沉甸甸的，都应该得到应有的尊重！"

（题图、插图：谭海彦）

厨娘 | 和珅家的

□ 墨吞鱼

非同寻常的一道菜

清朝嘉庆年间，和珅被皇帝赐死后，家产充公，府中的数千奴仆尽被遣散，其中有个叫安三姐的被发落回原籍苏北古黄府。

这安三姐虽在和府干了八年厨役，但年龄并不大，而且姿容秀丽，称得上是一个大美人。可在偌大的古黄府，就是没有人敢娶她！为啥？当然还是因为和珅的缘故：当今朝廷正追查和珅的余党，安三姐虽只是一个厨娘，但毕竟是从和府里走出来的，谁愿招惹一身是非？可偏偏有一个人全然不管不顾，吹吹打打地将安三姐娶进了门。这人是谁？原来是掌管古黄府教育的学官邹正之。

此事说怪也不怪。邹正之虽是个科班出身的读书人，平时满口之乎者也、子曰诗云，却有一个难以说出口的怪癖：嘴巴馋。古黄周边各地的特色小吃几乎被他吃了个遍，但他仍觉不过瘾，整日念叨着要尝尽天下美食。毫无疑问，邹正之之所以娶安三姐，看中的就是她是和珅家的厨娘，定然有一手不凡的厨艺！

可没想到婚后不久，邹正之对安三姐却日渐失望。安三姐很是勤快利索，打新婚第二天起，就围裙一扎下了厨房，灶上灶下忙个不停，可她端上来的饭菜却全是家常便饭，并无特别的样式和滋味。单等着品尝美味的邹正之大失所望，越吃越摇头，口中连呼："等而下之，等而下之！"

半个月后，邹正之终于忍不住了，又拍桌子又摞碟子，冲安三姐大发脾气，抱怨她愧对自己的一片怜香

惜玉之心，还说："难道你的夫君不比那该死的和珅更应该享受美味佳肴？"安三姐一愣，终于明白了是怎么一回事，委屈的泪水在眼里直打转"夫君，你……你知道我在和府是干什么的吗？"

"干什么的？在和府厨房专为和珅烧菜的！可就凭这淡而无味的饭菜，和珅能让你在他府里呆八年？"邹正之气不打一处来。

安三姐苦笑道："夫君，你错了。和府的厨房可不是你想象的那样一眼灶两口锅，而是排场大得很呢！光拎饭铲的炒菜厨娘就有上百，下面帮厨的杂役更多，且每个厨娘每天只做自己最拿手的一道菜……"邹正之简直闻所未闻，不由咋舌道："乖乖，人都说'一招鲜，吃遍天'，可这和珅却专吃招招鲜！我且问你，你专做哪一道

菜？"

安三姐迟疑道："我……我嘛，我专做炒猪肉丝。""什么，炒猪肉丝？和珅富可敌国，山珍海味、猴头熊掌都吃不过来，还会吃这平常至极的炒猪肉丝？"邹正之嗤之以鼻，"倘真如此，你不妨也给我炒这么一盘猪肉丝，让我来品品！"

这时，安三姐已镇静下来，冷笑一声："哼，你以为和府的猪肉丝是好炒的？告诉你，只能用三到五个月的半大猪。""为什么？""因为稍大的猪肉发硬，稍小的猪肉则发腻。先是将猪关在一间大屋子里，让几个手执竹竿的小厮轮番追打。猪又惊又怕，就会拼命奔跑，直到最后实在跑不动了，屠夫才进来，眼疾手快，一刀从猪背上割下那块耸起的里脊肉，而猪仍活着直哼哼呢。这样，那块里脊肉

便集中了猪全身的精华，然后配以八宝大料，在人参高汤里浸半天，一阵武火猛炒后，再用文火略炖上一炖，这样端上桌的猪肉丝又香又脆，味道美不可言！但炒这么一盘猪肉丝，粗算下来少说也得四十两银子，差不多是你一年的俸禄哟！再说了，农家养猪不易，三四个月的半大猪谁舍得卖？你上哪儿买去？"

邹正之听了，不由又是一番目瞪口呆，连叹自己是没这等的口福，他咂着嘴道："猪也是有时寿的，和珅如此吃法，伤天害理，难怪遭此恶报！娘子，是我错怪你了！"说着，又是打躬，又是作揖，方才引得安三姐破涕为笑。

吃不得的一道菜

这年冬天，掌管全省教育的学政来到古黄巡视。又适逢冬至，按惯例要在文庙里举行祭祀孔子的大礼，称之为"冬祭"，届时连知府等大小官吏都要出席，极是隆重的。作为下属，邹正之自然是冬祭的主持人，操办冬祭所需的各种物品。

冬祭的前一天，管事人买来了一头猪，准备宰杀蒸煮后盛在鼎里用作祭品。由于鼎不大，所以买的那头猪恰是价钱挺咬手的半大猪。邹正之见了，馋虫又被钩出，急命屠夫不要将猪一刀宰了，而是按安三姐所说之法，把那猪赶到侧院里穷追猛打，直

到猪趴在地上不动了，才活剥下猪背上的那块里脊肉。然后，邹正之支走了屠夫，做贼似的把那块肉偷回了家，又咬咬牙拿出四十两银子，要安三姐像在和府一样炒一盘猪肉丝来，自己也要享受一回和珅的口福！

"好话难治冤孽病！"安三姐见了，摇摇头，一声苦笑，最终还是接了银子，到集市上买来所需的各种调料，什么广西的桂皮，四川的胡椒，云南的八角等等。从早上直忙到傍晚，安三姐终于将一盘炒猪肉丝端上了桌，邹正之正正衣襟，端坐桌前，小心翼翼地夹了一筷，细细咂摸，啊，果然味道美极！于是，他吃一口肉丝，喝一口酒；喝一口酒，再品一口肉丝，肉香酒洌，不觉酩酊大醉……

邹正之这场好醉，直到第二天日上三竿，仍倒在床上打呼噜。此时文庙内，大小官员、还有秀才们上百人正等着他来主持仪式呢。没奈何，气呼呼的知府只得派衙役到邹家来"请"邹老夫子！

邹正之被唤醒后，不由大惊失色，跌跌撞撞来到文庙，却是醉意蒙眬，头昏脑胀，又见省学政和知府都是横眉怒目，心头更慌。进得庙堂，正要上香，邹正之低头瞧见鼎内那头煮熟的祭猪，脊背上被剜之处分外醒目。一抬头正看到孔夫子的塑像，似乎面带愠怒之色，而孔子塑像旁的武

弟子子路那剑拔弩张的模样，更是叫他心惊肉跳。邹正之突然双膝一软，"扑通"一声跪倒在地："圣人饶命，我不该分您的祭肉，不该学和珅贪吃炒猪肉丝……"

这下，本该虔诚庄严的冬祭砸了锅，省学政怒不可遏，回去后即将此事上奏朝廷，朝廷很快以对圣人"大不敬"之罪摘了邹正之的乌纱帽。

邹正之惭愧得无地自容，可面对旁人的冷嘲热讽，犹自强辩"到底是

和珅有口福，吃了二十年的炒猪肉丝才掉了脑袋。我只吃一回，就丢了官，这道菜平常人真吃不得啊！不过，如此美味，你们连尝也不曾尝过呢！"这真是煮熟的鸭子——死硬嘴，一时被人传为笑谈。

发财的一道菜

自从丢了官没了俸禄，家中眼看就要揭不开锅了，邹正之大为发愁。此时，经过一番大风浪的安三姐却毫不慌张，她掏出自己积攒的私房钱，准备破墙开店。邹正之至此，什么架子也讲不起了，只有同意的份儿。很快，安三姐便雇来了几个大厨和店小二，将个店堂整治得窗明几净、雅致有序，然后她又捧来笔墨纸砚，要夫君题写店招牌：和春酒家。

邹正之却是边写边嘀咕："什么和春酒家？分明是和珅酒家的谐音，莫不是卖和珅的臭名？这生意只怕好不了。"

也别说，酒店开张后，生意倒很红火，周围四省八府的达官贵人、富商阔佬，闻风争相而来。其实看菜单，和春酒家的菜色十分平常，同别的酒家没啥两样，可有一道老板娘亲自掌厨的压轴菜"炒猪肉丝"，却是别家没有的，客人们就是冲这道菜来的！

一时间，和春酒家前堂酒客满座，后院猪叫声声，那猪叫声使酒客们格外兴奋，人人脸上都是一副期待

的模样。盛在碧玉盘中的炒猪肉丝终于在"千呼万唤"的等待中，被笑盈盈的安三姐端上了桌，酒客们尽管肚里馋虫直闹，却个个文雅至极，你敬我让，将猪肉丝夹在口里，眯眼鼓腮，咀嚼回味，不禁连连赞叹。更可笑的是，酒客们吃了几筷子后，便互相提醒：不可多吃，以免享用太过，折了自己的福寿！待酒足饭饱后，酒客们无不打着酒嗝，腆着肚子，心满意足地连叹："不虚此行，不虚此行啊！"

这样不出两年，和春酒家便赚了个盆满钵溢。当然，邹正之和春酒家甩手掌柜，不管不问的，整日里依旧在他的书房里吟诵诗文。对于安三姐的猪肉丝，他是再也不敢吃了，甚至一听见猪叫，两腿就忍不住一软。

菜后的秘密

生意正做得欢，安三姐却不干了，折腾着要"关门大吉"。邹正之听了，很是诧异。安三姐便问他"夫君，你说咱们的酒店为啥这么红火？"

"为啥，还不是因为你会炒那道猪肉丝吗？"

安三姐神秘一笑，岔开话道"夫君，你再猜猜我在和府到底是干啥的？"

"干啥的？和珅家的厨娘呗！"

安三姐"嘿嘿"直笑："今天实话告诉你，在和府我可够不上厨娘的格，只不过是个烧火丫头罢了，整整

在厨房里烟熏火燎了八年！"

"啥，烧火丫头？别胡说了，那……那你怎么炒的猪肉丝？"邹正之眼睛瞪得溜圆。

安三姐爽朗一笑："没吃过猪肉，还没见过猪跑吗？我天天见厨房里的厨娘炒这道菜，闭了眼也能依葫芦画瓢的。再说了，四十两银子用高汤大料泡出来的东西，别说是块里脊肉，就是一坨猪下水也会做出好味道啊！"邹正之细细一琢磨，不由哑然失笑，心说：巧妇难为无米之炊，油多自然饭菜香，确是这么个理！

安三姐长叹一声，又道："还有，你以为那些大官富商们是来品味美食的吗？不，他们是来摆阔斗富的！连'天下第一贪'和珅吃的菜他们也吃得起，以后好作为炫耀的资本。说穿了，咱们这酒店就像你当初所说的，卖的是和珅的臭名罢了！可话又说回来，咱们岂能靠和珅的臭名吃一辈子！"

一席话说得邹正之彻底醒悟："听君一席话，胜读十年书！孔子云'唯女子与小人为难养也'，如今看来此话不对。这酒店该关，该关！"

关了酒店，邹正之带着安三姐来到乡下三家村，开了个私塾，当起了教书先生。后来，黄河决堤，灾民流离失所，安三姐便劝丈夫将开酒店的钱悉数拿出，用于赈灾，救活灾民无数，此是后话。

（题图、插图：黄全昌）

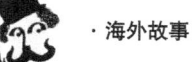

阳光誓言

□ 谢庆浩

有个叫格尔塔的少年，今年十六岁，跟着母亲和继父一起生活在辽阔的非洲草原上。家里还有个小他两岁的弟弟，叫罗赞，是继父的亲生儿子。尽管没有血缘关系，但格尔塔和罗赞两人就像亲兄弟一样相处融洽，手足情深。

在非洲草原上，追赶捕杀羚羊是每个孩子的必修课。这天，格尔塔和罗赞拿着套索，在草原上追赶羚羊，追了半天却功亏一篑。正垂头丧气往回走的时候，一个白皮肤红头发的外国人拦住了他们的去路，笑眯眯地说："你们想成为萨乌马吗？"

兄弟俩大吃一惊。要知道，萨乌马可是部落的骄傲，他是当今最负盛名的短跑明星，多项世界纪录的保持者。而这个外国人有何德何能，居然说他们能成为萨乌马？红头发告诉兄弟俩，他是个体育星探，专门帮一家体育公司寻找天赋出众的体育人才，然后输送到基地加以训练培养，至今已经成功推出了多位世界冠军。

"你们知道吗？萨乌马当初就是我发现的。如果没有我，他跟你们一样，只不过是非洲草原上一个捕杀羚羊的猎手罢了。"红头发哈哈笑着说，"我已经观察很多天了，你们是我见过跑得最快的少年，甚至比当年的萨乌马还要快。相信我，只要有了科学和系统的训练，你们一定会成为世界冠军的！"

兄弟俩听完，心动了。他们将红头发带回家中，把情况跟父母说了一通。红头发还出示了自己的证件和相关资料，父母不由得欣喜若狂，当即和红头发签订了合约。

几天后，兄弟俩就要出发了。这

天，父亲让格尔塔到镇上去采购食物，准备做顿丰盛的晚餐，为兄弟俩送行。格尔塔很快买好了东西，撒开脚丫子就往家里跑。正赶着路，身后突然传来汽车的轰鸣声，格尔塔还没明白是怎么一回事，就听见"轰"的一声响，人就给重重撞倒在地。可那汽车并没有停下，反而加大油门从他腿上碾了过去，格尔塔只觉腿上一阵钻心的疼痛，眼一闭，就晕了过去……

等格尔塔醒来的时候，他发现自己的右腿发黑肿胀，完全不能动弹。医生告诉他，由于错过了最佳的治疗时间，这条右腿恐怕保不住，只能截肢。这时，红头发得到消息也赶来了，他拿着诊断通知书直叹可惜。格尔塔更是泪水长流，心想：以后不要说跑步了，连走路都成问题，命运怎么对自己如此不公呢？

第二天，红头发带走了罗赞，格尔塔只能留在医院里独自流泪。几个月后，格尔塔出院了，一根拐杖成了他最亲密的伙伴。在一个清晨，格尔塔拄着拐杖出了门，他从怀里掏出一把寒光闪闪的弯刀，插进泥土里，对着初升的太阳，郑重许下誓言："我一定要找到那个肇事的凶手，让他偿还我的右腿！"

在非洲草原上，对着太阳许下的誓言是男子汉的誓言，也是最重的誓言。只要还有阳光，誓言就永不失效，

而且绝不能放弃。仇人死了，找他的儿子；儿子死了，找他的孙子。这意味着，格尔塔是无论如何都要拿回这条腿的！

此后，格尔塔拄着拐杖，走遍了非洲草原，寻找了整整四年，却一无所获。找不到仇人，继父也因病死了，唯一让格尔塔感到欣慰的是，十八岁的罗赞已经成了最年轻的世界冠军，在最近的一次大赛上，他甚至击败了大名鼎鼎的萨乌马。

格尔塔并没有放弃，继续寻找着他的仇人。这天，他意外地收到一封匿名信，拆开一看，里面只有寥寥两句话，但就这两句话却让格尔塔的心怦怦狂跳起来。原来，信里写着：想知道四年前开车撞你的人是谁吗？想知道的话，明天凌晨一点，你到毛里斯岗上去，我将告诉你答案，记住，过时不候！

格尔塔看完信，一头雾水，心说写信的人是谁？他怎么会知道四年前的事情？尽管满腹疑窦，但格尔塔还是决定要赴这趟毛里斯岗之约。

晚上，格尔塔早早地出了门。等来到毛里斯岗时，约定的时间还没到，他便钻进小树林里，捡来枯树枝，烧了堆篝火，指明自己的位置。等候中，又加了几把柴，不久，远方出现了亮光，一辆汽车朝毛里斯岗开了过来。很快，汽车在格尔塔身边停下，车门一开，一个男人走了下来。跳动的

篝火照亮了来人的脸，是个留着小胡子的中年男子。

格尔塔开门见山质问道："我是格尔塔，是你给我写的信吧。快告诉我，四年前开车撞我的人到底是谁？"小胡子看着格尔塔，脸色凝重地说："你就这么迫不及待想知道？多等一刻也不行？"

格尔塔咬牙切齿道："他毁了我的一生，我也找了他整整四年，现在一秒也不能等了！你快告诉我，他是谁？"小胡子仰头向天，一声叹息："远在天边，近在眼前。四年前开车撞你的人，就是我呀！"

什么？小胡子就是毁了自己一生的凶手？那他为什么要自投罗网？震惊之下，格尔塔"刷"的一下抽出刀，

大吼道："我发过誓，要找凶手拿回一条腿的，难道你不怕吗？有胆你就再说一遍，四年前开车撞我的人，真的就是你？"

小胡子一脸平静地看着格尔塔，说"我不怕承担责任，因为真相总得有揭开的一天。不错，四年前开车撞你的人就是我！不过……幕后还有真凶，是有人出钱雇我这样做的。"

"谁？"

"不是别人，就是你的继父！"

格尔塔几乎不敢相信自己的耳朵，继父是幕后真凶？这怎么可能？他发疯般冲上去，一拳把小胡子打倒在地："你不要诬蔑我的父亲，他为什么要雇凶伤害自己的儿子？"

小胡子慢慢爬起身，伸手抹了把嘴角的鲜血，说："原因其实很简单，因为，世界冠军只有一个！你们兄弟俩都是跑步天才，假以时日，世界冠军一定是你们的。但罗赞是你继父的亲生儿子，而你不是，所以，他要为罗赞清除掉最具威胁的一个对手！"

说着话，小胡子从口袋里掏出个小型录音机来，摁下放音键，一段对话淌了出来，正是格尔塔的继父和小胡子的声音。他们谈着价钱，商议着如何

废掉格尔塔的一条腿……

格尔塔面如死灰，他无论如何也没有想到，自己苦心寻找了四年的真凶，竟然是自己的继父！他用手揪住自己的头发，痛苦地喃喃自语："冤有头债有主，继父是幕后真凶，我只能找他复仇。可继父已经死了，而我许下的阳光誓言是无论如何也要兑现的，我该怎么办？我该怎么办？"

小胡子叹息道："阳光誓言是永不失效的，你可以找仇人的儿子继续复仇。而罗赞，是你继父的亲生儿子……"格尔塔点点头，说："阳光誓言是男人的誓言，我决不会放弃！继父死了，还有儿子，我就找他的儿子继续复仇！"说完，他扬起手中的刀子，"嗞"的一下刺进了自己的左腿，直至没柄！

小胡子吃惊地跳了起来："你刺自己干什么？"格尔塔颤抖着声音说："虽然继父不把我当儿子，但我还当罗赞是亲兄弟呀！我也是继父的儿子，那就可以代替罗赞成为复仇的对象！这一刀，是我替罗赞受的……"说完，格尔塔忍着剧痛，拄着拐杖一瘸一拐地走了，身后留下一道弯弯曲曲的血线。格尔塔走远后，早就熄了火的汽车突然打开了门，原来车上还躲着一个人！这人一头钻了出来，篝火映在他的脸上，竟然是短跑明星萨乌马！他来这里干什么？

原来，在最近的几场国际大赛上，初露头角的罗赞已经让萨乌马感到，这个来自家乡的追风少年将是自己最大的劲敌，迟早会取代自己的位置。正好小胡子是萨乌马的亲戚，无意中告诉了他四年前的事情。萨乌马觉得这是一个除掉劲敌的好机会，于是让小胡子出面，告诉格尔塔车祸的真相，企图借他人之手，毁掉罗赞的腿。但他没想到，格尔塔虽然遵守了阳光誓言，却让自己代替罗赞成了复仇的对象。

这时，小胡子迎了上去，对萨乌马说："还有几天罗赞就会回国，我们马上实行B计划，一定可以毁了他的一条腿！"萨乌马长叹了口气，说："不用了，放弃B计划！"小胡子吃惊地看着萨乌马，问："为什么？这次我保证一定会成功的。"

"因为阳光誓言！"

小胡子糊涂了，什么阳光誓言？萨乌马望着格尔塔走远的方向，一声叹息道："赛场上，我曾多次代表运动员宣誓，保证一定公平竞赛。我差点忘了自己也是在灿烂的阳光下宣誓的，那就是阳光誓言，也是男子汉的誓言啊！你看格尔塔，情愿把刀刺在自己腿上，也不放弃曾经许下的阳光誓言。同样是男人，我又怎能放弃自己的阳光誓言？让我跟罗赞在赛场上见吧，是输是赢，堂堂正正跑了见分晓……"

（题图、插图：张恩卫）

九转星

□ 刘自忠

袭 击

林玉琴是一家公司的出纳。这天刚上班,老板就叫她去银行取一笔现金。林玉琴叫来会计,将支票填好,就准备离开,这时手机响了,是男友赵祥打来的。两人正在热恋中,赵祥几乎每天一早都要来电问候,这让林玉琴感到很贴心。

两人聊了几句,林玉琴说:"不多聊了,等会儿我要去银行取两百万现金……"话未说完,她突然觉得脖子被什么划了一下,不由"啊"地叫了一声。赵祥惊问道:"出什么事了?"林玉琴用小镜子一照,原来刚才打电话时,不知不觉手扯了一下脖子里的吊线,结果被胸前饰物的棱角划伤了,她忙说:"没什么,脖子划伤了。"

赵祥急道:"要不要紧啊?得赶快擦点药,我马上拿药赶过来,就在路上等着你啊。"说罢就挂了,显然是去买药了。林玉琴苦笑一声,虽觉得对方有点大惊小怪,但这份关心却让人感动。

林玉琴胸前的饰物是一个金属的智力玩具,它的外面是个椭圆形的圈,里面则有一枚九角星。据说会玩的人,转九次角度就能将九角星取出来,所以叫"九转星"。这是林玉琴的前男友阿超送的,她一直戴在身上。她只是有点奇怪:这九转星的棱角并不尖利,自己戴了几年也没被扎过,怎么今天突然会将脖子给划伤了?

这时,保卫科的大伟过来了,林玉琴冲他点点头,两人便一起下楼去了。从公司到银行并不远,所以他们是步行过去的。两人取完款往回走,刚走进一条巷子,一辆轿车"嘎"的

44

一声停在了他们身旁，赵祥从车子里钻出来，说："玉琴，我给你拿药来了。"说罢走过来，将创可贴给林玉琴贴上。

站在一旁的大伟乐了："真让人羡慕啊！一张创可贴还专门送过来……"话还没说完，他就感到"咚"的一下，脑袋被狠狠敲了一下，顿时一阵眩晕，身子倒在地上。

林玉琴惊呆了，大喊一声："赵祥，你干什么？"只见赵祥"刷"地拔出一把刀来，压在她的脖子上，恶狠狠地说："想活命的话就别叫！"说着，就将她拖到车上。此时，车上下来一名男子，将大伟也拖上车。车门关闭后，赵祥一挥手，说："柱子，开车吧！"

车子出了巷子，一路急驰，很快就出了城，赵祥这才松开手中的刀。林玉琴惊魂未定，喘着气问："你为什么要这样做？""因为，"赵祥一脸坏笑地盯着林玉琴的眼睛，缓缓说道，"这些钱我们也想要啊！"

林玉琴简直不敢相信自己的耳朵，难道这就是平时口口声声说爱自己的人？她不死心，又问："难道你追求我，就是为了今天的机会？"

赵祥笑了，说："不错！我追求你，就是看中你当出纳的这份工作，想让你做些手脚，弄点钱来花。可我发现，你胆子小得很，绝对不敢做，所以只好等机会。今天就是一个天大的好机会，你说，我能这么轻易放弃吗？"

惊 变

林玉琴听了，顿觉五雷轰顶。想当初，在她痛不欲生时，是赵祥来到她的身旁，给了她继续生活的勇气。可没想到，他竟是怀着这样一种不可告人的目的！

林玉琴挣扎起来，就要去拉车门，赵祥大怒，一拳打在她肚子上，疼得她捂着肚子，身子缩成一团。赵祥还不停手，又一把抓住林玉琴胸前的衣服，这一下，却正好抓在九转星上。他猛地用力将九转星扯了下来，冷笑一声："我就知道你没忘记旧情人！这么久了，还戴它在身上。"说罢一挥手，把九转星扔出窗外。

林玉琴大叫一声："不！"却在这时，只听"轰"的一声，车子突然猛烈一震，坐在车上的人顿时滚作一团。等大家爬起身来，才发现撞到了路边的大树上。两名歹徒立即钻出车子，又将林玉琴拉了出来，只留大伟一人仍昏在车内。赵祥冲着柱子恼怒地叫道："怎么回事？"

柱子惊恐道："我……我看到路中间站着一个人。""人？"赵祥朝四周看了看，可到处都是荒草，哪里有什么人？柱子走到路中间，又说"我明明看到他站在这里，是个二十多岁的男子，还冲着我笑呢？"

赵祥走过来看了看，却见刚才被自己丢出车外的九转星正躺在路中间，便飞起一脚，将它踢进草丛中。他定了定心神，说道："不管了，还是按原计划吧。"说完，两人将林玉琴绑了起来。

林玉琴惊恐地问："你……你们想做什么？"

赵祥冷笑一声，说："好，就让你死个明白吧！这车是我们刚刚偷的，本来想将你们劫到一个偏僻的山坡上，弄死后和车子一起推到山下。这样，警察就会以为是保安劫钱逃走时出了车祸，没人会怀疑我们……"

这时，本来停着的车子突然"呼"的一下，往路旁的坡下慢慢滑了下去。两个歹徒一下傻了眼，只能眼看着车子越滑越快，落在坡底。赵祥无可奈何地说："下去看看再说吧！"两个人劫持着林玉琴来到坡底，只见车

子已经被撞得散了架，柱子伸头进车内一看，里面空荡荡的，他不由奇怪道："那保安去哪儿了？"

正疑间，一阵高亢的歌声从山头传来，还夹带着砍树的声音。赵祥脸色一变，说："不好！看来这一带还有人。那保安也不知道是死是活，现在就算杀了女的，也伪装不成现场了，不如带她一起走，危急的时候还可以当人质。"

于是，两个歹徒劫持着林玉琴沿公路一直走，希望能遇到一辆车子，然后抢车逃走。但一路上，别说是车，连人影都没有一个。天快黑时，才看到前面不远处有座小木屋，歹徒们顿时来了精神。说是小木屋，其实也就是个棚子，四周全用木条围成，门是几块旧板子钉成的，估计是守林人的临时住所。

柱子喊了几声，见没人应声，就推门进去了。那林玉琴刚进屋，就瘫坐在了地上。突然，赵祥"咦"的一声，紧紧盯着她的胸前，眼中露出怪异的神色来。林玉琴一惊，低头看去，却见那枚九转星仍好好地挂在自己胸前……

夜 战

赵祥心说：刚才不是明明踢进草丛了吗？他不

由大惊，冲林玉琴喊道："你到底戴了几个啊？"林玉琴也觉得莫明其妙，哪里答得上来。赵祥"哼"的一声，又扯下那九转星，顺手往后一丢，正打在门上。

这时，门"呼"的一下被推开，一条黑影冲了进来，但愣了一下，又退了回去，"砰"的一下关上门。两个歹徒大惊，柱子掏出别在腰间的刀子走过去，刚拉开大门，就呆呆地站在原地，身子不断地颤抖，嘴里喃喃自语道："我……我就是看到他，才……才撞树的……"接着，身子往后一倒，昏了过去。

赵祥惊呆了，抽出刀子蹿出门来，可月光下，只有无数树影在晃动，哪有半个人影？他又往屋后慢慢搜寻过去，见前面斜坡上有一条人影，忙冷笑一声，悄悄跟了过去，拿刀子顶在对方腰间，叫道："别动！"

那人一怔，慢慢回过头来，赵祥"啊"地叫了一声，顿时站立不稳，沿着斜坡骨碌碌滚了下去。一直滚到坡底，他刚想爬起来，却见一条黑影从草丛里蹿出来，狠狠地敲了一下他的脑袋……

屋里的林玉琴仍然惊魂未定，突然房门"砰"地被推开，一条人影滚进了屋，接着又一个人走了进来。她一看，惊喜地叫道："大伟，你没死？是你将他制服了？"

大伟哈哈笑道："也是我命大！

车子滚下坡时，不知怎么把我给摔出来，也将我震醒了。他们带着你走后，我一直在后面跟着，正好遇上这人莫名其妙摔到坡底，就将他打晕了。"说着，大伟找到灶台，将蜡烛点上，见装钱的袋子在柱子身上，就过去扯下来，又将刀子放到赵祥手里。林玉琴奇怪道："你这是在做什么？"

大伟说："制造打斗现场啊。"见林玉琴一脸不解，他笑道，"整个事件是这样的：歹徒将我和车子推下山后，逃到这里，可两人却因为分赃不均而打了起来，结果都受了重伤。打斗中，正好又将蜡烛给碰翻了，于是大火烧了木屋，他们都被烧死了。你因为被绑着，自然也烧死在这屋里。"他拍了拍身上的钱袋，又说，"至于这些钱嘛，当然也被大火烧光了！"

守 护

林玉琴总算明白过来了，叫道："你……你也要杀人劫财？原来你也打这笔钱的主意！"大伟摆摆手，说"这倒没有。刚才追过来的时候，我就在想，为了这钱我差点丢了命，为什么不干脆据为己有呢？"

"你不怕警察找上来？"林玉琴吃惊道。大伟摇摇头："不会的。我因为摔下山，昏迷了整整一夜，醒来就直接去报案了，所以，根本就没来过

这里。这里发生的事，我一点也不知道！"

这时，躺在一旁的柱子醒了过来，坐起来叫道："没想到，你比我们还狠！"大伟见状，飞起一脚端了过去，柱子疼得在地上滚了一圈，刚抬起头来，突然脸色大变，眼睛死死地盯着门口，叫道："他……他又来了！"

看到柱子因恐惧而变得扭曲的脸，林玉琴和大伟也忙向门口看去，只见一条人影一闪，已经消失在黑暗中。大伟怒吼一声："是谁？"说着，就抓起刀子冲过去。可他刚冲到门口，大门却自动撞了过来，"砰"的一

声，他被撞得跌倒在地。这时，柱子大叫一声，猛地向大伟扑来。大伟拳头一挥，正打在柱子的脸上，柱子滚到了一旁，老半天动弹不得，但嘴里仍叫道："你要我死，我也不让你活！"大伟刚想起身，只觉得腹部剧痛，低头一看，只见那里插着一把刀子，鲜血不断涌出，将衣服和背着的钱袋都浸红了。原来，刚才柱子趁他跌倒时，滚过来给了他一刀。

再说林玉琴，刚才她往门口看时，人影虽只是一闪，但她还是认出来了，不禁叫道："阿超，是你？"说着，她猛地站起来，跌跌撞撞走到门口，可门外只有夜风在吹，哪里还有人影？

这时，林玉琴看到门口的地上有一点亮光，正是刚才被赵祥扯下的那枚九转星在月光下闪烁发亮。这枚饰物是前男友阿超送给她的，记得当年，阿超把它挂到林玉琴脖子上时，曾说："你就是中间的那颗星，而我在你的周围，永远保护着你！"后来，他们在一次出行时，遇上了车祸，阿超为了救林玉琴，献出了自己的生命。

想到这里，林玉琴慢慢蹲下身来，对着这枚九转星，泪流满面地叫道："你说过一辈子保护我的，我知道那一定是你！你能让我再看一眼吗？"可这枚九转星只是静静地躺在月光下，反射着清冷的光……

（题图、插图：张恩卫）

佳作出真心

日本京都万福寺的山门匾额上有三个大字"第一义"，这是两百多年前的一位高泉禅师书写的。

话说这天，高泉禅师屏气凝神正在纸上写这三个字，身边有个略懂书法的小徒弟，一边为他研墨，一边毫不客气地指指点点。

"这张写得不好！"徒弟一口否定。"那这张呢？"禅师又写了一张。"不好！比刚才那张还不如。"徒弟皱着眉说。

高泉禅师边写边想：我一定要写好，要不然连自己的徒弟都说不好，还怎么给别人看？就这样，他小心谨慎地写了一张又一张，地上已经堆了一大叠了，可徒弟还是一个劲儿地摇头。徒弟越是摇头，他就越发着急，越写不好了。

就在这时，门外有人在喊他的徒弟，小徒弟答应一声就跑了出去。高泉禅师长出了一口气，暗想：这个家伙总算走了，我可以自由自在地写会儿了。于是，他又准备好一张纸，心中再无顾虑，信手写出了三个大字"第一义"。过了一会儿，徒弟回来，看到了这三个字，只见字体端庄大气，又不失潇洒飘逸，不禁惊讶地赞叹道："这可是绝世之作啊！"

很多时候，人们总是在寻找做好一件事情的窍门。其实，摒弃患得患失的杂念，以一颗纯净的真心去对待，就是最好的捷径。

（编译：孙开元；推荐者：蓝昌科）

（本栏插图：安玉民　梁　丽）

为失败做一次庆典

这天，华盛顿州立博物馆设计方案揭标仪式正在进行，三位大牌的设计师联手，与一名年仅二十岁的年轻人同台角逐。大多数人认为，年轻人提出的方案新颖别致，充分展示了年轻一代的朝气。但结果公布，年轻人却未能获得最终的胜利，评审组一致认为他的设计缺乏人文理念。

傍晚，在华盛顿最大的一家餐厅

里，正在进行一场声势浩大的庆典，年轻人也被荣幸地邀请在列，但他却没有出席。此时，年轻人正被失败的阴影笼罩着。过去他一路走来顺风顺水，得奖无数，而今天的失利，实在令他在众人面前丢尽了脸，他甚至想到了自杀。

正在这时，手机突然响了，是母亲打来的，母亲邀请年轻人去咖啡厅，说想和他聊聊。年轻人如约而至，可当他推开咖啡厅的大门时，却见一排迎宾小姐纷纷上前向他献花。而母亲衣着华丽地在门口等着他，身后还有许多熟悉的面孔，亲戚、朋友，还有自己设计专业的老师们。

年轻人一时间哽咽了，不知道该说什么。母亲却拍着他的肩膀，说道："孩子，今天为你做一次失败庆典！你迎来了人生的第一次失败，应该祝贺你，要知道，学会面对失败才能奋起直追，这是人生的必修课！"

那晚，年轻人无疑是整场庆典的主角。他要感谢母亲，用这样一种特殊的方式，告诉自己失败不是丢脸，更不是丧失尊严，而是人生中宝贵的财富。

后来，这个叫鲍勃·罗杰斯的年轻人创立了BRC公司，该公司是上海世博会美国国家馆的专业设计公司，先后参与了六届世博会美国国家馆的设计工作。

（**作者**：古保祥；**推荐者**：阿　科）

最成功的交易

有一位著名的投资家，十分热爱家庭。这天，他发现儿子的体重已经接近两百磅了，便建议儿子："为了健康，你应该减肥了！"儿子不以为然地说："爸爸，还是算了吧。"

投资家笑道："不如这样，我们来做笔交易吧。现在按合同，你每年都要将农场总收入的26%交给我。但如果你能将体重降到182磅以下，那你只需要给我22%的收入就可以。"儿子惊讶道："你肯定？"投资家点点头说："肯定！"

很快，儿子将体重降了下来，投资家也兑现了承诺。儿子问他："爸爸，作为一个享誉全球的投资家，您不觉得这笔交易很亏吗？"投资家却微笑着说："不，这是我人生中最成功的一笔交易。因为，我现在拥有一个身体健康的儿子！"儿子恍然大悟，走过去紧紧地拥抱自己的父亲。

这个世界上，即便是一个用毕生精力追逐金钱的人，他心中最好的财富仍是家人和爱！

（**作者**：隆　孜；**推荐者**：一　昌）

学写作文，从读故事开始

一本万利

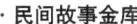

□ 陈效平

面授机宜

明朝天启年间，京城东厂胡同住着个名叫杨廉的穷秀才。这杨秀才靠替人抄抄写写为生，日子虽然过得清寒，倒也逍遥自在。

这天，杨廉在路上发现一个昏迷不醒的老婆婆，他来不及多想，赶忙把老人背回家，悉心救治。可老婆婆醒来后却颠三倒四，语焉不详。正巧城里贴出寻人告示，那告示上说，住在宣武门的郭家老太太不慎走失，如有寻获者谢银五百两。杨廉心说：难道自己救的就是这郭家老太太？于是，他雇了一乘小轿，连夜将老人送到了郭府。

那老婆婆正是郭老太太。郭老太太近年患了痴呆症，脑子日渐糊涂，前几天她从府中走失，结果因饥寒交迫晕倒在路上。

郭老太太的儿子郭涛年约三十，生得虎背熊腰，是一等御前侍卫。他拜倒在杨廉面前，口中连称恩人。杨廉一把将郭涛扶起，谦逊地说："这只是举手之劳，郭大人不必多礼！"郭涛仍千恩万谢，还取出一张五百两的银票，双手奉给杨廉。杨廉却一个劲儿地摆手，说："扶危济困是做人的本分，我怎么能收你的银子？"看杨廉态度坚决，郭涛只得收回银票，他含着感激的泪，把恩人送出了大门。

经过多方打听，郭涛得知杨廉家贫如洗。这下，他对杨秀才越发敬重了，心里暗暗发誓，一定要设法报答自己的恩人。

这天，郭涛提着一个包袱来找杨廉。见面后他把杨廉拉到僻静处，悄悄说："杨兄，小弟有桩一本万利的好买卖要成全你，事成后包你从此衣食

无忧。"听了这话，杨廉苦笑道："我既无本钱，又不懂经营，如何能做生意？"

郭涛微微一笑，神秘地说："本钱小弟来出，事成之后兄台再还我。"说着，他把随身携带的包袱解开，从里面取出五十两银子和一套新衣服。杨廉看得一头雾水，郭涛环顾了一下四周，凑在他耳边道出了自己的计划。

杨廉听罢目瞪口呆，好半天才狐疑地问："这、这怎么可能？谁会出五百两银子买个普通的梳妆匣？"郭涛却胸有成竹地说："会有人买的！"杨廉还是不信，摇头说道："即便如此，可这钱来得太蹊跷，我不敢要！"

眼看事情要吹，郭涛急了，他拍着胸脯保证道："兄台且放宽心，这桩买卖轻而易举，那些银子也都来得干净，绝不会有麻烦……至于内中的隐情，恕小弟暂时不方便透露。"见郭涛态度如此诚恳，杨廉也就依了他，点点头同意了。

天坛之行

次日一早，杨廉穿上郭涛送来的新衣服，揣着五十两银子来到了天坛。天坛周围正在办庙会，车水马龙好不热闹，杨廉一路走走停停，不时向四下张望。

过了半个时辰，一位衣着华丽的少年朝天坛走来，他在一棵大树下站住了，然后打开随身携带的布包，从里面取出一只崭新的梳妆匣。少年把匣子放到地上，又在前面铺了一张白纸，纸上写着五个大字：梳妆匣待售。

杨廉见状，赶忙从树后转出来，假装从少年面前慢慢经过。当看见那只梳妆匣时，他故作惊讶，蹲下身来仔细端详，瞧了好一会儿，才啧啧赞叹道："好精美的匣子，真可谓是巧夺天工，罕见，罕见！"

听杨廉如此夸赞，那少年笑道："阁下果然识货！"杨廉指着梳妆匣，正色道："此匣不仅做工考究，外面的漆工亦恰到好处，实在难得！"少年笑得更欢了，他试探着问："那阁下愿出多少钱购买呢？"杨廉摸出五十两银子，面有难色地说："在下不曾准备，身上只带着五十两。"少年点点头，高兴地接过了银子，随后又说道："过十天你再来这儿，我还有一把太师椅要出售。"杨廉连声道谢，他不敢多耽搁，抱起梳妆匣就回了家。

到家后，杨廉把梳妆匣拿出来仔细打量。这匣子确实做得精巧，比坊间的强过百倍，但无论如何也值不了五十两，又有谁肯出十倍的高价来买呢？想到这儿，杨廉不禁担心起来。

谁知到了傍晚，一个矮胖的中年人找上门来，开口就要买那只梳妆匣。杨廉惊讶之余，吞吞吐吐地报出了五百两的价码，那中年人愣了一下，随即爽快地答应了。他放下银票，抱起匣子转身便走。这下，杨廉真的蒙了。他揣起银票，忐忑不安地来找郭涛，把事情的先后经过讲了一遍。郭涛听后，笑道："杨兄，十天后你再去天坛，花一百两银子买下少年的太师椅，然后以一千两的价格转卖给中年人。"

杨廉一听，眼珠子差点瞪出来。他困惑道："这、这究竟是怎么回事？"郭涛冲杨廉摆摆手："兄台不必多问，照我的话去做，准没错！"

十天后，杨廉又来到了天坛。不久，那卖木器的少年也赶车来了。见到杨廉，他立刻从车上卸下一把崭新的太师椅，然后问道："你觉得这把椅子怎么样？"杨廉照郭涛的叮嘱，先绕着太师椅转了几圈，又把椅子从头到脚细细摸了一遍，最后赞叹道："鬼斧神工，天下无双！"

少年听得心花怒放，兴冲冲地问："那么，你看这把椅子值多少钱？"杨廉嗫嚅道："这把太师椅绝非凡品，堪称无价之宝。可惜小人家境贫寒，只能、只能出一百两银子……"少年听了哈哈大笑，爽快地把手一挥"拿去，拿去，一百两卖给你啦！"杨廉付了银子，扛起太师椅扭头就走。这时，少年从背后赶上来拉住了他，说："十天后你再来，我还有一架多宝阁要卖！"

回到家，杨廉的心怦怦直跳。傍晚时分，那个矮胖的中年人又来了，他直截了当地要买太师椅。杨廉犹豫

地报出了一千两的价码，中年人朝杨廉看了一眼，随即将一千两银票拍在桌上。中年人走后，杨廉又去找郭涛。听罢杨廉的叙述，郭涛双手抱拳，笑道"恭喜杨兄，下次你再花二百两去买那多宝阁，然后以二千两的价格卖给中年人！"

杨廉听得直吐舌头，他忧心忡忡地说："贤弟，这银子来得太容易也太蹊跷，我实在寝食不安！"郭涛摆摆手，安慰道："没事，没事，小弟决不会陷害兄台！待挣够了一万两你便停手，从此富贵不愁。"这番话让杨廉放了心，他转忧为喜，高高兴兴地回家了。

报答恩情

谁知当天晚上，一位气度不凡的老者找上门来。见到杨廉，老者从怀中摸出一张银票，恭恭敬敬地双手奉上，并说："请杨先生收下这份薄礼，然后老朽有一事相求。"杨廉低头一看，见银票上赫然写着：一万两。他吓了一跳，赶忙询问老者的意图。

老者道"没别的，只求先生再见那卖木器的少年时，按老朽的意思说上几句话，这一万两银子权当谢礼。"杨廉大吃一惊，心想：说几句话便赠银万两，天下哪有这样的便宜事！他不禁好奇道："不知……老前辈要我说些什么？"

老者凑到杨廉耳边，轻声嘀咕了

几句，杨廉听后面露难色，犹豫着不肯答应。老者顿时慌了，他眼含热泪说："这几句话关系重大，求杨先生千万转告！"言毕，冲着杨廉长揖不起。杨廉慌作一团，赶紧将老者扶回座椅，他想了想，说道："晚生虽不懂这其中的奥秘，但见您如此急切，我答应便是了。至于银两，却万万不敢要！"老者千恩万谢，揣起银票走了。

十天后，杨廉如约来到天坛。过

不多久，那少年也来了，他把一架崭新的多宝阁摆在杨廉面前，得意地问："怎么样？你瞧它值多少钱？"谁知，杨廉朝多宝阁斜了一眼，冷冷说道："雕虫小技，一文不值！"

听了这话，少年脸上的笑立刻僵住了。他冲杨廉生气地问："这么漂亮的多宝阁，我费了好久才做成，你凭什么说是雕虫小技？"杨廉不屑地撇撇嘴："夜郎自大，可笑，可笑！"

少年满脸通红，憋了半天才问："你先前买去的两件木器远不如这多宝阁，为何当时那般夸赞？"杨廉冷笑道："当初我以为你急等钱用，所以就买了那两件破玩意儿。"见少年气得浑身发抖，杨廉又继续说，"小兄弟，我奉劝你一句，别再劳神费力做木匠了。有那闲工夫还不如多读些圣贤书，干点有意义的事！"

少年听得牙根紧咬，突然，他把两根指头放到唇边，打了声呼哨，一眨眼工夫，四下里冒出许多带刀的武士，领头的竟是郭涛。少年一指身旁的杨廉，气急败坏地向郭涛命令道："快、快把这胡言乱语的家伙抓起来，投入刑部大牢！"郭涛略一迟疑，带人上前抓住了杨廉。就这样，杨廉稀里糊涂地进了刑部大牢，没等过堂便定成了死罪。他是有冤无处申，成天坐在牢里抹眼泪。

几天后，狱卒把一个壮汉领进杨廉的牢房。杨廉定睛一看，来人竟是郭涛！郭涛见了杨廉，"扑通"一声跪了下来，痛心疾首道："杨兄，小弟本欲报答你的救母之恩，不想却反害了你……"接着，郭涛道出了事情的真相：原来，那个卖木器的少年是当今天子朱由校！朱由校从小迷恋木匠活，做了皇帝后仍乐此不疲，他每天废寝忘食地连锯带刨，在宫里"丁丁当当"地做木器。皇帝成了不折不扣的"木匠"，朝政自然就荒废了，宦官头子魏忠贤趁虚而入，逐渐掌控了大权，开始胡作非为，残害忠良。

再说朱由校做了许多精美的木器，很想验证一下它们的价值。于是，他乔装改扮溜出了皇宫，在天坛做起了买卖。皇帝恩赐的东西，就算是一张擦屁股纸，得到的人也要诚惶诚恐地供起来，更何况万岁亲手制作的木器，怎能让它随便流落于民间？所以，朱由校前脚刚把木器卖掉，内务府的人跟着就把东西买了回来。当然，这一切都瞒着皇帝，但御前侍卫郭涛却心知肚明，所以他让杨廉去买"少年"的木器，然后以十倍的高价转卖给内务府派来的人。郭涛想以此来报答杨廉，可他万万没料到，半路上竟杀出个礼部尚书周念祖，也就是那个来求杨廉的老者。

这周念祖通过宫内的耳目，探听到皇帝常去天坛卖木器。周念祖认为皇上因迷恋木工活才不理朝政，致使阉党为所欲为，所以，那天晚上他找到杨家，恳求杨廉在"少年"面前说几句规劝的话。结果，不知底细的杨廉触怒了皇帝，惹来杀身大祸……

听完郭涛的讲述，杨廉才恍然大悟。他扶起跪在地上的郭涛，安慰道："贤弟也是一番好意，我不怪你！"郭涛却是涕泪纵横，他哽咽道："杨兄，这刑部大牢固若金汤，想逃出去只怕……只怕比登天还难！"

杨廉仰天长叹："哎，生死有命，随它去吧！"沉默良久，郭涛自言自语道："滴水之恩当涌泉相报，更何况救母之恩……"突然，他一跺脚，说，"罢了，我就用这法子救杨兄出去！"

听到有救，杨廉的眼里顿时放出光来。郭涛趴到他耳边，低声说："过几天皇上将颁布圣旨，赦你无罪。到时杨兄带上家眷火速离开，走得越远越好，再也别回来……"

三天后，皇帝果然颁下圣旨，把杨廉释放了。杨廉听从郭涛的叮嘱，带着妻儿连夜逃出了京城。杨廉刚逃走，郭涛跟着就被捕了，罪名是假传圣旨。原来，郭涛连夜潜入皇宫，偷盖皇帝的玉玺，伪造了一道赦免杨廉的假圣旨。

半个月后，郭涛被绑赴刑场问斩。上断头台前，他面向遥远的天边喃喃道："杨兄，我终于报答了你的恩情……"

（题图、插图：黄全昌）

美丽误会

□寿千里

丁奇是一位注册会计师，在一家大型贸易公司任职，可谓是年轻有为的金领。但他年近三十，却仍然形单影只，没有找到心仪的另一半。亲戚朋友介绍了一大堆，就是没有看对眼的，后来，他对相亲更是觉得索然无味了。

这天下午，丁奇接到了一个神秘的陌生电话，对方是一个声音甜美的女孩。她开门见山就告诉丁奇，自己叫林晓凡，就住在丁奇的对门，并说有点事情要与他商量，请他晚上七点整到"两岸咖啡"见个面。丁奇完全沉浸在林晓凡温柔的声音中，没有细问就答应了下来，末了还加了一句"不见不散"。

挂了电话，丁奇这才猛然想起，对门住的不是一个独居的老头嘛，怎么变成女孩了？再说了，这个林晓凡怎么会知道自己的电话号码？会不会是骗子呢？丁奇心里不禁犯起了嘀咕。不过为了那个美丽的声音，他还是决定单刀赴会，管他是温柔乡还是鸿门宴，凭自己的智商，难道会上当不成？

下班后，丁奇特意换上了那套平时舍不得穿的阿玛尼西装，又喷了些古龙水，打扮妥当就开始期待那激动人心的时刻。七点整，林晓凡准时出现了，只见她穿了一件白色的T恤，头上绑着很随意的马尾，显得青春又自然，丁奇不由得看傻了。

林晓凡在丁奇对面坐下后，就做了一个简短的自我介绍。原来，她是一名医生，任职于市人民医院。而林晓凡说的房子并不是丁奇现在居住的那套，而是他之前在城西景苑购下的那套新房。不久前，林晓凡听说市人民医院就要整体搬迁到城西，便在景苑也就是丁奇的对门买了套房子。装修前，她父母请了个风水先生来看了看，这一看可不妙，那风水先生竟说这房子的方位与林晓凡的生辰八字相克！这下急坏了林晓凡父母，忙问化解之道，那风水先生便说，必须和对门那套换一换，那个方位对林晓凡才是大吉之位。

说到这里，林晓凡红着脸道"丁先生，真不好意思，你看如果可以的话，能不能……我和你换个房！房子的过户以及税费等都由我出，另外，我再补贴你一万！"林晓凡一边观察丁奇的反应，一边又补充说，"两套房子户型是一模一样的，采光的话其实我这套还好一点！"

丁奇听着林晓凡的描述，心想：自己这套房子是前年买的，也就交房那天去过一次。如果不看购房合同，都记不清是几幢几单元，门是朝东朝西了。其实，房子的方位有什么关系呢，真想不到这样一位都市女孩也会相信风水先生的胡言乱语。

林晓凡好像看透了丁奇的心思，忙说："我其实也不相信什么风水之说的，本想一笑置之，但爸妈却偏偏不依不饶。如果把这房子卖了又太可惜，毕竟地段好，离单位也近，所以

才想到了这个主意，请你不要见笑！"见丁奇还是不作声，林晓凡又将补贴提高到了两万元，并说可以当即付钱。

丁奇深思了半晌，说道："好吧，既然美女都发话了，我岂能不成人之美！"令人意外的是，丁奇主动放弃了那两万元的补贴，这让林晓凡大为感动，连说是碰到了好人。当下两人商定，周五晚上先交换房子的钥匙，等有空时再一起去房管局办理过户。

结束时，为了体现自己的绅士风度，丁奇主动埋了单，还送林晓凡回了家。从林晓凡家楼上下来的时候，丁奇一路脚步轻快，他有一个强烈的

预感，这个女人一定会在自己的生命里留下痕迹……

周五下班后，丁奇决定先去自己那套房子看看。他乘电梯上了八楼，来到802室前，掏出一把钥匙打开了大门。可就在开门的一瞬间，丁奇却是大吃一惊，眼前的房子赫然经过了考究的装潢，让他怀疑是不是自己走错了地方。更让丁奇吓一跳的是，他看到同样受惊的林晓凡正站在客厅中央，脚下放着一个喷着雾气的加湿器。

"对不起，难道我走错了？"丁奇正想返身去看门牌号，林晓凡却把他叫住了："丁先生，你没有走错！"这更让丁奇纳闷了：既然我没有走错，这房子怎么就莫名其妙装修好了？你林晓凡又怎么会在我的房子里呢？

见丁奇满脸困惑的样子，林晓凡先让他坐下，然后叹了口气，开始讲述一个由马虎大意引发的故事：

三个月前，林晓凡正在省里进修业务，恰逢房子要装修，她就把事情全权委托给了退休在家的老爸。等她三个月的进修结束，房子装修也搞好了。可第一次去新房，林晓凡就被惊出了一身冷汗，装修队居然装错了房子！

原来，林晓凡在电话里告诉自己老爸，房子是四幢一单元八楼左手边的801室，可老人家记性不太好，就记住了八楼左手边。林晓凡指的左手边是从电梯出来的，她没想到自己老爸热衷于体育锻炼，一向都是爬楼梯上来的，她的"左手边"也就变成了老爸的"右手边"，更要命的是那钥匙竟然能打开对门的防盗门，于是装修队神使鬼差地就进了802室。

这事不能怪罪装修公司，毕竟门是自己老爸领的；找防盗门厂家吧，人家说了，这个钥匙理论上是有千分之二的重复率，他们无法负责。这装修下去毕竟是一大笔钱呀，足足二十多万哪！一家人想来想去，才想到了这个办法，通过房管局的熟人查到了丁奇的联系方式，这才有了那个神秘的电话……

听完林晓凡的叙述，丁奇当即沉下了脸："这就是你骗我和你换房的原因吧？"见他面露不悦之色，林晓凡赶紧连声道歉。可丁奇真的火了，大声吼道："现在，我是不会接受你的道歉的！"说完，转身径直走了。

林晓凡感觉确实是自己理亏，她急忙拿出手机，给丁奇发了一个道歉的短信，说不是有意要欺骗他的，并约他晚上八点去上次见面的"两岸咖啡"坐坐，以表歉意。但丁奇并未回复，林晓凡叹了口气，心想：看来要取得丁奇的谅解，真有一定的难度。

到了晚上，林晓凡正百无聊赖地躺在沙发上看电视，手机突然响了："我已经到了，怎么你这个做东的还不见人影啊？"听起来丁奇有点气呼呼的。"哦，我有点事耽搁了，马上就到，你等会儿哦！"林晓凡感觉事情有转机，挂了电话，立刻赶了过去。

见面后，从丁奇的言谈中，林晓凡已经领悟了他的意思：要想不毁约，全要看林晓凡的态度了！这之后，丁奇偶尔会发个短信过来有一搭没一搭地聊天，林晓凡基本上是有求必应。为了这二十多万的装修款，她也只能小心翼翼赔着笑脸的。三个月后，两人终于交换了钥匙，经丁奇同意，林晓凡也搬入了新房，但对于何时去房管局过户，丁奇却仍旧推托，说要等自己有空再说。

一晃几个月过去了。这天，林晓凡上完夜班回到家，刚想睡觉，突然接到了丁奇的短信。令人意想不到的是，丁奇主动提出明天和她一起去办过户手续，这让林晓凡一阵兴奋。

丁奇问道："你有没有算过，两套房的过户总共要缴多少税？""大概要三万多吧，我找人问过了！"提起这个就让林晓凡一阵的心疼，这么一大笔钱就白白打了水漂。

"那你有没有想过合理避税？"丁奇的一句话让林晓凡来了兴趣，她知道丁奇就是搞财务的，是不是他有什

么合理避税的办法？她赶紧打了个问号过去。

"具体做法明晚面谈，晚上六点半我在'两岸咖啡'等你，不见不散！"丁奇很快回复了短信。这丁奇到底有什么方法合理避税呢？这个问题搅得林晓凡整晚翻来覆去，都没有睡着。

第二天晚上，林晓凡匆匆出了门，她想早点到咖啡馆，不要让丁奇久等。通过这半年多的交往，她觉得丁奇这人其实还是蛮热心的，也是一个挺优秀的男人，不知道他有没有女朋友……想到这里，林晓凡的脸不觉红了，自己怎么会这样胡思乱想呢？

这时，天色开始暗了下来，街上霓虹闪烁，到处都是衣着鲜亮的青年男女。刚走到咖啡馆的门口，林晓凡就接到了丁奇的电话，说自己在520

包厢等她。走进包厢的时候，林晓凡发现里面没有开灯，只点着彩色的蜡烛，她坐下来正想说些什么，丁奇不知道从哪里一下子捧出了一大束怒放的玫瑰花，递到林晓凡的面前，说："情人节快乐！"林晓凡大吃一惊，才想起今天是2月14日情人节！

"这……"林晓凡有点不知所措了，不知道到底要不要接过这一束玫瑰。"拿着呀，你不是很想知道合理避税的方法吗？"丁奇笑着说，"那你就先接受它吧！"

林晓凡这才面带羞涩地接过了花，情不自禁地将头深深埋在花中闻了一下，心说：自己也很久没有收到花了。刚工作时，曾有过不少的追求者，但她都以事业为重，拒绝了。如今工作已五年，眼看着自己成为了业务骨干，想要考虑终身大事时，却发现自己已经不知不觉成为了"剩女"！

林晓凡抬起头，发现丁奇将一个小盒子递到了自己跟前。"这……"林晓凡一脸疑惑。"你不是想知道合理避税的方法吗？"丁奇深情地看着她，"你把它打开，就知道了！"

林晓凡轻轻地打开小盒子，发现里面竟是一枚钻戒，在盒盖的内里写着：嫁给我吧！我爱你！林晓凡这才恍然大悟，原来这就是丁奇口中所谓的"合理避税"的方法呀。

此时，丁奇已单腿下跪，绅士般地伸出自己的右手悬在空中，等待另一只纤纤细手的来临……

（题图、插图：田　红）

· 本刊信息传真 ·

2010年中国最佳故事评选

为了繁荣故事文学、推动故事创作，2010年，故事中国网(www.storychina.cn)继续举办年度中国最佳故事评选。

评选标准：在情节性、艺术性、思想性、文学性方面有突出表现，能够代表年度故事创作最高水平的各类故事作品。参赛作品分为中篇（8000字以上）、短篇（1000-8000字）、超短篇（1000字以下）三组。参选条件：2010年1月1日至2010年12月31日期间在国内正规报刊（省级以上）发表的故事作品均可参加，不限题材、风格、篇幅。参加方法：1、作者本人通过故事中国网的原创地带或人气写手板块提交作品；2、推荐别人的作品，需事先征得作者本人的同意，通过故事中国网的网文搜罗板块提交；3、各家故事报刊编辑部可直接向故事中国网推荐作品，推荐信箱：storychina@gmail.com。

年度最佳故事作者获得特别荣誉证书及奖金（中篇2000元、短篇及超短篇各1000元），所有优秀作品将结集出版《2010年度中国最佳故事》一书，并支付稿费。更多详情请登录故事中国网查看。支持媒体：新华网读书、新浪读书、腾讯读书、搜狐读书、和讯读书、凤凰读书。

夺命玩偶

□ 李月辉

神秘布娃娃

迈克是美国芝加哥一家跨国公司的财务顾问。在一次前往墨西哥出差时，他疯狂地爱上了漂亮的酒吧女郎露西，并闪电般向对方求了婚。露西欣然答应了，追随迈克来到芝加哥，着手筹备婚礼。

这天，他们收到一个包裹，上面只写着"露西收"，并没有留下寄件人的任何信息。迈克笑着对露西说："大概是你的哪位亲友寄来的结婚礼物。"可他拆开包裹一看，里面竟是一个又脏又旧的布娃娃！

"是谁搞的恶作剧？"迈克有些气恼，一抬头，却被露西的神情吓了一跳，只见她死死盯着布娃娃，全身不由自主地颤栗着，那神情就像撞见

了鬼一般。迈克不由仔细打量了一下手中的布娃娃：这不过是个普通的布制玩偶，圆鼓鼓的小脸上沾满了污泥，可爱的公主裙也脏得几乎分辨不出颜色来。

"快把它丢掉！越远越好！"露西尖声叫道，身子抖得几乎要站不住了。迈克满腹狐疑地拿着娃娃往外走，一推门，一封信飘落在地上，信封上写着露西的名字。迈克回身将信交给未婚妻，然后按照她的吩咐开车将娃娃丢在了离家数公里外的一个垃圾站内。可等他赶回来时，发现露西不在了，手机也打不通。

露西就这样突然消失了，一连数天都没有音信。迈克报了警，而这时他才惊觉，自己对未婚妻的了解太少了，想打听她的下落，却不知该找谁。迈克想起了那封信，他翻遍了整个屋

子，终于在壁炉里发现了一小堆焚烧过的灰烬，一片没烧尽的纸屑上写着几个西班牙文，迈克找人一问，原来这几个字的意思是"娃娃岛"。

这是什么意思？与露西收到的神秘玩偶有关吗？迈克带着疑问上网搜索，结果让他大感意外，原来在距离墨西哥城不远的地方真有这样一个岛屿！这个当地人口中的"鬼娃岛"起源于1951年。据说，当年有个小女孩在河里溺水身亡，岛上的花匠经常梦见小女孩的鬼魂向他哭诉，这让他痛苦不堪。一次偶然的机会，花匠发现小女孩的鬼魂好像害怕他家中的一个布娃娃，于是开始四处收集旧布娃娃挂在岛上，果然，小女孩的鬼魂再也没有出现。此后，不断有人把布娃娃拿到岛上来悬挂，渐渐成为岛上一

景。只是，那个花匠最后也没能善终，八年前，他在小女孩当年淹死的地方不慎失足落水而亡。

得知这些后，迈克决定亲自去一趟墨西哥城。几天后，他没费什么周折就找到了娃娃岛，果然，小岛临岸的一片树林里挂满了各种各样脏兮兮的娃娃。只是，一拨又一拨的游人将这里弄得嘈杂不堪……

诡谲玩偶岛

迈克在树林中漫无目的地转悠了几个小时，却毫无头绪。突然，他发现一丛低矮灌木中露出个娃娃的头，看上去似曾相识，便走过去伸手将那娃娃拽了出来，一看顿时惊得目瞪口呆。这个布娃娃与露西收到的那个神秘玩偶一模一样，只是胸前多了几个鲜红刺目的字：露西！

是谁将娃娃挂在这里的？迈克惊慌地四下张望，却突然惊觉天色已经暗了下来，刚才还熙熙攘攘的小岛一下子安静了，游人们也走得干干净净。而那些原本清晰可辨的娃娃在暮色中若隐若现，一张张小脸如同鬼魅般浮动在树影中……

突然，一道手电筒的光束直射过来，一个男人大声吆喝着走了过来："嘿！你不知道夜里岛上不允许游人逗留吗？""不好意思，"迈克沮丧道，"一时没注意就错过了船了。"那男人看了迈克一眼，说"那就暂时在我那里

住一宿吧。别说我没提醒你，夜里千万不要在岛上乱走，尤其是这林子！"迈克连忙谢过，跟着男人走出树林，七拐八拐来到一间破旧的小屋前。

"你是这里的守岛人吗？"迈克随口问了句。正在开门的男人回头诡异一笑，似真似假地答道："不，我是一名花匠。"迈克听了，心脏骤然一紧……

一进门，只见房间里黑乎乎的，花匠有些抱歉地说灯坏了，然后他退了出去，让迈克休息。可老旧的木板床一点都不舒服，直到后半夜，迈克才迷迷糊糊睡着。第二天，迈克在游客喧闹的人声中惊醒过来，此时天已经亮了，他环顾四周，这才看清自己身处的房间。只见满屋子密密的蛛网和厚厚的灰尘，看上去不像是有人居住的样子，而那个自称花匠的家伙也不知去向了。

突然，迈克瞥见桌上的一个旧相框，心头剧烈一震。只见油渍渍的玻璃后面，一对恋人笑得阳光灿烂，男人正是昨晚的那个花匠，而女孩不是别人，却是失踪的露西，她的怀里还抱着那个如鬼魅般的布娃娃！

迈克惊呆了，他一头冲出小屋，迎面正遇上一队旅游团，便一把拉住导游，指着身后的小屋，结结巴巴地问："这……这屋子的主人是谁？"导游诧异道："这就是花匠的家，自从八

年前他溺水身亡，这里就废弃下来了。"迈克彻底糊涂了，指着照片上的男人问："这是那个花匠吗？"

导游摇摇头说"不清楚，你从哪里弄来的？""就在那屋子里啊！"迈克回身一指。导游立刻大叫道："不可能！我已经带了三年团，那里面根本就没有什么照片！"

一听这话，迈克浑身一哆嗦，打了个寒战。他从相框里取出照片，心情复杂地凝视着露西的笑脸，脑海中闪出了无数的问号：你到底在哪里？你又是谁？突然间，迈克大叫一声："天啊！这不是露西！"原来，露西的右嘴角上有一颗美人痣，而照片中的女孩却没有！再翻过照片一看，只见泛黄的照片背面有一行淡淡的字迹，依稀是"帕斯托孤儿院"几个字。

迈克猛地想起露西曾说过，自己是在孤儿院长大的。他连忙紧跑几步，追上前面的导游问道："你知道帕斯托孤儿院吗？"导游诧异地瞟了他一眼，指着右手的一条小路，说："你沿着河边走，大概一个小时就到了。"

迈克一怔，没想到这所孤儿院竟然就在岛上。他忙谢过导游，沿河边向前走去……

幽暗孤儿院

一路上，迈克总感觉背后有声音，可是几次回头，却什么也没看到。

差不多一小时后，一幢灰色的二层小楼终于出现在了眼前。可这里早就废弃了，院子里长满了一人多高的杂草，大门旁一块写着"帕斯托孤儿院"的牌子也是残破不堪。

迈克正感到失望，口袋里的手机突然响了起来，他接起来听了片刻后，无声地挂掉电话，脸上却是一片悲伤。这时，又一阵窸窣的声音从背后传来，迈克猛地回过头去，却见昨晚的花匠目露凶光，手里拎着根木棒，恶狠狠向他扑来。迈克连忙闪身避开，双手用力抓住花匠扬起木棒的手，大叫道："你要干什么？"

那花匠一边极力挣扎，一边恶狠

狠地问："我知道你是露西的未婚夫，你们把我的琳达怎么了？"

迈克突然脑中灵光一闪，大叫道："琳达和露西，她们都死了！"花匠一听，手顿时一软，被迈克反手按住，夺下了木棒。随后，迈克凄然地说，刚才自己接到芝加哥警方的电话，他们刚刚在密执安湖里打捞起两具女尸，其中一个是露西，另一个和露西长得十分相像的女子紧紧抱着她，看样子是想阻止露西浮出水面逃生。

迈克说："如果我没猜错，另一具尸体就是琳达，也是照片上和你合影的女孩吧？""什么，我的琳达死了？"花匠喃喃念着跌坐在地上，双眼失神地望着迈克，良久才说，"看来你并不了解自己的未婚妻，我给你讲个故事吧……"

原来，露西还有个孪生妹妹，名叫琳达，姐妹俩从小在孤儿院长大。那年，有对夫妇决定收养个女儿，他们看中了露西和琳达，但一时拿不定主意该选择哪一个。而就在当天夜里，琳达却失踪了，露西说妹妹是在河边玩耍时失足掉进了水里。这时，有个名叫巴耶罗的小男孩站出来说，他亲眼看见露西把琳达推进了水里。露西拼命否认，大人们对此也将信将疑，不过，这种怀疑让那对夫妇最终改变了收养对象。

花匠流着泪继续说道："我就是

当年的小男孩巴耶罗！当年，虽然我站出来说出真相，却没能为琳达讨回公道。不过幸运的是，琳达没有死，几年前我们偶然相逢，立刻坠入了爱河。我知道，琳达一直对姐姐怀恨在心。去年，她偶然发现了正在当服务员的露西，便决心要报仇，不料，露西跟着你去了美国。于是，我们不得不改变了计划，要琳达去美国设法将露西引到岛上，然后由我来结束她的性命。谁知，琳达一去再也没有消息……其实，我并不是什么花匠。只是见本该来的露西没有来，而你却突然出现在岛上，所以心怀戒备。这些日子，我一直在做恶梦，总梦见琳达死了，没想到是真的，老天怎么这么不公平啊！"

迈克一时不知该如何安慰他，哑然问道："那个娃娃是怎么回事？为什么露西见到它会那么害怕？"

"布娃娃是姐妹俩的母亲临死前留下的，当年琳达被推进河里时，怀里正抱着它。本来，善良的琳达还顾念一丝亲情。她曾说，如果露西看到娃娃时能有悔过之意，自己就放过她。可是现在看来，邪恶的心灵是不会随着年龄的增长而改变的！"

迈克听了，一时默然无语。这时，巴耶罗突然将脸凑到他面前，一指天空神秘分兮地说："你相不相信，人死后是有灵魂的？她们正在那里看着我们哪！"迈克抬起头，却见大片乌云正从四面八方涌来，一场暴风雨马上要降临了……

（题图、插图：佐　夫）

· 本刊信息传真 ·

法律知识故事征文

本刊推出的"法律知识故事"，通过发生在我们身边的、短小而具体的个案，生动、形象地宣传法律知识。这些知识注重现实性、实用性，真正起到解剖一个案例、明白一个道理的作用。

为鼓励作者深入生活，写出高质量的法律知识故事，我刊决定面向全国征文，优秀作品除在《故事会》发表并参加评奖外，还将结集出书（具体评奖方法稍后公布）。本次征文也欢迎读者和法律界人士提供相关素材、案例，一经录用，即付稿酬。

来稿方法：1. 从邮局寄发，请在信封上注明"法律知识故事"字样，本刊地址：上海市绍兴路74号《故事会》杂志社，邮编：200020。2. 从网上传递，可寄以下信箱：wulun@vip.sohu.net，请在主题上注明"法律知识故事"字样。来稿请留下电话号码，以便及时联系。凡已和我刊编辑有联系的作者，稿件可继续投给原编辑。

不得不说的"卖房"趣事

@ **八度空间** 一次接待客户，在自我介绍完后，我问客户："您贵姓？"答："姓张。"可不久，我怎么都想不起客户姓什么，转念一想，应该是刚才忘记问了，于是寒暄道："还没问您贵姓呢？"客户很奇怪地看了我一眼："姓张，不好记哦，呵呵……"我立即明白，当时脸都红了。从楼盘回来，客户意向不错，我赶紧给他写推荐表，而推荐表第一栏就是客户姓名，结果我又尴尬地跟客户打哈哈："您看我，给您介绍了半天，都还不知道您怎么称呼呢？"客户终于忍不住了："你已经问我第三遍了，我姓张！"

@ **海贼王飞飞** 我带一对年轻夫妇去看房，走着走着，女客户突然脚下一滑差点跌倒，紧接着大叫一声冲了出去。我赶紧追出去一看，只见那女客户拼命在地上蹭鞋子，原来踩了便便！她十分生气，说什么也不看了，我在一边尴尬得也不知如何解释。回到公司后，我跟经理反映了情况，谁知经理叹口气说："你就不会告诉客户屎（时）来运转是件好事吗？"

@ **烟花易冷** 这天下午，有一个中年男人来看房，他先是四处转悠，之后慢吞吞地说道："姑娘，这房不行啊！阳光不充足。"我忙说："不会啊，这房是高层，东户，每个房间配落地窗，这户型和楼层阳光还不好啊？"中年男人说："你看看，现在才下午三点，阳光都不能直射到屋里面。"我顿时气得说不出话来，想了想，又说："那请买对面吧，西晒户，能让阳光照射到月亮爬上来！"

@ **胖头鱼** 有天接待了一个北方客户，讲话彬彬有礼，十分谦逊。等我介绍完后，客户开始提问："还有没有东头的房子？"我说："已经卖完了，但中间的还有。"客户说："太棒了！你们怎么只有沿街的房子了？"我回答："因为晚开盘，所以现在还有。"客户说："太棒了！能不能先帮我留一套，一个星期后交款？"我抱歉道："不可以口头预定哦。"客户还是说："太棒了！"我顿时汗如雨下，笑容僵硬。原来，"太棒了"是他的口头禅！

@ **果冻妹妹** 一天中午，进来一个客户穿着满是污垢的工作服，上面还有未干枯的血迹，我当下愣住了，心想：他不会是刚刚拿刀捅了人吧？说不定下一个就是我！正想着呢，客户提出要看现场，我颤抖着说："你、你下午过来吧，我们中午休息呢！"客户"哦"了一声就走了。到了傍晚，他果真又来了，我不敢单独接待，便请一个男同事跟着。结果，客户一次性付款购买了一套200平方米的房子。后来我们才知道，客户是开土鸡店的，中午刚杀完鸡就来看房，所以身上粘到的血都没干！真是人不可貌相，在菜市场杀鸡都这么有钱，我真恨不得立即辞职跟他混。

（推荐者：阿　咏）

财冠江南的扬州首富离奇身亡，是看破红尘的自戕，还是精心布局的谋害，个中的万千隐情，令人唏嘘感叹……

机关算尽

□王永坤

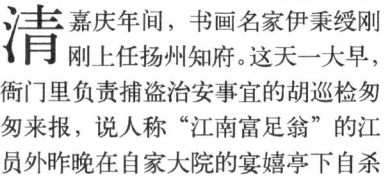

1.富翁猝死

清嘉庆年间，书画名家伊秉绶刚刚上任扬州知府。这天一大早，衙门里负责捕盗治安事宜的胡巡检匆匆来报，说人称"江南富足翁"的江员外昨晚在自家大院的宴嬉亭下自杀身亡！

伊知府一听，大惊失色，急忙带领胡巡检和三班衙役，直奔江家而去。

一个富商自杀，堂堂知府大人为何如此惊慌？原来，这个江员外真的大有来头。他原本是徽州的一个小货郎，早年来到扬州，从经营渔盐起家，渐渐涉足客栈酒楼、当铺古玩，经过几十年苦心经营，终于成为扬州首富。当年先皇乾隆南巡，来到扬州，江员外主动承办接驾事宜，银子花得如流水，极尽铺张奢侈之能事。乾隆龙颜大悦，当即御笔一挥，亲书"江南富足翁"五个大字，连同一挂翡翠朝珠一起赐给了江员外。从此，江员外便名扬四海、威震八方，不仅被众盐商推举为商总，就连历任扬州的知府大人上任后，都要首先拜访他这个"江南富足翁"。如今江员外自杀，若不弄清原委，只怕皇上知晓了，如果怪罪下来，那可担当不起啊！

一行人匆匆赶到江家大院，老管家早已在院门口恭迎，见到伊知府，他立刻磕头跪拜，随即引领众人一边穿过蜿蜒曲折的回廊，一边述说起

来。

老管家说，江员外自被先皇封为"江南富足翁"后，便格外在意自己的名望。去年冬天，金陵秦淮河各妓院选花魁，名妓小桃红一举夺魁，被评为"江南状元花"。江员外得知后，立即赶往金陵，不惜破费万金，硬是从一位亲王手中将小桃红"抢"了过来，做了他的第六房小妾。其实，江员外这回并非千金买笑，而是千金买名。他认为，有着"江南状元花"美名的小桃红，只能与自己这个"江南富足翁"相配！

可是，自从两个月前江员外六十大寿后，他突然像变了个人，情绪一落千丈，不时长吁短叹，而且喜怒不定，动辄打骂下人，惹得大家都躲着他走。几位盐商大佬见他这副模样，为了劝慰他，特地摆了一桌宴席。席上，众人半开玩笑半认真地说："江兄，你财冠江南，名满天下，如今又金屋藏娇，人生如此，夫复何求啊？"不料，江员外听了，竟然潸然泪下道："都说江某富，其实江某穷，穷得只剩下钱！都说江某有名，其实是浪得虚名，'江南富足翁'连个讨饭的叫花子都不如哩……"一席话弄得大家面面相觑。

老管家顿了顿，继续说道："那次酒宴后，几位盐商大佬一再叮嘱我，说老爷情绪反常，一定要多加留心，从此，小老儿时刻留心老爷的一举一动。就在昨晚，老爷还命小人在家里操持了一桌丰盛的酒宴，招待那几位大佬，不成想夜里老爷就……"说到这里，众人已经来到了宴嬉亭，老管家便打住话头，指着几个站在亭旁惶恐不安的人对伊知府道，"大人，这几位便是昨晚前来赴宴的大佬，他们也是闻讯才赶来的。"

伊知府放眼望去，只见这儿是个花园，园内草木茂盛，繁花似锦，宴嬉亭就在花园的正中，是一座装饰讲究的六角凉亭。亭外是一株参天古槐，古槐之下，横卧着一具身材瘦削的尸体，正是江员外！只见他衣着整齐，

仰面朝天，身下汪着一摊血，一把短剑深深地扎入胸口，右手却紧握着溅满血迹的剑柄。

胡巡检急忙上前验尸，他略略看了看现场，便道："从尸体的僵硬程度来看，江员外应该是死于子时之前，而且是自杀，一定是自杀！大人您看，江员外分明是自刺入胸，刺得又准又深，连握着剑柄的右手尚未松开呢。"

伊知府没有回答，而是小心翼翼地掰开江员外已经僵硬的右手，拿出了那把短剑，让一个衙役去水边清洗干净，然后又仔细地翻检尸身，不久，从尸身外衣兜里掏出一个缝制精美的纱布袋，再一倒，里面是一串翡翠朝珠。

伊知府心想：这不是先皇亲赐的那挂朝珠吗？怎么放在这么一个纱布袋里？这纱布袋又作何用处？他仔细看了看朝珠和纱布袋，发现那纱布袋底还有一块污渍，不由心中大疑。

老管家见状，赶忙上前禀报："大人，这挂朝珠正是先皇所赐，我家老爷一直挂在脖子上的。至于这个纱布袋，是我家厨房里专用的蒸食袋。昨晚，酒宴快近尾声时，老爷忽然悄声叫小老儿去厨房拿了这个蒸食袋给他。只是小老儿实在不知，老爷怎么把朝珠装在了蒸食袋里？"

伊知府听了，自言自语道"从尸体的情况来看，似乎是自杀。可是，他的右手腕处却有几道抓挠之痕，好像死前有过一番搏斗，这又令人吃不准了……"

一旁的胡巡检接口道："这有什么奇怪的？大凡用刀剑自杀之人，临死疼极之下会乱抓乱挠，一定是江员外用自己的左手去抓右手腕……"

"可是，江员外右手腕上的抓痕方向是指向肘部的，"伊知府打断了胡巡检的话，"如果是自杀，抓痕方向应指向他的右手手背才对。本府猜测，抓痕定为他人所留！"

胡巡检听了一怔：如此说来，江员外岂不是被人谋害的？

2. 谢师酒宴

至此，案件看起来扑朔迷离，毫无头绪。伊知府一番沉吟后，对老管家说："你不是说昨晚江员外还设宴招待客人？我们且听听客人们说说昨晚的情况吧。"

很快，几位大腹便便的盐商大佬被叫了过来。听了伊知府的问询，盐商们稍一迟疑，其中一位先拱手道："昨天，我们几个接到江员外的宴请帖，起初还以为他是为自己先前的失态赔礼呢。可待我们来到江家客厅，才知道我们只不过是来陪客的，那个叫化子一般的写真师顾玉桢才是座上宾！"

伊知府忙问："顾玉桢？莫不是有'江南第一画师'之称的顾玉桢？"

"对，正是此人！"胡巡检接口道，"此人在扬州名气可大了，他年纪轻轻，却画得一手好画，尤其擅长画人像写真。不过，此人有个怪僻，说什么'女人非奇美不画，男人非奇丑不画'，他还爱好习武，自称什么'风尘侠客'……"见胡巡检东拉西扯得有点远，伊知府不由得皱起了眉头，胡巡检见状，赶紧知趣地住了嘴。

这时，气氛略微轻松一些，另一位大佬也大着胆子打开了话匣子："昨晚酒过三巡，菜过五味，江员外站起来，对大家说道，'诸位，承蒙

顾先生惠顾寒舍，为敝人小妾画了一幅写真图，历时月余，今日方才完工。为此，敝人特意备下这场宴席，略表对顾先生的感谢之情！'说罢，他手一挥，两个小厮手捧卷轴来到堂前，展开一张画作。大家顿时觉得眼前一亮：好个绝色女子！只见画中的小桃红脸如桃花，体似琢玉，更兼红衫绿裙，长袖飘飘，静立于曲池假山之旁，果然不愧是'江南状元花'！大家纷纷放下杯盏，围着画轴，连声赞好。"

那位大佬继续说："大家赞画之时，我就坐在江员外身旁，只听他对一直显得拘谨局促的顾玉桢说，'顾先生，请您开怀畅饮，不必担心回去天晚，我已命仆人留了东角门未关，等会儿我亲自送您回去。'听他这么一说，顾玉桢似乎放心了，接着就连饮了几杯。大家冲着江员外的面子，也争着向顾玉桢敬酒。不一会儿，他便喝得面红耳赤，摇摇晃晃地站起身来就要告辞。江员外见了，也忙跟着站起来，对大家说了声'失陪'，就亲自送顾玉桢往外走。当时，我留意了一下，堂上那座西洋自鸣钟，整整响了十下，正是亥正时分。"

又一个大佬接口道："是咧是咧。我们又饮了一会儿酒，不见江员外回来，就命老管家去催。不久，老管家回来说，江员外因为饮酒多了，已在书房歇息了，请大家自便。我们也就

此散了席，冒着呼啸的西北风，各自回家了。"

老管家点点头，证实几位大佬所述为实。他又说："昨晚，小老儿出了客厅直奔东角门，一路上寻不见老爷，便猜想老爷八成去书房歇息了。于是，又来到书房，见里面果然亮着灯，小老儿站在窗外请老爷回去与众人作别，老爷却隔着窗纸，连连摇手。过了一会儿，就听见书房中传出了如雷的鼾声，没奈何，小老儿只得退了回来。不料，今天天刚亮，扫地的仆人发现老爷竟然死在这亭下……"

伊知府听了，连连称奇道："怪哉怪哉……人睡在书房里，尸身却跑到了宴嬉亭下！书房在哪里？且领我们到书房看看。"

老管家道："书房离此亭不远，沿着这条通道走过花坛，再拐过那个圆拱门就是。"说着，就在前头带路。

伊知府跟着走了几步，忽然又想起一个问题，便问老管家："你家老爷一向是独自一人在书房里歇息吗？"

老管家明白伊知府的意思，脸上有几分不自在地说："大人，实不相瞒，我家老爷尽管妻妾众多，但他大多时间是独宿在书房里。毕竟岁月不饶人，老爷已是六十多岁的人了。"

3.书房疑影

一行人来到书房，只见这是一外一内两间青砖白墙的平房，另一侧有

一间耳房，两个面带惊恐的小丫环正垂手立在耳房门口。

又进得书房，里面分为内外两间，布置得古色古香。其中内间靠窗处摆着一张紫檀木大书桌，书桌上摊着一张洁白的宣纸，宣纸顶头压着一方羊脂玉蟾蜍镇纸，旁边是一个插着各种型号毛笔的笔架和一方砚台，一管狼毫小笔被抽了出来，斜搁在砚台上。砚台里都是干干的，没水也没有研墨。

伊知府看了看床榻，见床上的被褥叠放得整整齐齐，心中不由大疑：床榻并无躺卧之痕，昨夜鼾声从何而来？

这时，老管家将两个丫环带到了伊知府面前，说："大人，这两个丫环一个叫梅香，一个叫秋菊，一向住在耳房侍候老爷。"

伊知府看了两个丫环一眼，便问道："你俩昨夜听见书房中有什么异常动静吗？"

叫梅香的丫环摇摇头，结结巴巴地说："没……没什么异常动静，跟平时没什么两样。老……老爷半夜时还起来吃夜宵呢。"

伊知府忙问："吃夜宵，怎么个吃法？如实说来。"

两个丫环战战兢兢，你一言我一语地述说起来。

原来，江员外有吃夜宵的习惯，

为此厨房里有厨师专门值夜。通常是在半夜时分，躺在书房里的江员外一觉醒来，扯扯床榻旁的一根暗绳，这根暗绳隐在墙内，曲曲折折连着耳房中的铜铃。两个丫环听到铜铃声，便起身去厨房，将夜宵端来，放在书房外间的茶几上，供江员外享用。

昨天夜里，梅香在睡梦中被铃声惊醒，慌忙拉起秋菊，两人跌跌撞撞去厨房端来两碟老爷最爱的小菜和一碗花蟹粥，摆放在外间茶几上，又壮起胆子偷眼向里间帘里一瞧，只见老爷背对着她们，正披衣站在书桌前，手中提着毛笔，好像要写字呢。两个丫环暗暗吐了一下舌头：难得老爷这回好脾气，若是在以往耽搁了老爷的夜宵，非要被他骂个狗血淋头不可！

不过，令她们感到有点奇怪的

是，以往老爷写字时，总要命两人一个研墨，一个铺纸，怎么今天老爷没吭声儿呢？两个丫环也没敢问，便溜回了耳房。过了一会儿，听见铃声再次响起，便忙又来到书房，只见茶几上那两碟小菜和花蟹粥只是略动了动筷子而已，不由又有点纳闷：老爷饭量大，以往总是将夜宵吃个精光，今天怎么了？但也不敢问，收拾了碗碟，便回耳房继续睡觉了……

伊知府听完，想了想，突然看见茶几旁有座卧式铜鎏金乌木自鸣钟，便又追问："你家老爷吃夜宵时，是什么时辰？"梅香摇了摇头，秋菊却很肯定地说："是丑初时分。我听见自鸣钟只响了一下。"

伊知府不觉暗自惊诧，心想：胡巡检说江员外死于子时之前，而依这两个丫环所言，江员外在子时之后的丑初时分还在吃夜宵，这……这怎么可能？

伊知府不觉又来到书桌前，面对那张无字的宣纸，捻须深思……

4.佳人才子

出了书房，伊知府又命老管家将江家家眷全部叫到厅堂来，一一问询他们昨夜的行止情况。可问了半天，也没问出个子丑寅卯来。不过，其中有两个人给伊知府留下了深刻的印象。

一个是江员外的原配发妻赵氏。赵氏年近六十，已是满脸皱纹、身躯佝偻的老妪。她是由丫环搀扶着从佛阁里蹒跚而来的，她的双眼哭得又红又肿，神情悲伤至极，嘴唇抖了半天，却一句话也说不出来。

另一个就是小桃红。娉娉婷婷的小桃红一来，让众衙役全都看直了眼！只见她轻启朱唇，向伊知府道了个万福，便一问三不知了，而脸上并无丝毫哀戚。

江家的家眷们退走后，衙役们无不感叹：好吃不过茶泡饭，恩爱莫过结发妻！

望着小桃红远去的背影，胡巡检皱了皱眉头，突然说道："大人，依卑职看来，江员外死得不明不白，这小妖精最是可疑！"

"怎么个可疑？"

"大人，那顾玉桢虽穷，却长得眉清目秀，风流潇洒，又有如此名气，因此在扬州闺阁之中流传一句话，叫'生不愿嫁金贝勒，但愿一识顾玉桢！'可见顾玉桢多么讨女人的欢心！而这小桃红又如此俊俏，他俩是典型的佳人才子，因写真之事相处月余，日日面对，难保没有奸情，而动了杀心……"胡巡检越说声音越高。

没等他说完，一旁的老管家已经气得脸色发紫道："休得胡说！我家老爷管束甚紧，江家向来门风肃然！顾先生每天在后花园为少奶奶写真时，老爷都一旁相陪，并严禁他人出入。当着老爷的面，他俩岂能有苟且之事？"

胡巡检嘿嘿一笑道："什么门风肃然？本官办案多年，最知晓你们这些大户人家极是腌臜不过，恐怕只有门前那一对白玉石狮子是清白的！"

老管家则一声冷笑："哼，昨夜小老儿亲耳听见老爷在书房中打鼾，两个小丫环又亲眼见到老爷吃夜宵，而顾先生早在亥时就走了，老爷岂能是顾先生所杀？亏你还说什么办案多年？"胡巡检被抢白得一时张口结舌。

对于两人的斗嘴，伊知府充耳不闻，只是紧皱双眉，低头沉思。这时，洗剑的衙役一阵风似的奔来禀告："大人，卑职清洗好了这把短剑，发现剑柄一侧刻有'风尘侠客'几个字！"说着，便将短剑呈上来。

胡巡检一听，得意地大叫："'风尘侠客'不就是顾玉桢的自号吗？这下毋庸置疑了，正是顾玉桢为得到小桃红而行凶杀人！"

伊知府接过短剑一看，果然如衙役所言，神色不由严峻起来，立刻命两个衙役火速传唤顾玉桢。接着，他又拿出那个蒸食袋来，仔细审视袋上那块污渍，突然眼前猛然一亮！

不多时，顾玉桢被带到江家厅堂，见到伊知府，便举止斯文地走上前施礼。伊知府一看，只见他身着青衿长衫，外罩一件马甲，头戴瓜皮帽，面如冠玉一般，心中不由为其风采暗暗喝彩：好个"江南第一画师"！这时，顾玉桢神情自若地问道："敢问知府大人叫小生来此为何事？"

伊知府这才回过神来，开门见山地说："顾先生，你能说说昨晚宴后江员外为你送行的情形吗？"

顾玉桢点点头说："昨晚亥时，对，是亥正时分，江员外将小生送到东角门前，小生向他道谢后，便自回

家了。今早听说江员外竟然不幸自杀，小生也大感意外。"

伊知府示意衙役出示那把短剑，问道："江员外的胸口上却插着你的短剑，这是怎么回事？"

顾玉桢将短剑略一辨认，依旧平静地说："这把短剑确实是小生平时佩戴的。只是昨晚小生饮酒过量，回家后方才发现短剑不见了，想来是被江员外捡了去。"

伊知府又道："昨晚宴席之后，江员外曾送给你一只蒸食袋，不知你还保存着吗？"

这下，顾玉桢有点慌了，结结巴巴地说："是……是有这么回事。不知……不知大人您怎么知道的？"

伊知府拿出那只蒸食袋，指着上面的污渍道："这很简单。刚才厨师说昨晚拿给江员外的是一只干净的蒸食袋，可从江员外尸身上找到的这只蒸食袋上却有一块污渍。这块污渍其实是赭石印痕。赭石是画师不可或缺的颜料，这岂不是告诉本官这只蒸食袋曾被装进了你的画囊之中吗？"他加重了语气又道，"其实，这只蒸食袋里装的是江员外那挂御赐的价值连城的朝珠！顾先生，你能解释一下这又是怎么回事吗？"顾玉桢顿时面红耳赤，一时语塞。

伊知府突然想起了什么，试探地问道："顾先生，想来你昨晚去过江员外的书房吧？让我们聊一聊他的书

房，如何？"顾玉桢大惊失色，额上沁出一层细密的汗珠。

这边，伊知府仍然自顾自地说道："作为一个整日同算盘打交道的盐商，江员外的书房布置得还是挺有品位的，可谓古色古香，尤其是他那张宽大的书桌，若是在上面摊开一张宣纸，把那方羊脂玉蟾蜍镇纸往左上角一压，然后拿起一管狼毫小笔，思谋着如何勾勒线条，画上一幅仕女图，岂不美哉？"

顾玉桢抹了抹额上的汗珠，终于镇静下来，说："大人，您不用旁敲侧击了，小生愿招！只是……此处不是招供的地方。"一听"招供"，胡巡检大喜，一努嘴，两个衙役扑上前就要扭住顾玉桢。谁知，顾玉桢一下闪开身子，怒喝道："无须你们腌臜臭男人动手，顾某认识去衙门的路！"说罢，双手一背，气昂昂地往前走去。

望着顾玉桢的背影，伊知府眼里闪过一阵惊疑。胡巡检则兴奋不已地推断道："大人，一定是顾玉桢走后又悄悄返回来，潜进书房中杀死了已睡熟的江员外，然后又移尸于宴嬉亭下！"

伊知府却答非所问地摇头道："不，江员外一定是死于亥正时分！那顾玉桢不是一再强调他是亥正时分与江员外分手的吗？亥时以后出现在江员外书房中的，只能是顾玉桢！江员外也非死在书房中，因为书房中并

无血迹。"

胡巡检听了，如坠云里雾中，完全不明白是怎么回事。

5. 女扮男装

回到府衙后，伊知府便对胡巡检说出了自己的推断：昨晚，自江员外亲送顾玉桢走出客厅后，实际上就没有人再亲眼见到过江员外本人。那老管家在书房窗外所见的只是一个模糊的影子，听到的鼾声也不足以可信，而两个丫环在书房外间隔帘所见到的，也只是江员外的一个背影而已！而从两个丫环的述说中，倒是发现不少大异于平常的迹象，其中最为可疑的是对笔墨书画一窍不通的江员外竟挺内行地摆出一副作画的样子来！

"大人，您怎么知道江员外立在书桌前是要作画，而不是写字呢？"胡巡检犹有几分不信。

伊知府呵呵一笑，解释道"写字和作画的讲究大大不同啊。写字往往从右边抬头往下写起，因此要把镇纸压在右上方；作画则不同，画师们常常从左上角开始起笔，须将镇纸压在左上方。还有，如果用大幅宣纸写字往往是写大楷或狂草，要用大提斗笔才相宜；而作画时，开始要先考虑勾勒线条，只能拿那最小的细管狼毫笔；因此，立在书桌前的绝不是江员外，而是一个对书画颇为精通的人……"

听到这里，胡巡检恍然大悟道："啊，原来是顾玉桢装模作样假扮了江员外！但他毕竟心中有鬼，待两个丫环熟睡后，便立刻匆匆逃走，连书桌也没来得及收拾。多亏了大人熟稔书画之事，不然，还真让他骗了过去。"胡巡检说着，又皱眉道，"只是，不知顾玉桢为何要这样做？还有，他的短剑为何要留在江员外胸膛上而不拔走呢？那江员外为何又将剑紧握手中呢？"

"解铃还需系铃人，"伊知府信心满满地说，"且听听顾玉桢怎么说。来人，将顾玉桢带上大堂！"

果然，顾玉桢的供词证实了伊知府的推断：正是他假扮了江员外，制造了江员外亥时以后仍活着的假象！顾玉桢一声长叹，说道："大人，事已至此，只怕小生说出来，您也难以置信啊！"接着，他便缓缓道出了事情的来龙去脉。

原来，昨晚宴席之后，江员外陪着已有几分醉意的顾玉桢来到院中时，拿出一个鼓鼓的蒸食袋，说里面装的是粉蒸菱角。江员外说，因为他注意到宴席上顾玉桢夸赞粉蒸菱角味道好，因此特意差人去厨房里拿了一袋，塞在了顾玉桢的画囊中。这一善解人意的细节令顾玉桢大为感动，拐过宴嬉亭后，他说什么也不让年过六旬的江员外再往前送行了，于是便拱手道别。

可当他走出几十步后，突然听见背后传来江员外的大声呼叫："来人呐，快来人！顾玉桢这个贼人抢劫我的朝珠，还刺伤了我的胳膊！快来人，莫让他逃了……"顾玉桢听了大吃一惊，心想：莫不是江员外认错人了？于是急忙返身，却见江员外一个人在宴嬉亭亭柱间手舞足蹈，之后又踉跄几步，一头栽下亭来！等到顾玉桢快步赶到，只见淡淡的月光下，江员外胸口扎了一把短剑，已经气绝身亡！

顾玉桢惊呆了，一个激灵从酒醉中清醒过来，刚才江员外的呼救声又如炸雷一般在他耳边回响，令他困惑不已：自己明明没有抢劫江员外的朝珠啊！忽然，他意识到了什么，从画囊中拿出那个蒸食袋打开一看，天啊，哪有什么粉蒸菱角，竟然是那挂朝珠！原来，江员外如此狠毒，为了诬陷他人甚至不惜自残，这下恐怕是跳进黄河也洗不清了！

顾玉桢顿了顿，又说："幸亏昨夜西风大作，宴嬉亭又处于东跨院，江员外的喊叫声被西风所阻，不曾被人听见。小生当时已经慌了，为逃脱杀人干系，当下便把那个蒸食袋塞进江员外衣兜中，又想起在江家作画多时，常听仆人们说江员外有吃夜宵的习惯，于是便返身来到书房中假扮江员外。我这么做，就是为了让人相信在送走小生之后，江员外还活着。这样，他的死就与小生无关了！可回到家后，小生却发现自己常佩戴的短剑不见了，方才又悟到一定是江员外趁我酒醉时拔走了。只是，小生怎么也不明白他为何不惜性命，也要陷我于身败名裂的境地？"说完，顾玉桢叹了口气，一脸茫然。

胡巡检一拍案台喝道："你这番话，只有鬼才相信！我问你，你与小桃红关系如何？"顾玉桢一愣，随即道："小生与她，清清白白！"

这时，一旁的伊知府忍不住"扑哧"一笑："胡兄，顾玉桢的话，本官信！"胡巡检眼珠瞪得溜圆，道："大人，你……"伊知府手捋胡须，道"顾玉桢，你且除下你的帽子，再脱下外罩马甲来。"

顾玉桢愣住了，顿时面孔憋得通红，无奈伊知府目光如刀，不得不从。当他除下帽子时，一根黑亮的大辫子露了出来，再一脱马甲，身姿也变得格外窈窕，啊，这不是一个青春美少女吗？大堂上下顿时目瞪口呆！

接着，顾玉桢倒身下拜，嗓音也变得莺声燕语："大人，我们顾家本是写真世家，可惜家父只有我一个女儿，甚是遗憾，因此自幼即把我女扮男装，当作男儿抚育。家父去世后，我索性将错就错，假扮男子，为人写真谋生。我立下'女子非奇美不画，男子非奇丑不画'的规矩，其实是不想

与男子相处，以致露出马脚。试想，天下哪有自认相貌奇丑的男子呢？至于佩戴短剑及自称'风尘侠客'，也是故弄玄虚的防身之策而已！"她顿了一顿又道，"所幸行走江湖这几年，并不曾有男子认出我的身份，只不知伊大人您是如何识破的？"

伊知府不无得意道："还是在江家大院时，你喝斥那两个衙役为'臭男人'，只此一语，本官便明晓了你的身份！"他又惊奇地问，"你说这几年并不曾有男子识破你的身份，难道说

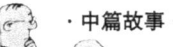

有女子识破了你的身份？"

顾玉桢浅浅一笑："也许是女子自识女子的缘故，我虽换装易容，但稍一熟悉，根本没有骗过包括小桃红在内的任何一个女子，只是她们全都为我守口如瓶，令我万分感激！而有了我为她们写真作画，她们也无不美名远播，因此在扬州闺阁之中才流传了那句'生不愿嫁金贝勒，但愿一识顾玉桢'！"

伊知府听了，莞尔笑道："看来，还是女子较男子聪明。本官怎么没想到这一层呢！"

6. 妻知夫心

顾玉桢被带下大堂后，胡巡检更是疑惑不解，问道："大人，既然如此，那江员外到底是如何死的呢？"

伊知府又捻须说道："还是那句话，'解铃还需系铃人'。不过，这次得去问问江员外的结发老妻了。今日你不见她两眼红肿而又干枯？那分明已哭了至少五六个时辰！而从江家的仆人发现江员外尸体算起，到我们召见赵氏，中间不过只有两个时辰而已！"胡巡检不由大惊，心说：如此推算，莫非赵氏是最早的知情人？

第二天，江家大院白幡高挂。伊知府和胡巡检来到灵前，一番祭拜之后，径直来到佛阁。这时，赵氏正端坐在菩萨像前念经，见两人进来，她并未吃惊，而是颤巍巍站起来，就要叩拜。

伊知府急忙拦住她，直入正题道："江夫人，昨日顾玉桢被抓进了衙门，想来你已听说了吧？"

赵氏急切地说道："大人，您……您千万别冤枉了顾先生！就是您不来，未亡人也准备到大堂为顾先生声辩呢。"接着，她双手合十道，"面对菩萨，打不得诳语……"说着，两道晶亮的泪水从她深陷的眼窝里流了出来。

原来早年，江员外与赵氏夫妻同心，白手起家，吃尽了千辛万苦，终于挣来了荣华富贵。谁知人一阔，脸就变，尤其是被先皇封为"江南富足翁"后，江员外纳妾宠娇，与赵氏恩断情绝！心灰意冷之下，赵氏看破红尘，终日在佛阁里闭门念经，已经整整十年了。

去年，江员外纳了小桃红为妾。这小桃红虽出身低贱，却对江员外不卑不亢，整日面挂寒霜，这令江员外大为不痛快。过六十大寿时，江员外打发一个小厮去请顾玉桢为自己画一幅写真。不料，一连三次去请，顾玉桢硬是不来。江员外勃然大怒，心说在扬州还没有人敢不给他"江南富足翁"面子呢，这姓顾的仗着"江南第一画师"的名声，竟敢不把自己放在眼里！当下，他一腔怒火无处发泄，便将那小厮打了个半死，然后命小厮第四次去请顾玉桢，若再请不来，就要了小厮的命！

那小厮被逼无奈，一时想不开，来到佛阁后的大树下准备上吊，恰被赵氏撞见。救人一命，胜造七级浮屠，赵氏救下小厮，并为他出了个主意，终于请来了顾玉桢。江员外起先还挺高兴，但一经寒暄，才知道顾玉桢并非为他、而是为小桃红画写真图才来的！江员外好不沮丧，而当他看到小桃红与顾玉桢笑脸相见的样子，心中又泛起一阵莫名的悲哀：在小桃红眼中，自己这个"江南富足翁"居然不如叫花子一样的穷画师！

江员外强压胸中的炉火，客客气气地将顾玉桢安顿下来，让他每天到后花园为小桃红画像，并严禁下人打扰，而后自己常常借口离开，于是，偌大的后花园便只有顾玉桢和小桃红两人了。其实，江员外并没走远，他一直在暗中紧紧盯着两人，他躲在假山后、竹林旁、画廊里，偷窥着他们的一举一动……

"知夫莫若妻。我在佛阁上将这一切尽收眼底，对拙夫的心思洞若观火：这些年，显赫的名声给他带来了荣耀，也使他变得嚣张跋扈、心胸狭窄。其实，他是故意设局诱使顾玉桢和小桃红产生奸情，然后捉奸拿双，让他俩、尤其是顾玉桢身败名裂……他的灵魂已堕入了阿鼻地狱！但是，他最终失望了……阿弥陀佛！"赵氏

说到这里，忍不住念起了佛号。

伊知府和胡巡检对视一眼，心中都十分震惊：万万没料到，名扬天下的"江南富足翁"，心肠竟如此卑劣歹毒！

这时，赵氏又开口道："昨晚，眼见顾玉桢就要离开江家大院，从此再无陷害他的机会，拙夫便自演了一出'劫财伤人'的好戏！我一路跟踪过来，看见他在宴嬉亭上高喊顾玉桢劫财，然后用短剑扎向了自己的胳膊。当时，我再也忍不住了，为了阻止他，便从亭柱后闪出，去拽他的胳膊，谁知力道一变，那短剑不偏不倚，正扎

进了他的胸膛！惊惶之下，我慌忙逃回佛阁……"说到这里，赵氏已是泣不成声了。

真相至此大白！

伊知府退后两步，对赵氏深施一礼："江夫人，圣人云'天作孽，犹可恕，自作孽，不可活'，江员外实在是自寻死路，您大可不必深责！"见赵氏仍是悲泣，伊知府又道，"本官虽非佛家弟子，但也常闻佛家有句偈语，叫'诸恶莫作，众善奉行，自净其意，是诸佛教'，不知本官说的对否？"

赵氏大悟，跪倒在菩萨像前，双掌再次合十，口中连呼："阿弥陀佛……"

尾声

"江南富足翁"之死最终以自杀结案，一时间，闹得沸沸扬扬，连京城的嘉庆皇帝也知道了。伊知府为此特地上了一道奏折，禀报事情的来龙去脉，嘉庆看后，说了句："江某自有取死之道！"便再也没有了下文。

后来，顾玉桢恢复了女儿身，并被伊知府收作关门弟子，画技更为精湛。据说，现存的伊知府的"行乐图"还是她为恩师画的呢。

（题图、插图：杨宏富）

□ 王 琳

一张寻人启事

老李是个职业报料人，每天走街串巷，寻找各种新闻线索，提供给当地的媒体，并获得一定的报酬。拿他自己的话说，他们这行说好听点叫赚稿费，说难听点也就是收取线索费。

这天，老李在寻找新闻线索时，得知有个姓唐的户主家里，5岁的儿子失踪了，户主贴出了寻人启事，并悬赏5万元作为提供线索者的奖励。老李很快找到了那户姓唐的人家，他要确认一下这个消息的真实性。

户主名叫唐亚齐，不久前，他年仅5岁的儿子明明失踪了。得知老李的来意后，唐亚齐拿出了一张寻人启事给老李看，上面不仅有失踪孩子的相

关信息，而且还注明了"如有知情者请告知其家人，并重谢人民币5万元"。

老李看完后，心想：自己的工作不就是寻找线索吗？如果能帮人家找回孩子，那不是既做了好事又得了赏金，一举两得吗？

于是，在接下来的日子里，老李特别留意孩子失踪方面的消息。果然不出半个月，他找到了一条非常有价值的线索。原来，在大桥县有一个叫强强的4岁男孩，在失踪7天后突然回来了。当家人问他这7天的经历时，强强说自己是被一个男人骗走的，这些天，他整天嚷着要打110报警，那男人可能是害怕了，便把强强给送了回来。于是，老李在第一时间找到强强家，核实了情况，接着他马上将这个消息报料给了当地媒体。随后，在老李的牵线下，唐亚齐与其他被拐孩子的家人一同与强强见了面。

这时，正在寻找失踪儿童线索的民警也根据媒体公布的信息，找到了强强家。令人欣慰的是，强强依然记得人贩子带他住过的地方，在全社会的努力下，犯罪嫌疑人最终被抓获。根据犯罪嫌疑人的交代，他先后拐卖了 11 个孩子，其中就包括唐亚齐的孩子明明。又经过一年多的努力，明明终于回到了父母身边。老李看到唐家能够一家团聚，也感到无比的欣慰。

按说，唐亚齐寻回了亲子，应该按照承诺付给老李 5 万元人民币了吧？但接下来发生的事，却让老李既

气愤又无奈。原来，老李找到唐亚齐索要悬赏金的时候，却遭到了拒绝。唐亚齐说："老李，你向媒体提供的只是强强的线索，并没有提到我家明明，而我家明明能找回来，靠的是警方和全社会的力量。"

老李一听，很不高兴，说："虽然我提供的是强强的线索，但如果没有这条线索，警方可能破不了案，你家明明就找不回来。"说完，老李还把那张寻人启事拿了出来，证明自己一切都是按规矩行事。

因为两人争执不下，于是，老李一纸诉状将唐亚齐告上了法庭，要求他支付自己 5 万元的悬赏金。老李信心满满，认为这场官司必胜无疑，哪料到，法院在一审过程中驳回了他的诉讼请求。

法院认定：老李作为普通群众关注儿童被拐案，其付出的努力应得到充分的肯定。但唐亚齐在寻人启事中所要求的"如有知情者告知家人，并重谢人民币 5 万元"，这一特定行为应理解为知晓唐亚齐孩子的具体情形，并告知唐亚齐。显然，老李并没有完成这一特定行为。不过，在法院审理过程中，唐亚齐对老李的热心行为表示了感谢，并愿意给予他一定的经济补偿。

事后，老李怎么也想不通：明明是自己帮唐家找回了孩子，怎么就不能得到应得的悬赏金呢？

编读往来：你的问题我来答

甘肃读者汪志：前段时间，我们一家三口去旅游，临上火车前，我买了两本《故事会》。上车后已是傍晚，妻儿睡卧铺，我坐硬座，我们商量好，杂志先给他们看，第二天我再去取。

第二天一早，我去妻子那里取杂志，妻子却告诉我，只剩一本了，另一本已不知去向。再看仅剩的那本《故事会》，已是面目全非，不仅中间掉了不少页码，而且还皱巴巴的。原来，杂志被邻铺两口子拿去看了，他们又传给其他人，结果就成了这样。我一听火了，正想数落两句，妻子忙捂住我的嘴，说："不就是两本杂志嘛！下车后我再给你买两本。"

一转眼，我们旅游回来了。这天，妻子拿着一个厚厚的信封放到我面前，我打开信封一看，不禁愣住了，里面竟然是两本崭新的《故事会》，还附着简短的信，上面说道：实在对不起！上次您的两本《故事会》杂志被我们弄坏弄丢了，现特别寄上两本予以赔偿。其实，我们也是《故事会》的忠实读者。

我忙问妻子咋回事？妻子责怪道："你上次为那两本《故事会》大动肝火，你走后邻铺两口子一直赔不是，临下车前，还问我留了通讯方式，想不到人家把杂志给寄来了！"

绿版编辑部：很高兴收到您的来信。您说的情况有一定的代表性，作为一本大众读物，《故事会》的读者传阅率是比较高的，不光是杂志传阅，还包括口耳相传，一传十，十传百，所以才有了"一本《故事会》传遍一个生产队"的事情。编辑部的全体同仁以此为荣，同时也时刻提醒自己，全心全意工作，一切为读者服务，让《故事会》真正成为广大读者生活中的好朋友！

律师点评：

所谓"悬赏广告"是指以广告的方式，公开表示对于完成一定行为的人，给予报酬的意思。从《民法》的角度分析，这种合同关系有四个特点：一、这种悬赏广告必须广而告之，以特定的方式张贴出来，让人知晓；二、它的标的是完成特定工作，比如寻人，你为我提供了真实、准确的消息；三、它是有偿的，不是一般的公益行为；四、它在当事人之间会产生一种强行的义务。就是说，如果我完成了你规定的特定行为，那你应当向我支付报酬。所以，当老李得到线索的时候，应该向唐家人提供。

而在这个故事中，老李得到线索时，一方面，他只是向媒体报料，且也仅限于强强反映的不太确切的信息，未能向唐家人提供孩子的具体线索；另一方面，公安机关已有介入，通过犯罪嫌疑人的交代，唐家孩子才得以获救。因此，基于上述情况，老李所供线索只是起到了一定的辅助作用，而并非是完成了对方规定的特定行为。

（题图、插图：安玉民 梁 丽）

本故事根据日本作家星新一的同名小说改编而成。

友情之酒

□编译 黎义全

有一个大型药品公司的老板，一生顺风顺水，无限风光。在他晚年的时候，虽然知道自己病得很严重，他却从没有放弃过，一直十分配合医生的治疗。

可这天，老人却对护士提出了一个荒唐的要求："护士，我这一生该享受的都已经享受过，没有什么遗憾的，但有一个愿望，你能让我实现它吗？"护士看了老人一眼，觉得很好奇，便问："是什么心愿呢？"

老人说，自己的行李箱里有一瓶洋酒，请她帮忙找一下。护士照着做了，很快找到了那瓶酒，问："就是这瓶吗？不过，这瓶子实在很旧了，连商标都看不清楚了。"老人却目不转睛地注视着酒瓶，那神情就像是发现了价值连城的珍宝。他急切地说："对，就是它！请你让我喝一口，就只一口。"

这下护士为难了，要知道喝酒对病人的身体是极其有害的。护士劝了几句，可老人却异常坚决。无奈之下，护士说："好吧，就依了你。不过……只能喝一杯啊。"接着，她打开酒瓶瓶盖，倒满一小杯，递到老人面前，又问道，"这酒好像大有来头吧？"

老人点点头，说"我一边喝一边给你讲吧。你先帮我把剩下的酒倒掉，把酒瓶洗干净。"护士觉得奇怪，但还是按照老人的吩咐做了，她忍不住问道："你似乎不愿意这酒被别人喝到？"老人说："的确如此，这酒是我结婚时一个朋友送的贺礼。"

"哦，听起来是一个很浪漫的故事呢！"护士显得很感兴趣。老人喝了一口酒，沉默片刻，便神情凝重地说道:"那是很早以前的事情了。当年在公司里,我有一个实力相当的竞争对手,我们一直明争暗斗,在任何事情上都较劲,包括对老板女儿的追求。当时,老板很器重他,而老板女儿却对我情有独钟,结果,我成了最终的胜利者。你想一下,当时他会有多伤心,多恨我!我本以为他会辞职的,可他没有。非但如此,有一天他还带着这瓶洋酒来找我,说是为我订婚祝贺……"

"这样不是很好吗?"护士插嘴道。老人却摇摇头,继续说下去:"事情没那么简单。娶了老板女儿后,我自然提升得比他快。而他竟像是变了个人一样,毫无怨言地支持我,为公司尽心尽力。可以说,公司能够有今天,他是功不可没的……"说到这里,老人举起酒杯又喝了一口,像是在与他的朋友碰杯表示感谢。

护士感慨道:"男人间的友情是多么伟大啊!"老人还是摇摇头:"问题在于能否下这个结论。你不觉得他的性格前后反差很大吗?而且我没有马上喝他送来的酒,一直保存到了今天,你不觉得这也很奇怪吗?"

经老人一提醒,护士沉思了片刻,突然禁不住脱口而出:"这……这酒有毒?"可这时,老人已经把剩下的酒一饮而尽了。他说:"对!这极有可能。我们是一家药品公司,要弄到一些高效的毒药,并不困难。"

护士双眉紧皱,打了个冷战,说:"这真是太可怕了!"老人接口道:"不过话又说回来,我也可以把酒给做实验的白老鼠喝,或者准备各种试剂,就可以验出酒里是否有毒。"护士紧张地问道:"那酒里到底有没有毒呢?"

任何人都想知道这结果,可是老人却没有立即回答,而是把话题岔开了。他说:"你试想一下,这时下毒的人会是怎么样的一种心情?"护士想了想,说:"他看到人没有死,一定认为计划败露了。他会匆忙逃跑吗?

不，那样就不打自招了！他也许会一直胆战心惊，或者横下一条心，等着自己可能遭到的惩罚……"

护士边想边说，老人似乎有些迫不及待，抢着说了下去："的确如此，他等于把自己犯罪的证据交给了对方。这样，我就抓住了他的把柄，于是他一生都无法离开我，只能替我拼命地工作，任我摆布了。"

护士听了惊讶不已，她呆了几秒钟，又说："虽然他的杀人计划不对，不过这样做是不是过于残忍了？"护士犀利的目光注视着老人，似乎在谴责他的所作所为。老人却摇摇头说："你这样妄下结论，可不对。我没有那样做，而且我没有和他谈过这件事。他几年前已经死了。也就说，直到今天，我依然还不知道这酒有没有毒。"

"那你就没有拿去化验一下吗？"护士问。

老人说："这个赌注实在太大了！他到底是真正的朋友，还是复仇的敌人，答案马上可以揭晓。我没有勇气去化验，如果答案是前者，我将在他崇高的人格面前自惭形秽；如果答案是后者，我一定疯狂地报复他，就算他死了，也不会原谅他。如果是你，你将会怎么做呢？"

护士为难道："这个……"

老人说："你也犹豫不决了？我就是因为犹豫不决，结果一直都不知道真相。也许因为如此，我们才做了一辈子的好朋友！旁人一定认为我们是莫逆之交，可是谁都不知道里面还有这样一段故事。或许，友情本来就是这样的。"

护士追问道："可是这样不了了之，是不是……"老人轻轻地笑了笑，说："并没有不了了之啊！我刚才已经喝下了那酒，过一会儿，就可以知道答案了。"说着，老人用舌尖把酒杯舔得干干净净。护士不禁呆住了，站在原地默不作声。

忽然，老人显得很痛苦的样子，护士忙跑去向主治医师报告。医生赶过来，问："你现在感觉怎么样？"老人面无表情地说："请你什么都不要问……"一向配合医生的老人，今天却顽固地拒绝回答医生的话。这是因为疾病发作了？还是因为酒精损坏了身体？或者，是多年的疑团终于揭开，心情过于激动？或者，是因为酒里真的有毒！可是，老人似乎不想让人知道。

医生不知道该如何治疗，迟疑片刻，他给老人打了一针。可是这一针毫无效果，老人的呼吸越来越微弱。护士凑近老人的脸，想从他的表情观察出点什么，却什么也没有看出来。

不久，老人去世了。多年的秘密，他可以一个人永远地藏在心里，带到另外的世界去……

（题图、插图：安玉民 梁 丽）

纪念日

□ 蒲玉海

这天，是小婷与老公结婚两周年的日子。下班回家的路上，小婷心想：不知道老公会给自己什么样的惊喜呢？她一边走，一边胡思乱想。

回到家，小婷刚打开大门，就发现家里没亮灯，只是在餐桌正中点了两支蜡烛，再一看，桌上竟摆满了可口的酒菜。天哪，这是烛光晚餐呀！小婷不由喜出望外，冲上去就在老公的脸上"吧唧"了一口，说："老公，你真好！"

在摇曳的烛光里，品味着可口的美酒佳肴，小婷开心极了，可她总觉得还缺点什么。对了，是音乐！于是，小婷低声说了句："老公，来点音乐吧！"老公虽是一脸的惊讶，但还是点了点头，然后转身进了卧室，不一会儿，拿了个放电池的卡式收录机出来。小婷一看，心里嘀咕道：好好的，为

什么放着现成的高级音响不用呢？难道是老公新想出来的什么节目？

音乐响起来了，那熟悉的旋律让小婷突然想起了热恋时的幸福时光。她醉眼迷离地走到老公身边，一扭身子坐在他大腿上，柔声说道："老公，接下来……你想干点什么呢？"

老公笑眯眯地回答："我就想抱着你啊！""老公，你真坏！你应该把准备好的礼物先送给我呀。""什么礼物？"小婷有点生气："结婚两周年纪念的礼物呀！""啊？"老公拍拍脑瓜，一副痛心疾首的样子，"不好意思，这事让我给忘了。"

"什么？你别逗我了，"小婷一脸惊诧，指了指桌上的酒菜和蜡烛，说，"这可是烛光晚餐呀！""哦，你说这个呀！"老公放下小婷，从茶几上拿起一张纸递给她。小婷接过一瞧，差点没背过气去。

原来，那是一份《停电检修通知》！

（本栏插图：顾子易　包丰一）

再打一个赌

□ 波 波 编译

一个牛仔正在牧场上放牧。这时，一辆奔驰轿车"嘎"地停下来，车窗摇下来，一个中年人伸出圆滚滚的脑袋，冲他喊道："喂，小子，我们来打个赌！如果我能准确说出这里有多少头牛，你能送我一头小牛吗？"牛仔平静地回答："当然可以。"

那中年人趾高气扬地下了车，拿出一台苹果笔记本电脑，敲击了几下

键盘，便轻松登录美国航空航天局网站。随后，他让一颗全球定位系统卫星对准自己所在的方位，拍下了高清晰照片。然后，照片被送到德国的图像处理中心。不久，中年人就收到一封邮件，说图像已经处理完毕。于是，他立刻打开黑莓手机，进入一个保密数据库收取图像信息。最后，他用一台迷你打印机将分析结果打印出来，这是一本全彩的 150 页报告。中年人摇着手中的报告，得意地对牛仔说："一共有 1586 头牛！对吧？"

牛仔点点头道"没错，你可以拿走一头小牛犊。"中年人随便选了一头塞进汽车后备厢里，就想离开。这时，牛仔发问道："嗨，我们再打一个赌吧！如果我能准确猜出你的职业，你能把小牛还给我吗？"

中年人一听来了兴趣，痛快地答应了。只见牛仔不假思索地说道："你是国会议员。""哇，太神了！"中年人瞪大了眼睛，简直不敢相信，"但你是怎么猜出来的呢？"

"根本不用猜！"牛仔说，"你不请自来，而且盛气凌人；你动用那么多高科技装备，无非想显示自己的权势；还有，你对生活一无所知，甚至连牛和羊都分不清。这显然是一群羊！"

中年人愣住了，张大了嘴巴不知道说什么。只听牛仔又说："议员先生，现在……请把我的狗还给我！"

别吹了

□ 杨信社

李老汉在县城的"旺牛电器专卖店"买了一台大彩电，到家后却发现存在质量问题。于是，他蹬着三轮车，拉上彩电进了城。

李老汉一进店门，就指着自己买的那种型号的彩电，冲导购员嚷道："这台彩电质量有问题，根本没法看，我要换一台！"一听这话，导购员顿时拉下了苦瓜脸，不肯换。李老汉急了，说："买彩电的时候，你们说的比唱的好听，出问题了，却不负责任。"这时，旁边围上不少人，导购员怕耽误别的生意，忙说："这……这要我们牛经理说了才行，可牛经理今天要主持大活动——"说着，她指了指门外。

李老汉这才发现门口的排场确实不一样。只见正门口搭建起了舞台，舞台上方横贯着一道巨大的气模彩虹门，一部大功率鼓风机在一头儿"呼呼"充着气。此时，牛经理站在舞台

上，正滔滔不绝地鼓吹着旺牛品牌的优越性："旺牛旺牛，质量一流，国内领先，独占鳌头……"牛经理刚喊完口号，李老汉突然大叫一声："别吹了！"牛经理皱了一下眉，还以为是竞争对手在台下搅局，便自顾自继续说道："火车不是推的，牛皮不是吹的……"才说了两句，李老汉又冲着台上喊："别吹了！"

这下牛经理恼火了，向台下吼道："我怎么是吹呢？若有半句瞎话，就让这彩虹门掉下来，把我埋在这儿……"话音刚落，却见那巨大的彩虹门"噗"地泄了气，像被抽了筋似的塌了架子，一下把牛经理埋在了下面。一时间，现场乱了套，店员们七手八脚好不容易才将牛经理扒出来。只见他一脸的狼狈，好半天说不出话来，围观的群众无不哈哈大笑。

李老汉叹了口气，跺跺脚说："咳，我早就看到那鼓风机的电线打火了，告诉你们别吹了，别吹了，你们偏不听！"

恼人的卡

□ 刘国栋

马达开了家"黑又亮"擦鞋店,生意十分一般,他干脆关了店,寻思着搞个什么来钱多的买卖。

这天,马达和老婆一起上街溜达。老婆嚷嚷着要美美容,于是,他俩来到"时尚丽人"美容院。可一到门口,便发现大大的招牌和霓虹灯箱全没了。进去一看,店里一片狼藉,只有一个小姑娘拿着扫帚在打扫卫生。那姑娘告诉他们,美容院不干了,她表哥接手了这个店面,准备开个洗脚店。

马达听罢,勃然大怒,从兜里掏出一张卡,狠狠摔到地上:"我刚在这里给老婆办了一张2000块的卡,说好了给打七折,用了还不到一半呢,怎么说跑就跑了,这不是坑人嘛!"

小姑娘同情地看看马达,无可奈何地摇摇头:"已经有好几个人来找了,我也不知道她们搬哪儿了……"正在这时,忽听门口传来一声大喝:"好小子,真是冤家路窄啊!"

话音刚落,只见一个小伙子冲了进来,正是小姑娘的表哥。他上来一把抓住马达的领口,说:"这不是'黑又亮'擦鞋店的老板吗?我在你那儿办了一张贵宾卡,里头还有100块钱没用完呢,你小子不干了也不通知一声!"那小伙子生得五大三粗,老鹰抓小鸡似的扭住马达不放。马达吓得面如土色,只得乖乖地掏出100块给小伙子,然后拉上老婆抱头鼠窜。

回到家,两口子还没有喘过气来,儿子放学回家来,进了门就嚷:"气死我了,真是气死我了!"

马达忙拉住儿子问:"咋了?"儿子边哭边说:"都怨你们,早上只顾睡懒觉,不早点喊我上学,害得我老迟到,迟到一次罚5块!后来李老师说,'你干脆办个包月卡吧,优惠价,迟到一次罚3块钱。'谁知李老师今天调走了,又来个张老师,她说这卡不管用。那里头还有30块钱,还够再迟到十次呢,岂不白白糟蹋了!"

476

2010
SEMIMONTHLY
上半月刊

12月
STORIES

欢迎登录本刊主办的"故事中国网"（www.storychina.cn）

故事会
STORIES

2010 年 12 月
上半月·红版

社　长、主　编：何承伟
常务副主编：吴　伦
副主编：姚自豪（上半月·红版）
副主编：夏一鸣（下半月·绿版）
本期责任编辑：郑继文
电子邮箱：zjw002@vip.163.com

红版发稿编辑：
姚自豪　吕　佳　叶小萌　李天然（见习）
美术编辑：李宝强
电脑制作：郭瑾玮
通　联：归依玲
本社办公室电话：021-64375030
上半月刊编辑部电话：021-64332325
下半月刊编辑部电话：021-64336469
（上海市绍兴路 74 号　邮编：200020）
主管、主办：上海文艺出版（集团）有限公司
出版单位：《故事会》编辑部
发行范围：公开

制作、发行总监：张　凯
电话：021-64313938
广告业务：上海故事会文化传媒有限公司
广告总监：张　淮
广告业务：021-34010383
广告投诉：021-64333738
广告经营许可证
沪工商广字 3100320080016 号
发行：中国图书进出口上海公司

签 名

儿子放学回家，拿着试卷找到爸爸，说："爸，老师要你在上面签名。"

爸爸一看上面的分数就火了，生气地说："这个名我不能签，丢不起这张脸！"

儿子没办法，只好拿着卷子去找妈妈，妈妈火气更大，冲着儿子吼道："我不签！要签找你爸爸签去！"

儿子只好又捧着卷子来找爸爸，小声对爸爸说："爸，你签我妈的名字吧，这样就不丢你的脸了。"

（焦淳朴）

（本栏插图：包丰一）

善 后

丈夫看到一则报道，说女人的寿命比男人长，他很是不解，就对妻子抱怨说："这太不公平了！为什么先走一步的总是男人？"

妻子白了丈夫一眼，说："怎么连这个也不明白？要是女人先走了，那谁来收拾屋子？"

（蓝昌科）

意外

有个外国人买下了朋友的车子，高兴地开回家，妻子问他："这车子你检查过没有？没有问题吧？"

这个人认为妻子说的有道理，决定对车子里里外外进行彻底的检查。

不一会儿，这个人从车子里出来，手里举着一枚耳环，愤怒地朝着妻子吼叫："这是你的耳环吧？怎么会在后车座的夹缝里？"

（杨鑫芳）

4

看电视

妈妈正在厨房做饭，突然听见儿子大叫："妈妈，你快过来看电视！"

妈妈说："你没看我正忙着吗？不看！"

儿子不干了，继续大声嚷嚷："那怎么行？我要去上厕所了，要是你也不来看，那不是浪费电吗？"（蓝　杰）

撒谎

一只猫捉了只老鼠，正要下口，老鼠哀求道："大哥，如果你放了我，我会告诉你一个天大的秘密！"

猫问："什么秘密？"

老鼠说："我发现你太太跟一只猫关系不正常，如果你放了我，我就告诉你它是谁。"

猫气得狠狠咬了老鼠一口，说："就你这小样儿，还敢骗我？我都离婚好几年了！"（宋宏金）

省事了

有个女孩跟朋友们一起去吃麻辣火锅，辣得嘴上都起了泡，肿得老高。

她男朋友见了，哈哈大笑。

女孩不高兴了，说"人家都这样了，你还笑？"

她男朋友说："我笑你这回省事了，反正你每次见我都噘嘴儿，现在噘嘴不用费劲了。"（淳　朴）

啥时都能喝

有位经理买回一箱牛奶，放在办公室，他手下几个人见了，赶紧围着这箱牛奶评论开了。

小王说："这牛奶一看包装，就和别的牛奶不一样。真不错！"

小章说："这牛奶一定非常好喝。"

小刘把箱子拿起来左右翻看一阵，马上大为惊叹，说"这箱牛奶连保质期都没有写，什么时间都能喝，真好！"

（阿　文）

不 放 心

有个女人要到外面去旅游，把宠物猫咪咪托付给邻居，她不放心，一个劲地叮嘱邻居："你一定要对它好呀！"

邻居笑着说："我会对它好的。"

女人还是不放心，又说："它要是调皮了，你千万别打它，别骂它啊！"

这时，邻居家的孩子大声对她说："阿姨你就放心吧，咪咪一不会打游戏，二不会做作业，我妈要打也是打我，没有理由打它的。"

（焦淳朴）

讲 卫 生

有位主妇在家里招待客人，这客人是位医生，一起来的小孩也像个小大人，特别讲卫生。吃饭时，主妇发现这个小孩只吃鱼，对其他菜根本不动筷子，就说："你不要光吃鱼，也吃点其他的菜呀！"

小孩连连摇头，说"我只吃鱼是有道理的，因为鱼讲卫生，天天在水里洗澡，而那些猪啊、牛啊、羊啊，一点也不讲卫生，身上脏脏的，不是泥巴就是草……"

（董宁林）

有个女人带着孩子去看朋友，这朋友是个家庭主妇，一见她就诉苦，说："你能上班真好啊！我整天围着厨房转，无聊死了。"

女人的孩子马上接过话头，说："上班有什么好？一点都不好！"

朋友笑着问："你怎么知道上班不好？你这么小，难道就要上班？"

孩子说"是啊，我上的班可多了——钢琴班、书法班、奥数班，还有作文辅导班，成天围着这些班转，我都快成机器人了。"

（范德波）

上班不好

6

知识就是力量

妹妹经常向姐姐请教作业。这天中午，姐姐对妹妹说："你去给我拿把勺子。"

妹妹不情愿，说："你为什么不自己去拿？"

姐姐说："我可以自己去拿，但你以后也要自己做作业，别来问我。"

妹妹只好去拿勺子。

姐姐好不得意，说："知识就是力量啊！"（宋　琪）

太离谱

有个女孩看完演唱会回来，男朋友问她："演唱会不错吧？"

女孩说："听听还行，看着别扭！"

男朋友说："你遇上假唱了！"

女孩说："光假唱就算了，口型总该对上吧？口型对不上也算了，表情总要到位吧？表情不到位也算了，话筒不要拿反了啊！"（佚　名）

横截面

有位数学老师给学生讲横截面的定义，连讲了两次，还是有一个学生不懂，这位老师火了，说："我拿把刀子，猛一下把你的手指头剁下来，那个被剁正在流血的地方，就是横截面！现在懂了没有？"

这个学生听得心惊肉跳，连忙点头，说："懂了！"　（杨鑫芳）

懒得动口

妻子躺在沙发上，舒服地枕着老公的臂弯，这样过了很久，老公有些受不了，就推了推妻子，示意她移动一下，妻子却假装睡着了，一动也不动。

不一会儿，妻子放在旁边的手机响了，她连忙坐起来拿手机，打开一看，是老公发来的短信，上面写着："压得好痛！"

（聂　勇）

本栏欢迎来稿，读者、作者可将有新鲜感、有精彩细节的笑话佳作投寄给我们。来稿一经采用，最高稿费为一则100元。本期责任编辑电子信箱：zjw002@vip.163.com。

状元街上卖作文

□湛鹤霞

高考失意

状元街在县城非常有名，它只是县一中南侧的一条小街，原本不叫这名儿，后来，每年高考分数出来后，那些考上清华北大等名牌大学的学生，为了筹措学费，就把自己的笔记和作业摆到这条街上卖，没想到都成了抢手货。不少家长为了让孩子上大学、进名校，宁肯出高价买这些高考"状元"的笔记和作业，每年高考放榜后的一段时间，这条街上就挤满了人，形成了一个集市，这条街也因此被叫作状元街。

这么多年下来，从状元街走出了不少人才，县法院院长刘秋山，便是其中一个。

当年，刘秋山家里很穷，他那年高考成绩又不好，整个人灰头土脸的，别提多狼狈了。这天，他来到状元街，把自己的听课笔记和作文本摆在一张破凳子上，其他摊位上都贴着"清华大学"、"北京大学"、"数学满分"、"奥数金牌"等显赫的标签，只有他的凳子上啥也没写。他呆呆地坐在凳子后面，从早上一直等到太阳要落山了，没有一个人在他的摊位前停留过。

他正准备收摊走人，这时过来一位衣着朴素的中年男子，弯腰翻开刘秋山的笔记本看了看，又从作文簿中挑出一本，细细地看起来。这一来，刘秋山像是看到了希望，在他心目中，这一摞作文簿才是真东西，他高中三年写的每一篇作文，老师几乎都打了满分。

男子看了刘秋山几篇作文，点了点头，说："你的作文写得很不错，你今年考上了哪所大学？"

刘秋山的脸"腾"一下红了，声音低得像蚊子叫，说："我分数不高，最多只能上二本，我放弃了。"

男子颇有些出乎意外，说："能上二本也不错，为什么要放弃？"

刘秋山说："因为我有一个梦想，我要读中国政法大学。"

男子又问："那你语文考了多少分？"

刘秋山的脸更红了，说"我的语文不高，因为作文是零分。"

"零分？"男子惊讶得张大了嘴巴，问，"你怎么知道是零分？"

刘秋山从书包里拿出一张复印纸，说："这就是我的高考作文。"

男子接过复印纸，看了看，说："这篇作文最近一直在网上流传，据说因为思想倾向有严重问题，被判了零分。我还以为是假的，原来是你写的！"

刘秋山一脸沮丧，说："是啊，我对自己的作文能力太自信，得出的结论太草率……"

男子看看刘秋山，问："你这些作文簿，想卖多少钱？"

刘秋山咬紧牙关，非常坚决地说："五千！"

男子直视着刘秋山，又问："你觉得会有人买吗？"

刘秋山摇了摇头，红着脸说："我不知道。但我需要五千块钱，再补习一年。"

男子又看了看刘秋山，说："好，我出五千块，买你的这些作文！"

刘秋山接过男子递过来的一沓钱，禁不住露出欣喜的神色，说："谢谢您，大叔，真的谢谢您！"接着，他把自己家的地址抄给男子，又说，"您是给您儿子买的吧？您儿子如果写作文遇到了困难，就过来找我吧，我愿意辅导他。"

男子接过刘秋山的地址，放进口袋，说："希望你明年考上理想的大学！"

刘秋山点点头，说："一定会的！我要当法官，我要梦想成真！"

一年后，刘秋山以全县文科第一名的成绩，被中国政法大学录取，接到通知书那天，他拿着这一年新的听课笔记和作文簿，又来到状元街。这次，在他摊位前停留的人很多，但守了一天，却只卖出三千块钱。去年用五千块买走他作文簿的那个男子，却再也没有出现。

第二天，他收到一张五千块钱的汇款单，汇款人的署名是两个字："助学"。

重金寻人

后来，刘秋山以优异成绩从政法大学毕业，顺利进入县法院工作，他

勤勉尽职，最近当上了县法院院长，这时他突然冒出个想法：找到当年那个花五千块钱买他作文簿的男子。

这些年，刘秋山一直非常感谢那位男子，这次想见那位男子，一方面是感谢他的慷慨；另一方面，还想亲口告诉他，当年他的眼光没有错！

说干就干，刘秋山隐去自己的姓名身份，在当地的报纸上发了则启事：重金回收当年在状元街卖出的作文簿。

启事发出后，一连几天都没反应，刘秋山又把这则启事发到了当地的电视台，连续播了三天。电视台的观众多，又是在黄金时段播出，但播出后还是没有任何动静，刘秋山有些坐不住了。

这天，刘秋山突然接到王县长的电话，约他下班后喝茶。

刘秋山跟王县长基本没有工作以外的交往，想不到会约自己喝茶。这天下班后，他跟王县长在一家小茶馆见了面，两人找了个僻静位子坐下，简单寒暄后，王县长问刘秋山："听说你是本地人，哪年高中毕业的？"

刘秋山说了毕业的年份，王县长点点头，说："比我晚了三年。"

接着，王县长又问："那年你是不是在状元街卖过自己的作文？"

刘秋山一听，惊得猛一下站起来，结结巴巴地问："你、你是——"

王县长把手往下压一压，示意刘

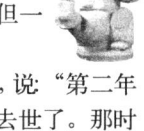

秋山坐下，接着从包里拿出一个精致的纸包，打开纸包，露出一摞颜色发黄的作文簿来。刘秋山远远瞅上一眼，便知道那些正是自己当年卖出的，他激动得又一次站了起来。

王县长又一次示意刘秋山坐下，拿出一张照片，递给刘秋山，说："这是我和父亲的合影。"刘秋山接过照片，看到与王县长合影的，正是当年买自己作文簿的那位中年男子。他有些糊涂了，说："大叔买我作文簿时，你已经是大三的学生了，那他买去做什么？"

王县长笑了笑，说："那时，我父亲是县教育局局长，那年高考后，他特意到状元街去看看，想从侧面了解一些情况，结果在那里遇上了你。"

刘秋山大出意料，说："原来他买我的作文簿，是为了帮我！"

王县长点点头，说："我父亲后来跟我说过，他看了你的作文，觉得你有才气；通过跟你的交谈，又觉得你有志向，值得一帮。拉你一把，没准就是为国家拉上来一个人才。第二年高考，他知道你考了全县第一，非常高兴，知道你家里很困难，又匿名给你汇了一笔钱。"

刘秋山激动地说："他一下汇了五千块！"

王县长又点点头，说："你记得很清楚！"

刘秋山说："这些年我心里一直想着大叔，想找到他，但一点线索也没有。"

王县长叹了一口气，说："第二年他就得了重病，不久就去世了。那时你正在大学读书，后来自然就见不到他了。"

刘秋山忍不住流出了眼泪。王县长又说："他走的时候，还记挂着你呢。他把你的这摞作文簿交给我，让我一直关注你。如果你自甘平庸，或是走错了方向，就让我用这摞作文来提醒你、敲打你。"

刘秋山疑惑地问："你一定是看到我发的那则启事了，可你怎么知道发启事的那个人就是我呢？"

王县长拿起一本作文，指着上面的名字，说："这上面有你的姓名呀！这些年，我可没少注意你。在电视上看到启事后，一猜便是你，便约你出来聊聊。"

刘秋山跟着也笑了，说："幸亏这些年我没干啥坏事，不然，你亮出这些作文来，只怕我要羞死了。你看，这些作文是不是还给我呢？"

王县长哈哈大笑，说："我可不想把它们还给你。这些作文放我这儿，不光对你是个暗示，对我也是个提醒。如果你心里还记着我父亲，每年高考出榜时，也到状元街去看看吧。"

刘秋山郑重地点点头，说："一定！"

（题图、插图：谢　颖）

千万
别出声

这天晚上，警官迈克和汤姆森正在一个居民小区巡逻，突然，汤姆森指着前面一幢公寓楼，说："迈克，快看，有人在行窃！"

迈克只瞟了一眼，马上将汤姆森拉到墙角，低声说："嘘——千万别出声！"

汤姆森说得不错，前方一幢楼六楼窗外，有一个人影像壁虎一样贴在墙上，正向一个窗口移动。一看就知道，那是个准备入室偷窃的盗贼！

汤姆森按捺不住内心的激动，说："迈克，我们应该马上采取行动！"

迈克却摇摇头，说"现在不能采取行动。"

汤姆森急了，他压低声音，急切地说："可现在是最佳时机！只要我们一声断喝，他就得乖乖地爬下来，束手就擒。你瞧，他现在正进退两难

呢。"

迈克仰视着那个缓缓移动的黑影，说："我们此时不能出声。那幢楼的窗沿很窄，如果我们突然大喝一声，那个窃贼受惊后，有可能失足坠楼，如果发生这种情况，他必死无疑！"

汤姆森说："可是他正在实施犯罪，难道我们没有责任去制止他犯罪？即使他因此摔死了，那也是他咎由自取。"

"不！"迈克坚定地说，"事情没搞清楚之前，还不能称他为罪犯。当

然，我的意思是说，哪怕他正在行窃，只要对他人生命未构成威胁，他的生命也应该得到尊重。如果因我们的过失导致他丧命，那就是我们渎职！"

汤姆森觉得迈克真是莫名其妙，轻声嚷道："什么？你要我们保证一个罪犯的安全？"

迈克不为所动，坚决地说："我再重复一遍，他现在只是嫌疑人，而不是罪犯，我们必须对他的生命负责！"

汤姆森还是不甘心，又问："他得手后，再抓他就不容易了。难道我们眼睁睁看着他作案、潜逃，然后逍遥法外？"

迈克说："当然不行！按照他的移动速度，大约需要五分钟才能挪到要进的那扇窗户，那是608住户，而我们到达那户人家只需三分钟。现在已经过去两分钟了，我们这就赶到608室门口，在那个窃贼从窗户爬进去的同时，我们破门而入，将他抓个正着！"

迈克说完，拉起汤姆森，进入公寓，直奔六楼。

到了608室门口一看，汤姆森又急了，他指指坚固的防盗门，一言不发，看着迈克，这意思是问迈克："这么坚固的防盗门，你怎么破门而入？"

迈克不慌不忙从兜里摸出一把钥匙，在汤姆森眼前晃了晃，汤姆森顿时眼睛一亮，这不是昨天抓住的那个窃贼配的万能钥匙吗？想不到迈克竟然带在身边！

他们用这把万能钥匙打开防盗门，迅速冲了进去，一下打开室内的灯，这时，正好那个人从外面爬了进来，迈克和汤姆森立即拔出枪，吼道："不许动！我们是警察！"

想不到从外面爬进来的这个人一点也不慌张，反而冲他们吼道："快！卧房里有一个危重病人，需要急救！"

迈克大吃一惊，他示意汤姆森盯住这个人，自己冲到卧室门口，推门一看，顿时大吃一惊：一位老人躺在

床上，紧张地向他伸出手。这老人呼吸异常急促，却一句话也说不出来。迈克急忙冲进房间，老人艰难地指指桌上的药瓶，迈克连忙拿起药瓶，取出药片，帮助老人服下。渐渐地，老人的喘息平缓下来……

原来，608住的是一位孤寡老人，他对门住着一个叫西蒙的小伙子，经常照顾这位老人，还帮老人装了个求助警铃，老人需要帮助时，只要按动警铃，西蒙就可以赶过来。今天晚上，老人心脏病突发，他挣扎着勉强按响了警铃，却再也无力去打开房门，西蒙听到铃声立即赶了过来，却被防盗门挡在了外面，他敲了一阵门，老人却一直没来开门，他就

贴着门缝听了听，隐约能听到老人急促的喘息声，西蒙立刻意识到事态严重，老人随时可能有生命危险，于是，他马上拨打了急救电话，同时，他沿着外墙窗沿，攀到老人家窗户外，再从窗户攀进老人家，准备为赶来的医生打开房门，争取宝贵的抢救时间。

这时，楼下传来救护车急促的鸣笛声，医护人员很快赶了上来，对老人进行紧急处置后，将老人抬上了救护车。

汤姆森红着脸，上前握住西蒙的手，却一句话也说不出来。

（作者：程 刚；推荐者：二月春风）

（题图、插图：安玉民 梁 丽）

14

咬鞭炮的狗

王二刚从外地打工回来，想把刘三家的狗弄来吃掉。

这天，王二趁刘三家没人，弄来一挂鞭炮，点燃后朝狗窝扔去，想把狗从窝里吓出来，鞭炮落在狗窝门口，噼里啪啦炸开了。那狗"呼"一下冲出来，死死咬住鞭炮不放，鞭炮在狗的嘴里炸开，血都流出来了，它仍咬住不放。

原来这狗有这毛病！王二马上找到做鞭炮的朋友，加大火药量，特制了两个"响雷"，他把"响雷"绑在鞭炮中间，再次点燃扔到狗窝旁。果然，鞭炮一响，那狗马上冲出来，把鞭炮咬到嘴里，只听见"砰砰"两声响，狗的脑袋被炸开了。

这时刘三回来了，见狗这个样子，气得大声骂道："这是谁下的黑手？我家的狗刚产了崽，它是护崽才咬鞭炮的啊！"

躲在暗处的王二听了，比被人抽了一耳光还难受，赶紧溜走了。

从此，他再也不吃狗肉了。

（作者：湛鹤霞）

如此投资

李丰和多年未见的朋友杨毅在火车上相遇，李丰告诉杨毅，他想在老家投资水上漂流项目，但县有关部门拒绝了他的申请，知情人告诉他，这个项目是县里确定的招商引资项目，如果由本县人开发，就不能完成市里下达的招商引资指标。

杨毅说："真是巧了，我看中了老家的红石矿，向县里提出开采申请，因为与你同样的原因，也被拒绝了。"

李丰一听就乐了，说："好，我们的投资有戏了！"

杨毅忙问李丰有什么好办法。

李丰说："我们是两个县的人，我到你们那儿投资红石矿开采，当地政府肯定视作招商引资项目；你到我们那儿投资水上漂流，我们那儿的政府也能完成一个招商引资项目，两全其美！"

杨毅点头称是。

果然，李丰和杨毅分别向对方所在县提出投资申请，马上得到批准。

（作者：胡斯庆）

鹰和人

只鹰追逐一只鸽子，鸽子躲到一个人手里，鹰对人说："请把我的猎物还给我。"

这个人回答说："它到我这儿来寻求保护，我不能不帮它，你再去寻找其他猎物吧。"

鹰说："天马上就要黑了，我已经没有时间再去寻找其他猎物了。"

人仍然不为所动，说："我绝对不能把它交给你。"

鹰和人争论不休，最后，人建议说："我们交换一下角色吧，我当鹰，你来当人，看看会发生什么。"鹰同意了。

人变成鹰后，马上感到疲劳和饥饿向他袭来，他必须抓到这只鸽子，否则他和他的孩子们都得挨饿，他恨不得马上扑过去把鸽子撕碎，可是，这时出来一个人，保护了这只弱小的鸽子。

鹰和人恢复原形的时候，突然刮起一阵大风，那只鸽子从人的手里滑出去，飞了起来，但鹰却站立原地，一动不动。

人奇怪了，问鹰："你为什么不去追那只鸽子？它现在是你的了。"

鹰摇摇头，说"因为我曾经当过人。"

（作者：〔俄〕康斯坦丁·巴加耶夫；翻译：李冬梅）

顶头上级

李小草是个很有骨气的作家，同事王大国非常佩服他的为人。这天，王大国看到李小草冲着一个人跑过去，点头哈腰，满脸堆笑，一副讨好卖乖的样子。

王大国一愣：李小草怎么还有这副面孔？

第二天一早，王大国又在点心店看到李小草跟一个人打招呼，那神态，就像太监遇见了皇上。

王大国细一打量，认出来了：李小草这次卑躬屈膝打招呼的，跟昨天是同一个人。

那人走后，李小草这才过来跟王大国打招呼，王大国忍不住问道："刚才那人是谁啊？怎么就让你这个样子？"

李小草叹了口气，说："没办法，人家是我的顶头上级，不服不行啊！"

王大国奇怪了："你的顶头上级？我咋不认得他？"

李小草苦笑一声，说："他住在我楼上，在家里不是叮叮当当跳舞，就是嘭嘭咚咚踢球，让我根本没办法写作，只有好好跟他说，他才收敛一点。你说，这样的'顶头上级'，我不把他笼络好，还有好日子过吗？"

（作者：刘学柱）

（本栏插图：谢 颖）

儿子的汇款单

□任黎明

真光彩

俗话说，人要脸，树要皮。现在要脸面的方法可多啦：上网、上电视、上报纸，可双水村人不一般，谁想要脸面，上大喇叭去！

双水村坐落在偏僻的大山里，这些年，村里的年轻人都到外面打工，挣了钱就往家里寄，乡里三天才逢一次集，乡邮局为了方便大家赶集时取款，总是在逢集的头一天用大喇叭通知村民来取汇款单。每当大喇叭里播出领汇款单的村民姓名时，村民们全都竖起耳朵听，得到通知的村民，脸上别提多风光了。

最近，村民王强心里很不爽。为啥？大喇叭里通知隔壁李老三好几回了，却一直没喊他王强去领汇款单。人家李老三有儿子，他王强也有儿子，两个人的儿子还在同一座城市打工，凭什么李老三的儿子能寄钱回来，他的儿子就寄不回钱呢？王强听不得村里人夸李老三的儿子李飞有出息，更看不得李老三在他跟前的得瑟劲儿。

这天，王强去乡里赶集，偷偷给儿子王斌打了个电话，问："儿啊，你手上的钱充裕不？"

他儿子王斌回答说："爸，我生活费是够的，只是刚来时换了个工作，有三个月的试用期，等这试用期满了，我就有钱往家里寄了。"王强一合

计，儿子三个月的试用期马上就要满了，顿时松了口气，叮嘱道："好！试用期满后，你留足生活费，剩下的钱赶紧寄回家。"王斌问："家里是不是有事等着用钱？"王强含含糊糊地回答说"也没啥大事，你妈的风湿病犯了，每月都要花钱买药，再说，你妈老怕你在外把钱弄丢了，说放在家里保险些。"

这事没过多久，这天，王强正在地里干活，村里的大喇叭又响了，通知有汇款单的村民带好证件去取款，王强竖起耳朵，听到"王强，1000元"

时，猛一下直起腰，吐出了一口长气，心里说："儿啊，你寄回来的不是钱，是你老子这张脸啊！"

第二天一早，王强就兴冲冲跑到乡邮局取了钱，顺便又给儿子挂了通电话，把儿子大大地夸奖了一番，挂电话前，也没忘记提醒儿子下个月准时寄钱回家。

到了下个月，王强果然又在大喇叭里听到了自己的名字，他心里比喝了二两还美，更美的是，他看到平时趾高气扬的李老三这时蔫了，因为这两个月他李老三的名字一次也没在喇叭里出现，王强瞅着李老三无精打采的背影，好不得意。第二天一早，王强故意跑到隔壁，大着嗓门儿喊道："老三，我要去乡邮局取汇款，你去不去呀？"

李老三看了看王强，像是一下矮了半截子，嗫嚅地说："我——我不——上街。"

上 街 去

王强到了乡上，先领了汇款单，却不急着到邮政储蓄窗口取钱，他把汇款单插在外衣的口袋上，故意露出半截子，先在街上逛了一圈，希望能遇上一两个熟人，让他们看到汇款单，不想逛了老半天，一个熟人也没看到，只好又走到邮局门口，眼睛却突然一亮，为啥？他看到李老三正趴在邮局窗口，小心翼翼地问里面的工作人员："师傅，你们是不是搞漏了？我儿子以前每个月都寄回钱的呀！"工作人员耐心地拿出一本登记簿，说："我们不会弄错的，不信你在这上面找，看有没有你的名字。"

李老三接过登记簿，非常细心地一行行往下看，生怕漏掉一个字。这时，王强故意大声咳了一声，朝窗口喊道："师傅，我取汇款！"

李老三闻声转过头，尴尬地朝王强笑了笑，王强这才假装刚看到李老三，故作惊讶地说："老三，你不是说不上街吗？怎么又来了？事情办好没有？一会咱们一起回家吧！"

李老三赶紧合上登记簿，递进窗口，接着摇了摇头，说："我还有事情要办，你先走吧！"说完，就耷拉脑袋走了。

王强看着李老三出了邮局，去了斜对面的公用电话亭，这才得意地笑了起来。

过了没多久，王强在喇叭里听到自己名字时，也听到了李老三的名字，而且两个人都是1000元的单子，不相上下。第二天一大早，李老三跑到王强家门口，也大着嗓门儿喊道："王强，上街取汇款不？"

王强哪肯示弱，连忙大声说："同去！同去！"

村里人看着王强和李老三结伴上街，都嘻嘻哈哈地朝他们直嚷嚷，这个说："王强，你还种地干啥哟？就吃你儿子寄回家的票子也吃不完！"那个说："老三，听说你老婆陪嫁的箱子装钱都装不下了，是不是真的啊？"说完，就是一阵哈哈大笑，王强和李老三腰板挺得直直的，也跟着呵呵直乐。

转眼到了年底，王斌说要回来过年，王强好不开心。这天半夜，王强正梦见儿子回家，突然被屋里的响动惊醒了，他睁开眼，看见屋里晃动着一个黑影。不好，家里来小偷了！他马上一骨碌爬起来，死死抱住那个黑影，扯开嗓子大喊抓贼。很快，隔壁李老三闻声赶了过来，两个人合力制服了小偷，一起将这个小偷扭送到派出所。

这小偷是邻村的一个混混，他在派出所交代，他听广播里常播王、李两家有汇款单，就动了心思，他先进李老三家，没偷着东西，后来又进了王强家，刚把钱偷到手，就被王强发现了。警察让李老三回家看看钱有没有少，李老三非常肯定地说："不用看的，肯定没少，没少！"

有猫腻

过了两天，王斌回家了，王强得意地给儿子讲抓小偷的经过，说："亏得我发现及时，要不然你这一年寄回的钱就没了。"

王斌一听，好不奇怪，问："我寄回的钱你们都没花？既然不缺钱，为

什么要我每月寄钱回来？"

王强苦笑一声，指了指隔壁，说："我就是看不惯他李老三收到汇款的得意样儿，我也有儿子，凭什么让他在我跟前得瑟？"说到这里，王强突然压低了嗓门，"你跟李老三家的李飞在同一个城市，他混得怎么样？前两天那贼在他们家一分钱也没有偷到，那李飞不是每月都寄钱回来吗？我在想，这其中是不是有猫

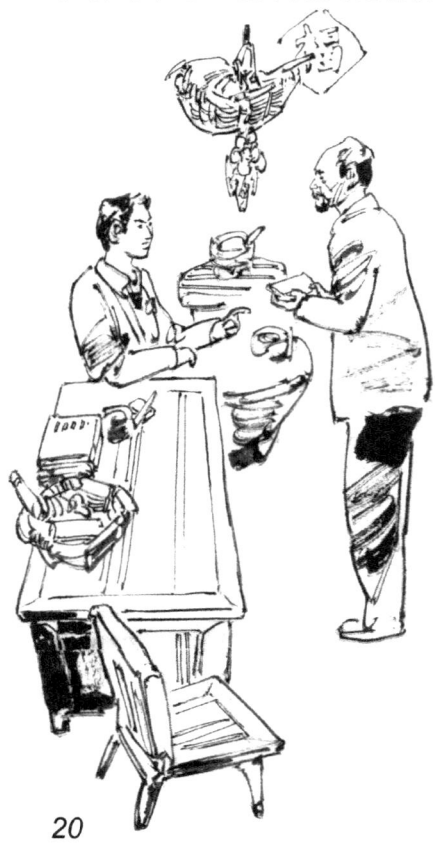

腻？"

王斌禁不住叹了口气，从提包里拿出厚厚一叠钱来，说："爸，那里面确实有猫腻，李飞寄回家的钱，都在我这儿呢。"

原来，王斌试用期满后，顺利转正，正眼巴巴地等着领转正工资，不想公司的出纳却外出休假了，王斌急得不行，找到在同一城市打工的李飞，说："李飞，我们公司出纳不在，我家里急等着用钱，你能不能先借我一点？"李飞正拿着钱准备去邮局，二话没说，马上把1000元钱交给王斌，说："这点钱你先拿去，这个月我就不往家寄了。"

王斌把这1000元钱寄回家。谁知一个月后，王斌又苦着脸找到李飞，说："我们公司的出纳倒是回来了，但老板说公司经营上遇到了困难，暂时只能先发点生活费，上次借的钱，要过段时间才能还你。"李飞说："我那钱暂时不派用场，迟点还没关系，但你家等钱用，你没钱寄回去，咋办？"王斌苦笑着摇摇头，没有做声。

李飞想了想，说："既然这样，那我的工资就不寄回去了，先帮你们家应急，以后每个月在我发工资那天，你过来拿钱吧！"

王斌感动得不知说啥好，李飞笑着说："这点钱不过是先放在你那儿，等你有钱了自然会还我，小事一桩。"王斌感激地点点头，又说："我没领到

工资的事，还没告诉我爸，我跟你借钱这事，还请你替我保密，要是我家里知道了，他们又会瞎担心。"

李飞连连点头，说："放心吧，我不说就是。"

这近一年时间里，王斌每个月都向李飞借1000元钱，然后寄回家，到了年底，王斌终于领齐了一年工资，连忙带着钱来找李飞，刚好这天李飞轮休，两个人好不开心，决定出去喝一盅，走到厂门口，传达室老伯喊住李飞，说："李飞，你家里又寄钱来了，快来签收一下。"

李飞签好字，领了汇款单，和王斌找了个酒馆坐下，王斌满上一杯酒，郑重地敬给李飞，说："李飞，真对不起，我每个月都找你借钱，害得你连生活费都不够。"李飞忙说："看你这话说的，我怎么会连生活费都不够呀？"王斌说："那你家里怎么给你寄钱？"李飞笑了笑，说："这都是我爹弄出的花样，我头两个月没寄钱回家，他怕我在这里没钱用，硬是给我寄了1000元过来，我说我有钱，寄来的钱根本用不上。他就说，你用不上就再寄回家。可我把钱寄回家后，他又寄过来了，还在汇款单上附言，叮嘱我到了月底再把这笔钱寄回去。这快一年工夫，1000元钱就这样寄来寄去的，邮费都花了不少，我爸真不怕麻烦，好像还很起劲，真不知道他是怎么想的。"

王斌也想不通这是咋回事，就把钱拿出来，还给李飞。李飞问："你家里还等钱用不？我不急的。"王斌说："每次我问我爸，他都支支吾吾地说不清楚，这都快一年了，估计不会有啥事了。反正我过年会回家，到时就一清二楚了。"

李飞听王斌这一说，又把钱推了回来，说："这样吧，这钱还是先放你这儿。我们公司春节期间要加班，我不回家。你回家看看，如果你们家还需要用钱，就先不忙还，如果没事了，你直接把这笔钱交给我爸就是。"

于是，王斌把这笔钱带回了家。

王斌抖了抖手里那叠钱，说："爸，我们年轻人出门在外，大家都在互相帮助，你们上一辈的倒好，就为了个面子，在家里瞎折腾。"

王强总算知道了事情的来龙去脉，他一脸惭愧，说："我这就到集上去，买两斤肉回来，晚上请老三过来，好好喝一盅……"

第二年，村里的大喇叭再也没通知王强和李老三去取汇款单了，他俩似乎都没当回事，整天乐呵呵的，三天两头结伴去赶集，村里人问为啥他们两家的儿子都不寄钱回来了，王强说："还是让孩子自己存银行吧，寄呀取的，麻烦！"李老三接着说："就是！弄不好还会招来小偷。"

说完，两人四目相对，哈哈大笑。

（题图、插图：刘斌昆）

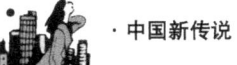

新年一号令

□ 鲍宜龙

品酒大会

这几年，玉龙镇一下子冒出十五家酒厂。为了宣传玉龙镇的酒产业，镇上决定举办一场隆重的品酒大会，让十五个酒厂的品酒师登台亮相，显示自己的品酒绝活。

品酒会的宣传造势非常成功，报刊和电视都围绕品酒会大做文章，掀起了一股不大不小的酒文化热。正在筹划投资建厂的跨国酒业集团得到消息，也主动请求参加。这可是镇政府招商引资的重要客户，吕镇长非常重视，马上安排跨国酒业集团董事长凯特先生为特邀嘉宾。

这天，品酒大会如期举行。镇中心广场搭了个大台子，广场上挤满了省内外的新闻媒体和看热闹的观众，主席台的大长桌子上，一字排开十几个一模一样的酒具，十五个酒厂的品酒师轮番走上主席台，每人将桌子上的酒一一品尝，然后逐一写下酒的牌子，交给主持人。

主持人接过品酒师写出的答案，马上与标准答案核对，当场宣布结果，每公布一个结果，台下便爆发出一阵热烈的掌声，十五位品酒师，就引出了十五次热烈的掌声：无一出错。吕镇长很满意，他问凯特的翻译："凯特先生对我们的品酒师印象如何？"

翻译把吕镇长的意思对凯特一说，凯特连连摇头，对着翻译叽里咕噜说了老半天，翻译摊摊手，告诉吕镇长："凯特先生说，你们这是在演

戏，不是真正的品酒。"

吕镇长一愣，说："怎么能说是演戏呢？"

翻译又侧过身子，与凯特说了一通，然后转过来说："他说，你们品的都是玉龙镇自己生产的酒，要想让他信服，得从市场上随意挑选的酒。"

"这——"吕镇长不由得一愣，连忙下去把十五个品酒师叫到一边，说了凯特的想法，这些品酒师们倒也不怵，说："不都是酒吗？难不倒人的。按他说的办吧！"

吕镇长一听，心里有了底，连忙让翻译告诉凯特，马上按他说的，让这些品酒师再品一次。

看来凯特早有准备，他很快安排人在台上布置好一排酒，十五个品酒师又一次轮番上台，挨个品尝一次，一一写下酒的牌子，这次看答案的是凯特，他看一个人的答案，便摇一次头，最后说："不行，不行！没有一个是全对的，最好的也错了两个，看来你们的品酒师对市场上的酒还不能完全掌握。"

高人现身

台上的热闹气氛突然凝固了，这时，台下的观众看出了台上的异常，出现了一些骚动，吕镇长好不着急，这时，他看到有个人走到台边，冲他直招手。这人吕镇长认识，是常到镇政府食堂收空酒瓶的老李头，听说他

生意早就做到城里了，不知这时候找了来，有什么要紧事，就走了过去。

老李头见了吕镇长，就说："镇长，品酒会怎么突然冷场了？是不是那些品酒师不行啊？如果他们不行，就让我来试试吧！"

吕镇长一听就笑了，说："老李头，你这个时候就不要再来添乱了，这里不是你呆的地方。"

老李头像是没听到吕镇长的话，还是说："镇长，我能行的！"

吕镇长还是摇头，说："你连酒都不会喝，还能品酒？我们刚才已丢了一次脸，不能再让老外看笑话了。"

吕镇长说的话不是没道理，这老李头是玉龙镇湾河村人，从来就不会喝酒，有一次，他到亲戚家喝喜酒，闻到了酒桌上散发的酒气，竟然就醉了。后来他到镇政府食堂收酒瓶，也经常醉倒在食堂后边，这样的人怎么能品酒呢？

吕镇长掉头要走，老李头却还是说："镇长，我行的！我品对了，今天品酒会上的空酒瓶全部送给我，如果说得不对——"

吕镇长瞅了一下老李头，问道："不对就怎么样？"

老李头涨红了脸，说："我今后再也不到你那儿收酒瓶了！"

吕镇长又是一愣，想，生意人最在乎自己的地盘，这老李头说出这样

的狠话，莫非他真有两下子？他又问老李头："你真有把握？"

老李头嘿嘿笑着说"放心吧，我蒙着眼睛都能品出来！"

吕镇长点点头，说："好！只要你品对了，以后食堂的空酒瓶不要钱，全都送给你！"

老李头大喜，说："太好了！"

吕镇长故意咳了一声，重新坐回主席台，对凯特说："我们还有一位品酒师，刚才有点事耽搁了，现在才赶到，他很想上来试试。"

凯特一听，马上说："OK，希望

他能品出来……"

吕镇长马上朝老李头点点头，老李头走上台，端起一杯，浅浅一品，看着吕镇长，说："我不识字，能不能直接说出酒名？"

没等吕镇长说话，一旁的翻译说："当然可以。"

老李头这才放了心，将酒杯往台上一放，说："洋河大曲！"

凯特点了点头。

老李头一个接一个地品下去，品一个马上就说出酒的牌子，听得凯特和翻译连连点头，台下跟着也响起一阵阵的掌声，吕镇长的心慢慢放了下来。

这时，老李头又端起一杯，浅浅一尝，犹豫了一阵，久久没做声，全场一下子静下来，目光都对准了老李头，吕镇长的心也"咯噔"一下，又悬起来，老李头又磨蹭一会，突然大声说："猫尿！"

"哄"的一声，全场暴发了盖耳的笑声，凯特忙问翻译："他说的是什么？"

吕镇长气得脸都白了，朝老李头嚷道："你怎么能瞎说呢？"

老李头不做声，想了想，拿过一支笔，在纸上刷刷刷地画起来，然后将画好的纸递给吕镇长，说："就是这个牌子。"

翻译凑过来一看就乐了，说："对！是这个牌子。这么好的洋酒，你怎么叫猫尿呢？"

老李头嘿嘿一笑，又品了一杯，高声叫道："狗尿！"

台下跟着又大笑起来，这回老李头有了经验，直接在纸上画起来，然后把画好的纸递过来，凯特一看，连连点头，翻译朝吕镇长点点头，说："不错，他说的是对的！"

只剩最后一杯了，老李头胸有成竹地端起来，细细一品，放下，轻轻地说："骡子！"

吕镇长不懂，正等着他画呢，哪知老李头动也不动，就连忙催他："你快点画出来呀！"

老李头说："这个不用画，是茅台，假的！"

翻译凑到凯特耳旁，叽哩咕噜一阵，凯特马上站起来，朝老李头跷起了大拇指，赞道："大师！"

老李头大获全胜，全场顿时掌声如雷，欢声雷动。

本领由来

吕镇长好不开心，他又把老李头拉到一边，问道："老李头，你刚才怎么把那么有名的洋酒说成猫尿和狗尿，把茅台说成是'骡子'？"

老李头"嘿嘿"笑着，说："这是我们的接头暗语。"

吕镇长疑惑地问："暗语？什么接头暗语？"

老李头告诉吕镇长，自己开始收

酒瓶后，看到每个空酒瓶里都有几滴酒，觉得浪费可惜，就将剩酒倒进嘴里，久而久之，啥酒啥味道，他弄得一清二楚，一尝就能说出酒名。这几年他把生意做到了县城，越做越大，又与人做起了私下收购高档空酒瓶的生意，他们说到洋酒，都不说酒名，只说代号，这就是刚才把两种洋酒说成猫尿和狗尿的原因。

吕镇长点点头，又问："那你们怎么把茅台酒叫骡子呢？"

老李头说："那不是真茅台，是假的！这几年我在城里收了不少茅台酒瓶，有好多种味道，后来才知道，茅台酒也有人造假，用真瓶子装上假酒，就像马与驴交配生出了骡子，我们就把假茅台叫骡子……"

吕镇长禁不住赞叹："连这你也能品尝出来？真神了！"

老李头谦虚地说："哪里！哪里！多亏你们政府食堂有那么多空酒瓶，不然我哪能练出这好的本领啊！"

多亏我们？吕镇长一听这话，一张脸腾地红了起来。

品酒大会圆满结束，吕镇长刚回到办公室，办公室主任就进来汇报，说："下面好几个村子都来催问今年镇政府一号令是什么，你看——"

吕镇长手一挥，说"今年的政府一号令，是禁酒令。"

（题图、插图：谭海彦）

故事会2010年12月上半月刊·红版 **25**

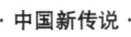

先救领导

□ 汉　唐

蛤蟆屯有个能人叫猴三，是个爬山钻洞的好手。

这天上午，村主任老何正在家里接待乡政府的李秘书，放牛倌李老栓跑进来，嚷道："出大事了！刚才县里的马局长掉进燕子洞了！"

老何还没反应过来，一旁的李秘书先急了，问："你亲眼看见的吗？你怎么知道他是马局长？"

李老栓说："我亲眼看见他和一个人一起掉进去的。马局长这些时老来燕子洞，还向我打听过燕子洞的事，所以我认得他。"

李秘书急得一下跳起来，对老何喊"肯定是旅游局的马局长，快组织人去抢救！"

老何连忙带着李秘书去找猴三，猴三二话没说，带上工具，叫来儿子，一起赶往燕子洞。

一行人很快到了燕子洞，李秘书一看，洞口非常隐秘，下面幽幽的看不见底，他把猴三父子拉到一边，说：

"你下去一定要记住，先救领导！"

猴三犯难地说："我没见过马局长，不知道哪个是领导呀？"

李秘书说："我也没见过马局长，但谁是领导，谁是一般群众，区别还是很明显的。我再说一次，你要是救错了，后果将非常严重，责任不是你承担得起的，明白吗？"接着，李秘书对他们讲了领导和群众的三条区别，让猴三根据这些区别认出领导。

猴三耐着性子听完李秘书的话，连忙带着儿子滑到洞底，用头顶的探灯一照，底下果然有两个人，一个仰躺在地，浑身是血，另一个斜靠石壁坐着，也是满头满脸的血。猴三先用手探了探两个人的鼻息，发现都还活着，但都陷入昏迷中，躺在地上的那个伤势重一些，按道理，他应该先救躺着的，但他想到李秘书的命令，就想，先得确定他是不是领导啊！

突然，斜靠石壁坐着的那个人醒过来，说："救——快来救我！"

猴三连忙问："你是不是马局长？"

这个人点点头，说："是！"头一歪，又晕了过去。

儿子说："既然他说他是马局长，那赶紧救他上去吧！"

猴三瞪了一眼儿子，说："你懂啥？他说是就是啊？"

儿子糊涂了，说："那怎么办？"

猴三说："摸摸他们的肚皮，李秘书说，领导的肚皮一般比较大。"

一摸，发现仰躺着的人肚皮比较大，坐着的人肚皮反倒小，猴三问儿子："难道躺着的才是马局长？"

儿子说："我看不一定，现在有些老百姓生活过得好，肚皮也能大起来，而有些当官的吃坏了肠胃，肚皮反而会小下去。"

猴三想想也对，又说："李秘书说了第二招，看穿着，领导一般穿得比较讲究，有品位，一般穿的是名牌。"

父子俩连忙看两个人的穿着，可看来看去，啥也看不出来。猴三说："赶紧按李秘书说的第三招做吧，看皮肤，领导的肤色一般较白嫩，面色白里透红，肌肤细腻光滑，手掌柔软，普通群众皮肤较粗糙，因常年劳动，手掌多有茧子。"

父子俩赶紧打量两个人的皮肤，但这两个人脸上手上都是血，根本瞧不出来，猴三特意摸了摸坐着的那个人的手掌，感觉比较柔软，又去摸躺着的，发现也差不多。

到底哪个是领导呢？猴三瞧瞧这个，又瞧瞧那个，仍是拿不定主意。

这时，儿子提醒猴三，说："李秘书刚才还说过，领导比较珍惜自己的生命，谁最怕死，谁就是领导。"

猴三知道李秘书说过这句话，但现在两个人都昏迷着，怎么知道谁更怕死啊？

突然，仰躺在地上的人哼了一声，猴三连忙奔过去，问道："你是谁？你是不是领导？"

这个人看了猴三一眼，指指坐着的那个人，说："救——救他！"说完也是头一歪，又昏了过去。

儿子这下松了一口气，说："爸，刚才坐着的那个人要我们救他，现在躺着的也要我们救那个坐着的，显然坐着的那个人是马局长，我们赶紧救他吧！"

猴三点点头，说："好，先救坐着的这个人。"

父子俩赶紧行动，把靠着石壁坐着的这个人扶起来，让他趴在儿子背上，再用绳子固定，猴三的儿子借助

上面的拉力，一步一步攀了上去。

等上面的绳子再放下时，已经过了不短时间了，猴三急忙去扶那个躺着的人，哪知过去一看，这人早已气息全无，猴三一下愣了，一条人命，就在这判断谁是领导的工夫没了，他朝着死者磕了三个头，说："兄弟，按理说我应该先救你，可我怕那个李秘书整我，不敢这样做。"说完，他把死者绑在自己身上，依靠着上面的拉拽，攀了上去。

猴三升上洞口，发现这时洞口周围已经挤满了人，乡政府领导都来了好几位，看来是李秘书用手机通报了乡里。他们见了猴三，一齐上来，七手八脚帮猴三解开绳子，把背上那个

人放下来，这时，只听乡长大喊一声："啊！这不是张县长吗？"

乡长这一喊，一群人顿时全围了上来，连连说："没错，是张县长！他怎么也来燕子洞了？"乡长蹲下身子，给张县长探探鼻息，试试脉搏，又翻开眼睑看看瞳孔，摇摇头，说："死了！"

大家听说张县长死了，不由得一齐发出声叹息。

这时，一旁的李秘书吓得脸色变了，他把猴三拉到一边，问："你怎么没先救张县长？"

猴三说："你不是说只有马局长一位领导吗？"

李秘书急得直跳脚，说："我知道县里正开发旅游资源，马局长会来燕子洞，但没想到张县长也一起来了啊！"

猴三说："我们刚下去时张县长还活着，如果当时直接把他救上来，可能他还有救。都是你，先在上面啰嗦一通怎么辨认领导，要我们先救领导，害得我们在下面瞎琢磨，把时间都耽误了。"

李秘书吓得朝猴三直作揖，说："我的亲哥哥，你可不能在外面乱说啊！就当我什么也没跟你们说过，啊？"

猴三瞪了李秘书一眼，说："你这种人，就能坏事！"

（题图、插图：张恩卫）

□ 石高杰

谁能帮我

找上门的民工

张建设是一家报纸的主编，每天经手的奇闻趣事，多得能用箩筐装。

这天上午，他正忙着审阅稿件，门卫室打来电话，说有个叫牛二宝的人有重要的事，一定要见见他，张建设放下电话，来到报社门口，只见一个三十几岁的农民工站在门外，正在炎炎烈日下徘徊，就上前问道："你找我？"

这个人正是牛二宝，他一见张建设，连忙说："是的，张主编，我有点要紧事麻烦您！"

张建设连忙把牛二宝请进接待室，给他倒上一杯水，送到牛二宝手上。牛二宝哆嗦着接过杯子，也许是太过紧张，茶还没进口，就晃了出来，洒在脖子上的吊坠上。张建设和气地说："别急，慢慢说。"

牛二宝渐渐缓过劲来，这才说明来意。原来，他是一家公司的送水工，前天下午，他的电动车刹车出了问题，失去控制，不但划伤了旁边的一辆奔驰轿车，接着又撞倒了站在路边的一位老太太，老太太被撞骨折，送进了医院。现在老太太的家属追着牛二宝讨要医疗费，奔驰车主也要牛二宝赔偿损失，两项算下来，他得赔人家四万多，可他平时赚的一点钱全供孩子上学了，乡下的亲戚朋友都跟他一样穷得叮当响，没钱赔人家，人家又逼得紧，牛二宝连死的心都有了。

听了牛二宝的叙述，张建设颇为同情，说："你的确遇上了难事，但我们城市太大，这样的事情每天都在发生，报社毕竟不是慈善机构，你的事

情，我们恐怕帮不上忙！"牛二宝连忙说"张主编，我不是这个意思。"

张建设问："那你找我干什么？"

牛二宝一脸不自然，尴尬地说："我是安阳王家坡人，遇上这么大的难处，昨天突然想起父亲生前提到的一个人，我父亲说过，那个人七十年代在我们那里插过队，有一次得了重病，得到过我父亲的帮助，当时我年龄还小，只记得那个知青名叫张建设，后来他回到省城，就再也没有消息。我现在真的走投无路了，想找他借点钱，帮我先渡过这个难关。我们公司有个年轻同事，帮我在网上查到您也叫那个名，也有插队的经历，所以，我就过来问，您是不是当年受过我父亲帮助的那个人？"

张建设皱了皱眉头，说："那个年代叫张建设的人很多，但我不是你要找的那个张建设。"

牛二宝叹了口气，说："那——您能不能帮我在报纸上登个寻人启事？"

张建设为难地说："我们报社的广告版面是要收费的，少说也得五六百块，不太适合你吧？"

牛二宝摇了摇头，失望地走了。

不能发的新闻

下午，一位实习记者送来篇新闻急稿，还附了照片，张建设一看，照片上的人正是牛二宝，原来，牛二宝离开报社后，居然跑到广场上跪起来，跟前摆一张纸板，在上面写上寻找当年的知青张建设。张建设一看就把稿件压下来，对实习生说："这种事情不太有新闻价值，就不要占版面了。"

没想到，其他几家报纸都在第二天报道了这件事，连电视台都把这事作为新闻播出了。

到了下午，那位实习记者又交上来一篇稿子，张建设一看，写的还是牛二宝，有些不高兴了，说："怎么又写这件事？不是跟你说过不发了吗？"

实习记者说："这件事出现了意想不到的变化，牛二宝找的那个人现身了，更巧的是，那个人正是被牛二宝划伤车身的车主，他看到报道后，这才得知牛二宝是当年恩人的儿子，不但不要他修补车子的费用，还帮牛二宝支付了老太太的医药费和营养费。这世界，真是奇妙啊！"

张建设听得愣住了，过了片刻，问："你有没有那个张建设的联系方式？我想找到他，再深入地了解一下。"

实习生掏出一张名片递给张建设，说："那位张建设回城后改名叫张德铭，现在是一家酒店的老板。"

张建设按照名片上的电话，很快联系上了张德铭，约好在张德铭的酒店见面，张德铭找了个安静的包厢，两个人几杯酒下肚，张建设便不客气地问："张老板，请你跟我说实话，你为什么要骗牛二宝？"

张德铭一愣，接着哈哈大笑，说："真不愧是大主编，没想到我这个冒牌货，一眼就被你识破了。不过，我这个张建设是冒牌的，但想帮他的心却是真的，我也是农村出来的，从小就受穷，七岁就成了孤儿，要不是左邻右舍的帮助，恐怕早就饿死了。牛二宝遇到这么大的难事，他本来可以一走了之逃避责任，但他却想方设法承担责任，这样的人，你说我是不是应该帮他？"

张建设笑了笑，说："难得你有这样的善心，不过我得告诉你，我就是他要找的那个张建设，牛二宝来找我时，我没承认。"

张德铭大吃一惊，说："原来这样。听说，他父亲在你落难时帮过你？"

张建设苦笑着摇摇头，说："你注意过牛二宝脖子上戴的那只弥勒佛翡翠吊坠吗？那是我家的传家之宝啊！我下乡时，我母亲亲手把它挂到我的脖子上，说是能保佑我无病无灾。当年，牛二宝的父亲是大队书记，他看到这只吊坠，硬说那是封建迷信之物，要没收，硬生生从我手里拿走了。后来有一次我得了疟疾，发着高烧，也不知牛二宝父亲是不是对我心里有

愧，就找到一种秘方，为我熬了几服汤药，我喝了后病就好了，但他抢走了我们家的祖传宝贝，所以我也从来没觉得他对我有恩。"

张建设一席话显然大出张德铭意料之外，两人沉默了好一会，都不知说什么好，这时，服务员敲门进来，说有个叫牛二宝的人想见张老板，张德铭看了看张建设，吩咐服务员："你带他到这里来。"

 ·中国新传说·

飞回来的旧物

张建设见牛二宝要来，便对张德铭说："我先回避一下吧。"

张德铭说："他脖子上还挂着你家的祖传宝物，过会我问问他究竟是怎么回事，要不，先委屈你一下，坐在屏风后面听听吧？"

毕竟是自己家的祖传之物，张建设心里还是放不下，就真的搬了张椅子，在屏风后坐下来。

不一会，服务员带着牛二宝上来了，等服务员关上门，牛二宝突然"扑通"一声，跪在张德铭面前，说："张老板，我们家对不起您啊！"

张德铭连忙扶起牛二宝，问："你这是怎么了？"

牛二宝哽咽着说"今天中午，我去医院看望那个被我撞伤的老太太，正好遇上她有个亲戚来看望，那亲戚是个收藏爱好者，看到了我脖子上的这只吊坠，说这是好东西，能值不少钱。我就专门跑到一家珠宝店，请店里的老师傅帮我看看，那位老师傅端详了半天，说这是一只价值不菲的老物件，遇上好买主，没准能卖个十几万，要我好好放着。这吊坠是我父亲临死前交给我的，我们家世代务农，不可能有这样的好东西，于是，我就给在老家的叔叔打了个电话，我叔叔说，他记得您刚到我们村子的时候，脖子上挂着这样的吊坠，可能是您后

来送给我父亲了，但我知道，这么贵重的东西，您不可能随随便便送人的，一定是我父亲做了对不起您的事，才得到这只吊坠。想不到您不但不记恨，还这样帮助我……"

牛二宝取下翡翠吊坠，交到张德铭手中，说："这本来就是您的东西，请您收下吧！"

张德铭笑着说："这吊坠的主人，不是我。"接着，他朝屏风后喊了声："张主编，你是不是应该出来了？"

张建设从屏风后走出来，握住牛二宝的手，说："我原来一直以为，自己在农村呆了几年，很懂得农民，今天你给我好好上了一课啊！"

一旁的张德铭拍拍牛二宝的肩膀，说："他才是你要找的张建设，我是冒牌的，你不会怪我吧？"

张建设红着脸，给牛二宝鞠了一躬，说："对不起，上次我一看到你脖子上的吊坠，我就猜到可能是你，当时我没承认，是我心胸太狭隘了。"

牛二宝看看张建设，又看看张德铭，说："我这不是在做梦吧？怎么遇到的全是好人啊？"

张德铭叫来服务员，吩咐说："你重新弄几个菜，再把最好的酒拿上来，今天我们哥仨好好喝一通！"

（题图、插图：刘斌昆）

（本栏目欢迎来稿。来稿可从邮局寄发，也可从网上传递。如为电子邮件，请发以下信箱：zjw002@vip.163.com。）

电话丢不了

□曾宪涛

这是作者在火车上听来的故事，不知道发生在哪里，也不知道这对夫妻姓甚名谁。但看来看去，总觉得这故事就发生在我们身边……

有这么一对夫妻，丈夫爱贪小便宜，老婆有点爱唠叨，总是怕吃亏。

这天，丈夫高兴地哼着小曲，从外面回来了，他还没进家门，便听见老婆在屋里数落女儿，浑身的兴奋劲顿时一扫而空。他最怕老婆唠叨了，一天到晚，老婆不是数落女儿就是数落丈夫，一张口没有闲下来的时候，你要是跟她争辩，她还特能找理儿，丈夫根本说不过她。这回不知女儿哪里惹着她了，只听她越说越来劲。

丈夫进了屋，从老婆的唠叨中，他总算弄明白了，刚才女儿在外面骑车与人相撞了，腿上擦破了皮，渗出了一点血，老婆埋怨女儿不该让撞她的那个人走了，应该让那个人带着她去医院拍片子，好好检查检查。

女儿说，撞车也不怪人家，是自己撞了人家的车，再说，那个人见她倒了地，连忙下车扶起她，问她摔得怎么样，还要送她去医院，是她自己不愿意去，让那个人走的。

老婆指着女儿的额头，说："你个傻妮子，什么时候脑子才开窍？你撞了他，他还要送你去医院，现如今有

这么傻的人吗？你干吗不叫他送你去？要是他走了后你才发现骨折了咋办？这会儿你上哪去找他？"

女儿还是不服气，说："他见我不肯去医院，就给我留了电话号码，说万一有什么事，就给他打电话。"

老婆根本不信女儿的话，继续开导女儿："他给你留的电话肯定是假的，你要是不信，一打就明白了。"

女儿说："我这不是好好的吗？根本没啥事，打什么电话？我不打！"

老婆更气了，说："他要是不心虚，为什么要给你留电话？他肯定是糊弄

你，留了个假号码，你告诉我号码，我来打，我跟他说。"

女儿没办法，从口袋里掏出一张纸条，那上面写着一串数字，一看就是电话号码。

丈夫在一旁看着母女吵架，虽说不满老婆的唠叨，但也挺同意她的看法，因为他看到女儿新买的裤子被刮破了，他知道那裤子不便宜，就算女儿没受伤，也应该找到那个人赔点钱，最好能再赔些医药费，买一些营养品。

老婆拿过女儿手上的纸条，对着号码拨打电话，哪知她刚拨好电话丈夫口袋里的手机就响了起来，丈夫掏出手机按下接听键，手机里传出的是老婆急吼吼的声音："是不是你撞了我女儿？"

一家人全愣住了。老婆指着丈夫，问："这是咋回事？怎么打到你电话上了？"

丈夫看着手机，结结巴巴地说："这、这个手机是我刚才在路上捡的，谁知这么巧，竟会是那个人的。"

丈夫说，他上午外出，捡到一部手机，他见那个手机成色挺新，好不高兴，就开着机，等着丢手机的人来找。

果然没多久，捡到的那部手机就响了，打电话的人说手机是他丢的，问能不能还他。丈夫说，手机当然可以还给他，但需要一些酬谢。对方

进来的电话打了过去，谁知那只是一家小商店的公用电话，打电话的人早走了。

这一来，夫妻俩全都傻眼了，撞女儿的人肯定是找不到了，老婆忍了又忍，还是忍不住，指着丈夫又数落开了，说丈夫就爱贪小便宜，说丈夫只认得钱，这回可真是占小便宜吃了大亏……

突然，丈夫身上那只捡来的手机又响了，一接，那个丢手机的人又打来了，说："先生，两百就两百吧！你说个地方，我过来把钱交给你，把手机换回来。"丈夫迟疑了一下，问道："你怎么突然想通了？这手机对你很重要吗？"那个人说："咱就一平头百姓，一部破手机能有多重要？只是，今天上午我骑车撞了一位姑娘，当时因为有急事走了，给那位姑娘留的是这个手机号码，我是怕那位姑娘万一有事，打电话过来却找不到我。"

丈夫听到这里，突然满脸通红。

丈夫开着手机的免提功能，那个人说的话，老婆听得一清二楚，她从丈夫手里一把拿过手机，说："捡到东西就该还，哪有要钱的道理！你来把手机拿回去吧，我们一分钱也不要！"

丈夫又把手机拿过来，接着说："还有，你上午撞的那个姑娘，她是我女儿，她现在好好的，啥事也没有，你就放心吧！"

（题图、插图：谭海彦）

就问他想要多少。丈夫看看手机，说："你这个手机是新的，少说也值四五千，我也不多要，你就给我五百吧！"对方有点不高兴了，说："你真是狮子大开口，我那手机买来也就一千多块钱，已经用了好几年。手机对我并不重要，重要的是里面存的信息。我给你一百块钱，行不行？"丈夫说："就冲你那些信息，一百不行，最少得两百！"对方可能觉得丈夫太过分，一生气，就把电话挂了。

老婆听到这里，又开始数落丈夫了，说："你说你这叫干的什么事？赶紧按那个人打进来的电话号码打过去，就说手机酬谢费不要了，想办法让他过来，带女儿去医院照个片子。"

丈夫怕老婆唠叨起来又没完没了，赶紧拿出手机，照着刚才那人打

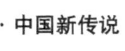

两村子PK

□ 刘祖光

年轻人当村长

瓦子山上坐落着两个村子,一个叫石西村,一个是石东村,两个村子隔了道山坡,亲得像大哥和二哥,都穷得叮当响,到现在连电都没通。

石西村有个牛大能,去年高考落榜,回到家跟着爹爹贩起了山货,两三个月下来,见了不少世面,也赚了不少钱。这天,他路过石东村,看到同班同学周小智正仰躺在村口的大磨盘上,好不奇怪,便问周小智在干什么,周小智一本正经地说:"我在思考怎么带领村民致富。"

牛大能一听就笑起来,说"你跟我一样没考上大学,回到家才两三个月,就想带领村民致富?"

周小智乐呵呵地说:"你不知道吗?我现在是村长了!"

这下牛大能愣了:怎么转眼工夫,周小智就成村长了?周小智没理会牛大能的神情,接着说:"原来的村长带着老婆孩子出去打工了,大家伙就选我当了村长,说我有文化,又年轻,能翻山越岭跑几十里路到镇上去开会。"

牛大能说:"想致富也容易,修好路就行。公路一通,山货运出去,咱就有钱了。"

周小智白了牛大能一眼,又躺到磨盘上,说:"你口气倒是不小,修路得花多少钱啊?"

牛大能哈哈大笑,说:"你这样就算躺个五十年,石东村还是老样子,要是我当了村长,准能让石西村改头换面,彻底大变样。"

周小智听他这么一说，马上坐了起来，说："你要是当上了村长，我就跟你好好ＰＫ一番，看看到底谁厉害！"

这事真就巧了，牛大能卖完山货刚回家，村长就来找他，说自己年纪大了，村里的青壮年又都外出打工，想推荐牛大能当村长，牛大能想起了周小智，马上来了劲，连忙应承下来。

好主意能生钱

牛大能上任后，在村小学操场召开全体村民大会，他亮起嗓子，大声说："我这村长不能白当，第一件事，就是要把电引到咱们村，我到镇上问过了，引电得花五万来块钱，钱咋办？我有办法！咱瓦子山这么多树，把树一卖，钱都有了！"

原来，瓦子山上长满树木，石东、石西两个村各占一半，这么多年两个村子穷归穷，谁也没想过要卖山上的树。

见大伙儿都不吭声，牛大能胸有成竹地说："我都想好招了，一准卖个好价钱！"

于是，大多数村民同意卖树。

接下来，牛大能到镇上办了卖树的许可文件，到县里走访了好几家木材加工厂，对方一听是瓦子山的树，便直摇头，说车子进不去，运输成本太高。牛大能解释说，瓦子山虽然不通公路，但是坡地，人烟稀少，可以采用"滚木"的方式，一直滚到公路边。这一说，几家加工厂动了心思，跑到瓦子山一看，发现这里都是原生态的优质林木，便纷纷要求购买。牛大能开心地笑了，说："既然大家都想买，那就拍卖吧，谁出的价格高，就卖给谁。"

拍卖会上，几家加工厂各不相让，出的价一家比一家高，最后，一家加工厂以十三万元的价格，买下了石西村在瓦子山上的所有树木。

接下来，牛大能带着村民协助电力施工队施工，加快工程进度，终于在春节前将电引到了石西村。石西村的村民第一次过上了有电的大年，每户人家一天到晚都是亮堂堂的，不少人家赶在春节前买了电视，整个村子从早到晚满是欢声笑语，好不热闹。

石西村的变化让石东村的村民坐不住了，他们在背后嘀咕："石西村的村长那才叫能干呢！瞧瞧咱们村长，成天只会傻想，书呆子一个，唉！"

有几个村民干脆趁拜年的机会，围着周小智，直接问他："村长，咱们村什么时候开始行动啊？"

周小智笑呵呵地说："快了，快了！过完年，咱就开始行动。"

这几个村民一听，马上兴奋起来，说："村长，咱们村还是把树一棵棵砍了卖吧，这样价钱好。"

周小智把眼一瞪："谁说要砍树卖了？咱不砍树，先种树！"

过完春节，周小智马上召开村民大会，他拿出一张图纸，将石东村在瓦子山的空地分成一片片，每户人家承包一片，全都栽上树，树不栽好，谁也不准提卖树的事……

这一来，一直安安静静的瓦子山突然变得热闹了，石西村那边在热火朝天地砍树，石东村这边在热热闹闹地栽树……

木材加工厂生产效率很高，不到半年工夫，就把石西村的树木全砍光了，留下光秃秃一片。不过石西村的人数着钞票，看着电视，忙着开心，顾不上风景好不好。

这时，久没动静的周小智又召开村民大会，他说："经过大家近半年的努力，栽下的那些树木都成活了，现在，我们要开始卖树了！咱们瓦子山的树，都是几十年上百年的大树，要卖也得是好价钱。咱一棵一棵地卖，就像割韭菜，卖了一茬，再收下一茬！"

原来，周小智看到石西村卖树后，自己偷偷往县城跑了好几趟，还去了几趟市里，他看到城里到处在搞绿化，小树长得慢，一些重要的地方，城里人把大树连根包着移植过来，一棵十年树龄的大树，少说也要卖五千块钱，而瓦子山上的树，都是几十年、上百年的大树！于是，他跟一家经营大树活体移植的公司签了协议，每年供给对方二十棵大树，五千块一棵，但移植和运输费用由购买方承担，所需劳力，优先雇石东村的人。

周小智说，咱不能坐吃山空，要挖树，先得栽树，就像韭菜剪了，还能长出来……

会场上马上有人算起账来，按照周小智的办法，树卖钱不说，把一棵

大树连根带土挖起、包好，再运到山外、装上汽车，一棵树少说也得用上二三十人，这样一来，村里的劳动力全都用起来，只怕还不够。

周小智笑着说："人手不够不要紧，只要付工钱，石西村的人会过来的。"

会场上顿时爆发出开心的笑声。

想到才能做到

石东村的人开始悠闲地数钞票了，因为他们只卖很少几棵树，就能赚很多的钱，瓦子山简直成了他们的聚宝盆。这下石西村的人坐不住了，他们找到牛大能，要牛大能也到城里去，联系卖活树的生意，牛大能难过地摇摇头，说，石西村的林木资源已经被木材加工厂买走了，他们连小树苗都没留一棵，全砍光了，现在开始栽树，得等十年后才能卖啊！

有人安慰牛大能，其实咱卖树也不亏，咱先用了半年电呢，他们现在有钱也没用，一到夜里就黑灯瞎火的，连电视也没得看，生活质量跟我们没法比……

这话还没落地，牛大能就听到石东村传来一片欢呼声，过去一打听，原来是石东村的人马上就要开始引电了，更奇怪的是，石东村不用花一分钱，所有费用全由国家承担。

牛大能跌跌撞撞跑去问周小智："国家又不是你亲爹，凭什么就给你们投钱引电？"

周小智笑着说"你这半年的电视真是白看了，不晓得国家有个'村村通'工程吗？"

牛大能跺跺脚，说："这个我自然晓得，可这么大个国家，没通电的村子成千上万，一直等，只怕人要等老。你咋晓得这么快就轮到咱们？"

周小智又笑了，说："你也不想想，咱镇上就咱们两个村没通电，每次开会，镇长都要说这个事，这说明啥？说明工程已经到家门口了，哪用得着自己花钱嘛！"

牛大能后悔得一屁股坐在地上，恨不得拿拳头捶自己的头，镇上每回开会，他都是和周小智一起去的，他以为开会就是去坐坐、听听，走个形式，从来没用心听过，根本没想到通过镇长的讲话，能预先判断出政策来。

从此，牛大能有事就跟周小智商量，两个"能人"经常凑在一起说事儿，看着他们信心满满的样子，两个村的村民就特别开心，想，有这两个能人领着，我们的日子越来越有滋味了……

（题图、插图：谢　颖）

由上海故事会文化传媒有限公司主办的《金色年代》
——中国第一本介绍退休后精彩生活的杂志

《金色年代》——开启新生活的大门
《金色年代》——向长辈敬献一份爱心
《金色年代》——向退休员工以示关爱

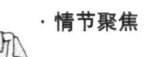

· 情节聚焦 ·

诡异事件

□ 黄　云

　　有个叫赵应铁的人，活了一把年纪，也算见过一些世面，他从来不信世上有什么骇人听闻的奇闻怪事，想不到，他最近遇上的一件事，让他想破了脑袋，也没想明白。

　　前不久，赵应铁来省城参加一个培训班，住在一家条件不错的宾馆里，住进来没多久，宾馆房间里就不停地发生怪事，不是半夜里空调被打开，就是电视被打开，一次次把他从睡梦中惊醒。

　　这天半夜时分，赵应铁又被冻醒了，一看，房间里的空调正对着他"嘶嘶"吹冷气，他明明记得自己在睡觉前已把空调关了，怎么半夜里空调又会突然被打开呢？再看遥控器，显示的室内温度居然是18℃。

　　赵应铁看了看另一张床上的人，喊道："老王，老王！"

　　这个人叫王孟，也是培训班的学员，来自另一个城市，他不耐烦地问：

"怎么了？"

　　赵应铁说："你刚才有没有开空调？"

　　王孟打了个哈欠，说"空调和电视的遥控器都在你手里，我没开。"

　　赵应铁想想也是，自从宾馆发生怪事后，他每天把空调和电视遥控器放在枕头底下，别人根本没法动。难道这宾馆有鬼？

　　第二天中午上完课，赵应铁找到宾馆值班经理，说了晚上出现的怪事，经理马上派人检查电视和空调的线路，结果一切正常，又调出昨晚的录像，没看到有人进入他们的房间。

　　到了晚上，赵应铁看看快到十二点了，就关了电视和空调，想想不放心，又把它们的插头给拔了。这天晚上，他总算睡了一个好觉。

40

没想到过了没几天，这天深夜，熟睡中的赵应铁突然被嘈杂的电视声音给吵醒了，一看，电视又被打开了，他顿时吓出了一身冷汗：睡觉前明明拔了电源的，怎么会这样？

这时，另一张床上的王孟翻了个身，咕哝了一句："怎么还不睡？关了电视吧，明天还要上课呢！"

赵应铁壮起胆子，下床一看，发现电视和空调的插头都插在插座上。

晚上，赵应铁看到有个电视节目在讲梦游，他心里一动，对啊！会不会是我有梦游症，半夜起来自己把空调和电视打开？于是，他问对床的王孟："老王，你有没有发现我半夜里有什么异常？"

王孟苦笑一声，说："你太异常了！真不知道这么多年你老婆是怎么跟你相处的。"

赵应铁听得心里一惊：完了，看来我真的有梦游症，可是，我活了快四十年，为什么家里人从来没告诉我？难道梦游的是王孟？不对，王孟即使梦游，也没法拿走我枕头下的遥控器啊！就算他能直接打开电视的开关，也不能让电视自动换台啊！

第二天中午，赵应铁拨通了家里的电话，问妻子："我们结婚十几年，你有没有发现我有梦游症？"

妻子非常奇怪，说："你怎么会有这样的疑问？你一直很正常，我从来没发现你梦游过。"

放下电话，赵应铁怎么也想不通，难道真的出鬼了？他每天晚上都被空调和电视折磨着，吃不香，也睡不好，不知不觉间，他患上了失眠症……

培训班马上就要结束了，这天早上，赵应铁早早起了床，洗漱完毕，穿戴整齐地坐在床头，对床的王孟一醒，赵应铁就对他说："老王，我晚上就要回去了，刚才突然想起一件事要跟家里交待，但我的手机欠费停机了，能不能把你的手机借我用用？"

王孟愣了一下，嗫嚅地说："这个——这个——"

赵应铁说："事情很简单，几句话就能说清楚，花不了你几块钱话费，

·情节聚焦·

要不，我另外给你钱？"

王孟尴尬地笑了笑，说："我不是这个意思。"又犹豫了一下，这才把手机递给了赵应铁。

赵应铁拿了手机，却不急着打电话，而是在上面摆弄起来。

王孟一下子慌了，急忙从床上坐起来，说："老赵，你这是干什么？"

赵应铁不吭声，继续摆弄着王孟的手机，突然间，房间里的空调被打开了，发出嘶嘶的冷气声，紧接着，电视也被打开了，声音一级级被放大，一个接一个地转换着频道……

赵应铁"哼"了一声，把手机扔给王孟。

王孟的脸上一阵红一阵白，如果旁边有个地缝，他一定会钻进去。过了好一阵子，他才支支吾吾地问："你、你是怎么知道的？"

赵应铁说："我本来是不可能知道的，可是你玩得太大了，害得我失眠了。以前我倒头就能睡着，后来被你整得一到半夜就自动醒了。有天半夜我醒来，看到你悄悄起床，插上空调和电视的插头，然后用你的手机遥控着开了空调和电视。我惊呆了，手机怎么能开空调和电视呢？第二天打电话回去问我侄儿，才知道现在的智能手机，只要从网上下载一个万能遥控器软件，就可以随心所欲地操纵空调和电视……"

王孟一脸的尴尬，结结巴巴地

说："老赵，对不起！"

赵应铁又是一声冷笑，说"我就不明白了，你为什么要这样装神弄鬼地整我？咱们之前素不相识，无冤也无仇，你这样做，到底是为什么？"

这时，王孟抬起头，说："我这样做，也是有原因的，说起来，还是因为你太自私了——"

王孟说，从入住宾馆的第一天起，赵应铁就一直拿着房间里空调和电视的遥控器，他想什么时候开或关空调，根本不问王孟，看电视更是这样，想看哪个台就是哪个台，而且把音量调得很大，每天晚上都弄到很晚，自己想睡觉了，就直接关了电视，倒在枕头上马上就能睡着，根本不顾及王孟的感受。这让王孟心里很不舒服，但两个人在同一个培训班学习，碍于情面，他不好明说，就去网吧下了一款手机版的"万能遥控器"，在半夜里用手机遥控，打开空调和电视，让赵应铁也睡不着觉，这种报复的快感让他觉得很过瘾，看着赵应铁被吓得丧魂落魄的样子，他本来想收手的，可是，那种快感让他太享受了，于是，他继续着这个诡异事件，终于被赵应铁发现了真相。

赵应铁得知原委，大出意料，他叹息一声，说："原来是这样，看来我也有责任，不论在哪里，人都不能太自私，要顾及别人的感受啊……"

（题图、插图：田　红）

42

飞过暴风雨的
鸽子

□ 华登喜

孤僻老人

永乐街是小镇上的一条老街，沿河而建，街上最高的房子名叫风雨楼。说是最高，其实只是个四层小楼，已有四五十个年头了。

谢老头是风雨楼的老住户，他孤身一人住在风雨楼顶层阁楼，与一群鸽子为伴，从不与邻居来往，几十年来大家相安无事，谁知，最近谢老头与邻居的关系突然紧张起来。

原来，前几天便利店老板唐海军的儿子小宝发高烧，住进了医院，医生问小宝有没有与禽类接触，这一问

让唐海军警觉起来，一了解，医院首先要排除禽流感，再一问，全世界好多地方的人感染了禽流感，大多是通过鸡呀鸟呀来传播的。唐海军听得浑身冒汗，马上想起了谢老头饲养的那些鸽子，儿子特别喜欢这些鸽子，每次都会弄些食物喂停留在阳台上的鸽子。如果这些鸽子患了禽流感，那可是不得了的大事啊！

唐海军从医院回来，把了解到的情况跟邻居们一说，这下邻居们都坐不住了，凑在一块商量好几次，推举邻居刘医生去跟谢老头说说，请谢老头把鸽子关起来，哪知刘医生硬着头皮好不容易敲开了谢老头的家门，刚张口说了邻居们的想法，谢老头马上脸色一沉，说："我的这些鸽子都是经过特殊训练的，每天只在两个固定的地点往返，不会跟其他禽类接触，更不会把病传染给人。"

轰走刘医生后，谢老头依旧每天

早晨放飞鸽子，傍晚时站在阳台上，迎候这些可爱的生灵归来。

这天晚上，天下起了大雨，整整下了一夜，到了清早仍没停，谢老头起了床，端着一盆鸽食来到鸽笼前，打开鸽笼，突然变得脸色煞白，为啥，他的鸽笼里满是鸽子尸体，仅有的几只还在痛苦地抽搐，眼看没得活了。

谢老头将几只仍在抽搐的鸽子装进一只笼子里，用衣服罩着笼子，急匆匆冲进滂沱大雨，朝兽医站奔去。

一直到下午，谢老头才从兽医站回来，手里捧着一只黑鸽子，不用说，昨天还活蹦乱跳的几十只鸽子，现在只剩孤零零这一只了。

从这天起，谢老头更少出门了，邻居们只能从半夜传出的咳嗽声，才知道谢老头还住在顶层阁楼。

遭遇洪水

没过多久，老天突然一场接一场不停地下起雨来，镇外小河河水陡涨，小镇正好处于小河弯道处，三面被小河包围着，形势顿时严峻起来。

这天深夜，风雨楼的住户突然听到外面传来轰隆隆的巨响，住在一楼的刘医生爬起来一看，天哪，迅猛上涨的河水冲垮了防洪堤，奔涌的河水犹如千军万马，朝永乐街直冲过来，首当其冲的，正是风雨楼。

跑出风雨楼已经不可能了，刘医生冲出自己家门，一家家拼命地擂邻居家的门，大喊："河堤决口了，洪水进来了！"邻居们听到喊声，纷纷从家里跑出来，直奔顶层阁楼。

小小的阁楼很快被风雨楼的住户挤满了，唐海军探头望出去，整个镇子淹没在汪洋中，只有风雨楼阁楼还露在水面上，而水位还在上涨，如果不及时通知外面的人来救援，年久失修的风雨楼随时可能倒塌，所有的人都掏出手机，拼命地拨打电话，却没有一个人能拨出去。可恶的天灾，竟然能让手机信号消失。

这时，一直没做声的谢老头轻声说："让小黑试试吧！"

刘医生大喜，忙问："小黑？你是说让那只鸽子去报信？雨这么大，它能行吗？"

谢老头点点头，说："它是那群鸽子中最强的，又认路，让它试试吧。"

唐海军忍不住问道："就算小黑能飞出去，它知道落在哪里吗？万一落到一个很偏僻的山沟沟，咋办？"

谢老头瞪了唐海军一眼，说："是你清楚，还是我明白？"

邻居们纷纷说："听谢大爷的，按谢大爷说的办！"

刘医生拿出纸笔正要写，谢老头却一把拿过去，写好字，将纸条包上塑料，细心地绑在黑鸽子的腿上，然后捧着黑鸽子走到阳台，说："小黑，人命关天，这回不管风里雨里，你一定要飞到啊！"说完手一松，便见那只黑鸽子扑棱着翅膀，冲进了大雨中。

那只黑鸽子带走了风雨楼住户所有的希望，也不知等了多久，突然有个人惊喜地喊道："快看，灯光！"紧接着，马达声也传了过来，救援的人赶来了。

救援船载着风雨楼住户刚离开，风雨楼再也经不起洪水的轮番冲击，又摇晃了几下，倒在水中……

爱的信使

三天后，这场百年罕见的洪水终于退去了，风雨楼的住户又回到永乐街，住进临时安置点，接着，工程队也开进了永乐街，开始清理街上的废墟。清理工作进展顺利，但到了风雨楼废墟前，却遇上一个钉子户，站在废墟前，死活不让动工！这个钉子户不是别人，正是原先住在风雨楼阁楼的谢老头。

工程队经理见谢老头这个样子，好不奇怪：只听说有拆迁钉子户，怎么清理废墟也会冒出钉子户来？他走上前，和颜悦色地对谢老头说："大爷，我们清理了废墟，才能尽快地重建家园，你怎么不让我们清理？"

谢老头摇摇头，说："你们先把别处的清理了，最后再来清理这里。"

经理朝四周一指，说："大爷你好好看看，整个永乐街，只剩你这儿没清理了！"

谢老头还是摇摇头，说："那也不行！你们还得等几天，等小黑回来了，你们才能动手！"

这时，工程队的人看不下去了，纷纷指责谢老头，有个小伙子大声说："看你一大把年纪的，怎么这样不明理？我们好好过来为你们做事，你还推三阻四的！"

就在这时，突然拥进来一群人，围在谢老头身边，打头的正是唐海军，他一捋袖子，冲工程队的人吼道："你们冲一个老年人撒野算什么好

汉？他怎么说，你们就得怎么办！咋了？谁不服？不服的过来跟我单挑！"

顿时，两拨人分成了两派，吵得不可开交。

谢老头看着围在身边帮助自己的邻居，好生感动，刚说了声"谢谢"，突然捂着胸口，一头栽倒在地上，刘医生一看不好，急忙上前做了紧急处置，带着几个年轻人将谢老头送到医院。

他们刚离开，天空中突然出现一个黑点，一只黑色的鸽子从远处飞过来，在风雨楼废墟上空不停地盘旋，唐海军的儿子小宝冲着鸽子拼命招手，大叫："小黑，小黑飞回来了！"

小黑这时也认出了小宝，马上飞到小宝的手上停下来。唐海军看到鸽子腿上有个纸条，连忙小心翼翼地抽出来，只见上面写道——

先龙：

我收到小黑传来的纸条后，马上给政府打了电话，后来从电视上看到你们已脱险，就放心了。小黑这次冒着暴风雨飞行，伤了元气，才在我这里调养了几天。

我的身体越来越差了，只怕拖不了多久，这样也好，到了那边，就再也没有什么能阻挠我们了。如果真能像你说的那样，变成两只相亲相爱的鸽子，比翼双飞，那该多好啊！

淑琼

唐海军和邻居们看完纸条，不禁面面相觑，他们万万没想到，谢老头的鸽子背后，有如此深情的故事。

经过抢救，谢老头脱离了危险，看到邻居们送来的纸条和小黑，竟然微微有些脸红，轻轻说道："淑琼病情很特殊，一直被隔离，先前连电话也没有，我就训练这些鸽子为我们传递信息，后来虽然有了电话，但每天一大群鸽子飞过来飞过去的，觉得更亲切，就像天天见面一样……"

这时，一旁的唐海军突然狠狠地扇了自己一个嘴巴，直挺挺朝着谢老头跪下，哭道"谢大爷，我对不住你，我不该毒死你那些鸽子啊……"

谢老头轻轻一笑，说"我早就知道是你干的，好在小黑活下来了……"

（题图、插图：田　红）

小 启

1. 我刊发表的作品分原创和推荐两种，推荐性质的栏目有笑话、3分钟典藏故事、快乐辞典、故事中国网文精粹等；

2. 凡原创作品均应有新鲜、奇巧的情节；推荐、改编均应注明，凡抄袭或变相抄袭者一经查实，将严肃处理；

3. 本刊各栏目稿酬从优；

4. 来稿务必提供详细联系方式；来稿可从邮局寄发，也可直接发至我刊各责任编辑的电子信箱，本期责任编辑的电子信箱是：zjw002@vip.163.com。

过招

和90后

□朱红梅

耍酷的女孩

我是个青少年心理专家，经常有家长问我，怎么和自己的孩子沟通？我总是告诉他们，这不是一个复杂问题，难不住人。没想到，一个90后的女孩，却差点让我过不了关。

事情是这样的，中考结束后的一天，一个网名叫"浅紫色的回忆"的人在QQ上要求加我为好友，我点开对方的资料一看，对方只有15岁，是个女孩，我想，也许她遇上了问题，没准是个案例，就加了她。

"浅紫"很直接，上来就直奔主题。她说她知道我是心理专家，她马上要升高中了，为了纪念她的爱情，想把男朋友的头像文在自己的后背上，问我这样做是不是很酷。我被吓

了一跳：一个15岁的小姑娘，竟然有如此大胆的想法。我面对着电脑，好半天打不出一个字来。

我过了阵子才缓过神来，回复道："你的想法非常大胆，很有创意，我很想知道，你为什么要这样做？"

浅紫马上回复说："你不要以为我是那种坏女孩，我从小到大都是乖乖女，但我乖了这么多年，现在特别想按自己的想法做一次，而且要做得轰轰烈烈。"

看来这个对手很强大，她极具青春期的叛逆心理，如果对付不了她，接下来说不定又会冒出什么奇思妙想来，于是，我问她："你是不是觉得别人的文身很美，就想把男友的头像也文在自己的后背上？你知道这样做会有什么结果吗？"

浅紫回答说："我才不管结果，我只想把所有的人都震一震。"

真是孩子气！我又问："那你要是以后后悔了咋办？或者你再长大一点，突然不喜欢你现在的男友了，你怎么除掉这个文身？"

浅紫马上发来一个傲气的小图，说："阿姨，你真OUT了！竟然不知道文身是可以洗掉的？"

我马上说："既然有洗掉的打算，就说明你现在对自己的做法没把握，对你自己现在的爱情，也不能完全把握。换句话说，你并不知道自己会不会跟那个男孩共度一生！"

浅紫大概被我的话镇住了，过了半天才回复说："阿姨，我和他从幼儿园就是同学了，我们是手拉手一起长大的，马上要上高中了，我们就要分开了，我想给他留个特殊的纪念。"

真是个不好对付的小鬼，我的脑子飞快地运转，却一时想不出好招来。

大概是看我半天不回复她，浅紫又发了个得瑟的表情，说："怎么样？把你这样的专家也吓坏了吧？"

我转了个方向，说："文身是非常疼的，你不怕吗？你文的还是一个男孩的头像，那得文他的头发吧？黑乎乎一大片，假如你穿薄透的衣服，或者长大了穿着比基尼去海滩浴场，你想你的后背会好看吗？再说，你还在长身体，等你长高了，长胖了，那个文身随着你的身体发育，会不会变得很恐怖？"

这一下总算给她设了一道坎，浅紫好半天没回复，像是在电脑前沉吟，好半天才说："这个我倒没想过。"

我马上接着说："假如你男朋友说你身上的文身不像他的模样，你怎么办？"

浅紫终于开始防守了，说："我还真没想过这个问题……"

我得寸进尺，接着说，假如我是她的话，我才不这样做。表达爱情的方式有很多，却从来没听说过要文身来表达爱情的。

浅紫发了个生气的表情，说："你OUT了！你不懂！这样才另类呢！"

她已经第二次说我OUT了，我也发了一个生气的表情，说："我都OUT了，你还让我帮你出主意？我出了你还不听，伤自尊呢！"

浅紫立刻缓了口气，说："阿姨，对不起，我不是故意的，只是我们平时用惯了这个词。"

奇怪的招式

难缠的"90后"啊！还没等我回话，她突然又问："假如我是你的女儿，你会支持我这样做吗？"

我恨得咬牙切齿，心说，我才不会喜欢你这样的女儿呢！可我不能这么对她说，我故意发了个笑脸，说："假如你是我的女儿，你这么有主见，我一定为你骄傲，但作为妈妈我会很不开心，会想我这么优秀的女儿身上，为什么会文上别人的头像，他值得我女儿这么做吗？要文，也应该是别人在背上文我女儿的头像啊！"

想不到，浅紫马上发来一个大大的惊叹号，说："阿姨，你说的妙极了！我这就去办。再见！"

我说什么来着？她要去干什么？这个鬼怪精灵般的女孩，不会做出什么出格的事来吧？

接下来的几天里，浅紫没有跟我联系，我也没心情跟她联系，因为这几天我那个天天嘻嘻哈哈的儿子，突然变得郁郁寡欢了。

这天，浅紫突然上线了，她跟我说，这几天她过得非常不开心。当她把自己大胆的想法告诉男友时，男友竟然摸着她的脑门，看她有没有发烧，还说这样的想法太恐怖了，他完全不能接受在背上文一个人的头像。看着男友的态度，浅紫突然冒出一个更绝妙的办法，她跑到京剧团找来化妆用的油彩，两个人相互在对方的后背上画上自己的自画像。

我问她感觉如何，浅紫叹了口气，说："不好！这么热的天，我们却都不敢在家里脱衣服。"

我忍不住自乐，说"你现在明白自己当初的想法有多荒唐了吧？"

浅紫没接我的话，只是求我帮她想个更绝妙的主意，来纪念这段纯洁的爱情，我答应帮她想想，等想好了就告诉她。

恰在这时，妹妹来我家里，给我看她刚刚完成的一幅十字绣作品，那是我外甥的头像。我立刻有了主意，顾不上跟妹妹多聊，立刻上线找浅紫，告诉她可以去绣品店里，让人家帮助设计一幅十字绣，把男友的头像亲手制作成十字绣，这不是一份很好的纪念吗？

浅紫马上闪电般送来一行字："阿姨，太谢谢您了！我这就去办！"

接下来几天，浅紫再也没有上线，我想，她一定在精心制作她的十字绣。

伤感的儿子

转眼间，暑假结束了，儿子要去读高中了，我忙着给他收拾东西，儿子突然一本正经走过来，非常严肃地说："妈妈，你有空吗？我要跟你好好谈谈。"

看着儿子的小大人样，我突然觉得他真的长大了，就说："好呀！儿子，你可以跟妈妈谈任何问题。"

儿子问我："妈妈，如果我告诉你，我在初中的时候恋爱过，你会不会骂我？我现在失恋了，你会不会觉得我很笨、很可笑？"

儿子的话让我吃惊，这几年，为了不让他分心影响学习，我不停地给他打"预防针"，防止他早恋，想不到，这臭小子还是背着我暗渡陈仓。不过，他现在自己说出来，分明是在找老妈这个救兵，于是，我故意轻描淡写地说："这些都是你必须经历的，也是一种磨练，妈妈相信你一定能处理好！"

儿子笑了笑，说："妈妈，你记得馨雨吗？就是从小就和我一起上美术班的那个女孩。上个学期她告诉我，她爱我，把我吓坏了。"

接着，儿子给我讲他和馨雨的恋情，我静静地听着，没有打断他，后来，儿子又说："妈妈，女孩子真让人难以琢磨，有一次她说要把我的照片文在她的后背，我不同意。因为我也不知道自己会不会跟她走过一生，那太漫长了！"

这下我恍然大悟，原来那个浅紫，就是我儿子说的馨雨。我马上接着说："后来你们一起去拍了大头贴，她还给你绣了一幅十字绣，是不是？还不把十字绣拿出来，给妈妈欣赏一下？"

儿子惊奇地看着我，半天才说："妈，你是怎么知道的？"

我没有回答儿子的问题，也没说浅紫在QQ上跟我聊过，更不知道聪明的馨雨是怎么找到我的QQ的，我只是接过儿子递来的十字绣，忍不住赞叹："好漂亮！这两个在草地上嬉闹的娃娃，就是你和馨雨小时候的样子啊！"

儿子伤感地说："可她说她长大了，我们的感情结束了！"

我仍旧瞧着十字绣，说："是啊，这就像你们小时候，在一起开开心心地玩了一上午，然后该回自己的家了。好好保存这段情感吧，我的儿子，你知道怎么去做的！"

（题图、插图：田　红）

（本栏目欢迎来稿。来稿可从邮局寄发，也可从网上传递。如为电子邮件，请发以下信箱：zjw002@vip.163.com。）

口令 11

都说这世界千奇百怪，无奇不有，其实，奇的背后，都有一个令人难忘的谜底。今天说的这件奇事，要从一个口令开始。

故事发生在1941年秋季，莫斯科东郊红军军犬部队驻地，这天夜里，士兵马特洛索夫出门小解，突然听到训练场上传来士兵安德烈的声音："阿尔法，口令11！"马特洛索夫好不奇怪，红军军犬部队的口令只有10个，从"口令1"到"口令10"，依次代表十项行动，哪来的"口令11"？安德烈到底在干什么？马特洛索夫禁不住哼了一声，心想，就你安德烈，能弄出什么新花样来？

也难怪马特洛索夫会这么想，这安德烈是队里有名的"孬兵"，他入伍不到两个月，竟然换了三支部队：先

是在装甲部队服役，一周后转调到步兵连，在步兵连他啥也不会，安德烈自己都不好意思，这才主动请求到了军犬部队。

不久，德军兵临莫斯科城下，莫斯科保卫战打响，军犬部队被派往前线。

这天，马特洛索夫、安德烈等几名战士在一处高地巡逻，他们每人牵一条军犬，成一路纵队前进。突然，安德烈牵着的军犬阿尔法停下脚步，发出"呜呜"的低吼，抬头一看，前方开过来一辆德军坦克，大家迅速卧倒，安德烈低声对身边的马特洛索夫说："把你的手榴弹给我。"马特洛索夫看了安德烈一眼，说："你疯了？我们的任务是巡逻，就凭我们几个，不可能干掉一辆德军坦克！"

安德烈一边解下自己身上的手榴弹，一边用不容置疑的口吻说："听我的，我有办法!"

马特洛索夫只好把手榴弹解下来。

安德烈飞快地把两人的手榴弹绑在一起，再绑在阿尔法背上，猛地拉开引线，低声喝道："阿尔法，口令11!"

马特洛索夫心中一个激灵：口令11?

阿尔法匍匐在草丛中，悄无声息地迅速向前爬行，接近德军坦克时，它突然一跃而起，飞快地钻到坦克底部，只听一声闷响，德军坦克的履带被炸断了，坦克上的德国士兵不知道发生了什么事，纷纷跳下坦克查看，几名红军战士迅速扣动扳机，将几个德国兵打成了筛子。

安德烈又从另一名战士手中接过一捆手榴弹，爬上德军坦克，掀开顶盖，猛地扔了进去，随着一声闷响，德国坦克变成了活棺材。

经过这场战斗，安德烈成了战斗英雄，"口令11"也成了军犬部队的传奇。原来，安德烈每天晚上悄悄训练阿尔法跑到德国坦克底下，"口令11"代表着一个全新的指令——爆破。

彼得连科中尉是军犬部队的指挥官，他趁热打铁，命令安德烈组建一支反坦克军犬分队，用军犬对付德军坦克。不久，这支反坦克军犬分队被调到最前线，直接对付德军的装甲突击集群。

这天中午，大批德国步兵在三十多辆坦克的掩护下，向红军防线推进，德军坦克越来越近，到了有效距离，彼得连科中尉给安德烈发出命令："行动!"安德烈和战友们一起，迅速点燃绑在军犬背上的炸药包，一指前方的德军坦克，喝道："口令11!"

顿时，二十多条军犬猛地跃出战壕，直扑德军坦克。这时，德军坦克上的机枪手也发现了红军军犬，密集的机枪子弹对着这些军犬猛扫，反坦克军犬从没见过这种阵势，吓得停下脚步，掉转身子，向红军这边的战壕跑过来。

安德烈叫声"不好"，连忙跃出战壕，冲着军犬大叫："口令11!口令11!"

这时，已经吓破了胆的军犬根本听不进任何指令，它们背着"滋滋"冒烟的炸药包，没命地往回跑。

无奈之下，彼得连科中尉端起冲锋枪，朝着跑回来的军犬一通扫射，军犬一只只倒下，与此同时，这些军犬背上的炸药包接二连三地爆炸了……

这场战斗损失了二十多条军犬，还险些造成整个红军防线的崩溃。彼得连科中尉被上级叫去骂了个狗血淋头，灰溜溜刚回到部队，安德烈就找来了，没等他开口，中尉就冲他骂开了:"你是不是觉得闯的祸不够大？又来请求再试试？上头说了，停止军犬反坦克作战训练！"

安德烈急忙说："中尉，不能停！我知道问题出在哪里……"

彼得连科中尉瞪着眼，朝安德烈喝道："执行命令！"

安德烈倔强地挺直脖子，大声说："我已找到了解决方案，如果再失败，我愿以生命赎罪！"

中尉终于被安德烈的决心打动了，他连夜起草了一份报告，报送上级，终于，上级同意重启军犬反坦克训练。

训练仍旧由安德烈主持，他在训练场上挂上一只大喇叭，模拟各种战场环境，以及各种意外情况……

不久，莫斯科保卫战以苏联红军的胜利而告终，反坦克军犬部队又赶往斯大林格勒，再次出现在战斗第一线。

这天，数百辆德国坦克组成队形，直扑红军阵地，后面跟着漫山遍野的德国步兵。

安德烈趴在战壕里，看得好不惊心：反坦克军犬分队只有三十多条军犬，即使每条军犬炸毁一辆德军坦克，也无法阻止这样一个坦克集群啊！

这时，彼得连科中尉弯腰跑过来，指着一辆满是天线却没有炮管的德军坦克，对安德烈说："这是德军的指挥坦克，干掉它，他们的坦克集群就没有大脑了！如果再炸掉十来辆坦克，他们就会溃败……"

安德烈点点头，拍拍身边的军犬，轻轻地说："德尔塔，这回全靠你了！"

很快，德军坦克进入有效距离，安德烈指着德军指挥坦克，高声喝道："德尔塔，口令11！"

军犬德尔塔得令，马上闪电般跃出战壕，直扑德军的指挥坦克。与此同时，三十多条反坦克军犬也跃出战壕，各自瞄准一辆德军坦克，直扑过

去。

突然，德军坦克集群后面蹿出一大群狼狗，安德烈惊骇地发现，那是德国军犬!原来，德军装甲部队见识过红军反坦克军犬后，也训练了一批军犬，在战场上对付红军的反坦克军犬。

刹那间，苏德双方几十条军犬咆哮着纠缠在一起，相互厮咬，但很快见了高下，红军军犬多为高加索犬，德军军犬则是清一色的德国牧羊犬。高加索犬在扑咬能力上本来就不及德国牧羊犬，再加上身负几公斤烈性炸药，很快就处在下风，有几条反坦克军犬被德国牧羊犬咬断了喉管，剩下的反坦克军犬还在苦苦支撑，它们背上的导火索已经烧掉了一大半，再不摆脱纠缠，将很难冲到德军坦克下面。

这时，安德烈突然从战壕中站起来，他端着步枪，瞬间两个点射，围攻德尔塔的两条德国军犬便应声倒地，已经负伤的德尔塔拖着一条伤腿，迅速钻进德军指挥坦克的底部，只听"轰"的一声巨响，德军指挥坦克被炸得在空中翻了个身子，仰躺在地上……

紧接着，安德烈弹无虚发，朝着德军军犬一枪枪射过去，一条条德军军犬应声倒下，脱离纠缠的红军军犬驮着炸药包，直扑德军坦克，在一阵阵轰隆隆的爆炸声中，一辆接一辆的德军坦克瘫痪了，失去指挥的德军坦克阵形大乱，彻底暴露在红军的炮口下，很快便损失过半，剩下的只好匆匆撤退，红军发起反冲锋，德军溃不成军。

安德烈又一次成为战斗英雄，这天晚上，彼得连科中尉把安德烈叫到办公室，问道："你以前在步兵连啥也不会，这次怎么突然变成神枪手了？"

安德烈嘿嘿一笑，说："其实，入伍前我是名非常出色的猎人……"

接着，安德烈说出了心底的秘密：他原本是高加索地区的一名猎人，有一天他打猎回来，亲眼看到德军包围了他的村庄，把村民集中到一块空地上，用坦克把全体村民活活碾死。从此，他恨透了德军坦克，参加红军时，先是谎称会开拖拉机，得以进入红军装甲部队，但根本没有机械操作经验的安德烈很快被转调到步兵连，这时，他听说红军有一支军犬部队，立刻有了新的想法，想训练军犬对付德军坦克，于是，枪法精准的安德烈故意伪装成一个"莽兵"，不懂操练，实弹射击全部脱靶，然后主动申请进入军犬部队……

彼得连科中尉得知安德烈的经历后，感叹说："是德国鬼子播下的仇恨，催生了这样的传奇！"

（作者：侠　名；推荐者：蓝昌科）

（题图、插图：张恩卫）

早就知道了

□ 王建华　搜集整理

秀才奇遇

故事发生在明朝永乐年间的砀山县。

盛夏季节，天气异常闷热，一个叫李乾坤的年轻秀才行走在通往京城的驿道上，热得汗流浃背。这时，天上突然涌出一大片乌云，李乾坤这才松了口气，想到马上就要下雨了，他加快步伐，想赶到前面的村庄避避雨，在经过一个打麦场时，他看到有户人家正在场上晒麦子，好不奇怪，就问一位在场上忙碌的壮汉："马上要下雨了，你们怎么不收麦子，反倒晒麦子？"

壮汉回答说："我也知道要下雨，可东家就是要我晒，他说，趁这会凉快多干点活，等一会太阳出来了，又

会热得受不了！"

李乾坤一听就笑了，说："你们东家莫不是有病？难道不怕雨把麦子淋了？"

壮汉哈哈大笑，说："年轻人，你太不知道我们东家了，他可不是一般的人，我们不知道的事，他早就知道了！刚才我们东家说了，过会下的是雷阵雨，但只下在路东，路西却是晴天。"

李乾坤根本不信壮汉的话："你们东家有这么大的本事？"

壮汉说"你要是不信，就在这儿等着瞧，一会就明白了！"

李乾坤的好奇心被壮汉勾起来了，他干脆不去避雨，就站在晒场旁，准备看一场好戏。

不一会，一场雷阵雨果然下了起来，雨水像长了眼睛一样，将瓢泼大雨全下在路东，路西却一滴未下。不一会雨过天晴，太阳又火辣辣地出来了，正适合晒小麦。

李乾坤惊呆了，他没想到世上竟有这样的奇人，心中顿生敬佩之心，连忙问壮汉："你们东家是谁？真是了不起，我想去拜访他！"

壮汉得意地指指前面，说："我东家名叫邵康，你看见前面那棵大杨树没有？他正在树下歇凉呢！"

李乾坤顺着壮汉的手指望去，前方果然有一棵大杨树，大得五六个人串起都抱不拢树身，足有三四丈高，树阴能容几十人歇凉。谁家要是有这么一棵大树，那定是树大根深，家业兴旺。树下躺着一个七十多岁的白胡子老头，手里拿着把蒲扇，正躺在睡椅上闭目养神。

李乾坤连忙赶过去，隔着老远便躬身施礼，大声说："学生拜见邵老先生！"

邵康好像听见了李乾坤的话，慢悠悠坐起来，却又转过头看着大树，大声说："这棵树是我邵康的！"

李乾坤以为他没听清，又向前走了一步，还是大声说："学生拜见邵老先生！"

邵康依然面朝大树，声音更大了，却还是说："是的，一点不假，这棵树就是我邵康的！"

李乾坤想，可能邵康年纪大了，有点耳背，于是又向前走了一步，几乎是吼着说："学生拜见邵老先生！"

邵康还是不接李乾坤的话，依旧说："是的，这棵树绝对是我邵康的！我这有买树留下的字据！"

李乾坤终于失望了，心想，如果这邵康不是耳朵背，那就是脑子有毛病，没办法跟他说话了，他无奈地摇了摇头，继续赶路。

山间留书

这李乾坤也是个能人，不久就中了进士，三年后，正好被派到砀山县当县令。他是个清官，为了体察民情，经常一个人外出，微服私访。这天，他又微服私访到一个镇子上，走得很累，看到山上有间果农搭建的小屋，已经好久无人居住，便走进小屋，在床上刚躺下，突然进来一个人，问："你是李乾坤吗？"

李乾坤大吃一惊，没想到在这乡间还有人知道他的名字，就答道："是啊，你怎么知道我是李乾坤？"

来人递过来一封信，说："这是邵康半年前留给你的，他要你现在就看！"说完，就转身走出了小屋。

一说邵康，李乾坤马上想起三年前不答话的怪老头，他捻了捻书信，竟然没有打开，再一看，这封信已放了好久，好不容易打开第一页，上面写了六个字：出门再看下面！

李乾坤知道邵康是个奇人，就按信上说的走到屋外，打开第二页，上面也写着几个字：往前走三步再看。

李乾坤心里嘀咕：莫不是邵康想见我？他往前走了三步，四面张望，连一个人影也没见着。

突然，李乾坤身后传来一声轰隆巨响，身后的小屋整个坍塌了，如果他晚出来一步，肯定会被压在下面。李乾坤吓出一身冷汗，顿时明白，这是邵康在救他，心里不觉涌出佩服、感激之情。

李乾坤回到县衙，稍作打点，准备前去拜访邵康，向他当面致谢，不想这时却来了一拨打官司的人，李乾坤不敢怠慢，只得升堂问案。

隐居奇人

打官司的两拨人都姓邵，一边是弟兄四人，派出的代表叫邵东风，另一边孤身一人，名叫邵东成。

邵东风抢先说："老爷，我状告邵东成，本来是我们家的大杨树，长在村口晒场边近百年了，他却硬说是他家的，死活不让我们砍。请大人明断。"

邵东成却说："那

棵大树是我爹买下的，历来就是我家的，怎么可以让你们砍呢？"

原来是一个砍树的小案子，李乾坤把惊堂木一拍，问："你们都说那棵大杨树是自己家的，可有证据？"

"有，有！"邵东风从怀里掏出一张发黄的纸条，递了上来。

李乾坤接过纸条，原来是一张证明，上面按着很多证明人的手印，就说："这纸上写得明明白白，证明那棵大杨树是邵东风家的！邵东成，你还有什么话说？"

邵东成大声说道："老爷，他那张证明是假的，我的那张证明才是真的，但他们兄弟仗着人多，硬把我那张证明抢走、撕掉了，请青天大老爷明查啊！"

李乾坤说："就算是撕了，碎纸片

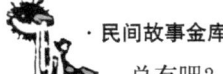

总有吧？你拿出碎纸片给我看看。"

邵东成气愤地说："碎纸片也让他们给吃掉了！"

邵东风连忙大声反驳："放屁！谁吃了你的证据？"说着，还暗暗伸出拳头，朝邵东成挥了挥。

邵东成可能被邵东风家的人打怕了，又拿不出证据，急得在堂上呜呜大哭起来。

邵东成这个大男人一哭，李乾坤看不下去了，他觉得邵东成有可能被冤枉了，这时，他突然想起邵康来，心想，我这不是正要去找邵康吗？到时问问他就明白了，于是一拍惊堂木，大声说道："此案暂且搁置，待本官拜访了邵康后，再作处置。"

李乾坤说完，正要起身离开，堂下的邵东成却哭得更厉害了，边哭边说："青天大老爷啊！先父就是邵康，他老人家去世已经半年多了。"

李乾坤不由得睁大了眼睛："什么，邵康就是你的父亲？他已经去世半年多了？"他好生惊讶，怪不得邵康留给他的那封救命信那么陈旧，原来是半年多前就写好了！

这时，他突然醒悟三年前在那棵大杨树底下，邵康为什么要对他连说三次"这棵树是我邵康的"，原来，今天这场官司，他早就知道了，邵康就是为了今天这场官司才说的那句话啊！那么大的一棵树，怪不得邵东风想霸占。于是，李乾坤重新坐回椅子上，一拍惊堂木，高声宣判："那棵大杨树，历来就是邵东成家的，邵东风兄弟不得侵占，否则，严惩不贷！"

邵东风兄弟一听，大呼冤枉，说："大人，那棵大杨树的确是我们家的，我们有证据呀！"

李乾坤一拍惊堂木，怒喝道"你们的证据是假造的，邵康三年前就亲口告诉本官，那棵大杨树是他们家的，还连说了三遍！"

这一来，邵东风兄弟全在堂下哑了口，他们万万想不到，他们还没有做的事，邵康三年前就知道了，并且做了安排。

这件事过后不久，李乾坤专程来到邵东成家，朝着邵康的遗像磕了三个响头，感谢他的救命之恩。这时，邵东成拿出一张纸，说："这是先父生前交代的，说你如果来这里，就让你看看。"

李乾坤打开一看，顿时吓了一跳：这张纸上没有一个字，只盖着一个鲜红的印信：军师刘伯温之印！李乾坤这才明白，这邵康不是别人，原来是大名鼎鼎的刘伯温，他帮朱元璋打下江山后，马上辞官不做，谁也没想到，原来他隐姓埋名住到了砀山乡间。

李乾坤面朝遗像，重新跪了下去……

（题图、插图：黄全昌）

58

算命，现在没人信的，但过去有人信，于是便有了这个故事。故事里的丈夫对妻子的爱，真个是感天动地，连天地都感动了，凡间的人哪能算得准命呢？

□ 杨名贵

人算天算全失算

必死之命

明朝嘉靖年间，青州府南流镇有个小村子，只有十来户人家。这天傍晚，有个过路人遇上大雨，就在村子一户人家屋檐下避雨，这户人家见天色已晚，雨又下得大，便留他在家里住了一夜。过路人第二天辞行时，见这家主人的孙子出生不久，便仔细瞧了瞧孩子的面相，又问了孩子的生辰八字，五根指头一掐，说："恭喜，恭喜！这孩子生的好命，将来非贵即富。"

这家主人好不高兴，一问，才知道过路人居然是名震青州的算命先生，名叫"阴阳笔"。说起阴阳笔，方圆百里，可说无人不知。为啥？一般算命先生只肯算贫富贵贱，没人敢下笔"批命"，判定某人活到什么时候。这阴阳笔却艺高人胆大，只要算命者有要求，他便敢提笔写下判词，卒于何年何月何日，说得一清二楚，被他批过命的人，从没有人能多活一天。

听说阴阳笔来了，全村男女老少都跑来请他算命，阴阳笔让村民把生辰八字写在纸上，他便一张一张算过去，算到一张女命时，阴阳笔手指一掐，心下一怔，以为自己算错了，又从头细掐了一遍，这才拿起这张生辰八字，问道："这张命是谁的？"

一个瘦小汉子站在人群外面，挤

不进来，只好伸着脖子应道"这张命是我老婆的，我叫王七——"

王七话没说完，阴阳笔便把这张纸递出来，说："这张不算。"

接着，阴阳笔一口气算了一个多时辰，把全村人的命都算完，拿起最后一张纸一看，还是刚才王七递的那一张，这时只剩王七一个人眼巴巴守在一旁，阴阳笔把纸往王七手里一塞，说："我说过了，这张命不算，你请回吧。"

阴阳笔算好命，辞别了主人，便继续往前赶路，没走多远，忽听后面有人追上来，喊道："先生，请留步。"

阴阳笔回头一看，还是那个叫王七的汉子。阴阳笔眉头一皱，问他有什么事。

王七问："先生，为什么别人你都肯算，却独不肯算我老婆的命呢？"

阴阳笔微微一笑，说："你想考我，已达目的，怎么还要纠缠？"

王七好生迷茫："考你？这话从何说起？"

阴阳笔嘿嘿笑道："我只算活命，不算死命！你想砸我的招牌，让我当场出丑，这番打算却落空了。我阴阳笔要是没有几分本事，怎敢给人批命？"

王七越听越糊涂，说："先生，求你说个明白！"

阴阳笔"哼"了一声，说："你给我算的命，那人早在三年前就去世了，是不是？想让我在阴沟里翻船？你也太小瞧我阴阳笔了！"

王七大吃一惊："这怎么会？她是我老婆，明明还活着！先生若是不信，可到我家里看一看！"

"不必了！"阴阳笔斩钉截铁地说，"这个人倘若还活在世上，我就把我的笔折了，从此不再给人批命！"

王七愣愣地望着阴阳笔，张口结舌说不出话来。

应死之人

阴阳笔在外面跑了大半年，这天回到青州，一放下行李，便出门去找好友喝茶。他走到城里最大的药铺"一把堂"前，抬头一看，不由得大吃一惊：药店门楣上挂着的那块金字招牌不见了。

一把堂的老板是青州最有名的郎中，人送外号"一把定生死"，不管什么病人，只要进了一把堂，经他一把脉，便能定生死。家属像对着菩萨那样，紧张万分地盯着他的嘴，倘若他嘴里说出"抓药"这两个字，那么病人就还有救；如果说的是"回去吧"，家属就不再浪费钱财，赶紧回家办理后事。现在是谁摘了他的金字招牌？

阴阳笔走进店内，见了一把堂，指指店门上方，一把堂脸上一红，说："招牌是我自己摘下来的。"

阴阳笔吃了一惊，忙问怎么回事，一把堂摇头叹道："唉，我做了一辈子郎中，从没出过差错，这回却栽了！"

一把堂说，几年前，有个乡下男人用独轮车载着个女人来看病，这个女人枯瘦如柴，身子僵硬，手脚皆不能动弹。一把堂给这女人号了半炷香的脉，终于把手一松，把男人叫到一边，低声说："回去吧！"

男人却不肯就此回去，求他无论如何开个单子抓服药，一把堂看他穿着，知道他是个贫苦农夫，叹了一口气，说："你老婆的病是治不好的，最多只能活半年，用不着再花冤枉钱了，还是省点钱下来，给你老婆买副好棺材吧。"

男人听一把堂这一说，痛哭不止，但坚持要抓药回家，一把堂拗不过他，只好按半价开给他两个月的药。

没想到那个男人不久又来了，说他老婆不肯来看病，想请一把堂上门。一把堂早已断定那女人无药可救，活不过半年，自然不肯去。

男人见一把堂拒绝，竟然跪在一把堂脚下，苦求不已。一把堂十分恼火，大声斥责道："我说过救不活便是救不活，就算你有千年灵芝，你老婆命也只能活半年。我若是说得不准，你就把我的招牌摘了！"

男人见一把堂把话说绝了，只好失望而归。谁知过了两年，那个男子竟然来一把堂抓药，一把堂还记得这男子，便随口问道："这回抓药给谁治病呀？"

男人说："还是给我老婆治，因为有两味药只有你这个大药房才有，这才远道赶来。"

一把堂半信半疑，派了个徒弟跟他回家，徒弟回来说，千真万确，两年前被师傅判定只能活半年的那个女人，到现在还活着。一把堂大为震惊，思来想去弄不明白，只好亲手把药店的招牌摘了。

不死之方

在家里住了月余，阴阳笔继续外

出算命，这天傍晚，他经过一个村子时，见天色已暗，正想进村找户人家借宿，这时一个农夫从地里回来，见了阴阳笔，忙说："这不是阴阳笔先生吗？"

阴阳笔一怔，仔细打量眼前的农夫，想起这人名叫王七，原来，这里是一年前阴阳笔避雨呆过的那个村子。

王七热情地说："时辰不早了，先生要是不嫌弃，就到我家住一夜吧。"

阴阳笔本不想去，但天色越来越暗，只好勉强答应。王七带他到了一座破旧的房子，阴阳笔还没进屋，就先闻到一股浓烈的药味。进去一看，灶上正熬着药，一个妇女坐在圈椅里，身子僵硬，脸上没有丝毫表情，似乎只有眼珠子还能动一动。阴阳笔看着这个妇女，心中突地一跳，问道："这位是——"

王七说："这是我老婆。"

"什么？"阴阳笔惊讶不已，说，"你——你找我算的——"

王七在一旁急得不行，朝阴阳笔直打眼色，阴阳笔这才住了嘴。

王七把老婆连人带椅抱进了里屋，出来低声说道："一年前我请先生算的，正是她的命。"

阴阳笔连连摇头，一个劲地说："怎么可能？这怎么可能？"

王七淡淡地说："一年前先生所言，我倒也没有特别奇怪，因为几年前为了治好她的病，我送她到青州城给一把堂看，一把堂也说她活不过半年，没办法救的。周围的人都以为她马上就要死了，只有我不信。"

阴阳笔大吃一惊，原来一把堂说的那个男人便是王七！

王七说，一把堂不肯再替他老婆看病，他就到处去请郎中，但所有的郎中都说救不活他老婆，他还是不相信，没有郎中肯看，他便自己学着给老婆治，有些郎中见他可怜，借了些医书给他。他没日没夜研读医书，遇有不懂的便到处请教，摸索着自己给老婆开药方，每煎好一服药，自己必亲自服过，无碍才敢给老婆喝。后来，他又自学针灸，也是先在自己身上试针，把全身的经脉穴位都摸通弄懂后，再天天给老婆扎针。这么些年下来，他老婆的病虽说没有好转，但一口气硬是撑到现在。

王七说到这里，脸上露出欣慰的笑容，说："一把堂说她活不了半年，后来您又说她三年前就该死了，但我硬是让她活到了现在！只要她有一口气，我就要给她治，总有一天，我要治好她的病，不枉我们夫妻一场！"

阴阳笔沉默半晌，仰天长叹："我只道命数天已注定，一丝一毫都改动不了，哪知人若不肯放弃，老天爷也会网开一面啊！"

说罢，他拿出自己那支"判官笔"，折为两截。

（题图、插图：黄全昌）

别碰老爷车

□ 李毓藩

不肯卖祖屋

上世纪30年代，武汉有个名叫陆家福的医生，为人厚道正直，向来与世无争，没想到却无端遇到了祸事。

这天，陆医生正在家里歇息，突然来了个不速之客，拿出五十两黄金，说是要买陆医生的祖屋，陆医生当即拒绝。来人顿时变了脸色，冷冷说道："我不过是个说客，想买你房屋的，不是一般的角色，按他的势力，善买和硬抢，其实是一回事，就凭你，能扛得过他吗？还不如拿了这些黄金，在武汉随便找个地方，置办一间大宅。"

陆医生气得浑身发抖，喝道："你、你给我快走！"

陆医生的祖屋是一套旧宅，位于长江边一座名叫玉皇引的小山顶上，平时生活颇为不便，真想不到竟有人肯出五十两黄金来购买，他四处一打听，总算弄明白了，原来，前不久有个非常有名的风水先生，说玉皇引是潜龙卧虎的风水宝地，居住此地，肯定大富大贵。

陆医生向来不信风水之说，但祖屋凝聚着先人血汗，说什么也不能在自己手里卖掉！

过了没几天，这天一早，陆医生在经过一处十字街口时，发现绿灯亮了，有辆轿车却不启动，任凭后面的车子将喇叭按得山响，仍是一动不动。凭着职业敏感，陆医生感觉那辆轿车里有事，上前一看，车上有位肥胖的中年人，正仰靠在驾驶座上直喘粗气。陆医生连忙打开车门，一搭脉搏，便知中年人发了急病，连忙紧急救治，又召来救护车，将这个人送到

他所在的医院，经过一番细致的检查治疗，这个人没过多久便病愈出院。

这天，陆医生正在家里休息，忽听门外一声喇叭响，一看，一辆轿车停在门外，车上走下一个人，正是那天在十字街口发病、被他抢救过来的中年人。这中年人名叫孙大虎，不知做何营生，只知他爱开着车子到处乱跑。他开的轿车也很特别，是市面上早已淘汰的老款车型，人称老爷车。陆医生连忙出来，将孙大虎迎进家里。

麻烦找上门

孙大虎先是感谢陆医生的救命之恩，接着又问自己的身体状况，陆医生不厌其烦，一条条向孙大虎细细叙说，正在这时，屋外突然传来一阵稀里哗啦的巨响，陆医生抬头一看，三个长相凶恶的家伙，正抢着棒子，一下一下地猛砸孙大虎开来的那辆老爷车。陆医生顿时涨红了脸，猛地站起身来，正要出去理论，孙大虎却像没事人一般，拉着他重新坐下，慢条斯理地说："陆医生，我的对手我都知道，这三个人不像是冲着我来的，你是不是惹了什么麻烦？"

陆医生叹了一口气，说"我这样的人哪会去惹麻烦？只不过前几天有人要出五十两黄金买我这祖屋，我没卖，估计这几个家伙是来做给我看的。"

孙大虎皱了皱眉头，说："五十两黄金，那个人出的价可不低啊！"

陆医生说："他硬说这里是块风水宝地，真是荒唐！"

孙大虎点了点头，说"原来是这么回事，你放心，这事我来摆平！"说完，他站起身，走出屋外，猛地咳了一声，大声说："各位兄弟，我这辆老爷车，可经不起你们这一砸啊！"

领头的是个大高个儿，听了孙大虎的话，禁不住哈哈大笑，顺手对着老爷车又是一棒子，说："经得起要砸，经不起也要砸。今天先砸车子，明天再来拆房子。给脸不要脸，老子就拿他的脸来擦屁股！"

孙大虎跟着也哈哈大笑，竟然跷起大拇指，说："好大的气派！不过，我的老爷车给你们砸了，这手续费可不能省，也不多要，你们就给一百两黄金吧！"

三个人一听这话，像见到活宝似的，全都看着孙大虎，一齐哈哈大笑起来。

孙大虎也是微微笑着，突然从口袋掏出个哨子，猛地吹了一下，这哨声好不锐利，锥子一样刺得人耳膜生疼，不一会，一辆车身锃亮的福特轿车鸣着喇叭，呜呜叫着冲上了玉皇引，车上迅速跳下四个壮汉，手提驳壳枪，奔到孙大虎跟前，大声说："孙爷，哪个王八蛋在这里撒野？"

孙大虎还是微微笑着，朝刚才那三个人努努嘴，说："你去给这三个兄弟上上课，教他们一点规矩。"

四个大汉得令，马上一转身，打开驳壳枪的扳机，指着这三个人，刚才还耀武扬威的三个人立时蔫了，双膝一软，齐刷刷跪在孙大虎跟前。领头的壮汉将驳壳枪放到左手，抡起右手，朝着三个人的脸就扇了下来，只听一声接一声脆响，三个人脸上顿时像开了颜料铺子，肿得像茄子，一个个像被杀的猪一样，一声接一声地惨叫、哀求。陆医生在一旁看得实在不忍心，就对孙大虎说："够他们受了，罢手吧！"

孙大虎"哼"了一声，那壮汉立时就住了手。那三个人又是磕头如捣蒜，连声感谢孙大虎不打之恩。孙大虎冷笑一声，缓缓问道："你们把我的车砸了，我怎么回去呀？"

领头的连忙说："我们这就去叫顶轿子来，把您老人家抬下去。"

孙大虎缓缓说："我从来不坐轿子，就爱坐这老爷车。这样吧，我还是坐在老爷车里，你们连车带人把我抬回去得了。"

天哪，光这车少说也有两三千斤，再加个孙大虎，这三个人如何抬得动？三个人只得朝着孙大虎一个劲猛磕头，孙大虎突然大喝一声："真是一帮蠢驴，你们抬不动，不会叫你们老板亲自来呀？到了这个时候，他难

道还想躲着我？"

这三个人得了指令，连忙派个人回去送信。没多大工夫，便见一个戴金丝眼镜的带着四五个人，急匆匆走上玉皇引，一上来就向孙大虎行躬鞠大礼，连连赔罪，说："我手下的没长眼睛，竟然惊扰了孙帮主，该死！该死！"

孙大虎又哼了一声，说："冲着陆医生的面子，我就不难为你了。明天你带上砸车的手续费，到司门口的中华饭庄摆一桌，这事就算过去了。陆医生，明天那个饭局，你可一定得来，看他们以后还敢惹你不！"

陆医生眼看着金丝眼镜带着七八个手下抬着孙大虎的老爷车，让孙大虎坐在车里，一晃一晃地下了山，不禁叹道：真是恶人更有恶人磨啊！

露出真面目

第二天，金丝眼镜果然在司门口中华饭庄摆了一桌压惊酒，陆医生也应邀到场。金丝眼镜不住地打躬作揖，说了数不清的好话，最后打开一个布包，将包着的十根金条齐刷刷堆在孙大虎跟前，孙大虎这才端起杯来，跟金丝眼镜干了一杯酒。按照江湖规矩，这杯酒一喝，昨天砸老爷车那件事就算过去了，谁也不能再提，金丝眼镜看着孙大虎干完了杯子里的酒，这才松了口气，像是捡回了一条命，带着手下连滚带爬地走了……

桌上只剩孙大虎和陆医生了，孙大虎朝陆医生笑笑，说："你可以放心了，以后就是再借他们几个胆子，他们也不敢惹你了！"

陆医生怔怔地坐着，也不知为什么，感谢的话硬是说不出口。

孙大虎看了看陆医生，干笑两声，突然将面前的十根金条推到陆医生面前，说："你那祖屋，我也想要。这一百两黄金，比那个眼镜的出价多了一倍，你就收下吧！"

陆医生大吃一惊，忍不住问道："你怎么也想要我那祖屋？"

孙大虎哈哈一笑，说："我明人不做暗事，实话跟你说吧，昨天我连夜打听了好几个风水高手，都说你家那儿的风水，好得不得了！"

陆医生看着孙大虎，一句话也不说。

刚才威风八面的孙大虎，现在却不敢正视陆医生的眼睛，他呆坐了一会，站起身，头朝窗外，缓缓说道"这两天的事你也见了，你那祖屋，我是真想要，你再想想吧！"说完，起身转头就走了。

陆医生终于架不住这些一个比一个凶狠的恶人，只好卖了自己的祖屋，悄然离开了武汉，谁也不知他去了哪里。

得到玉皇引这块风水宝地的孙大虎也没得到什么好，因为没过几年，日本鬼子发动侵华战争，占领武汉，拆了玉皇引上的房屋，在那里建起了炮台。又过了几年，武汉解放，人民政府将玉皇引建成了公园，曾经不可一世的孙大虎，连怎么死的，也没有人知道……

（题图、插图：佐 夫）

您手中有没有得意之作？本刊辟有二十多个原创性栏目，如中国新传说、我的故事、情感故事、16岁故事和中篇故事等；您读到或听到什么有趣可以和大家一起分享吗？3分钟典藏故事、第一推荐和快乐辞典等都是本刊推荐性栏目。热忱欢迎来稿，本期责任编辑信箱：zjw002@163.vip.com。

· 法律知识故事 ·

犯什么罪
判什么刑

□ 范大宇

提起刘大炮，那可是十里八乡的能人。从去年开始，他瞄上了一个无本万利的生意：挖永定河河床上的沙子卖钱。一到晚上，他就让雇来的司机一趟又一趟地运沙子，短短几天，刘大炮就运来了四千吨左右的河沙。看着那小山似的黄灿灿的沙子，刘大炮笑得合不拢嘴了。这就是钱啊！四千吨，能卖二十八万多块钱呢。

当然，刘大炮知道挖河沙不是什么光明正大的事儿。那河床上立着好几十块牌子，上面写着："禁止采沙！"但刘大炮想，这么多的沙子，这么辽阔的地界儿，谁管得过来呢？

但还真有人管。这天半夜，刘大炮的四辆运沙车满载着沙子刚刚驶上公路，就被守候在那里的警察抓住了。刘大炮得到消息，马上跑到河北承德一个远房表姨家，提心吊胆过了三天，他老婆找来了，说公安局把他列为网上逃犯，他要是再不回去自首，就没踏实日子过了。刘大炮思前想后，随老婆回家自首了，他又在警察的监督下，把那四千吨河沙起出来，回填到了永定河河床上。于是，公安局对刘大炮采取了"取保候审"措施。

刘大炮到这个时候，想到了事情的严重性，他去找律师咨询。那律师一二三四问了个底儿掉，然后很严肃地说："这事你难逃牢狱之灾。"

经过调查、取证、核实，刘大炮被公诉了，一审法官认为：刘大炮无视国法，盗挖国有财产，主观上有非法占有的目的，客观上符合秘密窃取

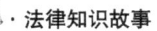

的特征，已经构成盗窃罪，且数额巨大。好在刘大炮事后认罪态度好，又积极退回了河沙，但只能在量刑时适当考虑减刑，最后判决刘大炮有期徒刑七年，并处以罚金六千元。

这时，法官问他上诉不上诉？刘大炮心说，我是盗窃了河沙，这刑判得挺实在，律师刚要说什么，被刘大炮一句话挡了回去：不上诉了。

刘大炮被收了监，那律师又到监狱找到他，希望他在规定的时间内上诉。律师说："你这个刑判得不对，你不应该是盗窃罪。"刘大炮一听，忍不住笑了，说："我偷河沙，不是盗窃是什么？亏得你还是个律师呢！"

那律师却不恼，一一给他分析：你虽然盗挖了河沙，但河沙是矿产资源，而不是国有资产，也就不适用以盗窃公私财物的刑法条文来对你定刑。刘大炮眨巴眨巴眼，问："我偷河沙不算偷，那算什么？"律师说："你这个行为应该属于非法采矿罪。"刘大炮长叹一口气，说："嗨！你绕了半天，还不是一回事儿吗？"

这个律师真是个经验丰富又有责任感的好律师，他耐心地为刘大炮解释，最后肯定地说："盗窃罪和非法采矿罪在量刑上差别很大。"

刘大炮一听，感到自己有了希望，就全权委托律师为他上诉申辩。

律师在刘大炮的二审法庭上据理力争，说一审适用法律有错误。刘大炮虽然有罪，但是他的罪不适用刑法264条的盗窃罪，而应该是刑法343条的非法采矿罪，应该依法予以纠正。刘大炮这才知道，盗窃罪数额特别巨大的，应处以十年以上徒刑或无期徒刑，而非法采矿罪最多只能处以三年以下有期徒刑。法院最后采纳了律师意见，以非法采矿罪改判刘大炮有期徒刑三年，并处罚金三千元。

刘大炮听了判决，就像捡了个大便宜似的，咧着嘴直笑。虽然仍然有罪，但是刘大炮心服口服，他感激地对律师说："看来，请不请你真的大不一样。我今后一定好好学法，不再干违法的事儿了。"律师说："我们的工作就是为了法律的公平与正义，让犯罪的人'罪行相适应'、'适用法律一律平等。'"

律师点评：

一般来说，由于犯罪人侵犯客体不同，会导致量刑上的差异。盗窃罪侵犯的客体是公私财物，如盗窃数额特别巨大，则刑期在十年以上或无期徒刑；而非法采矿罪侵犯的客体是矿产资源，则刑期在三年以下。《犯什么罪判什么刑》这个故事中，刘大炮的辩护律师就是把握住河沙属于矿产资源而非国有资产，成功维护了委托人的合法权益。

（题图：刘斌昆）

真正的朋友

□ 原著：〔日〕滨田广介

不知道是哪儿的一座大山，山崖下有一所房子，那儿住着一个红鬼。红鬼的外貌挺吓人，但他的内心却十分善良，他有一个愿望，就是和人类成为好朋友。这天，红鬼在自己家门前竖起一块告示牌：

这是心地善良的红鬼的家，

欢迎大家来做客。

这儿有美味的点心，

还有热茶招待大家。

第二天，一个樵夫从红鬼的房子前路过，看到了告示牌，感到非常奇怪：鬼怎么会立了告示牌呢？是不是想把我们骗进去吃了啊？

樵夫回到村里，把这事告诉了大家，大家都说："啊呀，还好你没进鬼的屋子，一定是骗局，真危险啊！"

这事很快传开了，以后村里的人再路过那里，看到告示牌，都头也不

回，匆匆忙忙地朝山下跑去。

红鬼透过窗子看到这一切，感到非常失望，他抱怨地把目光转向自己立起来的告示牌，说："立了牌子也没用，即使天天做点心、烧茶水，也不会有谁来玩。真是白费劲儿，太气人了！"他伸手把牌子拔出来，"砰"的扔在地上，然后用力踩了几脚，木板"嘎巴"一声就裂开了。

正在这时，一位客人突然来到了红鬼家门前。说是客人，其实也不是人类，他也是个鬼，是红鬼的好伙伴——青鬼。

这个青鬼住在很远很远的深山里，这天早晨他从家里出来，驾着云朵落到这座山上。青鬼看到红鬼正在大发脾气，担心地问："你怎么了？这种野蛮的事情可不像你能干出来的呀！"红鬼就把自己为什么生气一五

一十地向青鬼讲了一遍。青鬼听了，点点头，说："原来是这么回事呀！我可不想看到你这么苦恼，回头我到山下的村子里去一趟，好好闹腾闹腾。"红鬼一听，有些慌了，急忙说："别……别开玩笑了，我已经不生气了。"

青鬼狡黠地笑了笑，说"不是玩笑，你听着，我有个主意——在我闹腾得正起劲的时候，你突然出现，然后按住我，朝我头上狠狠地揍几拳。这样一来，人们就信任你了。"说完，青鬼拉起不想动身的红鬼的手，朝山

下走去。

到了山脚下的村庄，青鬼拔腿就朝一座屋子跑去，他一边用力踢门，一边大声喊："我是鬼，快开门！"

屋子里，老爷爷和老奶奶正在吃午饭，大中午的，突然看见鬼站在门口，吓得魂不附体："鬼，鬼来啦！"两人一同从后门逃了出去。

青鬼没有去理睬跑开的老爷爷和老奶奶，他进屋后见啥摔啥，锅碗瓢盆扔了一地，还翻跟头、拿大顶……

这时，红鬼气喘吁吁地跑了进来，握紧拳头大声喊着："你这坏蛋！"揪住青鬼，对着他那硬邦邦的脑壳"砰"的就是一拳。青鬼缩着脖子，小声说："你继续使劲打吧！"

于是红鬼就"噼啪咔嚓"地打了起来。村里人都躲在暗处，提心吊胆地瞧着这边，他们可不知道，这时青鬼正在小声地叮嘱红鬼："不够劲！再狠点揍！"

红鬼轻声说："行了，你快跑吧！"

"好，那我就跑啦！"青鬼从红鬼的胯下钻出去跑开了，他装作惊慌失措的样子，刚要出门，又故意把头撞到门框上，谁知用力过猛，疼得青鬼直叫："哎哟，好疼！"

红鬼顿时一惊，急忙跑过来问："阿青，让我看看，疼得厉害吗？"

青鬼没想到会把自己青青的额头再撞出个大青包，他一边揉着头一边跑开了。村民们被这个场面吓得目瞪口

70

呆,在后面眼看着两个鬼跑出了村子。

等两个小鬼的影子都已经远远地消失了,人们才开始互相议论起来:"这到底是怎么回事儿?我还以为鬼都是些野蛮的家伙呢。"

"那个红鬼和别的鬼不一样。"

"对,一点不错!由此看来,那个红鬼还是挺善良的。"

"是吗?这么说,咱们还是赶紧到他那儿去喝茶吧!"

人们就这样你一言我一语嚷开了,村里的人们都放心了,当天就有好几个人进山了。大家站在红鬼的屋门前,轻轻地敲着门,红鬼听到敲门声,便一跃跳到门外,满面笑容地把大家接进客厅,送上香喷喷的茶和好吃的点心,在场的人还没有谁品尝过这么好吃的东西呢!回到村里以后,人们对红鬼的盛情款待赞叹不已,从此,大家就经常三五成群地到红鬼家去作客。红鬼终于和人类交上了朋友,他再也不像以往那样孤独了。

可是,日子一天天地过去了,红鬼觉得好像缺了点什么,喔!他想起来了,是青鬼——他最亲密的伙伴青鬼,自从那天分别以后就再也没来过。

"他怎么样了呢?是不是伤还没好?那天他故意把头撞到门框上,伤得可不轻啊!不行,我得去看看他。"

于是,红鬼翻山越岭来到青鬼的住处,却见房门紧紧地关闭着,正在犹豫的时候,突然发现门旁贴着一张纸条:

红鬼朋友,希望你永远诚实地同人们亲密交往,愉快地生活下去。近期我不能到你那里去了,如果我继续和你来往,人们会对你产生怀疑的。我决定出去旅行,也许这次旅行的时间会很长,但我永远不会忘记你。再见,望你保重身体。

——你的好朋友:青鬼

红鬼默默地看完这张纸条,又反复看了好几遍,他想到这些天,自己忙着招待人类朋友,竟不知不觉忘了青鬼,不禁扑到门上,抽抽嗒嗒地哭了起来……

银手指点评:看完故事,印象最深的是结尾那张贴在门上的纸条。

故事的结尾有多种方式,最常见的是"句号式的结尾",像这则故事,如果在冲突结束之后平稳地打上句号,以"红鬼终于和人类交上了朋友"收尾,故事结构也算完整,但作者没有就此满足,他在结尾荡开一笔余澜,青鬼不求回报地默默离开,红鬼看到门上的纸条后痛哭失声,读至此,读者也不禁百感交集,这样的结尾,可以称之为"省略号式的结尾"。

此外,故事还有把高潮和结局合而为一的"惊叹号式的结尾",有预示着新行动新冲突的"问号式的结尾",如果有兴趣,大家在写作时不妨试试。　　(题图、插图:佐　夫)

一个聪明人倒下了，又一个聪明人跟了上来……聪明人的对手是谁？

花香袭人

□江四来

1. 生意上门

明朝万历年间，河北定县汇村镇有个孤老，名叫张更，以种花为生。

这天早上，一个汉子来到汇村，找到张更，说："我是郭府的，叫郭福。"

张更一听，吃了一惊，说起定县郭府，方圆百里可说是无人不知，郭府主人郭守成原是朝廷大员，告老还乡后，在定县建了好大一处宅院，人称郭府。郭守成门生故旧满天下，连定县现任县令许崇都是他门生的门生，对他言听计从。想不到，郭府竟然会来找他这个孤老头子。

郭福见张更还在发愣，禁不住微微一笑，又说："听说你花种得很好，我们家半个月后有一桩大喜事，需要很多花草布置庭院。"

原来是这样，张更松了一口气，说："眼下是秋天，百花凋谢，只有菊花盛开。"

郭福一听就连连点头，说："不错，我家老爷最爱的就是菊花，你种的所有菊花，我们全要了，但你要让这些菊花在半个月后开得最为灿烂。"

张更说："我老汉吃的就是这碗饭，保证让所有菊花在半个月后盛开！"

郭福很是满意，当场便付了二十两银子，作为定金。

转眼过了半月，约定送货的前一

天，郭福又来了，看到张更种的菊花怒放成金灿灿一片，连连点头，说："很好！明天中午之前，你把这些菊花亲自送到我们家，摆在我们庭院里。明天我还有事，就不来了。"说完，掏出一锭银子，说是搬运之资。张更好不高兴，连连说："明天中午我一准送到。"

郭福一走，张更就开始忙起来，他雇了十辆大车，第二天天不亮，就指挥人手把菊花装上雇来的大车，浩浩荡荡地朝郭府驶去。

不一刻，一行人来到郭府大院门口，门丁拦住车队，张更连忙上前，说是郭福订的鲜花，一位门丁说："好一个管家，只知道讨好老爷，连送花到府这样的事也不通报一声。"另一位门丁说："管家陪着老爷正跟许崇在外面喝茶，明天就是老爷的生日，还是让他们进去布置起来吧。"于是，两位门丁让张更带着车队从侧门进去。

进了郭府大院，张更指挥众人将菊花卸下，摆在庭院每个角落，正厅门口，还用菊花摆了个大大的"寿"字。摆设完毕，张更看到郭府整个庭院全是鲜艳怒放的菊花，金灿灿的都能晃人眼睛，好不喜庆，禁不住点了点头。

这时，大门外传来门丁的大喝："老爷回府！"

一时间，府中正在忙活的佣人纷纷停下手中的活计，分成两排站在甬

道两旁，恭迎老爷回府，张更与手下人等来不及回避，也站在边上，迎候郭家老爷郭守成。

一顶八抬大轿被抬进庭院，居中停了下来，四名皂衣家丁立在轿子两旁，一个中年汉子掀开轿帘，一位发须皆白的老人从轿里缓缓探出了身子。

这老人走下轿子，突然停下来，睁大眼睛朝整个院子张望一番，猛地浑身一颤，剧烈地哆嗦起来，两眼往上一翻，仰面倒下……

现场顿时一片哗然，刚才掀轿帘的那位中年汉子连忙冲上前，扶起老人，伸手探了探老人的鼻息和脉搏，发出一声惊叫："老爷——老爷他归天了！"

张更大感意外，正要领着手下告辞，这时，那个中年人指着满院的菊花，大声问道："这些菊花是谁弄来的？"门丁战战兢兢指着张更，说："他——"

中年人指着张更，喝问："谁让你送这些菊花来的？"

张更吓坏了，结结巴巴地说："是贵府一个叫郭福的人。"

中年人大怒，说："一派胡言，跟我见官去！"

中年人一挥手，便上来两个家丁，架起张更，带到了县衙，张更一进县衙大堂，两条腿就直打哆嗦，不由自主地跪了下去，只听旁边的中年

人向堂上的县令许崇禀告道："在下郭府管家郭福，告此人擅闯郭府……"

张更听他自称郭福，大吃一惊，猛地抬起头来，大声说道："你——你怎么——是郭福？郭福——不是你！"

许崇一拍惊堂木，喝了声"大胆"，止住了张更的话头，对中年人说："郭管家，你且如实道来！"

郭福向许崇行了一礼，说"我家老爷闻不得花粉的味道，一闻到就喘息不止，会有性命之忧，所以府中从来不摆放花草。想不到，此人今天竟然运来十大车菊花，摆满我家庭院，

我家老爷一回家，便受惊过度，突然辞世了……"

许崇大感意外，说："郭大人过世了？他上午还与本官一起喝茶聊天呢！"

一旁跪着的张更已经吓个半死，喊道："老爷，冤枉啊！我不过是个种花为生的庄户人，怎么会起心思去害郭大人？"接着，他将那位自称郭福的人买花的经过说了出来。

许崇沉吟片刻，说："先去看看郭大人再说吧。"

许崇带着一干人等来到郭府，这时郭府正在忙着搭建灵堂，郭守成的长子郭长清正跪在郭守成遗体旁哭泣，他见许崇来了，连忙起身迎接，许崇朝他点点头，朝着郭守成的遗体行了跪拜大礼，便起身查看郭守成的尸体，因死亡时间不长，郭守成仍是双目圆睁，嘴张得老大，样子很是恐怖。许崇问郭长清："家里还有谁知道郭大人闻不得花粉？"

郭长清拭了把眼泪，说："此事家父特别关照过，所以除了我与郭福之外，其他人并不知情。想不到那个卖花的老头竟然利用家父的这个病症，谋害了家父！"

2. 不速之客

许崇摇摇头，说："他不过是个种花的老头，怎么会知道郭大人这种病症？再说，他也不可能知道你和郭管

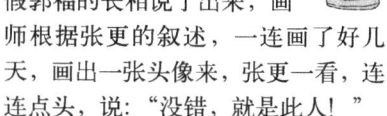

家上午都不在家，然后趁机在庭院摆满菊花。依我看，这事不会这么简单。"

郭长清连忙点头，说"一切听凭大人做主。"

许崇看了一眼郭长清，又看了看郭福，说："老爷并非死于花粉之症！"

郭福大吃一惊，忙问："这是为何？"

许崇说："花粉之症多发于春天百花盛开之时，引发哮喘，不能呼吸，最后导致死亡，所以死者面部常有青紫之色。我看老爷面部神态，分明是惊恐过度而死！"

回到衙门之后，许崇立即提审了张更，他看着堂下老态龙钟的张更，问道："你的家人呢？"

张更说："启禀老爷，小人无儿无女，也无亲戚故旧，只靠着侍弄花草，孤苦度日。"

许崇冷笑一声，暗自说道："穷鬼，敲出骨髓也熬不出二两油来。"接着，他装腔作势地咳嗽一声，说："你惹下了泼天大祸。"

张更重重地磕了三个响头，说："青天大老爷啊，你就是借我五个胆子，我也不敢啊！实在是那个自称郭福的歹人，一心嫁祸于我啊！"

许崇让衙役叫来当地最为有名的画师，令张更将那个自称郭福的人的面目说出来，张更知道这是自己唯一的活命机会，仔仔细细将那假郭福的长相说了出来，画师根据张更的叙述，一连画了好几天，画出一张头像来，张更一看，连连点头，说："没错，就是此人！"

许崇令画师照此画像临摹五十张，在县城要紧处张贴，悬赏缉拿。

第二天一早，突然有人求见许崇，说事关郭守成死因，许崇不敢怠慢，连忙让衙役带来人到书房说话。

不大会儿，来人进了书房，衙役接着退出，许崇一看，差点没跳起来，此人与画像上的那个假郭福长得一模一样。

来人看出了许崇的惊讶，微微一笑，说："不错，在下刘天宝，正是你寻找的那个假郭福。"

许崇一拍书案，喝道："你好大的胆子！"

刘天宝呵呵一笑，说："大人如果想当执法如山的清官，尽管把在下扣下，到时案子大白于天下，大人还能落个好名声。不过，这人生在世，能走的路许许多多，在下以为，这件案子还有另一条处置之法，不知大人是否愿意知晓？"

许崇"腾"地一下站起来，大声问道："你到底想干什么？"

刘天宝十分镇静，将手往下按了按，示意许崇坐下，说："据我所知，大人一个月的俸禄是纹银三十两，这点钱，还不够郭府的管家请人吃一

餐。大人虽说是郭守成门生的门生，但我看郭守成每次宴请宾客时，你总是末座，作为一方父母官，这面子上很不好看啊！"

几句话像是点中了许崇的穴位，让他耷拉了脑袋。

刘天宝接着说："郭府如此嚣张，凭的就是万贯家财，现在郭守成已死，他的独生儿子郭长清是个纨绔儿，郭家的万贯家财，现在就堆在大人面前，唾手可得，难道大人就无动于衷吗？"

许崇毕竟见过大世面，对刘天宝的话不置可否，却反问："你既然如此说，那你又是什么来历？又想从我这儿得到什么？"

刘天宝再也不客气了，端起许崇跟前的茶，一饮而尽，缓缓说道："大人还记得御史刘方吗？我是他的儿

子！"

许崇惊讶得跳了起来，结结巴巴地说："十年前，你们家——不是——满门抄斩了吗？"

原来，十年前朝廷发生了一起重案，御史刘方被吏部侍郎郭守成弹劾里通外国，意图谋求私利，被皇上判了个满门抄斩，郭守成奉命担任监斩官。

刘天宝凄然一笑，说："当年，一位义仆用他的儿子将我替换下来，为刘家留了一条根……"说到这里，刘天宝拿出一件物品，递给许崇。

许崇接过一看，是一件翡翠扳指，通体碧绿，点点头，说："这扳指我知道，是当年皇上赐给你父亲的。"

许崇这一说，就是已经承认刘天宝是御史刘方的儿子。他顿了顿，又问："你是如何知道郭守成害怕菊花的？"

刘天宝咬牙切齿地说："我父亲被郭守成陷害，行刑那天，他知道我父亲平生酷爱菊花，便假充好人，在刑场摆满了菊花，说是让我父亲借此升天，我父亲识破他的诡计，骂道——'我死后必将托身菊花，来取你性命！'可怜我一家一百三十余口，全都成了刀下之鬼，刘家人的血，把摆在刑场上的金黄菊花染成了红色，看

者无不惊心，连郭贼也受了刺激，从此不敢再看到菊花，但此事他不敢对外人提起，连对亲生儿子和心腹管家，也只说是闻不得花粉。"

许崇总算明白满院的菊花为什么会吓死郭守成，他叹了一口气，又问刘天宝："如今你大仇已报，还有什么打算？"

刘天宝哈哈大笑，说："我得报大仇，心愿已了，现在只想助大人拿了郭家的万贯家财，不要让郭贼那个败家子还能为所欲为！"

许崇沉吟一番，说："我就且按你说的办，事成之后，少不了你的好处。"接着，他把刘天宝安排在通宝客栈，让他不要外出，以便随时跟他联络商议。

3. 如意算盘

许崇命衙役将张更架到刑房，指着满屋子刑具，说："你要一五一十从实招来，如有半句假话，就让你的皮肉领教一下它们的厉害。"

张更早被这些阴森恐怖的刑具吓得魂飞魄散，一个劲地说："青天大老爷，我什么都说了，您就饶了小人一条命吧！"

许崇一挥手，两名衙役将张更锁到架子上，取出浸水的皮鞭，手腕一抖，那皮鞭便炸出一声脆响。

许崇走到张更面前，说："张更，本官问你，让你送花去郭府的是谁？"

"是郭福！不，不是郭府的郭福，是另一个！"

许崇眼睛一瞪，骂道："好一个颠倒是非的糊涂老儿，给我打！"

衙役把绳子一拉，张更便只能用脚尖支地了，另一个衙役大喝一声，便将手中的皮鞭往水里一浸，不等衙役的鞭子挥起来，张更已杀猪似的惨叫起来，说："我记错了，让我再想想。"

许崇冷笑一声，说："想就好好想！去找你买花的到底是谁？"

张更试探着说："大人，来找我买花的正是郭府的管家郭福，您说是不是啊？"

许崇冷哼一声，说："你既然知道，为何不早说？是不是郭福私下给了银子封你嘴，还威胁你，要是说出他来，他就要杀死你？"

"啊！"张更吓得浑身一颤，他看了看许崇刀子似的目光，心一横，忙点头说道："对，对！正是这样！"

接下来的事情就好办多了，张更按照许崇的意思，供称郭福来找他，说是郭府公子郭长清的意思，花重金购满了十大车菊花，还指定在郭守成生日那天正午送达，不得提前或延后。郭守成死后，郭福又来找他，给了他三百两银子，要他说买花的人是个假郭福，若是不从，便要他性命……

随后，许崇带着张更签字画押的

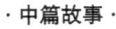

"口供"来到郭家，管家郭福迎了出来，许崇劈头就问："郭大公子呢？怎么不出来见我？"

郭福吞吞吐吐地说："我家公子，今天一大早去了扬州……"

许崇呵呵一笑，说："好一个孝子，郭老爷还在二七中，他就跑到扬州风流快活去了。"

郭福连忙说："公子是去扬州做生意的。"

许崇突然脸色一变，大喝一声，说："来人啊！郭长清不在，先将郭福绑起来！"

郭福大吃一惊，连忙问："大人，这是为何？在下犯了什么罪？"

许崇道："郭长清为了摆脱郭老大人严苛的家规约束，以便花天酒地，便伙同你谋害了老大人！"说罢，将张更的口供在他面前展开，郭福看了大惊，叫道："大人，冤枉啊！"

许崇冷笑道："冤枉？我一见老大人遗体，就知道他是被吓死的。暗中一查，方知郭老大人当年监斩御史刘方时，落下了隐疾。这隐疾只有你和郭长清知道，若不是你们合谋，谁能想出以菊花吓死郭老大人的毒计？"

郭福吓得瘫倒在地，叫道："我和公子根本不知老爷有隐疾，公子虽说行为不检点，但怎么会害死他的生身父亲？"

许崇又一声冷笑，说："张更只是一介花农，若不是受你们指派，如何能将菊花送进郭府？又如何能凑准你们和郭老大人不在家的当口？"

郭福被问得哑口无言，许崇哈哈大笑，手一挥，令人将郭福带走。

4.黄雀在后

到了县衙大堂，郭福只是大喊"冤枉"，许崇手一挥，几个如狼似虎的衙役便将郭福拉到刑房，不消半天时间，郭福便一一招供，承认是公子郭长清串通自己谋害了郭守成。

许崇将郭福判了斩监候，打入死牢，命师爷连夜写了文案，附上张更与郭福签字画押的口供，第二天一早便让人送到知府衙门，知府查看后，当即将文案送交刑部。

在等待刑部批文的日子，许崇好不快活，他封存了郭府的全部产业，说是等郭长清回来再作处置。偏偏郭长清活不见人，死不见尸，谁也不知他的下落。

这天，许崇拎着一盒酒菜，亲自来到死囚牢房，让狱卒除掉郭福身上的械具，把酒菜摆在郭福跟前，说："我也是郭府的门生，这些时候常常想起与郭府的缘分，思来想去，郭府不能毁在我手里！"

郭福这些时候天天吃难以下咽的牢饭，简直度日如年，现在突然看见美酒佳肴，一张嘴早塞得满满的，放开肚子一顿猛吃，好不容易吃完了，这才抬起头，问："你想干啥？"

许崇叹口气，说"案子到这个份上，翻过来是不可能了，现在只有想办法救你一条命，不然，你死在我手里，郭府败在我手里，以后我还怎么在官场混？"

郭福觉得许崇说得有道理，眼睛顿时一亮，说："对啊，你以后还得在官场混啊！"

许崇点点头，说"事情到了这个地步，只有花点钱四处打点了，救你一条命，留住郭府产业，我就仁至义尽了。"

郭福眼睛骨碌碌一转，说"这个好办，我家公子现在渺无音信，能管

事的就是我了。这样吧，老爷书案底部有个夹层，里面放着郭府金库的钥匙，你去取了钥匙，想用多少银钱，直接取走便是。不过，话说在前头，若是你拿了钱财不办事，我就是化作厉鬼也不会放过你的！"

许崇马上就能得到自己想要的东西，好不开心，忙说："放心，我定能救你一命。"

从此，郭府的万贯钱财成了许崇的囊中之物。接下来，他又花重金从外地请来杀手，让他杀了住在通宝客栈的刘天宝。谁知这时刘天宝已不见踪影，许崇想，刘天宝毕竟是戴罪之身，见不得阳光，如今大仇得报，想必不会再生事端，就放过了刘天宝。

这之前，他还派了杀手到扬州刺杀郭长清，但那个杀手一直不见回来，他又想，郭长清不过一浪荡公子，只要没有郭福的帮助，就算不死也永远翻不了案，还是搬运郭家钱财要紧。在不长的时间里，大半个郭家都让许崇搬了过来，郭福的死活，他也顾不上了，反正以后这个七品县官他也不做了，到时就带着郭府的万贯家产，找个好地方逍遥一生。

又过了些时日，这天一早，衙役进来禀报，说是刑部来人了。许崇以为是刑部送来了批文，连忙整整衣冠，出门迎接。

想不到来的是刑部侍郎周铁，周

铁一见许崇，便大喝一声："来人，将这个狗官拿下！"话音刚落，马上扑上来两个随从，摘了许崇的乌纱帽，将许崇摁着跪下来。

许崇大惊，连忙问："大人，这是为何？"

原来，刑部接到郭守成一案的文书时，同时接到一封密报，举报许崇为了夺得郭府的家财，诬陷郭长清与郭福谋害郭守成。这举报有凭有据，十分详细，周铁暗中派人到定县一查，觉得颇有蹊跷，接着派人去扬州找郭长清，发现许崇派去的杀手，已被郭长清用十倍的价钱收买，反倒成了他的跟班，按照周铁指令，手下将郭长清和那个杀手一起干掉了。周铁这才带着人来到定县，将许崇抓了起来。

周铁带来的人马很快搜出了许崇鲸吞的郭府家财，望着院子里堆积如

山的真金白银，周铁冷笑一声，对跪在一旁的许崇说："就凭这些金银财宝，斩你十回都不冤！"

许崇磕头如捣蒜，说："大人，小的愿将这些钱财全部奉送大人，只求留下一条狗命！"

周铁哈哈大笑，说："你也不想想，我若要留下这些钱财，又如何能让你留下狗命？"

许崇很快被就地正法，与此同时，关在死囚牢的郭府管家郭福也离奇死亡。曾经威风八面的郭府，再也没有个出来主事的人。周铁将郭府家产一一变卖，说是要收归国库。回京这天，周铁把郭府的金银财宝装了满满三辆大车。

定县一班衙役看着周铁带着郭家的金银财宝，浩浩荡荡直奔京城，不禁叹道："螳螂捕蝉，黄雀在后。姓周的才是贪官中的高手啊！"

没想到几天之后，突然从邻县传来了消息，周铁及随从在驿馆被一伙强盗所杀，三大车金银财宝悉数被劫，周铁有名随从侥幸没死，官府根据他的供述，画出了领头强盗的头像。这天，张更进城送花，在城门口看到这幅画像，不禁失声叫道："这不就是那个来找我买花、害死郭老爷的假郭福吗？"

（题图、插图：杨宏富）

□ 李茂华

存折

第二十七本

有个叫张路的年轻人，他今年三十出头，名牌大学毕业，在省城工作，在旁人眼里他过得不错，但他自己老觉得过得不如意。为啥？他觉得自己缺一样东西：钱！

别人缺钱能经常伸手向父母要，但他张路不行，因为他父母都是小县城的下岗工人。

这天晚上，张路正在单位加班，父亲突然打来电话，说："张路，你妈病得不轻，你快点回来吧！"张路一听就皱起了眉头，因为父亲这样的电话他已经接了好几个，每次张路急匆匆赶回去一看，母亲精神都蛮好。

父亲可能感觉到了张路的不快，忙说："儿啊，你赶紧回来吧！这次，你妈是真的不行了，只怕是最后一面了……"

张路挂了电话，马上跟妻子梁小梅打了个电话，然后连夜往老家赶，毕竟有点路，等他到家时，已经是后半夜了。张路怕惊动父母，就掏出钥匙，轻轻地开了门，这时，张路发现父母都没睡觉，正在卧室里轻轻说话，不禁停住了脚步。

只听母亲用微弱的声音问："老张，我们一共有多少本存折？"

父亲答道："我刚才又数了数，总共有二十六本！"

母亲叹了一口气，说："这辈子，我们也算为儿子尽力了，以后，存折

里的钱，别都给孩子了，你留着自己用吧！"

张路听得好生惊讶，二十六本存折？他们怎么有这么多钱啊？为了不打扰父母，张路装作没听见，过了好一阵子才弄出声响，让父母以为他刚到家。

张路到家第二天，母亲就去世了。父亲说，张路母亲早就得了胃癌，却一直瞒着人，忍着没治，拖到临终。

处理完母亲的后事，张路逐渐从悲痛中走了出来，又想起母亲临终前和父亲说的那二十六本存折，真没想到父母有这么多钱，怪不得自己结婚

时父母拿出七万，自己买房子时，他们又拿出八万替自己付了首付款。但现在自己每月还房贷、养孩子，压力都很大，还是很缺钱啊！临走这天，张路对父亲说："爸，你还是去省城跟我们住一起吧，你一个人住这里，我不放心呢。"父亲连连摇头，说："我不习惯和你们一起住，以后你多抽点时间，多回来看我几次，我就心满意足了。"

张路拗不过父亲，只好独自回去了。这天，他把父母有二十六本存折的事告诉了妻子梁小梅，梁小梅惊讶得瞪大了眼，想了好一阵子，才说："怎么一下冒出这么多钱出来？莫不是中了大奖？"张路连连摇头，说："要是中了大奖，怎么也得拿些出来改善生活吧？他们这些年不会一直看大门、做护工，到处找事做，更不会连一件像样的电器都不添！"梁小梅说"不管是不是中奖，反正他们现在有很多钱，不然，他们为什么要把钱分成二十六本存折存起来？"

梁小梅这一分析，张路觉得很有道理，既然父亲现在有很多钱，下一步就应该想办法让父亲拿出一部分钱来，但他想来想去，一直没想出好主意。

时间过得好快，转眼间要过春节了，这天，梁小梅对张路说："今年春节我们都去你们家过年吧，一是陪陪你爸，二是找个机会翻翻那些存折，

来，梁小梅一见，连忙跑了过来，两口子跑到另一个房间，从纸袋里拿出存折，一本本数下去，不多不少，正好二十六本！

梁小梅好奇地打开存折，一本接一本翻看下去，看着看着，她再也看不下去了，一张脸涨得通红，默默地站起来，走了出去。

张路看着存折，看得头上青筋暴突，为了理出头绪，他把二十六本存折按照时间顺序，分成了四部分。

第一部分是他读高中时父母存的钱，那时候父母刚刚下岗，每人每月有三百块生活补贴，但这些存折上面，每隔几天就有一笔钱存进去，有时三十，有时五十，因为每次存进的钱很少，存的次数又多，没多长时间存折上就存满了，盖上一个银行戳子后，再换上一本新存折，一直没有间断。很少几笔取款记录，每次都差不多把前面存的钱取光。张路知道，取的都是自己的学杂费。

第二部分是父母在张路上大学那几年存的钱，存进的钱更加零碎了，有时候小到小数点后面，到了他要交学费的时间，存折上就会出现一笔取款记录，差不多把上面的钱全部取光。

第三部分是父母在他大学毕业后存的钱，前面几个存折只有存款记录，但最后一笔取款又差不多把余额取光了，这笔取款足有七万块，张路

看看里面到底有多少钱。”

张路想想也是，农历腊月二十九这天，他们一起回到父亲身边。大年三十晚上，一家人围着桌子热热闹闹吃着年夜饭，好不开心。张路频频向父亲敬酒，没多久，父亲喝得有点醉了，就先回屋躺下了。张路在外面听到父亲在床上发出了鼾声，就悄悄走进父亲房间，轻手轻脚从父亲口袋里摸出钥匙，打开柜子的抽屉，一只只翻下去，终于在一只抽屉里发现一个牛皮纸口袋，打开一看，里面满满的全是银行存折。

张路连忙拿着牛皮纸口袋走出

一看时间，知道这是父母给自己结婚用的那七万块钱。

最后一部分存折存钱的时间离现在比较近，上面只有一次取款记录：八万块，一看时间，正是母亲为他们送去购房首付款的前一天，取出这一笔钱后，存折上再也没有取款记录。也就是说，母亲哪怕是得了癌症，也没有从存折里取出一分钱给自己治病。

张路看着眼前的二十六本存折，心里满是痛苦和自责，用手抱着自己的头，泣不成声。

这时，一只大手轻轻地抚在他的头上，身后响起了一声叹息。

张路连忙抬头一看，父亲不知什么时候站在他的身后，手里又拿着一本存折，父亲打开存折，说："你妈走了，我还在，钱还得继续存下去。你看，这是我们家的第二十七本存折！"

张路一看，半年时间不到，父亲已经存进近一万块钱了。他正要说话，父亲已经将那二十六本存折归拢好，细心地放进牛皮纸袋中，然后将第二十七本存折放进自己衣兜，捏了捏，一边往外走，一边自言自语地说："做父母的，如果不给子女留点遗产，多不像话！"

（题图、插图：安玉民　梁　丽）

红版编辑部各编辑邮箱：

姚自豪：yaobianji@126.com;

郑继文：zjw002@vip.163.com;

吕　佳：lujia411@yahoo.com.cn;

叶小萌：xiaomeng.ye@gmail.com;

李天然：chin_poet@163.com。

·本刊信息传真·

故事中国网上书店年终有"礼"

为了回馈广大读者对于故事中国网（www.storychina.cn）的支持，本站网上书店推出"年终有礼"销售活动，共有三重礼品赠送，故事中国与您在书香中共迎2011!

第一重礼品：凡在本店一次购买图书50元以上，赠送故事会5元精品系列图书2册或合订本一册（价值10元）；

第二重礼品：凡在本店一次购买图书100元以上，赠送《金色年代》杂志一季3本（价值24元）；

第三重礼品：凡活动期间在本店购买图书的读者均有机会参加抽奖，奖品为《话说中国》全20卷（价值1420元）。

活动时间：即日起到2011年1月15日止，非图书商品与华师大"大夏英语"系列图书不参与本次活动。

故事中国网上书店超过200种图书等您选购，天天特价优惠，6.8折起，全场免邮费。更多详情，请登录故事中国网了解。

背错了

□ 张维超

梁晓东喜得千金，专门请了假在产房陪护妻子，小宝宝一直哭闹不止，他抱着宝宝，哼着儿歌，在产房里走来走去，哄了一个多小时，宝宝却还是哭个不停。

这时，躺在床上的妻子对梁晓东说："你背背《春江花月夜》试试，胎教时你经常背给宝宝听的。"

梁晓东觉得妻子说得有理，于是，他一边拍着宝宝，一边背诵《春江花月夜》。

嘿！真是怪了，宝宝听了《春江花月夜》，立马就不哭了。

梁晓东喜出望外，此后几天，只要宝宝一哭，他就背《春江花月夜》给她听，小家伙一听就安静下来，不一会就睡着了。

过了两天，产房又住进一位产妇，她生的是个男婴，小家伙很乖，除了吃奶，就是睡觉，安安静静的，从来没有哭闹过。

这天中午，梁晓东的宝宝又开始哭闹起来，他只好又抱起孩子在产房里走动，拍着宝宝，给她背《春江花月夜》。他一边背，一边瞅瞅旁边一家，得意地想，我们家的孩子多有品位呀，连催眠曲都是《春江花月夜》，再看看这家的孩子，除了吃就是睡，简直像一头小猪。

他正这样想着，旁边那家的小男婴突然哇哇大哭起来，那哭声惊天动地，把梁晓东吓了一跳"这孩子打生下来就没哭过，怎么突然哭得这么响？这是怎么了？"

这时，小男婴的爸爸瞅了一眼梁晓东，抱起小男婴，说："原来东东也听出那位叔叔把《春江花月夜》背错了一个字。好，乖乖别哭，爸爸这就背给你听！"

小男婴的爸爸说着，把梁晓东刚才背的那段重新背了一次。

小男婴一听，立马就不哭了。

买粽子

□ 洪　门

这天，阿宝在朋友家里打牌，正觉得肚子饿，忽然听到楼下在喊卖粽子，他眼珠一转，对在一旁看牌的小二说："今天我让你们把粽子吃个够。过会你从另一边楼梯下去，躲在旁边，等卖粽子的一走开，你就拿他剩下的粽子。"

小二也是个捣蛋鬼，一听就笑嘻

嘻地下了楼。

阿宝到阳台一看，卖粽子的是个老头，在自行车后座上绑了一口锅，粽子都在锅里热着，就冲下面喊"卖粽子的，你拿四个粽子上来。"

卖粽子的老头仰头看了看，有些犹豫。阿宝又喊："我这里是五楼，你送上来，我每只粽子给你加一块钱。"

老头点点头，阿宝看着他从锅里拿出粽子，进了楼梯间，这才放心地回到牌桌前，继续打牌。

不一会，老头拿着粽子进来了。阿宝让他把粽子解开，老头二话没说，飞快地剥开粽子，一一递给桌上的人。阿宝又故意递给老头一张百元大钞，说："找钱吧!"

老头接过大钞，手忙脚乱地开始找钱。阿宝趁机溜到阳台，看到老头自行车车后座上的锅不见了，忍不住笑道："小二啊小二，你怎么连人家的锅都端了!"

这时，老头为难地说："你还是给零钱吧，我差七块钱，找不出。"

阿宝一挥手，说："算了，那七块钱不用找了!"

老头开心地走了。不一会，小二回来了，阿宝见他两手空空的，就问："粽子呢?"

小二苦笑着说："那老头太机灵了，明明拿着粽子上了楼，谁知又折回去，连锅带粽子一块端上来了，根本没法偷。"

题目好难

□ 马新敏

大刘的女儿要上幼儿园了，他专门请假，对附近的四家幼儿园进行细致考察，发现只有两家幼儿园适合自己女儿，这两家幼儿园一家公办，一家私立，条件差不多，收费也差不多，于是，大刘先派妻子试探那家私立幼儿园，不一会妻子就回来了，气呼呼地说："这私立的根本不靠谱！明里一个价，暗地里还有一大堆这费那费，吓死人了！"

于是，大刘去公办幼儿园探情况，园长亲自接待他，笑着说："我们是公办，收费规范，不会乱收费，更不会动不动就涨价，而且老师质量有保证。不过，今年名额已满，你孩子恐怕是进不来了。"

大刘好不着急，连忙去找关系，总算找到一个在教育局当科长的亲戚，赶紧拿着贵重礼品去求亲戚帮忙，亲戚很爽快，当即给大刘写了条子，让大刘带着条子去找幼儿园园长。

园长见了条子，同意大刘的女儿进幼儿园，只是说："按照惯例，我们要对新入园的孩子进行测试，通过了测试，方能入园。"

大刘忙问："测试题目难不难？"

园长连忙摇头，说："一点都不难，而且是由家长答题。"

大刘这才放下心来。

报名这一天，大刘带着女儿领到了入园测试题：

你家附近有四家幼儿园，一个是贵族幼儿园你上不起，一个是村办幼儿园你不肯去，还有一家私立幼儿园收费既高又乱、师资力量也不强，而唯一一家公办幼儿园收费正规、师资力量雄厚，只需再交纳5万元赞助费，请问，你想上哪家幼儿园？

大刘一看，顿时傻了眼，说："这道测试题，真难啊！"

酒后谁开车

□ 金 一

刘福林是个出租车司机，也是个有名的牛人，酒量小，酒瘾却大，经常被交警罚款扣点，在交管处都挂上号了。

这天，刘福林遇上一个多年不见的老同学，好不兴奋，马上拉着老同学就进了家小酒馆，点了酒和菜，老同学一看这架势，忙说："你过会还要开车呢，酒就别喝了吧？"

刘福林大咧咧一挥手，说："没事，我有代驾的！"

老同学好不感动，请一次代驾，少说也得一百块，他刘福林开一天的车，也不一定能赚这么多钱啊！

刘福林三杯下肚，一张脸红得像关公，五杯干完，话都说不囫囵了，好不容易一瓶酒喝完，整个人已经东倒西歪了。老同学连忙掏出手机，联系一家代驾公司。

刘福林朝老同学一瞪眼，说："你这是干啥呢？我有专门代驾的。"说着，他掏出手机，拨了个电话，粗着嗓门说："我喝多了，在春秋路'悦心酒馆'，你来开车，把我送回去！"说完，便挂了手机。

不大工夫，从外面匆匆走进一个人来，冲着刘福林说："咋又喝多了？"从刘福林手里拿过钥匙，将刘福林扶到车上，然后发动车子，一溜烟走了。

老同学看着傻了眼，来给刘福林开车的不是普通人，是一名警察啊！

到了晚上，老同学给刘福林打电话，说："你太牛了，让警察给你当代驾！"

刘福林一听就乐了，说："前段时间市政府严控交通事故，给交警部门下了死命令！我在交警那儿是挂了号的，于是，他们主动跟我联系，让我喝了酒就跟他们打个电话，他们会帮我开车回家……"

天降好事

□ 农高佳

有个叫何荣的打工仔，一直租不到房子住，因为谁也不肯跟他一起住，就算多出租金也不行。这是为什么呢？就因为何荣睡觉时特能打呼噜。这事一传十、十传百，没多长时间，何荣打呼噜的名声越来越响。

这样一来，更没人愿意跟何荣一起租房子，他一个人又租不起，正准备回老家时，没想到突然有个人来找他，问："听说你特别能打呼噜，可愿意跟我合租一套房子？"

何荣一听，好不高兴，正要答应，想想有点不对劲，就问："别人都不肯跟我合租，你怎么反倒找上我？"

这个人叫李强，他说"我爸特能打呼噜，我从小在呼噜声中长大，现在不听呼噜，根本睡不着。"

何荣摇摇头，说："你怎么让我相信你说的是真的？"

李强急了，说："你就放心吧，我让你睡单间，保证你绝对不受骚扰，更不会有安全问题！行不行？"

何荣还是摇摇头，说："住单间？我没那么多钱。"

李强一拍胸脯，说："跟我合租，不收你的房钱！"

何荣好不心动，但想想跟李强不熟，便又摇了摇头。

李强这下更急了，说"我也不收你的押金，哪天你不乐意了，随时可以走，走的时候，我再奉送你一百元！这总行了吧？"

何荣还在犹豫，有个一起出来打工的人用手指捅捅他，悄悄说："你一个大男人，还怕他把你吃了？你先看看他的身份证，到时我们再一起去看看，记下房子的位置，不会有事的。"

何荣便同意跟李强合租。

李强很高兴，又说："不过，我有一点小小的要求。"

何荣马上警觉地问："什么要求？"

李强说"我的要求很简单：你每天晚上必须吃完就睡觉，睡觉的时候要把窗户打开。"

何荣说："吃完就睡倒是不难，但

为什么睡觉要开窗户？"

李强哈哈一笑，说："为了听到你的呼噜声呀！"

于是，何荣住进了李强的出租屋，当天晚上就打起了惊天动地的大呼噜。第二天一早，何荣看到李强眼圈乌黑，眼睛红得像灯笼似的，不停地打着哈欠，就问李强："是不是我的呼噜太响，让你没睡好？"李强眨巴一下眼睛，说："你的呼噜好过瘾啊！昨晚上我睡得很香。"

一连几天，何荣吃完晚饭，马上就睡，倒头就能睡着，大呼噜从天黑一直打到天亮，短短几天，竟然连长好几斤肉。

这天天还没亮，何荣正把呼噜打得地动山摇，突然被一阵擂鼓似的敲门声惊醒了，开门一看，一个只穿一条大裤衩的男子站在门口，朝何荣吼

道："老子受够了！你们马上卷铺盖，天一亮就给我滚！滚！"

何荣揉着双眼，问："你是谁呀？凭什么让我们滚？"

来人依旧暴跳如雷，吼道："我是房东！这个月的租金我不要了，押金也退给你们，你们给我快滚，我一天也不要你们多呆了！"

房东吼完，就下了楼，天亮后，他又上来了，朝着何荣和李强不住地打躬作揖，又交给李强三千块钱，说："刚才我态度不好，请原谅！这是你们交的押金，还给你们。这段时间的房租我也不要了，只求你们快点搬走，求求你们了！这么大的呼噜声，我实在受不了！"

李强接过押金，马上眉开眼笑，开心地对房东说："行，我们这就搬走，马上就搬！"说完，他和何荣扛着行李离开了，走到街上，李强果然交给何荣一百块钱，说："这房东也真是的，我跟他好好商量退房，他就是不退押金，我把你请来一打呼噜，他就乖乖地退钱了，哈哈。"

何荣这才明白是怎么回事，说："怪不得你要我睡觉开窗户，原来是为了房东能听到我的呼噜声！"

李强哈哈大笑，说："你楼上正是房东的卧室，上面的玻璃还破了一扇，你只要开了窗户，他就是塞住耳朵，也避不开你的大呼噜啊！"

（本栏题图、插图：顾子易　包丰一）

477

2010 SEMIMONTHLY 下半月刊

12月

STORIES

欢迎登录本刊主办"故事中国网"（www.storychina.cn）

故事会

2010 年 12 月
下半月刊·绿版

社 长、主 编：何承伟
常务副主编：吴 伦
副主编：姚自豪（上半月·红版）
副主编：夏一鸣（下半月·绿版）
本期责任编辑：朱 虹
电子邮箱：zhong98305@sina.com

绿版发稿编辑：
夏一鸣 杭 帆
见习编辑：
刘迎曦 颜轶超 黄美舟
美术编辑：李宝强
电脑制作：郭瑾玮
通 联：归依玲

本社办公室电话：021-64375030
上半月刊编辑部电话：021-64332325
下半月刊编辑部电话：021-64336469
（上海市绍兴路 74 号 邮编：200020）
主管、主办：上海文艺出版（集团）有限公司
出版单位：《故事会》编辑部
发行范围：公开

制作、发行总监：张 凯
电话：021-64313938
广告业务：上海故事会文化传媒有限公司
广告总监：张 淮
广告业务：021-34010383
广告投诉：021-64333738
广告经营许可证
沪工商广字 3100320080016 号
发行：中国图书进出口上海公司

特别提示：凡本刊录用的作品，即视为本刊已获得该作品与《故事会》相关的网上传播、汇编出版、电子和录音录像制品等权利。本刊向作者支付的稿酬，已包含了上述各项权利的报酬，如有特殊要求，请提前说明。

（本栏插图：包丰一）

代堵

小张下班刚到家，就接到了同事的求助电话，说是开车堵路上了，请小张帮忙找个代驾公司。

小张一惊，压低声音问："你该不会是在酒后驾车吧？"

同事扑哧一笑："我可是守法司机。我是想找人来帮我代堵。""代堵？"

"是啊。"同事解释道，"我这附近就有个地铁站，我想先坐地铁回家，何必在马路上干耗着。"这下小张明白了，立马帮同事找了个代驾公司。

不到半个小时，小张就收到了同事发来的短信"哈哈，我到家了。"过了一个小时，小张又收到一条："唉，我的车也终于到家了。"（贾　君）

出去

老师正在讲课，下面的学生无心听课，有的打瞌睡，有的玩手机，有的干脆聊天。

突然，老师拍了一下讲台，大声说："都给我注意听讲，不然就出去！"

这时，一个学生赶紧拍了拍正在听MP3的同桌，示意他别听了。没想到，同桌以为是老师叫他回答问题，他立马站起来问道："老师，您刚才说什么？我没听清楚。"

老师一下子就火了，怒道："出去！"　　　　　（一　凡）

喝咖啡

大刘经过同事身边，发现同事的杯子里泡着黄黄的东西，上面还飘着几颗红彤彤的枸杞。大刘不禁好奇地问道："这是啥东西？"

同事淡淡地说："咖啡啊。"

大刘听了，大吃一惊"你喝咖啡放枸杞？"

不料，同事很严肃地答道："中西药结合疗效好。"　　　（古　月）

像什么

有个小女孩来到水果摊前，她指着摊子上又大又红的苹果说："阿姨，我要买苹果。老师说，我的小脸就像苹果一样可爱。"

卖水果的一听，扑哧笑了，开始逗她："那你妈妈的脸呢？"女孩想了想，说："妈妈的脸长长的，像香蕉。"

卖水果的更乐了，继续逗她："那你爸爸的脸呢？"

女孩看了看水果摊，撇撇嘴说："爸爸当然是菠萝啦，脸上全是小疙瘩，扎死人了！"　　（胡　平）

奖　励

小梅的单位组织员工考试，承诺第一名奖励一千块。小梅特来劲，认真复习了一个礼拜。谁知，考完试，她却哭丧着脸回到家。丈夫忙问："怎么啦？"

小梅撅着嘴说："我半小时就做完题目了！""那不是挺好吗？"

小梅委屈地说："可我同事考试作弊被抓了，算零分！而她抄的是我的卷子，两张卷子都让老师拿走了。"

丈夫愣了愣，安慰道："算了算了，不就一千块嘛！"

不料，小梅突然哭了起来"可我感觉自己肯定考第一，那一千块早就预支买衣服了……"

（学　峰）

新鲜电

这天，房产经纪人带一位女客户去看房。女客户很挑剔，一连看了好几套，要么嫌房子不够新，要么嫌装修不够好。当看到最后一套房子时，女客户发现小区对面有个发电站，便很不满意地说："这发电站既影响美观，又对身体有害。这房子我不能要！"

房产经纪人想了想，笑容可掬地说："太太，这房子可是得天独厚啊！您千万别错过了！"

女客户好奇地问："此话怎讲？"

房产经纪人神秘地笑了笑，说："这房子靠近发电站，以后您每天都可以用新鲜电了！"（黄　玉）

值钱的东西

绑匪拿着袋子闯进一间餐厅，挥挥枪大叫道："抢劫！快把值钱的东西放进这个袋子里！"大家都吓坏了，纷纷照做，只有一个人站着不动。

绑匪见了，命令那人赶紧交东西。不料，那人却说："你的袋子太小了，装不下我的东西。"

绑匪高兴地找来一个大袋子。那人接过袋子，转身进去了。很快，他拎着满满一大袋东西，走到绑匪面前说："我是厨师，这里全是我的值钱东西，拿去吧！"

绑匪兴奋地打开袋子一看，只见里面都是锅、菜刀、勺子。

（谢小英）

就是我

这天，妻子突然问丈夫："如果有一天，你想找个情人，你会找哪种类型的？"

丈夫忙举手发誓："别说这辈子，就是下辈子，我也绝不会去找情人！"

妻子不耐烦地说："我是说'如果'，你到底说不说？"

丈夫只好赔着小心说："如果、如果真的要找，我一定找个完美型的，她得有黛玉的文采、宝钗的丰腴、熙凤的精明、袭人的善解人意……"

话没说完，就见妻子眼眶泛红，丈夫吓坏了，忙解释道："别误会，我只是打个比方……"

谁知，妻子戳了一下丈夫的额头，低声说："死鬼，我是被感动的，你刚才说的那个人不就是我吗？"

（胡　城）

有猫腻

老鼠去参加动物选秀比赛，不料，第一轮就被淘汰了。

老鼠很不服气，见到同伴就说："真是太不公平了，这比赛肯定有猫腻！"

同伴好奇地问道："你凭什么这么说呢？"

老鼠气愤不已地说："我刚进去，评委竟然叫我走个猫步看看！"

（黄金顺）

死脑筋

有个国家想推行1000元的大面额纸币，为此总统召开了听证会。

会上，一位官员激动地说："我认为这样做不行！万一丢了一张，一丢就是1000元！"

不料，另一位官员立刻反驳道："你这个死脑筋，如果有一天你捡到一张，一捡也是1000元呀！"

（李　健）

启发无效

小丽被楼上邻居家空调的滴水声吵得一夜没睡着。天亮后，她在楼下遇到邻居，便提醒道："昨晚我家的遮阳篷响了一夜，我还以为下雨呢。早上一看，原来是你家空调滴水。"邻居笑了笑，上楼了。到了晚上，那滴水声还是没停。

小丽见一计不成，又生一计。第二天，她拎着半桶水，假装在楼道里偶遇邻居。邻居问她在干吗。

小丽解释道："以前我家开空调，水总滴到楼下，吵得人家睡不好。后来我就接了个管子，把水引到桶里。"

邻居听了，若有所思地"哦"了一声。小丽心说：这下你总算明白了。

谁知邻居接着说道："这水挺干净的，可别倒掉啊，可以用来浇个花、冲个厕所什么的，低碳生活可要节约能源啊。"

（秋　树）

如实反映

小李去一家公司应聘。

填表格时，他发现旁边一个应聘者在"单身、已婚、离婚"三栏里都打了一个钩。

小李好奇地提醒道："朋友啊，你怎么这么不小心，这三栏怎么都打钩了？"

不料，那个应聘者一本正经地回答道："我没有不小心啊，我是按照老板的要求，如实反映情况！"小李更糊涂了："这叫如实反映情况？"

应聘者点点头，振振有辞地说："因为我已经经历了单身、已婚、离婚三个阶段，难道不应该这么填吗？"

（吴联平）

□ 邢 东

我是业主

市里有个著名的高档小区叫"尊享府邸"，就建在美丽的凤凰湖边。能住在这里的，都是些有身份、有背景的人物，就连小区的门卫都比其他小区的多了几分傲气，他们每天都把眼珠子瞪得大大的，一个陌生人也不放进去。

这天，小区门口出现了一个老头，只见他身穿旧衬衫、蓝裤子，脚上穿着一双绿军鞋，正探头探脑地想往小区里走。正在门口值班的门卫谢明，手一伸就拦住了老头，毫不客气地问道："站住！你想进去干吗？"老头指了指小区里的凤凰湖，说自己想进去遛遛。

谢明一听就笑了，他指了指大门上的"尊享府邸"四个字，说："老大爷，您认字？这个小区叫'尊享府邸'，尊享，就是只有尊贵的人才能享用；府邸，就是说这是有钱人的家。您

不能进去！"

老头听了，嘿嘿笑了笑，说："我知道这是有钱人住的地方，可凤凰湖就摆在那儿，我进去多看一眼，不会少了啥吧？再说了，原来没建这个小区的时候，这儿不是公园吗？我常常来玩，现在你们把湖圈进了小区里，咋就不能进去了？"

谢明只好捺着性子告诉老头，这个小区现在已经不是公园了，凤凰湖成了小区的附属设施，除了业主和业主的亲戚朋友，谁也不能随便进去。

看谢明死活不让自己进去的架势，老头摇了摇头，只好离开了。谢明看着老头的背影，扑哧一声笑了出来：也不看看自己的打扮，这地方是

你这种人能进去的吗？

没想到过了两天，那个老头又来了，谢明理所当然还是不让他进去。不料，那老头却不慌不忙地掏出手机，拨了个电话，然后把手机递给了谢明。

谢明接过手机一听，对方说他是3号楼202室的业主，老头是自己的朋友，让谢明把他放进去。谢明顿时变了脸，点头哈腰地把老头放了进去。看着老头远去的背影，谢明吓出了一身冷汗：幸亏自己随机应变，要是让业主知道自己这样为难他的朋友，这饭碗还不得砸了？

谢明正忐忑不安地想着心事呢，他的手机突然响了，一看，是保安经理打来的。接通电话，保安经理劈头盖脸地骂道："你小子是不是不想干了？你是怎么看门的？怎么把一个拾破烂的老头给放进来了？"

谢明心里有底，他知道经理说的准是自己刚才放进去的那个老头，于是赶紧笑嘻嘻地解释道："经理啊，您可别看那老头穿得不起眼儿，人家可是3号楼202室业主的朋友，业主都打电话过来关照过了，咱总不能拦着不让业主见朋友吧……"

还没等谢明说完，经理的火气更大了："3号楼202室业主的朋友？你是猪脑子啊？3号楼202室根本就没卖出去，哪来的业主？你赶紧把这老头给我轰出去，要是再让他进来了，

小心我炒你的鱿鱼！"

谢明只觉脑袋嗡的一下，对啊，3号楼202室是个空房啊，这老头心眼儿够多的啊，居然找人冒充业主打电话骗自己。谢明立刻怒气冲冲地跑到小区里的凤凰湖边找那个老头，不一会儿，他就发现了目标。只见老头坐在湖边的石凳上，头靠着湖边的垂杨柳，眼睛望着波光粼粼的湖水，嘴里不知哼着什么，那样子，陶醉极了。

谢明紧跑几步，来到老头面前，他伸手在老头眼前晃了晃，说："老人家，这风景好不好？"

老头连连点头："好，真好！"

谢明说："再好也不是你的！"说着，架起老头就朝外走。老头愣住了，喊道："哎，哎，小伙子，你这是干什么？我还没看够呢！"

谢明哼了一声："没看够？没看够也不让看了，这不是你能来的地方！"然后一直把老头推出了大门，恶狠狠地说，"今后别再想用业主朋友的瞎话骗我了！除非你能拿出你是业主的证明，要不然，这辈子你都别想从我守的这扇门里进去！"

老头气得胡子乱颤，他指了指凤

湖，又指了指谢明，气呼呼地说："行，你等着，我就不信自己进不去！"说完，扭头走了。

谢明以为老头在说气话，没想到两天以后，老头还真的又来了。老头到了门口，也不看谢明一眼，昂首挺胸就往里闯。谢明赶紧拦住了他，死活不让老头进去，两个人又在门口争执起来。

很快，门口围了一大帮看热闹的人，保安经理闻讯赶了过来，一看又是这个老头，他也生气了："老头，不是跟你说了吗？我们这是高档小区，垃圾有专人清理，你不能进去！"

老头把腰板一挺，说"谁说我是捡垃圾的？我的家就在里面，你们凭啥不让我进？"

保安经理笑了："你不会说你就是3号楼202室的业主吧？你吹牛也得靠点儿谱，是不是？就你这打扮，我估计你一个月挣的钱，连巴掌大的地方都买不起！你还是老老实实地在外面呆着吧！"

谁知，老头理直气壮地说"还真让你猜对了，不错，我就是3号楼202室的业主，而且我还告诉你，别说202室，就连302室、402室、502室……一直往上，都是我的！你不知道吧，20年前，修这个公园的时候，我当时就住在3号楼202室那个位置，是因为要建公园，我才主动搬迁的，你们的楼盖在了我的宅基上，你说我算不

互助

点评：谁能比我们更亲密

　　本作品选自德国当代著名漫画家埃里希·施密特的《饲养员轶事》。他精通四格漫画的结构规律，每回包含一个悬念，从悬念的设立到解开，短促而精巧，简洁而隽永。

算业主？我20年没回老家了，这次回来就想看看自己的老宅子，怎么就不行呢？"

　　保安经理晃了晃脑袋，说："老人家，20年前的事我不知道，也管不着，不过，我得问你一句，当时拆迁的时候，是不是给你拆迁补偿款了？"

　　老头点了点头，说："给了，给了一千五！"

　　保安经理说："这不就结了，给了你补偿款，这地方就跟你没关系了，你还来捣什么乱？"

　　老头从兜里摸出一张红纸来，"啪"的一声拍在了保安经理的手上："没关系？你说没关系就没关系了？"

　　保安经理接过那张纸一看，顿时呆住了，再也说不出一句话来。

　　大家纷纷围过去，探着头看那张纸，只见那是一张修建公园的捐款证书，上面写着：郭有义同志为修建凤凰湖公园捐出拆迁补偿款壹千伍佰元整，特批准你为凤凰湖公园荣誉顾客，终身免费游园。

　　（题图、插图：安玉民　梁　丽）

父亲的城堡

□ 张春风

伍兹是一个享誉世界影坛的大导演。这半年来，他都在莱茵小镇拍摄一部投资五亿美元的电影《古堡奇兵》。这天，眼看只剩最后一场戏了，谁知，天空突然下起了暴雨。没办法，伍兹只好通知剧组全体休息一天。

到了傍晚，雨终于停了。伍兹突然心血来潮，想出去转转。不知不觉中，伍兹来到了一条狭窄的街道。这里的房子十分破旧，显然是穷人住的地方。这时，伍兹发现不远处有个七八岁的小男孩，正在专心致志地雕刻着一块木头。不过，小男孩的动作看起来有些笨拙，显然并不擅长雕刻。伍兹正饶有兴致地看着，突然，几个孩子从巷子里跑了出来，围在雕刻木头的小男孩身边。

孩子们看了一会儿，忍不住好奇地问："布鲁克，你刻的是什么呀？它看起来好奇怪。"小男孩表情很严肃，不耐烦地说："别吵，马上就要刻完了！"孩子们生怕影响了他的"杰作"，谁也不敢吱声了。

过了好久，小男孩才放下工具刀，骄傲地将木头举过头顶，嚷道："瞧，这是我雕刻的小马，大家看像不像？"

孩子们接过来看了看，不禁面面相觑。突然，有个孩子取笑道："布鲁克，这哪像一匹小马呀？我看，倒像是一头小牛！"另一个孩子也笑着说："不对，这分明像一头小羊羔，或者就是四不像，哈哈哈……"

小男孩将木头抢了回来，生气地说："哼，你们都不懂雕刻，不给你们看了！"这时，有个稍大的孩子回头发现了伍兹，立刻计上心头："布鲁克，我们也别争了。你敢不敢让这位先生来评判一下？他穿着得体，一看就是个有教养的绅士，不会说假话的。"其他孩子纷纷附和道："对，你敢不敢？"

小男孩轻轻昂起了头，说"当然敢，咱们可以赌50美分的爆米花！"孩子们兴致高涨："好，一言为定！"

很快，伍兹被这群孩子急急地拉了过去。布鲁克满怀期待地问："先生，您来评判一下，这像不像一匹小马？"伍兹笑眯眯地拿起木头看了看，小男孩雕刻的确实一点也不像：那鼻子，那鬃毛，还有那蹄子，跟马根本扯不上任何关系……不过，看得出来，小男孩挺有灵气的。

孩子们忍不住问道："先生，您倒是说话呀！"伍兹和蔼地问道："要我说真话吗？"小男孩气呼呼地说"当然了！"

伍兹点了点头，说："说实话，这确实不像一匹小马。"话音未落，孩子们欢呼雀跃起来："噢，布鲁克输了，快去买爆米花！"

小男孩显得十分失落，一边掏口袋，一边嘟哝着说："买就买！这次是我没用心雕刻，下次一定让你们输得心服口服。要知道，我父亲是世界上最出色的雕刻大师！"

这话引起了伍兹的兴趣，他微笑

着问："真的吗？那么，你父亲有什么成功的作品呢？"

小男孩挺起胸脯说："先生，您听说过电影《古堡奇兵》吗？是一个大导演拍的，电视上每天都有报道，就在距离我们小镇十里外的地方拍摄呢。"

伍兹笑着说："当然知道，可是，这和你的父亲又有什么关系呢？"

小男孩骄傲地说："这部电影是在一座古代城堡里拍的，从右边数，这座城堡第九扇窗户上的圣母玛利亚雕像就是我父亲雕刻的。父亲说，这是他这辈子最得意的作品，他还在上面悄悄刻下了自己的名字。不信的话，明天我就带你们去看。"

伍兹听罢，不禁呆住了。很快，有

个孩子站出来说："布鲁克，说这些还有什么用呢？你父亲半个月前就已经生病去世了。"

小男孩听罢，不禁有些哽咽"是的！可是，他的作品留在了电影《古堡奇兵》中。妈妈说，这部电影一定会载入史册。虽然，大家看不见他的签名，但是，他雕刻了那个圣母玛利亚像。所以，他会和这部电影一起被载入史册。"孩子们听罢，纷纷低头不吱声了。听起来，布鲁克的父亲实在太了不起了。

这时，伍兹拉起小男孩的手，轻声地问："布鲁克，就是因为这个，你才决定拿起父亲的工具刀学雕刻的吗？"小男孩坚定地回答："是的！因为，我想成为像父亲那样的雕刻家。

瞧，我还在小马上留下了自己的签名！"

伍兹拍了拍他的肩膀，从兜里掏出一张50美元的钞票，说："刚才，我的话还没说完。这确实不像一匹小马，但是我很喜欢。布鲁克，你能将这匹小马卖给我吗？"

小男孩呆住了："你是说，要……要花50美元买下它？"其他孩子也呆住了。

伍兹微笑着说："是的！也许有一天，你会成为世界上最伟大的雕刻家。到时，这匹小马就不止50美元了，也许50万美元都买不到呢！要知道，这是你的第一件作品，意义非凡！"

小男孩兴奋地说："好，那我卖给你！"说罢，他飞快地接过钞票，豪爽地对其他孩子说，"走，我请你们吃爆米花！"

很快，孩子们消失在了巷子里，伍兹的心却再也无法平静。为了拍摄这部电影，制片方花了两千万美元重建了这座城堡。原本，伍兹想在最后一场戏中将城堡付之一炬，因为他一直觉得，大制作一定要有大场面，这样才能产生巨大的震撼力。但现在，伍兹突然改变了主意，他决定保留这座城堡，用其他变通的方式完成拍摄。因为，他被布鲁克父子感动了：在每一个孩子的心中，父亲都是一座最坚固的城堡，永远也不会倒塌。

（题图、插图：佐　夫）

14

说真话吧，儿子的位子不保；说假话吧，对不起老百姓。老爷子究竟会怎么说呢？

□ 宾炜

百年一遇

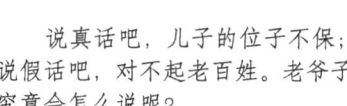

今年，我国南方暴雨成灾，这大水不但把河堤冲垮了，还"冲"出了一位"竹排爷"。谁呀？那就是杨家庄的杨大爷。大水冲进他们村的时候，杨大爷撑起一张竹排，帮助转移了不少人。刚好，有人用手机拍下了他撑排的录像，后来还在新闻中播出了。杨大爷精神抖擞地站在竹排上救人的情景，感动了很多人，从此，人们亲切地把他称为"竹排爷"。

这天，村里的大水刚退，杨大爷正在家休息，突然，儿子杨明带着一个陌生人进了家门。杨明是村里的书记，他跟杨大爷介绍说，这位是镇上办公室的刘主任，特地来看杨大爷。

杨大爷一听，笑眯眯地朝刘主任点点头。刘主任亲切地凑上去，慰问了几句，然后问道："大爷，这么大的水，您以前见过吗？"

"见过！"杨大爷激动地说，"我三十八岁那年，就发过一场大水，也垮堤了，比现在这场还大哩，水冲下来，连屋顶都不见了！"

刘主任长长地"哦"了一声，沉吟半晌，说道："大爷，等会儿记者来采访您的时候，您可不能说见过哟。"

杨大爷愣了一下，问："记者咋会来采访我呢？"刘主任说："大爷，您之前在电视上那么一露脸，都成名人啦！"说完，三个人都乐了。

接着，刘主任细细地给他们分析：每逢大水，记者都爱采访老人。杨大爷今年八十多岁了，是村里年纪最

大的老人，加上他如今名声在外，记者百分之百会采访他。

刘主任有些神秘地叮嘱杨大爷："大爷，您可千万不能和记者说见过这么大的洪水哦！"

"为啥？"杨大爷疑惑地盯着刘主任，"我明明见过嘛，这不是叫我说假话吗？"

刘主任尴尬地笑了笑，说："大爷，这是一场百年一遇的洪水啊！"

杨大爷一怔。他人老，脑瓜却没生锈，一想就明白了，当即就不客气地说："你们想造假？我三十多岁的时候明明就发过一场比这次更大的水，这才不到五十年呢！怎么是百年一遇？胡扯！"

刘主任脸一红，咳了两声，正色道："大爷，镇里和县里，都是这个意思。百年一遇，这是已经定了调的！"

杨大爷是个耿直脾气，他冲刘主任一摆手，冷冷地说："我这个人说不得假话！见过就是见过，没见过就是没见过，谁问我，我也是这样答！"

一看把话说僵了，刘主任只好冲杨明使了个眼色，走了出去。

杨明心里倒是明白了。他理解上级把这场洪水定为百年一遇的"良苦用心"。因为那段垮掉的堤才刚刚修过，当时号称可以抵御百年一遇的洪水，哪知道连四十多年一遇的洪水也挡不住，实在说不过去。老爹今年才

八十多，却见过两场这样的洪水，自然就显得这场洪水不够级别。

刘主任揽着杨明的肩，边走边说："杨明啊，你家老爷子这么固执，完全不响应上级的指示，你可得好好劝劝他，千万不要给上级找不必要的麻烦！"

杨明重重地点点头，刘主任说他还得去交代其他老人，急匆匆地走了。

杨明深感为难，老爹的脾气他比谁都清楚。在门口搓了一阵手，他硬着头皮走了进去，哪知刚开口，就被老爹斥了回来。

杨大爷用手指着他的鼻子，严厉地说："我不知道你们到底想搞什么鬼，天下没有这个理，不让老百姓讲真话！除非你们做了什么亏心事！你是不是也有份？"

杨明支支吾吾，这其中的原因也不好跟老爹解释。刚好有村民来找他，杨明趁这个机会脱身跑了。

下午，刘主任打来电话，问杨明他老爹的思想工作做通了没有。杨明叹着气说："我家老头子这人，你越是不让他说，他越是非说不可！刘主任，我真的没辙了。"

刘主任想了想，说："这样，干脆你把老爷子送到亲戚家，让记者找不到人。"

杨明正犹豫着，刘主任严肃地说道："杨明同志，刚才领导说了，你搞不定你家老爷子，镇里就搞定你，你

看着办吧！"说罢挂了电话。

这下，杨明真急了，看来不把老爹这张嘴捂住，他这个村支书的位子恐怕不保啊！考虑来考虑去，他决定把老头子送到姐姐家避避风头。

谁知杨大爷一听，立刻明白了儿子的意图，正要大声斥责，杨明扑通跪了下来："爹，您要么别说真话，要么就躲，我求您了！我这个村支书的位子，就挂您这张嘴上了！"

听说关到儿子的前途，杨大爷犹豫了，半晌才感叹了一句："你们这些人啊，不说假话就办不成一件事！"杨明见状，赶紧推着杨大爷，坐上了自家的面包车，连夜把老爷子送到了姐姐家，交代一番，就匆匆赶了回来。

第二天天还没亮，杨明就被刘主任的电话叫醒了，刘主任叫他马上出去。杨明走出门一看，我的天，记者竟然天没亮就摸进了村。一夜之间，村里停满了大大小小的汽车，一大帮拿着长枪短炮的家伙正在拍个不停。

采访持续了三天，一直很顺利。因为村里所有的老人事先都被交代过，所以在问到有没有见过这样大的洪水时，回答都是一致的。记者们果然问起了杨大爷，说他们都非常关心"竹排爷"现在的情况。幸亏杨明早有准备，骗他们说，老爷子跳下竹排后，就被亲戚接去住了，现在情况很好。记者们虽然遗憾，但也无可奈何了。

就在采访即将结束时，忽然看见村里来了一辆小车。杨明一看，暗吃了一惊，这不是姐夫的车吗？接着，从驾驶室里下来一个胡子花白的老人，正是杨大爷。

杨明和刘主任一看，都是大吃一惊，老爷子这个时候回来，恐怕要坏事啊！没等他们反应过来，一帮记者已经欢呼了起来："看，竹排爷！"说着，争先恐后地向杨大爷跑去。

刘主任随即回过神来，一拉杨

明"快!"撒腿就往前冲。

两人抢在记者前冲到杨大爷跟前，刘主任焦急万分地说："我的爷爷啊，您怎么又跑回来了？"

杨明的姐夫跳下车，跟他们解释，说是他们村外的大堤好像也有崩堤的兆头，以防万一，就先把老爷子送回来了。原以为记者都走了，哪知道迎头撞个正着。

杨明和刘主任面面相觑，急得直跺脚。眼看记者们就要围上来了，刘主任突然有了主意，他一弯腰，把杨大爷往背上一背，健步如飞，径直往村里跑。

那些记者一看，又一窝蜂地在后面追，边追边喊："我们要采访大爷！"

刘主任头也不回，只顾飞奔："大爷病了，不能接受采访！"

记者们哪肯放过一个好素材，穷追不舍。正在刘主任发愁不知往哪儿跑时，背后的杨大爷在他耳朵旁一笑，说："别跑了，放我下来，我让他们采访。"

刘主任喘着粗气说："放、放也行……您可不能、可不能说真话……"

杨大爷说："好吧，我不说真话，可我也不会说假话。"

刘主任一愣，既不说假话，又不说真话，那怎么说法？

"你就放心吧！"杨大爷胸有成竹地说，"我知道怎么说了，保证坏不了你们的事，保证跟你们的意思一个样，行了吧？"

刘主任不太明白，正琢磨呢，记者已经把他们包围了。这下，刘主任彻底没辙了，只得把杨大爷放下来。

杨大爷两脚刚一沾地，无数个话筒就伸到了他面前，一人问一句，七嘴八舌的。杨大爷大声说："一个一个来，我没有这么多嘴巴。"

一个女记者抢先问："大爷，您这么大岁数，见过这么大的洪水吗？"

杨大爷点点头，想都不想就答道："见过，上次的比这次还大得多！"

杨明和刘主任在旁边听得真真切切，不约而同喊了句："坏了！"

记者们也都是一怔，他们原以为杨大爷会摇头呢，马上追着问："大爷您见过吗？是哪一年见过的呀？"

杨大爷说："我三十八岁那年。"

女记者惊讶极了："大爷，您高寿啊？"

杨大爷摸了摸花白的胡子，笑呵呵地应道："今年一百三十八啦！"

这话一出，在场的人都怔住了，以为杨大爷报错了岁数。哪知杨大爷却扳着手指头，认认真真地说道："我三十八岁那年，见过这样一场大水。后来这一百年，就只见过这一次了……"

（题图、插图：魏忠善）

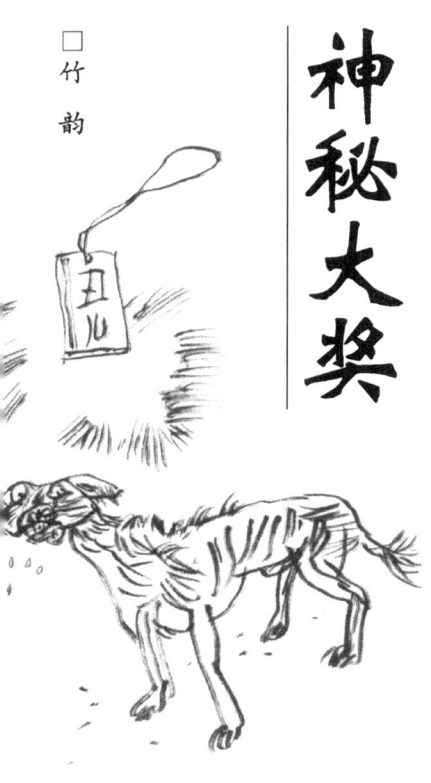

□ 竹韵

神秘大奖

这天，张大娘在路边散步时，发现了一只流浪狗。这狗长得奇丑无比，它眼泪汪汪地望着张大娘呜呜直叫。张大娘心一软，就把丑狗带回了家，还取名叫丑儿。

这丑儿虽说难看，却很有灵性，和张大娘极是亲近。张大娘没了老伴，儿子又很少来看她，有了丑儿的陪伴，她觉得很高兴。

·中国新传说·

可好景不长，小区里贴出告示说，没有狗牌的狗一律没收。可办个狗牌得花好几百块钱，张大娘自己的退休金很少，儿子还经常到她这里搜刮。要办狗牌，她还真没这个钱。

没办法，为了躲开打狗队，张大娘只好和丑儿躲在家里。过了几天，张大娘寻思着应该没事了，就带着丑儿小心地下了楼，丑儿开心地撒腿就跑。不料，刚拐个弯，张大娘就看见前面有人在抓狗。这时，打狗队的人发现了丑儿，拿起杆子就想套，丑儿猛地回过头，拿杆的人吓了一大跳，脱口而出："天哪，这是狗吗？怎么长这么丑啊！"就在他一愣神的工夫，丑儿撒腿就跑远了。

经历了这一次，张大娘更害怕了，再也不敢带丑儿出去了。思来想去，张大娘给儿子阿林打了个电话："儿子啊，我捡了只流浪狗，你能不能帮它办个狗牌？"

阿林一听就火了："你是不是老糊涂了？捡只狗还想办狗牌？我没钱！"张大娘叹了口气，放下电话。

过了几天，张大娘偶然在报纸上发现了一个广告：首届丑狗大赛！只要您的狗够丑，就来参赛吧，全程直播，万人瞩目，冠军丑狗将获价值万元的神秘大奖，圆梦公司帮您实现愿望！看着实现愿望几个字，张大娘不禁心里一动。

很快，张大娘带着丑儿去报名了。到了报名处一看，好家伙，人真多啊。一个中年人正抱着自家的小狗往前挤："凭什么不给我们家的狗报名？"工作人员皱着眉头解释："跟您说了多少遍了，这是丑狗大赛！凡是长得顺眼的狗都没有资格参赛！"

张大娘小心翼翼地抱着丑儿过去，问："您看，我家这只行不行？"工作人员一回头，眼睛顿时一亮"行行行！您这只狗太有资格了！"二话没说就给丑儿办了参赛证。

参赛的丑狗可真多啊，而且丑成什么样的都有。搁平常，这些狗，人们连多看一眼都不愿意，可现在全成了宝贝，越丑越能抓住眼球。要说丑儿也真争气，凭着天生的丑模样，一路过关斩将，毫无悬念地晋级决赛，而且成了夺冠的大热门。

主办方看来是下足了工夫，报纸、电视上全是丑狗大赛的报道。大家都在猜测，要丑成什么样的狗才能获得冠军？这价值万元的神秘大奖到底是什么？

决赛开始了。主人们带着自己的狗依次上台，进行才艺表演。这下可热闹了，狗狗们纷纷亮出绝活儿，有的表演跳高，有的表演接飞碟，还有一只狗狗会算术！张大娘紧张极了，她平时可没训练过丑儿啊。

轮到丑儿表演了，张大娘试着扔了一个球，丑儿看了看，没动。张大娘又扔了一个，叫道："去捡！"丑儿仍旧没动。它可不明白得不得奖的事儿，只要能和张大娘在一起，就是它最大的幸福了。只见丑儿蹲在张大娘身边，伸出舌头轻轻舔着她的手，又仰起脸看着张大娘，就是不去捡球。

张大娘长叹一声，看来这丑儿是与冠军无缘了，自己的愿望也实现不了了。想到这里，她不免有些心酸，眼泪扑簌簌地掉下来。丑儿抬起前脚搭在张大娘的膝上，看了看她的脸，然后忽然伸出舌头，轻轻地把张大娘的眼泪舔干。评委们看到了这一幕，纷纷交换了一下眼色。

张大娘拍拍丑儿的头，说"咱不会才艺，等会儿带你回家。"丑儿看到张大娘不哭了，高兴得转起了圈圈，逗得张大娘破涕为笑。

很快，评委开始宣布比赛结果："此次丑狗大赛的冠军就是丑儿！因为，它丑得浑然天成，又对主人充满感情！"

接着，活动的主办方邀请张大娘上台领奖："祝贺您获得大奖！我们圆梦公司为了扩大影响，专门策划了此次大赛。这次的神秘大奖就是帮您实现一个梦想。只要合理合法，而且价值在一万块钱以内都可以！"

台下顿时沸腾起来，原来神秘大奖就是这个啊！很快，台下又安静下来，记者们纷纷把镜头对准了张大娘，大家都想听听张大娘的愿望是什么。

张大娘万万没想到丑儿会得冠军，她激动万分，抱着丑儿哽咽道："我……我只想要个狗牌！"

主办方以为自己没听清楚，急忙强调："您说什么？只要在一万块钱以内的愿望，我们都能帮您实现！比如您是否需要些什么东西？或者……"

张大娘深深吸了口气，放大了声音："不，我不要别的。我就要一个狗牌！丑儿是我捡回来的，只有它愿意陪着我，它就是我的伴儿啊！可我却没钱给它一个合法的身份，不敢带它出门！我带着它来参加这个大赛，不求别的，只求能给它上个狗牌！"

顿时，现场一片静默，主办方也红了眼眶："您放心，我们会用最快的速度给您的丑儿送上一个狗牌！"张大娘激动得连声说着谢谢，台下掌声雷动。

再说那个不孝子阿林，在电视上看到了这个丑狗大赛，他万万没想到，大赛的冠军竟然是他母亲养的狗，更没想到张大娘竟然只问主办方要了一个狗牌！阿林气得差点把电视机给砸了。

可事已至此，想反悔也没用了。阿林眼珠子一转，就出了门。晚上，他特意买了点水果来到张大娘家，进门就嚷："妈，一万块的大奖啊，您要点

啥不好？偏要个狗牌！"

张大娘含笑看着丑儿，说："要个狗牌我已经很满足了。"阿林跺脚道："您就是吃亏上当的命！这狗咱养了它这么久，拿它换点东西也不过分。"

张大娘一下子生气了，说"丑儿是我养的，和你没关系！"

阿林眨眨眼，赔笑道："好好好，反正已经这样了，我也不跟您争。我又给丑儿找了个生财的门路。我有个开宠物店的朋友，看上丑儿了，已经付了我一千块钱的定金。我这就把丑儿给他送过去。"说着，不由分说抱起

丑儿就跑。

张大娘哪肯答应，在后面追着喊："放下！把我的丑儿放下！"阿林知道母亲不会答应，跑得更快了。丑儿听见张大娘的叫声，挣扎着要跑，阿林哪里肯放，更加死命地抱着。丑儿急了，低头就咬了他一口。阿林大叫一声，狠狠地把丑儿往路中央一扔。正在这时，一辆汽车飞快地开过，刚好撞在丑儿身上。

这一切发生得太快了，张大娘愣了愣，突然发疯般地跑到丑儿身边，只见丑儿浑身是血，眼看是活不成了。张大娘哭着把它抱起来，丑儿突然睁开眼看了看张大娘，眼里闪着泪光，它艰难地伸出舌头，舔了舔张大娘的手，然后慢慢地闭上了眼睛……

一个星期后，圆梦公司的老总带着众多记者，亲自送来了狗牌。张大娘接过亮闪闪的狗牌，泪流满面。她用手轻轻擦拭着狗牌，转身拿来了一枚银针。大家奇怪地看着她，不知她要做什么。只见张大娘颤抖着手，用针在狗牌背面刻上了两个字：丑儿。

然后，张大娘带着大家来到楼下，指着一棵大树，说："丑儿……在这里。"大家这才知道，丑儿已经死了。有人出主意："留着这块狗牌，您再养一只小狗吧。"

张大娘摇摇头，慢慢挖开浮土，把那块狗牌放进去，说："丑儿太可怜了，我要把这块狗牌留给它，让它在那边儿能堂堂正正当一回有牌的狗。"

（题图、插图：魏忠善）

出个名容易吗？

□ 张晓雨

临危受命

这几年，全国各地选秀比赛如火如荼，吸引了无数有着明星梦的年轻人。这不，老牛家的宝贝女儿思思，读书读不进，穿衣打扮却是个天才，还整天想着一夜成名，最近更是千里迢迢地跑去外地，参加一场选秀比赛。

老牛两口子靠做点小生意，把女儿拉扯大，对女儿是百依百顺。女儿这次参加选秀比赛，两口子也一直给钱支持。几个月后，思思突然打来报喜电话，说她在众多选手中脱颖而出，成为全国总决赛的十强选手。

老牛和老婆听了，兴奋得搂成一团。不料，思思语气一转，郑重地交代父母，过几天，她的经纪人马先生

会来找他们，让他们千万要听马经纪的话，要绝对服从他的安排。

老牛两口子虽然心有疑惑，但觉得这肯定关系到女儿的前途和命运，自然满口答应了。

过了几天，思思说的经纪人果然找来了，一看是个脑壳光了一半的胖子。他一进门坐下，就拿出一盒火柴，点着一根，说："祝贺你们呀，你们的女儿就要像这火柴一样了。"老牛两口子一看，兴奋得直搓手。

"可是……"胖子话锋一转，指着火苗道，"为了这把火，必须要有人在幕后默默做出贡献，甚至牺牲，就好像是这根火柴梗。"

老牛琢磨着，一拍大腿说："我明白了，我们现在就要当火柴梗！"

"太对了！"胖子点点头，打量了一下他们的房子，叹道，"看来要委屈二位，暂时跟你们这个宽敞明亮的家

告别了！"

老牛两口子顿时愣住了。胖子接着告诉他们，思思在一次晋级赛中，透露了自己的家庭。她说自己家很穷，父母都下岗了，母亲还瘫痪在床，只能靠父亲每天在街上捡垃圾维持生活。

听到这儿，老牛两口子张大了嘴。思思咋能这么说呢？又是下岗又是瘫痪的，他们在服装市场有个小摊位，虽然辛苦了一点，但收入还不错。

胖子解释道，这么说是为了博取

评委的好感和观众的眼泪，归根结底就是为了一个字——火！

老牛愣愣地问："那……你要我们干什么？"

"配合！"胖子一本正经地说，"思思现在已经是公众人物了，随着比赛的进展，她的家庭将会越来越受到大众的关注。如果这时被人发现她在说谎，那对她将是致命的打击！"

老牛两口子顿时紧张起来。胖子指示他们，当务之急是搬家。在以后的日子里，他们生活中的一举一动、一言一行，都要务必完全符合思思描绘的情况。一句话：进入角色！

老牛听着听着，心里头有种怪怪的感觉，女儿怎么好像成了《潜伏》里的余则成一样，而他们则在后方演戏，替她打掩护。这么一想，他脸色有点犹豫起来。可不等他表态，老婆抢先拍了拍胸脯，说："马经纪，您就放心吧，我们一定把这戏演好！"

胖子笑着拍拍老牛，说："等思思真的火起来的时候，你们就可以名正言顺地享福了！"

事情到了这地步，老牛只得点点头说："好吧，一切都是为了女儿！"

配合演戏

胖子走后，老牛两口子立刻动起手来，先把市场上的摊位转让了，然后在偏僻处租了间破房子，到旧货市场买了些旧家具、旧衣服。弄好了一看，还真像个捡破烂的人家。

第二天一早，戏就得真正开演了，老婆要躺在床上装瘫痪，老牛只好一个人出了门。看到垃圾桶，他就装模作样地翻一翻。虽然他是醉翁之意不在酒，但那垃圾的臭味实在让他吃了不少苦头。走了半天，他才捡了小半袋，最后一屁股坐下来偷懒。

老牛只感到又累又饿，又羞又怕，不禁暗暗埋怨起女儿来：思思啊思思，你说我干什么不好，偏要说我捡垃圾！

下午回到家一看，老婆只准备了两个馒头和一块咸菜，老牛气呼呼地骂道："老子在外面累了一天，你就给我吃这个？"

老婆用手指戳了戳他额头，说："你还没进入角色！马经纪昨晚不是来电话，说咱们的新地址已经暴露了，说不定现在外面就有记者在监视咱们呢！你想毁掉女儿的前途吗？"

老牛一听，没了脾气，却怎么也吃不下，躺在床上生闷气。等天黑了，老牛才偷偷摸摸溜出去，买了一只烧鸡两瓶啤酒回来。吃饱喝足，他不由得长吁短叹：做幕后工作，实在是太辛苦了！

就这样，过了一个多星期。这天晚上，两口子正躺在床上感慨，突然女儿来电话了。思思甜甜地说："爸爸、妈妈，你们辛苦了！"

一听这话，老牛差点流出了眼泪。正要问问思思现在的情况，思思却说："爸，以后您出门，要装成跛子。"老牛大吃一惊："为什么？"

思思说，昨天电视台采访她，她一时心血来潮，把父亲说成残疾人了。老牛急了："你这不是没事找事？"

思思撒娇道："后来我也后悔啊，可话说出去就收不回来了，您就再为我牺牲一下吧。"

老婆在一旁插嘴："跛就跛了呗，不就是走路慢点嘛，我还瘫痪哩！"

老牛一脸的不高兴，把手机塞给老婆，倒头就睡。

第二天出门前，老婆再三提醒老牛，说这几天可能会有记者来采访他们，叮嘱他立即进入角色，记住，是左腿跛了！老牛叹了口气，无奈地学起了跛子走路。

晚上，当老牛一瘸一拐地回到家时，发现屋里多了个小伙子，挎着照相机，正坐在床头和老婆聊着，看来记者还真来了。

应付记者，老牛两口子早作了准备。胖子临走时，还交给他们一个本子，里面详细记录着他们现在的身份和状况。每天晚上没事干，他们就背小本子上的内容，早就背得滚瓜烂熟了。所以不管记者问什么，两口子都能对答如流。

送走记者，老牛和老婆对视一眼，脸上都露出了胜利的微笑。

回归真实

又过了一个星期，这天老牛在街上走累了，刚想坐下来，突然有个小伙子盯着他上上下下地打量起来。

老牛一惊，还以为撞上了以前的熟人，正转身想走，突然那小伙子指着他大喊一声："就是你！"然后不由分说，朝他鼻子"啪"的就是一拳。

老牛伸手一摸，呀，见血了。没等他反应过来，小伙子又怒不可遏地揪住他的衣领，骂道："呸！你这禽兽不如的东西！"

老牛生气地大叫起来："你乱打人干吗？"不料，小伙子怒气冲冲地说："打的就是你！我问你，你是不是思思的继父？"

继父？老牛愣了一下。小伙子咬牙切齿地喊道："你这个畜牲！你竟然连自己的继女也要奸污！你糟蹋了我的思思，老子跟你拼了！"

这真是从何说起啊？此刻，老牛彻底糊涂了，眼见小伙子又要挥拳打来，他连忙抱着脑袋，也不管跛子不跛子，撒腿狂奔。

回到家一看，地上满是碎砖头，窗户被砸得七零八落的。老婆心有余悸地说："也不知从哪儿飞来一阵砖头，就变成这样了，是不是你在外面招惹谁了？"

老牛火冒三丈地说："惹个屁！"低下头，忽然看见一块砖头上绑着一团纸，忙解下来一瞧，纸上的字触目惊心：奸污继女，天理不容！

老牛把纸一扔，拿起手机就给思思打电话。电话一通，他就气急败坏地嚷了起来："思思，你搞什么名堂？什么继父？什么奸污糟蹋？"

思思委屈地说："爸，您已经知道了吧？我正要通知您呢，这是马经纪请人故意放出来的，是谣言！"

老牛大喝一声："你让那个死胖子给我打电话！"

过了一会儿，胖子的电话来了。他先听老牛发泄了一通不满之后，才不愠不火地说道："牛先生，你知道吗？思思现在的火已经点着了，但还不够大，需要浇一点油。浇什么油呢？谣言和绯闻就是最好的油……"

"屁话！"老牛仍然无法接受这个现实，"接下去还浇什么？你是不是要把我们两口子都烧了？"

胖子哈哈一笑："不不不，下一步你们两位就不必当浇油的油了，而是找一个比思思更火的人……"

挂了电话，老牛愤愤地喊道"老子明天就去找他们，揭穿真相！"老婆急忙阻拦道："那思思不就完了？"

老牛怒气冲天地说："完了就完了！谁知道那个死胖子还会玩什么花样？再这样折腾下去，恐怕连这个女儿都保不住了！"

第二天，老牛变回本来的形象，风尘仆仆地赶到了女儿的住处。一下车，刚好看见女儿和胖子从里面走出来。

老牛冲上前，一手揪住了胖子，怒斥道："你到底想干什么？"说着，一巴掌扇了过去。

胖子拼命想挣脱，思思也上来劝架，三个人顿时扭作一团。忽然间，老牛听到周围响起一阵咔嚓咔嚓之声，闪光灯闪个不停，松开手一瞧，原来旁边早围满了人，正兴致勃勃地拿着相机拍他们哩。

思思急了，冲上去拦着记者们："你们别拍了，别拍了！"

老牛豁出去了，反而振臂高呼："你们快拍，我今天就要向你们揭露一个真相！我是思思的亲生父亲，我没有奸污女儿，我老婆也没有瘫痪，一切都是这个死胖子的主意……"他说得正起劲，冷不防冲上来几个人，七手八脚地硬把他拖进了宾馆，反锁在一个房间里。

过了好一会儿，胖子和思思走进来。胖子的脸上笑成了一朵花，他走过来紧紧握住老牛的双手，连说了三个"好"字。

老牛瞪着胖子吼道："好个屁！"

不料，胖子一点儿也不介意，反而充满了兴奋和感激之情，说："牛先生，您这瓢意外的油浇得太好了，思思这把火想不旺都不行啊！"

思思在一旁不敢面对父亲，哭着说："爸，这是炒作……我也不想这样，可我身不由己……"

"炒炒炒……"老牛怒不可遏，指着女儿的鼻子骂道，"再炒你就熟了！"说着，他鼻子一酸，眼眶一热，差点儿要哭出来了："思思，爸爸其实一点不稀罕你当不当明星，我只要一个实实在在做人的女儿，你懂吗？"

思思抹着泪，走过来一把抱住老牛的胳膊，哭着说："爸，我错了……"老牛拍了拍女儿，转身冲胖子吼道："你自个儿炒去吧！"说完拉着女儿就往外走，"女儿，咱们回家！"

（题图、插图：谭海彦）

赶不走的 "冤家"

□ 寒汐

俗话说"同行是冤家"，真是一点儿也不假。有个叫姜大伟的年轻人，在小区门外租了一间小小的门面房，卖铁板烧烤，生意一直很红火。不过最近他却笑不出来了，原来几天前，在离他摊子十来米处，有个小伙子支起了一个卖羊肉串的摊子。羊肉串肉质鲜美，小伙子能说会道，立刻受到了大家的欢迎。姜大伟的生意一下子被抢去了不少，收入直线下降。

姜大伟不甘心生意被抢，他先去卫生防疫部门把小伙子给告了，可里面的工作人员却说，他们已经把小伙子卖的羊肉串和调味料拿去化验检测了，完全符合卫生标准。

姜大伟又来到城管大队，说小伙子没有营业执照，违规占道摆摊。看着城管人员把小伙子的羊肉摊扔上车开走了，姜大伟终于松了一口气。可

第二天，姜大伟就傻眼了，小伙子又若无其事地出摊了。姜大伟急了，跑去问城管，城管人员轻描淡写地说："你们各做各的生意，你的铁板烧要真的好吃，就不怕别人抢生意！"

无奈之下，姜大伟只好垂头丧气地回到自己的门面房。这时，老婆淑玲回来了，劈头就问："哎，这都几点了，你怎么还不准备出摊啊？"老婆回娘家住了半个多月，还不知道羊肉串摊子的事情。

姜大伟把账本丢给老婆看，淑玲越看越吃惊"我才走了半个月，生意就差了这么多？"

姜大伟把事情原原本本地告诉老婆，淑玲若有所思地说："卫生部门

28

不管，城管部门也不管，不是收了好处，那就是……有后台！肯定那个小伙子的亲戚是什么局长部长的，那些执法部门都管不了！"

姜大伟沉吟道："不会吧，他要是真有那么硬的后台，干什么不好，却来这里卖羊肉串？"

淑玲想了想，嘴角浮起一丝冷笑："哼，看来我们要出狠招了！我表弟是当临时演员的，明天我让他找几个跑龙套的哥们儿，把摊子给砸了！"

姜大伟吓了一大跳，犹豫道："这……不行吧。砸了人家的摊子，万一再伤了人，那可是刑事罪啊！"

淑玲白了老公一眼："你想什么呢？我是说砸咱们自己家的摊子！让那些临时演员装成混混无赖，到咱们家摊子来捣乱。这叫杀鸡给猴看，那个卖羊肉串的看见这里恶势力这么猖獗，肯定会被吓跑的！"

姜大伟一听，不禁朝老婆竖起了大拇指："高，实在是高！"

第二天，淑玲的表弟果然带了几个哥们儿，来表姐夫的烧烤摊砸场子。别看是临时演员，演技还真不错，把一个好端端的烧烤摊弄得鸡飞狗跳。

就在一伙儿人闹得最凶的时候，那个卖羊肉串的小伙子看不下去了，跑过来嚷着要报警。淑玲见戏演得差不多，朝表弟一使眼色，表弟心领神会，带着人骂骂咧咧地撤了。

接下来的戏轮到自己和老公演了。淑玲装模作样地抹着眼泪，说："天啊，这日子可怎么过啊？"

姜大伟也愁眉苦脸地对小伙子说："唉，这些人一到月底就来捣乱。白吃白拿不说，还要收什么保护费。辛辛苦苦一个月挣的钱，还不够打发他们的呢！兄弟，我这是没办法，租了这个门面房到年底，只能硬撑下去。你就一个小摊子，搬走最容易，你还是另找个好地方做生意去吧，别到头来像我一样受罪！"

哪知那个小伙子摇摇头说，做人不能畏缩，要跟恶势力抗争到底，还说下次再有人来捣乱，他就报警！

姜大伟和淑玲傻眼了，你看看我，我看看你，这回是彻底没招了！

又过了两天，正是傍晚人流旺的时候，姜大伟正在出摊，忽然一群染着金毛、刺着文身的小混混来到卖羊肉串的摊子前，把小伙子团团围住，不停地叫骂。姜大伟看见了，问老婆"你又叫你表弟他们来了？"

淑玲摇摇头，诧异地说："没有啊，都是生面孔，不是我表弟那伙人，看来是真的坏人，哼，报应！谁叫他偏不走！"

两口子正小声嘀咕着，只见卖羊肉串的小伙子冲出小混混的包围圈，向小区大门口狂奔。

突然，只听"砰"的一声枪响，周

·中国新传说·

围的人们连连惊叫，现场一片混乱，只见一个一瘸一拐的人拿着把手枪不停地朝这边开枪，那几个小混混纷纷抱头逃窜。

姜大伟的烧烤摊子也受到了牵连，整个摊子惨不忍睹。姜大伟心疼极了，但也只能躲在摊子后面，不敢出来。正在一片鸡飞狗跳的时候，枪声突然停止了。姜大伟小心翼翼地探出脑袋一看，原来那个开枪的瘸子被卖羊肉串的小伙子死死地摁在了地上，并戴上了手铐！

这时，警车和救护车都来了，开枪的瘸子被押上了警车。

过了一会儿，卖羊肉串的小伙子跑过来和姜大伟两口子打招呼："你们没事儿吧？"姜大伟这才如梦初醒："原来你是警察啊！"

小伙子点点头，说："是啊，那个瘸子是个持枪杀人的在逃犯。我们接到线报，他就躲在这个小区里。这小区里有幼儿园，如果我们强行搜捕，怕连累到无辜的孩子和其他居民。因此，上级就派我和同事守住这小区唯一的大门。我觉得假扮成卖羊肉串的最合适不过了，没想到却抢了你们不少生意，真是不好意思啊！"

姜大伟彻底明白了："怪不得那些执法部门都不管你呢，原来你是被派来的卧底啊！我说怎么赶也赶不走呢！"

小伙子拍了拍姜大伟的肩，笑道"这回还真要谢谢你呢。其实逃犯早已识破我的身份，一直不敢出来。直到他看见你的烧烤摊被小混混捣乱，才想出个法子，打电话叫来几个小流氓围住我，他好趁乱脱身。否则还不知他要躲到什么时候呢！这回我这个'冤家'不用你赶，也会走了。祝你们财源广进啊！"说完，转身走了。

看着周围恢复了平静，姜大伟不禁心花怒放，大声喊道："老婆，赶快收拾好摊子，出摊！"

（题图、插图：魏忠善）

石头的价值

□ 黄 彦

老区是个玩石头的人，而且以石为生，可惜财运不济，从来没淘到什么宝贝，倒是亲眼见着几个同行捡到奇石，一夜之间成了富人。

这天，老区也不知哪根神经搭错了，一时发了狠，沿着常去的河边逆流而上，越走越远，最后钻进了一座大山之中。真是老天有眼啊，还真让他捡到一块自认为举世无双的奇石。老区当即把奇石命名为"天外飞仙"，并拍着大腿发誓："没有一百万，老子宁卖老婆也不卖石头！"

老区满心欢喜，兴冲冲地抱起石头，沿着一条小路下山。可走了好久，老区都看不见小路的尽头，他渐渐走不动了。这些天，他就没吃过一顿饱饭，早饿得两眼无光，两腿发软，怀里这块石头，又大又沉，估计得有四五十斤。

就在这时，前面突然出现了一个小村子，而且村口居然还有个小店。老区喜出望外，拼尽全力抱起石头，一鼓作气走到小店门口，放下了石头，半天也没爬起来。

小店里坐着个三十几岁的女人，奇怪地问他："喂，你是哪来的？搬块石头挡在我的店门口干什么？"

老区缓过劲来，连说对不起，然后向女人打听这是什么地方。听那女人一说，老区不禁倒抽一口凉气。原来他已经走到邻县去了，从这儿到自

己家，先要走一条不通汽车的山路到镇上，起码要两个小时，然后再在镇上坐汽车，还得要好几个小时才能到家。

老区心想，光靠自己一个人，要把石头搬到镇上搭车，这条老命恐怕会丢在半路。于是就求女人帮他找两个人，把石头运到镇上去，一人给两百块工钱。

女人一听，眼珠子骨碌碌一转："你要这块石头干什么呀？"

老区当然不能告诉她石头的价值，说："你别管，你只要帮我找两个人就行了，一人两百，说话算数。"

女人打量打量他，叫他等一会儿，转身进了村。几分钟后，她带着一个壮实的男人回来了，说是他老公，一个人就可以了，但要给足四百。

老区一瞧，那男人推着一辆木头独轮车，忙说行行行。

女人的老公满脸怀疑，又瞧了瞧老区那块"天外飞仙"，不高兴地责问女人："这乞丐哪来的？叫我运石头，疯了吧？"

老区听他叫自己乞丐，愣了愣，然后下意识地往身上一摸，竟没带钱包，现在身上哪还有一分钱？他只好眼巴巴地恳求道："大哥，帮帮忙啊，我现在没钱，过后我给你一千块，行不行？"

"你就是说一万块我也不干！"男人头也不回地走了，边走边说，"你想让人家把我当大傻瓜笑话啊？"

老区急得束手无策，折腾了这么长时间，他早饿得眼冒金星，一屁股坐到地上，眼睛直勾勾地盯着女人小店里的食物。

突然，老区灵机一动，对女人说"大姐，能不能赊点东西给我吃？我把石头押在这儿，几天后一定来还钱。"

女人听了，不禁又好气又好笑："我真不知道你是骗子还是疯子！好吧，那你想赊什么？"

老区见她同意，大喜过望，指着店里的东西说："我想赊两包饼干，三包方便面，还要几瓶饮料……"

女人没好气地打断他："好了好了，你这块破石头能值这么多东西？"想了想，不容讨价还价地说，"就给你两包面，要不要？不要算了！"

老区一听，不由得唉声叹气，这块价值百万的石头，在女人眼中，居然只等同于区区两包方便面。可事到如今，他也只得忙不迭地点头说："要要要！"

女人拿了两包面给他，然后给他倒了一大碗开水。老区一阵狼吞虎咽，把面吃得干干净净，好歹混了个半饥不饱。

然后，老区把石头搬进了小店，对女人恳求道："大姐啊，麻烦你一定要好好保管这块石头，过几天我就拿钱来赎，我一定会重金谢你的！"

女人不耐烦地说："行了行了，谁会要你的石头？"

老区依依不舍地抚摸了一阵"天外飞仙"，一咬牙走了。谁知刚走出村口不远，就听到后面有人叫他站住，回头一看，原来是女人和她老公，那男人怀里还抱着他的石头。

老区一惊："怎么啦？"

女人的老公把石头往他面前一放，哼了一声，说"把你的石头带走，我们不想替你保管！"

老区傻了，这女人怎么又变卦了？他忙说："我不是已经押给你了吗？"

女人摆摆手，说："就两包面，才一块钱，押什么押啊？就当我送给你吃了，你也不用来还钱了。"

老区急了："不行，我一定要来还钱的！"

女人尖着嗓门说："谁知道你有什么阴谋，说不定过几天回来，要我们赔你十万八万的，我们可赔不起！"她老公则抱起双手，冷冷地看着他说："你最好把石头带走，要不然，出了什么事我们可不负责任！"说罢两口子掉头回去了。

老区有些啼笑皆非，这两口子也太谨慎了吧？正感觉左右为难，转念一想：这里的人都不懂奇石，我索性大大方方丢在这儿，想来也不会有谁动它。

于是，老区抱起石头，放在小路旁边的草丛中，最后深深地看了一眼，拔腿就往山下跑去。

第二天早上，老区终于回到了家。他也顾不上洗个澡刮个胡子，进屋就给一位好朋友打电话。朋友风风火火地赶来了，见了他的样子大吃一惊。

听老区把经过一说，朋友一拍大

腿，说："哎呀，你八成被他们骗了！他们就算不识货，看你那么紧张，傻瓜也知道石头值钱啊！他们一定是故意把你逼走，然后把石头占为己有！"

老区一听，"啊"地大叫一声，不禁悔恨交加：早知如此，当初就是累死在半路上，也不能把石头丢在那儿啊。

朋友又分析说："不过现在去也为时不晚，他们到底是外行人，你给他个两三万，买回来就是了。"

老区猛地跳了起来，抓起存折就去提了十万块，然后马不停蹄地和朋友租了辆车就走。

第二天，他们终于到了那个小村子的村口，老区迫不及待地跳下车，扑到他放石头的草丛中一看，脑袋轰的一声，差点晕倒在地。石头果然不见了，他那天明明就放在这儿的啊！

朋友提醒他说："别急，去找那个女人。"

老区急忙跑到小店里，一看女人正坐在里面，他大声喊道："大姐，我那块石头呢？"

女人看是他，又惊讶又慌张，失声叫道："你还真回来找石头了！不过，你那块石头在不在可不关我的事啊，我说过不要你抵押的！"

老区连连点头，讨好道："是不关你的事，我只想问你，是谁搬走了？我想去买回来。大姐，要真是你搬走的，你就把它卖给我吧，我给你

一万块！"说着，刷地拉开皮包，掏出一叠厚厚的钞票。

女人松了口气，再一看他的钱，不禁愣住了，两眼瞪得又大又圆，不敢相信这是真的，顿了顿才说："那块石头，真这么值钱？"

老区着急地说："你别管，一万块你卖不卖？"

女人脸色煞白，喃喃道："不是我搬走的，我要它没什么用，是别人搬走的。"

"是谁？"老区刷刷刷数了十张钞票，"啪"地往女人手里一塞，"你带我去，这一千块给你！"

女人简直吓傻了，呆呆地看着手里的钱，犹豫了一会儿，把钱推还给老区，说"我不能白要你的钱，不过，我可以带你们去找人。"

老区跟着女人走进了村子里的一户人家，女人指着一个正在院子里和泥的老汉说："这是我二叔，他昨天建厕所，把那块石头拿来垫墙脚了。"

老区听了，差点没昏过去，可等他扑到墙脚边，却没找到那块"天外飞仙"。老汉朝墙脚的一块石头一指，乐呵呵地说："这不就是那块石头嘛！"

老区看了一眼，这回彻底晕了过去。只见那块价值百万的"天外飞仙"，已经被老汉凿成了一块四四方方的石头。

（题图、插图：刘斌昆）

小小的
红灯笼

□ 童树梅

今天是大年三十，当我走出长途车站时，已是万家灯火，天上还飘着雪花，我冻得浑身发抖，打算赶紧打车回家，可等了老半天也不见一辆出租车经过，一时间我心急如焚。

突然，耳边传来一个声音："大妹子，坐三轮吧，又舒服又暖和！"

我回过头一看，只见身旁停下来一辆三轮车，车龙头上还挂着一盏小小的红灯笼。车上一位黑黑的中年汉子正热情地朝我吆喝着。这对于我来说，犹如雪中送炭，我想都没想，就钻进了车。这车子两侧还挂了厚厚的棉布帘子，很挡风很暖和。

我知道春节前后一向是大小商家狂宰人的时候，于是，我报了自家的地址后，很警惕地问道："要多少钱？我可是本地人，你蒙不了我的。"

汉子一边蹬车，一边兴奋地说："你放心好了，不管是本地人还是外地人，我都不会瞎要的，十块钱，不多吧？好了，你坐稳了，咱这就出发喽！"

我暗暗地吃了一惊，这价格一点也不高，这汉子是不是傻了？

车子不快不慢地行驶着。这时，街上已经空荡荡的，很少能看到行人或车辆。突然，我觉得有点不对劲，三轮车并没有往我家的方向前进，而是在往反方向走！顿时，一股寒意从我后背直冒上来：莫非这汉子是个坏人？他要把我带到一个陌生隐秘的地方好下手？再说，他要的钱这么少，分明是引我上钩，还有，他那抑制不住的兴奋样子……

这么一想，我紧张得手心里全是汗，脑子里飞快地想着对策。我假装

客气地试探他："我说师傅啊，除夕夜也出来挣钱，你可真辛苦啊！你老婆孩子不惦记你吗？挣钱的日子长着哩，一家子快快乐乐地团圆守岁，多好啊！"

汉子一听我的话，蹬得更有力了，欢快地说："可不是嘛，一家子团圆多好，可我媳妇还没下班哩，所以啊，我一边做生意一边等她，她一下班，我就去接她。"

我听了，心中的疑惑更大了，哪有媳妇在除夕的深更半夜还没下班的？这家伙连扯谎都不会。

我决定求救，便掀开帘子四下张望，看有没有路人经过。突然，我惊讶地发现，不知从何时起，在我坐的三轮车后面，竟然悄无声息地跟着好几辆三轮车，每辆车的龙头上都挂着一盏小红灯笼。此刻，这些原本喜庆的小红灯笼，在我看来就像一只只可怕的眼睛，闪烁着危险诡异的红光。

原来这汉子不是单独行动，他们有一个团伙，这小红灯笼很可能就是团伙标志，他们在尾随伺机作案!

我害怕得浑身发抖，连跳车的心都有了。就在这危急时刻，迎面驶过来一辆警车，我立刻掀开帘子，一边拼命挥手，一边不顾一切地尖叫起来："快救我、快救我！"

锐利的叫声划破了夜空，很快，两名警察跳下车直冲过来。汉子和他的同伙全被带到了派出所。警察一边给我录口供，一边打电话通知了我的老公。很快，老公赶到了派出所，他看到我惊魂未定的样子，便和警察提出录完口供后，先带我回家安顿一下。恰好派出所所长和老公是熟人，知道我们两口子都是本分人，当即同意了，说他们正在审讯那些三轮车夫，一有结果便通知我们。

走出派出所，我仍然心有余悸，浑身发抖。我们在寒风中等了好久，才有一辆三轮车经过，我发现这辆车的龙头上没有挂红灯笼，这才稍稍放心地和老公坐了上去。

三轮车飞快地行驶着，眼看离家越来越近，我终于放松下来，便对老公详细描述了刚才的惊险遭遇，最后气愤地说："那家伙肯定是个坏人，他还有好几个同伙，现在在派出所里有他们受的了。"

老公还没吱声，那个正用力蹬车的三轮车夫突然说话了："大妹子，你误解我们了，更误解他了！"

我愣了一下，问道："师傅，你也认识他？"三轮车夫叹了口气，说："他说的一点也不假，他确实在等媳妇。至于大伙一起挂个小红灯笼根本不是什么团伙标志，只是因为今年流行这个，讨个好彩头迎接新的一年嘛，而我没挂是因为出门时忘带了。"

接着，三轮车夫告诉我们一个故事。前几年春节前的一天，之前载我的那个三轮车夫和老婆吵嘴，还动手打了老婆，结果老婆一气之下跑回了娘家。到了年三十晚上，他到丈人家诚心认了错，老婆这才回心转意，不料就在回家途中出了车祸，离开了他。

从此以后，每年的大年三十便成了他最难捱的日子，每到这时，他便出现幻觉，想象着老婆要回来了，接下来便整夜不睡觉，兴奋地在大街上转悠、等待，直到凌晨……

三轮车夫说到这里，老公的手机突然响了，老公接完电话后，对我说："警察打来的，跟这位师傅说的一模一样，说你误会人家了，那汉子走错路是因为没听清咱家的地址，你说的是安民路，他听成了爱民路。"

我心里顿时不安和内疚起来，眼前浮现出那个憨厚的汉子一脸兴奋的样子，接着又问三轮车夫："那另外几辆三轮车为什么要一路跟着我？"

三轮车夫说："那是因为我们怕他出事。有一年除夕，天特别冷，可他就是不肯回家，一直转、一直等，当我们找到他时，他差点冻僵了，手脚都不能动了……所以现在每年的除夕，大伙轮流陪他一起在街上度过。"

我听了更觉得愧疚，于是对三轮车夫大声说："请您这就回头，我要向他、向各位受委屈的师傅当面道个歉，是我误会了大伙。"老公听了十分支持。于是，三轮车夫调转车头，又向派出所的方向驶去。不一会儿，三轮车夫就叫了起来："看，他来了，最前面的一个就是他！"

我和老公抬头望去，只见迎面驶来一辆三轮车，蹬车的正是先前那汉子，只见他两眼放光，一脸的兴奋，似乎在想着这世上最快乐的事。

接着，我看到他身后依然跟着那几辆三轮车，每辆车的龙头上都挂着一盏小小的红灯笼，随着车子的行进轻轻摇晃着。在这无比寒冷的除夕夜里，那串流动的红光是那么的微弱，却又分外的温暖。

（题图、插图：刘斌昆）

·传闻逸事·

将军吃蟹

□ 刘 辉

少爷落难

清末，吴江阳澄湖边住着一位吴老汉。有一日，他在湖里掏得几条泥鳅，捉得几只螃蟹，欢天喜地地拿回家，煮成一锅，在屋外院子里摆上了桌，自斟自饮，甚是快活。

那螃蟹没什么肉，吴老汉人老齿钝，只撬开蟹盖，胡乱吃了两口蟹膏便罢。正暗自感怀呢，忽然听见有个声音叫道："暴殄天物！唉，螃蟹不是这么吃的！"

吴老汉一惊，四处环顾，却不见人影，于是问道："是谁？"

过了一会儿，从一边的瓜棚下钻出来一个年轻男子，走过来说道："老伯莫慌，我不是坏人。"这人看起来二十出头，穿着十分华丽的衣裳，却满是泥尘污垢，下面还打着赤脚，脸色憔悴，显得十分狼狈。

年轻人来到桌前，连连道歉。原来他早藏在瓜棚中，眼见吴老汉在吃蟹，全然没有一点章法，忍不住叫出声来。

当时慈禧太后西逃，八国联军杀进城，北京城乱成了一锅粥。吴老汉见他文质彬彬，细皮嫩肉，估计八成是个逃难的富家少爷。

吴老汉原是北方人，入伍多年，在一次作战时伤了腿，解甲归田。只因家中无亲无故，索性到处漂泊，最

38

近才在阳澄湖边住下。想到国家命运堪忧，吴老汉也不禁微微叹息一声，问道："你说螃蟹不是这么吃的，那该怎么吃？"

年轻人盯着盆里剩下的两只螃蟹，脸上满是惋惜，轻轻叹道："哎呀，这是正宗的阳澄湖蟹，且是雄蟹。所谓九雌十雄，眼下正是十月，雄蟹膏多肉肥，老伯却如此草率，未免……未免有些糟蹋了。"

吴老汉哈哈一笑："你要是喜欢吃，就拿去吃吧！"

年轻人大喜，连声道谢，拿起了螃蟹，却没有立刻吃，咽着口水说："倘若方便，还请老伯给碗饭吃。"

吴老汉笑着答应了，当即淘米烧饭。年轻人显是饿极了，连吃了三大碗饭，这才放下筷子。吴老汉见他不动螃蟹，便问他为何不吃。

年轻人说："我要留着晚上再吃。"说罢居然把螃蟹放进怀里藏着，接着，扑通朝吴老汉双膝跪倒，求道："老伯救我一命啊！"

吴老汉见惯了风雨，不慌不忙，叫年轻人起来坐下，淡淡地说："你先告诉我，你什么来历？要是有一点隐瞒，就请你立刻走人。"

年轻人犹豫了片刻，眼中掉下泪来，举袖一抹，便说了出来。原来他住在苏州，姓沈，老父在天津做官，是个将军，在抵抗八国联军中战死。没想到朝廷追究，老父竟做了替罪羊，

累及家人，满门被斩。幸好他当时正与朋友在湖中游玩，听到风声，这才捡得一条小命，一路辗转流落到此。

听到这里，吴老汉不禁又是一声长叹，所幸他无牵无挂，也不怕担当什么罪名，就对年轻人说："沈少爷，既然这样，你就在老汉家暂且委屈一下吧。我这里没有外人来，只要你不露面，不会有人知晓。"

沈少爷感激不已，又说他老父在朝廷还有一位至交，是李鸿章的门生，待事件平息后，当会尽力为他斡旋。倘若他沈家能重见天日，一定会重谢吴老汉。吴老汉只哈哈一笑，自然不把此话放在心上。

东山再起

第二日，吴老汉起床后，见沈少爷在房中睡得正香。他走到院子里一看，昨晚那两只螃蟹还完整无缺地摆在桌上。他心下奇怪：这人见我吃螃蟹，连呼糟蹋，送给他吃，他却偏不吃。

正想着，吴老汉随手拿起一只螃蟹，却感觉不对劲，螃蟹轻得出奇。一怔之间，蟹掉在桌上，散成了几块。吴老汉拿起另一只，也是如此。他凑近仔细一瞧，才发现螃蟹分明已经被人吃过了，只剩一个空壳，里面的肉都不见了。

吴老汉怔了怔，心道：这少爷的

牙齿倒是厉害,怎么能把肉吃得这么干净,壳却一点也不破损?

自此以后,那沈少爷就住在吴老汉家里,几乎不出门,只是偶尔会跟吴老汉去湖里打鱼。倘若捉得螃蟹,他就会兴高采烈地央求吴老汉去打黄酒,但他总不愿当着吴老汉的面吃蟹,等吴老汉睡着,这才悄悄地起身蒸螃蟹。吴老汉早上醒来,常会发现桌上摆着整整齐齐的螃蟹壳。吴老汉晓得他有些古怪不愿示人,就也没怎么在意。

过了几个月,有一日吴老汉从湖中返回,却不见沈少爷。等到中午,突然响起一阵马蹄声,只见沈少爷欣喜若狂地骑马回来了。原来他冒险进了一趟城,打探到了自家的好消息,并且还见到了寻找自己的家人。

沈少爷跳下马,欢天喜地地说:"我沈家终于重见天日了!我这就马上回苏州去,特地回来跟您辞别。"说罢,从怀里摸出一个小巧的盒子,感激地说,"吴老伯,多谢您的收留救命之恩。我出逃时身边只带着这件东西,现在送给您,聊表心意!"

吴老汉只推辞了两句,沈少爷就把盒子往他怀里一塞,然后飞身上马,匆匆走了。

吴老汉把盒子放到桌上一看,上面精雕细刻,光是这个盒子就价值不菲。打开盒子,只见里面装着几件小东西。拿起来看,竟都是白银做的,有小圆锤、小方桌、小斧子、小叉子、小剪刀、小镊子、小钎子和小匙,总共八件,做得小巧玲珑,十分精美。

吴老汉看了半天,也弄不明白这些小物件是用来干什么的,心想或许是有钱人家打制出来给小孩玩的吧?便把盒子藏好,也不再理会。

一晃过了月余,那沈少爷又特地派人送来百两黄金,还传话说以后会

亲自来拜谢他。吴老汉向来人打听，说是那沈少爷已世袭了老父的爵位，做了将军。

眨眼间过了几年，沈少爷却再也没来过。

吃蟹门道

这一年的中秋过后，有一日吴老汉自城中返回，在路上遇到一队士兵，当中还有几个身着便服的青年男子骑在马上。

吴老汉避到一旁让士兵通过，不料一个骑马的男子惊喜地叫道："吴老伯，还认得我吗？"

吴老汉向他看去，一眼就认出来正是沈少爷。沈少爷跳下马，说他和几位朋友外出参加一个诗会，回程时正打算到他家去当面拜谢呢。吴老汉连说不必不必。

沈少爷面带愧色，连呼惭愧："我自回苏州后，事务繁多，一直未能来见老伯。救命之恩，焉能不报？"说罢，趴在地上，给吴老汉磕了几个头。

这时，马上的一位朋友忽然摇头晃脑地说道："秋风起，蟹脚痒，菊花开，闻蟹来。沈兄，咱们不如现在就到阳澄湖，品蟹赏菊，加上您将军报恩，今日之事，当属美谈呀！"

此话一出，沈少爷和其他几位朋友一齐抚掌大喜："妙哉！妙哉！"

当下，也不管吴老汉乐不乐意，

一行人拥着他到了湖边。早有手下人找来一艘大船，在船上摆下酒席。沈少爷笑吟吟地拉着吴老汉登船，在桌子旁坐下，忽然想起一事，叫道："差点忘了。吃蟹如何少得了它？"于是吩咐一个手下赶回苏州去取东西，叮嘱道，"你只需跟夫人讲，我要和五位朋友吃蟹，便行了。记住，要快！"

坐下没多久，又来了几位青楼女子，在众人面前或弹或唱。沈少爷与几位朋友一边吃着蜜饯，一边猜谜赋诗，饮酒嬉闹，笑声不绝。吴老汉活了大半辈子，大风大浪虽见得多，却哪有机会置身此情此景？只感觉浑身不自在，如坐针毡。

过了一个时辰，有人将蒸好的螃蟹端上来，众人皆大喜："妙极！今年阳澄湖第一只螃蟹，却叫我们吃了！"正好，此时赶回苏州取东西的人回来了，在每人面前摆了一套小物件。吴老汉一瞧，原来沈少爷命人专程取来的东西，正和他送给自己的那八件小玩意儿一模一样。

沈少爷说道："吴老伯，我在你家躲藏的时候，身上只有这一套蟹八件值点钱，即便是饿着肚子，也舍不得将它换钱，因此从不敢在你眼前显露。现在看来，是我以小人之心度君子之腹了，得罪，得罪！"

吴老汉恍然大悟，原来这八件小玩意儿竟是用来吃蟹的。沈少爷挑了

一只螃蟹，微笑道："吴老伯，我送你的蟹八件还好用吗？"

吴老汉红着脸说："我不会用。"

"不要紧。"沈少爷轻声细语地说，"我教你。蟹要这样吃才好！"说罢，将蟹放在那张小银桌上，拿起小剪，逐一剪去两只大螯和八只蟹脚，再将小圆锤对着蟹壳轻轻敲打一圈，接着拿起小斧，劈开背壳与肚脐……

沈少爷表情专注，动作娴熟，慢

条斯理地拿起一个个小物件，轮番用在那只螃蟹身上，或剔或夹或又或敲，最后那些金黄油亮的蟹黄和雪白鲜嫩的蟹肉，竟被他完完整整地取了出来。吴老汉只看得两眼发直，他从没见过有人吃东西吃得如此耐心细致。粗略一估，沈少爷弄好这只蟹，至少用了大半炷香的时间。

吴老汉目瞪口呆之下，又不禁有些不屑，心说这哪有一点将军的样子？倒像个在闺房中绣花的女人。这样的人如何带兵打仗呀？

沈少爷脸上露出得意之色，用小汤匙舀了些蘸料进去，端起蟹壳，含笑对吴老汉说道："蟹要这样吃，才会吃出神仙般的快乐！"说罢，递过来给吴老汉。

吴老汉推辞不得，只得接了。待他吃完，沈少爷又饶有兴趣地拼着蟹壳，不一会儿，居然拼回了一只完整的蟹，摆在一旁。

其他几位朋友，也是如此。然后众人互相评比，略输一筹的，便罚酒三杯，作诗一首。

吴老汉心想，他们这一番作乐，恐怕要到天亮才肯罢休。他无论如何坐不住了，便起身告辞。回到岸边，他回头望了一眼，船上正好点上了灯笼。他心中忽然一阵悲怆，如今朝廷只养着这帮人，文不能治国，武无力安邦，看来大清国气数已尽啦！

（题图、插图：黄全昌）

甘甜的
泉水

□ 季　明

如今，有的孩子考上重点高中，父母就奖励电脑手机；可有的孩子考上好学校，却只能自己辛苦打工挣学费。安强就是这样一个可怜的孩子，他父母双亡，和爷爷相依为命，家里非常贫困。前不久，他以优异的成绩考上了县重点高中，但学费成了难题，只好趁着暑假，来到劳务市场找活儿干。

然而，安强在劳务市场里转悠了好几天，别人一看他瘦弱的身板，都摇摇头走开了，安强的心情越来越沮丧。这天，安强又在市场里守着，突然一个老人走过来，看看他，问道："干活儿吗？"

安强兴奋地站起来，连声说"干啊……我啥活儿都会干！"老人点点头，说："那好，你跟我来。"

安强急忙跟着老人，走出了劳务市场。老人走得很慢，步履蹒跚，好像得过重病。安强很懂事，急忙赶上去，小心地搀扶着老人。

不一会儿，老人的家就到了。一进门，安强发现屋里布置得非常洁净雅致，特别是那间书房，几个书架上都摆满了书，看来，老人是个喜欢读书的文化人。

老人坐到沙发里，喘了几口气，问道："孩子，知道天赐泉吗？"

安强点点头。天赐泉就在县城的南边，从石缝里涌出一股清冽的泉水，四季长流，从不干涸。

老人指着桌上的一个水壶，说：

"你去帮我提一壶天赐泉水来，我付你二十块钱，咋样？"

这活儿太简单、太轻松了，安强连连答应。他立即提起水壶，骑上自行车，往天赐泉奔去。路程不太远，不到半个小时，安强就回来了。老人接过水壶，倒出小半杯泉水，轻轻呷了一口，仔细品尝了一下，点点头说："你没骗我，是天赐泉的水。"

老人告诉安强，他喜欢喝茶，特别喜欢喝用天赐泉水泡的茶，可由于腿脚不方便，曾经雇人给他取泉水，

但那人图省事，经常用自来水糊弄他，这让老人非常生气，其实这天赐泉水的味道，他尝得出来，是骗不了他的。说完，老人把泉水倒进一个陶瓷小水壶，然后放在一个土火炉上烧。

不一会儿，水就开了。老人用开水泡好了茶，端起茶杯，放在鼻子底下，陶醉地闻了半天，才轻轻地啜饮一口，无比舒畅地说："这天赐泉，是从地下冲破岩石的层层重压喷涌而出的，清冽、甘甜、富含矿物质，用它来泡茶，好茶、好水，相得益彰，喝一口，真是神仙般的享受啊！"

安强看着这一切，心中不禁感叹：这有钱人啊，就是不一样，喝茶还有这么多的讲究。

喝完茶，老人问安强"苏东坡有一首《汲江煎茶》的诗，你读过吗？"

安强摇摇头。老人接着说"其中有一句叫：'活水还须活火煎，自临钓石取深清。'可惜，我腿脚不方便，不能亲自去'取深清'啊。"

看着安强茫然的表情，老人笑了起来，说："和你说这些，你不懂。这样，孩子，我想长期雇用你。每天中午，你给我提一壶天赐泉水，我付你二十块钱工资，咋样？"

安强一听，飞快地点着头，小心翼翼地问："这活儿……能干多久？"

老人微笑着说："你想干多久，就干多久，三年五载都行啊。"

安强兴奋得几乎蹦了起来，这对

他来说，无疑是雪中送炭。他算了一笔账，一天二十块钱，一个月就是六百块，即使开学了，他也能在中午抽出半个多小时，给老人提泉水，然后再打些短工，这样学费就有着落了，还能省下一笔钱，寄给爷爷看病呢。

安强禁不住向老人深深鞠了一躬，说："谢谢爷爷，我一定好好干！"

老人严肃地说："记住，只准在中午，只准提一壶水！"

于是，安强便开始了自己的幸福生活：每天中午，他准时提着一壶天赐泉水，送到老人家里。只是安强有些想不明白：这老人真是奇怪，为啥非让在中午送水呢？而且只准提一壶水。一壶水收二十块钱，等于白捡呀。安强感到很过意不去，一天，他对老人说："爷爷，干脆我每天给您提两壶水吧，也只收二十块钱。"

老人笑了笑，说："傻孩子，一壶水刚好够我一天喝茶用，多了，剩在那里，就变成死水啦，和自来水没啥两样啊！"安强明白了，原来，这里面也有这么大的学问呀！

这水一送就是两年多，一晃就是高三下半学期。这天，安强送罢水，不好意思地挠挠头，说："爷爷，从明天起我不能给您提水了，还有半年就要高考啦，我想抓紧时间复习、考大学！"

老人听了，连声说："好啊好啊，祝你考出好成绩！"安强感激地说："爷爷，等高考结束，我再来给您送水。"

就这样，安强暂停了送水，开始全身心地投入到紧张的高考复习当中。最终，他以优异的成绩考上了一所重点大学。这让他很激动，同时又为大学的学费开始犯愁。这时，他想起了半年多没见的那位老人，想为他继续打工送水。

正在这时，班主任找到安强，把一个鼓鼓的信封递给他，说："安强，老校长去世前，让我把这个转交给你。"安强惊讶地问道："老校长？"

班主任叹了一口气，说："就是那个让你送泉水的老人呀，他是我们学校退休的老校长，几天前去世了。"

安强愣住了。班主任红着眼眶说："其实老校长很少喝茶，他知道你是个有骨气的孩子，不愿意接受别人的施舍和怜悯；同时，他也不希望你养成不劳而获的习惯，所以就采取了这种方式来资助你。让你在中午送水，是不想耽误你的学习时间……"

安强颤抖着手打开信封，只见里面是三千元钱，此时，他的眼泪再也忍不住了，"哗"地流了出来……

第二天清晨，安强提着一壶天赐泉水，赶到老校长的墓地，恭恭敬敬地洒在墓地周围，然后，学着老校长的样子，轻轻呷了一口剩余的泉水，细细品尝着。他觉得：这天赐泉水，是世上最甘甜的泉水！

（题图、插图：刘斌昆）

美丽的骗局

有个年轻人毕业后，去一家外企应聘翻译。面试前，他心跳剧烈，紧张不已。就在这时，他的大学英语老师突然赶来，并带给他一封信，说是校长写的推荐信，只要面试前交给主考官，就会优先考虑录用他。

年轻人接过信后，镇定了很多。轮到他面试时，他把信递给主考官。主考官拆开看完后，脸上露出了笑容。年轻人彻底放松下来，之后他轻松应对面试，表达自如，发挥超常。

不久，年轻人就收到了录用通知。他高兴地找到英语老师，想宴请老师和校长。不料，老师微微一笑，

说："其实，校长并不认识主考官，那封信也不是推荐信，只是用英语写了一句'愿我的表现令您的工作有所收获'。"

从此，年轻人克服了心理障碍，当众翻译，大方自如，神态自若，工作越做越出色，最后成为总裁的专职翻译。

这是一场充满智慧的美丽骗局。老师用自己的智慧，帮助学生找到了藏在他身上的自信。

（**作者**：许靖然；**推荐者**：竹影轻纱）

有 和 无

净空禅师在香港时，遇到一位拥有大量金银珠宝的居士。

有一天，居士拉着禅师去银行见识那些珠宝。经过繁琐而严格的手续，他们来到层层设防的金库，打开保险箱，取出珠宝。

谁知禅师却说："这是你的？就这么一点点？"

居士心里大为不快。这么多诱人的财富，禅师居然说少。

禅师平静地说："如果这样也算自己的，那么香港所有的银楼都是我的。我只要到那里，叫人家拿出来给我看看摸摸，然后收起来，给我保管好！和你这些财富有什么两样？"

居士似有醒悟，他从银行取出珠

宝，购置了三处豪宅和轿车游艇。

净空禅师再次去香港讲经时，应居士之邀，坐着他的豪华轿车，驱车来到海边别墅品茶，然后又乘游艇在海上兜了一圈。居士心里很得意。

净空禅师一直沉默不语，临别才说："这些别墅你多长时间来一次？"

居士说"度假时才来。三处轮流住，大概一年一次吧。"

禅师又问："你的游艇经常出海吗？"居士说："哪有时间？只是来度假时用用而已。"

禅师说："我可以花钱每年请你住五次五星级宾馆，坐十次游艇，你看如何？"居士沉默了。

后来，居士卖掉了所有的豪宅汽车游艇，捐资在祖国西部建了三所希望小学，一座寺院，一个乡卫生所。居士给禅师写信说："我现在一无所有了，所有的财富都捐了出去。"

禅师回信说："不，你现在到了人生最富有的时刻！"

（作者：程　刚；推荐者：月　车）

在医院骨科病房里，一个男人刚从昏迷中醒来，就焦急地问妻子："女儿怎么样？伤得重不重？"妻子告诉他，女儿不碍事，住在另一间病房。

男人还是不放心，说要跟女儿说话。妻子只好拨通电话，男人接过手机，急切地问道："宝贝，我是爸爸。告诉我，一加一等于几？"同病房的人都笑了，这男人真逗，八成是老师吧，醒来后就开始考学生了。

电话那边传来一个小女孩的声音："爸爸，一加一当然等于二嘛。"

男人又接着问："那么六乘七等于多少？"小女孩说："六七四十二。"

顿时，男人紧皱的眉头舒展开了，他欣慰地笑着说："这下我放心了，女儿的智力没有受到一丝影响，思维灵敏而且准确。"这时大家才明白，原来男人担心女儿的智力在车祸中受到影响，刚才出题考孩子的反应呢。

其实，男人是个高中老师，几天前经历了一场车祸，危急时刻，男人用身体给八岁的女儿提供了一个安全的空间。男人伤得很重，经过抢救，刚从死亡线上挣扎过来。这就是一个父亲的本色。

（作者：彭忠富；推荐者：庄妃轩）

（本栏插图：安玉民　梁　丽）

一加一等于几

学写作文，
从读故事开始

三哭 唐才子

□ 曲凡杰

一哭得妻

清代襄阳有个唐仲虎，十五岁就考上了秀才，被人称为唐才子。不料，接下来三次参加乡试均名落孙山，连个举人都没有考上。此时，唐仲虎已经二十五岁了，读书弄得家徒四壁，连个老婆也没娶上。因此第三次落榜以后，他连死的心都有了。

这天，唐仲虎正无精打采地赶路回家，突然被一阵抑扬顿挫的哭声吸引了目光。路边有一座新坟，坟前跪了一个素衣妇人，虽是满面憔悴，却难掩天生丽质。她一边焚化纸钱，一边如泣如诉：与丈夫自幼青梅竹马，长大后喜结良缘。丈夫喜欢读书，今年参加乡试中了举人，接到捷报摆宴席庆贺，不料多饮了几杯酒，竟一命归天。妇人哭着喊道："李长卿啊李长卿，你把我梅子芳撇得好可怜……"

唐仲虎听了，不由得感叹梅子芳是一个才貌双全、有情有义的好女人，可惜这样的好女人却成了一只"孤雁"。感叹一阵，他竟突发奇想：如果我娶了梅子芳，我的成家问题给解决了，她不是也不凄凉了吗？

唐仲虎立刻去镇上买了一些祭品，来到李长卿的坟前放声大哭："长卿兄啊，你怎么就走了呢？小弟来晚了，这一杯薄酒为你送行！"

此时，梅子芳已走回村口，听到丈夫坟前的哭声，见是有人烧纸祭奠，急忙又转了回来，打量一眼唐仲虎，问："敢问这位大哥，你是——"

唐仲虎抹去泪水，反客为主地说："你是李长卿的夫人梅子芳吧？那我得叫你一声嫂夫人！我与李长卿论过年龄，他属兔，长我一岁。我是他的学友，名叫唐仲虎。"刚才梅子芳曾有"你属兔，我属虎，难道是大相不合"的哭诉，这会儿就被唐仲虎用上了。他谎说自己在参加乡试时与李长卿相识并结为好友，这次得知好友高中，本是赶来祝贺的……

人家连丈夫的属相都知道，肯定是丈夫的学友了。梅子芳连忙劝起了唐仲虎，带回家好生款待。

到了李长卿家一看，只见院落宽敞，房屋高大，应是个小康之家。与李长卿的母亲交谈，始知李家果有良田百亩，收入可观。既然打定主意要娶梅子芳，唐仲虎也不怕有辱斯文，趁那婆媳做饭的当口，他抱起扫帚把院子打扫了一遍，又担起水桶去打水，把厨房里的两口大水缸装得满满的。

吃饭时，唐仲虎就和梅子芳谈些诗书文章。那梅子芳自从丈夫去世，已是数日没有人跟她谈诗论文了。两个人竟一见如故，很是投机。饭后唐仲虎起身告辞，梅子芳竟有些依依不舍。唐仲虎就说："嫂夫人保重，我还会来看望你们的！"

唐仲虎果不食言，半个月后再次来到李家，顾不得坐下喝口水，就打扫卫生，整理院落，劈柴担水，累得满头大汗也不肯住手。

看着院子被唐仲虎侍弄得井井有条，婆婆和儿媳几乎同时叹息："唉，这家里没有个男人还真不行！"

唐仲虎当即对那婆婆跪下："老人家如果不嫌弃，我就代李长卿哥哥管理家政！"那婆媳二人竟都默认了。

二哭得官

唐仲虎冒充亡人之友放声一哭，不仅得到了一个如花似玉的妻子，还得到了一大笔家产。有了钱，自然也想成就一番事业。读书人的事业就是中科及第，混个一官半职。唐仲虎决定花钱买一个官做。梅子芳是个通情达理的人，对丈夫的想法坚决支持。唐仲虎就带着钱财来到京城，买了一个七品知县的职衔，被发往河南候补。

到了河南，唐仲虎的心很快凉透了。候补官员没有差事可干，也没有办公场所，当然也就没有薪俸。每天只在布政使衙门呆着，等候补缺或临时性差事。

唐仲虎只耗了一年，就有些耗不下去了。每日坐吃山空，弄得自己都不好意思再向梅子芳要钱了。他每天借酒浇愁，虚度时光。

这天傍晚，有人在热闹的十字街口燃放鞭炮，焚化纸钱，为亡灵送路。什么人死了，弄出这样大的动静？唐仲虎忙向人打听，才知道是总督的儿子一命归天了。

唐仲虎当即心中一动，这不又是一次改变命运的机会吗？他把总督儿

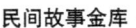

子的姓名以及生平事迹都弄了个清楚。到了第二天上午，唐仲虎头缠白纱来到总督府，进了灵堂，献上祭品，跪倒就哭。

来总督府吊唁的人很多，只有唐仲虎的哭声显得分外响亮和悲伤。人们议论纷纷，这人说是悼念亡友，怎

么比死了亲爹还伤心？祭奠以后，唐仲虎又去面见总督。见了总督他不喊官衔，而是口称仁伯，倒把总督弄愣了，他实在想不起还有这样一个世交子侄辈的人。

唐仲虎马上解释，说去年他在京城买官，总督的儿子在京城参加院试，两人有缘结识。唐仲虎家境贫寒，所带银两不足，总督的儿子慷慨借银一百两，唐仲虎才得以买了个七品知县。感激之余，唐仲虎就认了总督的儿子为义兄。义兄之父，自然就该称仁伯了。接着，唐仲虎把一包银子递上，说："去年义兄急人所难，雪中送炭。今天我来一是吊唁，二是还银。"

总督说没有发现儿子留下什么往日的借据。唐仲虎答道："朋友交往，哪需借据？义兄虽然不在了，那份情义我却永志不忘。欠债还钱，天经地义，决不会因为没有借据而赖账！"

总督对这个仁义君子顿生好感，问了唐仲虎的近况，当场写了一封信，让他明天当面交给布政使大人。

这封信帮了唐仲虎的大忙，布政使一看总督打了招呼，当天就把唐仲虎的工作问题给解决了：正巧唐县的知县报了丁忧，空出一个缺来，就让唐仲虎补上了。

三哭得罪

唐仲虎巧沾死人的光，得了妻又得了官，一时很是春风得意。这些年

他买官、候补，花的都是李家的银子，总有些吃软饭的感觉。所以得官以后就拼命捞钱，在梅子芳面前显自己的能耐。

时光飞逝，唐仲虎在唐县的任上很快将满三年。如今朝廷腐败，要想留任或升迁，必须有过硬的靠山，或者舍得大把花钱。唐仲虎两者都没有，这可怎么办，难道花那么多钱买的官位，只当三年就白白丢了吗？

唐仲虎决定主动出击。这一年的腊月，县衙依照惯例宴请乡贤，有个六十岁的乡村医生刘老者也被请过来，因为他的儿子刚刚就任吏部尚书。不料刘老者不胜酒力，饮了三杯酒就险些晕倒。唐仲虎忙吩咐衙役，用自己的轿子把刘老者送回去。

这刘老者回去以后病情加重，没几天就死了。噩耗传来，唐仲虎不由喜上眉梢，暗叫天助我也！他立刻制了孝服，备了祭品，赶往乡下刘老者的灵堂。进门献上挽幛，那上面浓墨写着：义父大人千古。落款是义子唐仲虎敬挽。唐仲虎见人们神色疑虑，就拿出编谎话的本领自圆其说：自己患偏头疼多年，被刘老者一个偏方治愈，因为恩同再造，所以就认了老人家做义父。然后披麻戴孝，号啕大哭，如丧考妣。

刘尚书回来奔丧，家人介绍了唐知县天天在此守灵的孝行，刘尚书也很感动。待刘老者的丧事结束，两个人就情同手足，无话不谈了。唐仲虎"无意"中说到即将任满，明年春天就该接受吏部考核。刘尚书大包大揽地说："考核的事你不必操心，就在这里等候好消息吧。"唐仲虎吃了定心丸，回去后天天饮酒作乐。

然而，唐仲虎没有等来好消息，却等来了一个处罚。

原来，刘尚书是老皇帝身边的红人。可前不久老皇帝死了，新皇帝登基。新皇帝整顿吏治，发现刘尚书结党营私，当即拟了个斩立决。接着清除刘尚书余党，发现了那份还没来得及上报的提拔名单，唐仲虎也在那份名单之上，不但当不成官，还被罚光了家当。

唐仲虎打着死人的旗号，前两次都遂了心愿，没料到第三次会栽了跟头，又成了个穷光蛋，他只好又回去找梅子芳。更让他意外的是，梅子芳却给了他一个闭门羹！原来自从找到刘尚书这个靠山后，唐仲虎太过得意忘形，一次酒后失言，说自己这辈子都靠死人吃饭，一哭得妻，二哭得官，三哭即将升迁。梅子芳这才知道自己被骗了，因此坚决把他扫地出门。

唐伯虎三笑成佳话，唐仲虎三哭落笑柄。丑闻传开以后，无家可归的唐仲虎只好做了一个隐姓埋名的流浪汉。

（题图、插图：黄全昌）

有一对老夫妻感情甚好，妻子先走后，每月十五的晚上竟还能回来与老伴相会……

阴阳之约

□ 张淑霞

梁大妈刚过了六十三岁生日，就不幸去世了。去世之后，梁大妈的魂魄久久不愿飘走，最后被两个小鬼连拖带拽地拉进了阎罗殿。

面对阎王爷，梁大妈一点儿也不害怕，她告诉阎王爷：自己和老梁自小青梅竹马，结婚后更是举案齐眉，结婚几十年，两个人连脸儿都没红过。只是老梁是个不会照顾自己的人，梁大妈对他放心不下。

阎王爷听了，爽快地批准梁大妈可以暂时不投胎，而且每个月十五的晚上，她还可以回老梁身边，不过，只能在老梁的梦里和他相会。

梁大妈千恩万谢地答应了。几天之后，就到了十五，太阳刚落山，梁大妈就急匆匆地朝自己家飘去。

梁大妈一进屋，就看到儿子也在家，正和老梁絮絮叨叨什么呢。只听

儿子说："爸，您看，我和我媳妇儿都忙得要命，谁也照顾不了您。给您雇个保姆吧，我们又没那个经济能力，房子贷款还没还清，孩子上幼儿园的学费还老涨，花一块钱都得从牙缝里往下刮。我俩一合计，您那点儿退休工资，刚好够把您送进养老院。您住了养老院，咱这房子可以租出去，这租金还能给您孙子攒个仨瓜俩枣的……"

梁大妈听了，眼里泛起了泪花，心说：孩子说的也在理，老头子，你就赶紧答应吧！

谁知儿子说了半天，到最后都给

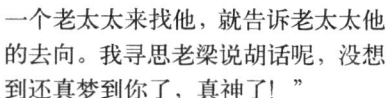

老梁跪下了，可老梁就是不同意。最后，儿子只好气呼呼地走了。老梁看了看桌子上梁大妈的遗像，叹了口气，上床休息了。

老梁刚睡着，梁大妈就飘进了他的梦里。一看到老梁，梁大妈就问他为什么不答应儿子。老梁一看见老伴儿，眼睛都亮了，他忙对老伴儿说："我在等你啊！我知道你放心不下我，一定会回来看我，我要是早早地搬走了，你找不到我，还不把你急死？现在你来了，明天我就去住养老院，地方都找好了，就是咱家附近的福临养老院。今后你要再来看我，就到养老院里去找，记住，是302房间！"

梁大妈点了点头，大为感动：这老头子，心思真挺细的！

之后的一个月，梁大妈度日如年，好不容易才盼到了十五，她急匆匆地朝福临养老院飘去，进了302室的门，她看见床上躺着一个人，想也没想就飘进了那个人的梦里。谁知进去以后，才发现不是老梁，而是一个白白胖胖的陌生老头。

老头看到梁大妈，也愣住了。梁大妈心急火燎地飘过去，一把拉住了胖老头的胳膊，大声问道："你是谁？怎么会睡在我老伴儿的床上？你把他怎么了？"

胖老头有些惊讶地说："你是老梁的老伴儿吧？他已经搬走了，搬到城郊的五福养老院去了，还住在302室。临走时，他好像挺不乐意的，还跟我说，要是梦见一个老太太来找他，就告诉老太太他的去向。我寻思老梁说胡话呢，没想到还真梦到你了，真神了！"

梁大妈听了，说了声谢谢，赶紧朝城郊飘去。

五更天的时候，梁大妈终于赶到了五福养老院的302室，还好，老梁还在睡觉，梁大妈赶紧飘进他的梦里。老梁一见老伴儿来了，高兴得眼睛都眯到一起了，他拉住老伴儿的手，说："你总算赶来了，为了能多睡一会儿，我已经两天没睡觉了！"

梁大妈的脸沉了下来，责怪道："你个老家伙！住个养老院也不老实，好好的，干吗从城里搬到郊区来？害得我跑了那么远的路！你是不是觉得我已经成了鬼了，不愿意再见我了？那就早说，我早早投胎去！"

老梁一个劲儿地给老伴儿道歉，他告诉老伴儿，城里那个养老院环境太差，一天到晚乱糟糟的，睡觉都不踏实，伙食也差，照顾自己的那个服务员态度更差，整天板着个脸。别看现在这个养老院在郊区，可环境好，空气新鲜，伙食丰盛，服务员态度也好，价钱比城里还低一点儿，省下点钱来，将来还可以帮衬儿子孙子。

两个人正聊着，只听门"哐当"一声打开了，紧接着传来一声喊叫："起来吃饭了！"然后，脚步声又出去了。

梁大妈见势不妙，赶紧飘出了老梁的梦。这时天已经快亮了，梁大妈赶紧朝屋外飘去，出门的时候，她瞥见桌子上摆着的，只是一个小馒头和一碟咸菜……

后面的这一个月，梁大妈几乎是掰着手指头过来的，她不明白：明明是一个比原来差很多的养老院，老伴儿却骗她说吃得好住得好，这究竟是为什么呢？

又一个十五到了，梁大妈早早地

来到了五福养老院的302室，一进门，她就呆住了，屋子里空无一人，连墙壁都已经刷白了。不过这难不倒梁大妈，她飘到了值班室，翻开了入住记录，很快就找到了老梁的名字，在记录的最后一行里，歪歪扭扭地写着：已经出院，转至草堂养老院。

梁大妈一下蒙了，这草堂养老院在哪里呢？她哭哭啼啼地飘了出来，恰好碰到了几个老头老太的魂魄在四处飘着，她赶紧飘过去打听，其中一个老头一听就急了："怎么能上那个鬼地方去呢？我就是从那儿跑到阎王爷这里来的，那个地方又脏又乱，伙食也不卫生，服务员根本不拿我们当老人对待，恶言恶语，一点儿教养也没有。你老伴儿到了那里，我看是凶多吉少了！"

梁大妈一听就急了，她打听清楚路线，一阵风似的朝草堂养老院的方向飘去。不一会儿，她就到了，循着熟悉的鼾声，她找到了老伴儿的房间。进了屋，借着月光一看，只见老伴儿明显瘦了，她心疼地抚摸了一下老伴儿的面颊，轻轻飘进老伴儿的梦里。

老梁一看老伴儿来了，先敲了敲自己的头，一脸歉意地说："你瞧我，老了老了，一点儿委屈也受不了。那天你走的时候，叫醒我的那个服务员态度太不像话了，我一生气，就转到这个养老院来了。我告诉你啊，别看这里地方偏，可伙食好，服务员都是村里人，待人可厚道呢，而且收费和前面那两家差不多……"

"行了，你别装了！"梁大妈打断了老梁，生气地说，"俗话说：王小二过年，一年不如一年，你还不如王小二呢，你是越搬越穷酸了！既然收费都一样，你干吗这么搬来搬去的，是不是故意躲着我？结婚几十年，早看腻我了是不是？那好，我走，再也不来烦你了！"

一看老伴儿这样，老梁也慌了，他拉住老伴儿的手，摇了摇头说："事到如今，我只好说实话：我在第一家养老院刚住了一个月，他们就要涨价，一涨价，我那点退休金就不够了，只好搬到城郊的第二家，谁知刚住了一个月，第二家也要涨价，我只好搬到这里来了。听说，这家也快要涨价了！"

梁大妈一听，心疼地看着老伴儿，问："这家要再涨价，你往哪里搬呢？"

老梁叹了口气，说："我也在寻思这事儿，正好你来了，我问问你，你那边有养老院吗？他们经常涨价吗？要是不经常涨价的话，我跟你去得了，咱们俩住一家养老院，将来一块儿投胎，一块儿上幼儿园、上小学、上大学，将来还做两口子！"

梁大妈听了，点点头说："阴间哪有养老院？不过咱们一起投胎，再续

来世姻缘倒有可能，我去求求阎王爷，他面恶心善，说不定能答应咱们呢！"

老梁催促老伴儿说："那你赶紧去啊，这个养老院，我是一天也不愿意呆了！"

梁大妈依依不舍地从老梁屋里出来，飘回了地府。她跪在地上，一步一磕头地爬到阎罗殿，这可把阎王爷给惊动了。阎王爷亲自出来，把梁大妈扶了起来，问她有什么要求，他一定会尽量满足她。

梁大妈哭着把老伴儿的经历告诉了阎王爷，最后说道："我俩不求富贵，只要您让我俩一块儿去投胎，一块儿上幼儿园、上小学、上大学，将来还做两口子，我俩就感激不尽了！"

阎王爷听了，倒吸一口凉气，摇摇头说："这事儿可难办了，现在不光是养老难，养个孩子也不容易啊！不要说上大学的费用噌噌噌地往上涨，就连上个幼儿园，我也不敢保证，你们俩能上得起啊！"

（题图、插图：谭海彦）

绿版编辑部各编辑邮箱：
夏一鸣　gshxym@163.com
朱　虹　zhong98305@sina.com
杭　帆　hangfan1102@126.com
颜轶超　yanyichao1004@sina.com
黄美舟　piggybank81@sohu.com

无敌战友

□ 徐树建

抗日战争时期，有一对夫妻，直到四十多岁才生下一个儿子，一看，吓了一大跳，这孩子的两条腿竟比两条胳膊还细，趴在那儿就像只蛤蟆一样。而且，他娘无意中听见儿子的右胸有跳动的声音，而左胸却没有，原来儿子的心脏长在了右边！

从小，这孩子的两条腿就软弱无力，一直靠撑着条凳子走路。等他长大成人后，大伙发现他的两条腿彻底废了，而两条胳膊却惊人的粗壮，尤其是膀子上的两块肌肉就像两个铁球一样吓人，于是，大伙儿都笑称他为"蛤蟆球"。

这天，蛤蟆球撑着凳子到山上玩，等回村时却发现一切都变了：房子塌了、人死了，鸡鸭鹅全没了踪影，简直成了个人间地狱。

蛤蟆球的爹浑身血窟窿，早就死透了，娘还剩最后一口气，对他说："儿子，鬼子来过了……找游击队去……"还没说完，也死了。

蛤蟆球便撑着凳子，瞪着血红的眼睛找到游击队，说要打鬼子，给爹娘和大伙儿报仇。

游击队长一脸的为难，说"我们这些人都是飞毛腿，说转移就转移，你能赶上我们吗？再说，你能干什么呢？"

蛤蟆球也不说话，一伸手从地上拾起一块拳头大的石头，左手扶凳，右手就是一扬，在场的人只听得"呜"的一声风响，蛤蟆球全身的衣衫都鼓了起来，气势好不吓人。接着，只听远处传来"啪"的一声，一棵大树晃了两晃，直吓得树上的鸟儿四下惊飞。

队长和大伙儿全呆了，就在这时，蛤蟆球又砸出了第二块石头，只听"嘎"的一声惊叫，一只停在树枝上的乌鸦羽毛飞扬，一头倒栽下去！

大伙儿使劲捏着蛤蟆球胳膊上圆球般的肌肉，个个惊叹不已："这还是人胳膊吗？"

有个大个子拍着胸膛说："队长，收下他吧，以后转移的时候我背他，你不收，总不能让他饿死吧？"

队长两眼放光，说"收、当然收，以后你……对了，你叫啥名字？"

蛤蟆球一挺胸膛，朗声说"蛤蟆球，队长，你就叫我这名字好了。"

队长点点头，说："好，蛤蟆球，以后你就专砸手榴弹，炸死小鬼子。"

过了几天，游击队得到情报：有一小股鬼子打这儿经过，估计是找村子扫荡。队长一听不禁挠头犯愁：打吧，自个儿火力太差，大伙儿大多拿的是大刀片子、梭镖，只有几支火铳和大枪，以往只是零敲碎打地偷袭，正面交锋还从没有过；不打吧，眼睁睁看着鬼子过去，实在咽不下这口气。

蛤蟆球急了，说："不打鬼子，还叫啥游击队？"

队长听了，一拳砸向桌子，说："打！上级不是刚配发了一批手榴弹吗？全部给你！"

于是，大伙在深深的壕沟里埋伏

好。过了一会儿，只见鬼子们打着旗大摇大摆地进入了埋伏圈。蛤蟆球骑在大个子身上，把头冒出壕沟偷偷地看。眼看鬼子在自个儿的投弹范围内了，蛤蟆球轻轻地说："放下我，可以扔手榴弹了。"

队长问："还有那么远哩，你够得着吗？"蛤蟆球胸有成竹地说："够得着，看我的！"

蛤蟆球又瞄了两眼，估摸着哪处鬼子最多，然后大个子放下他，帮他拧开十几颗手榴弹的盖儿，一字排开，蛤蟆球抓起一个一拉弦，往外就是一扔，然后再抓、再拉弦、再扔，动作迅捷有力得就像一阵旋风，刮得人睁不开眼睛。蛤蟆球力道太大了，那手榴弹个个"呜呜"叫着飞出去，等到第五颗手榴弹扔出手时，才听到第一颗的爆炸声，接着剧烈的爆炸声响成一片。

队长一看，喜得喉咙都哑了，大叫道："准、太准了！全在人堆里开花，至少炸死了十多个！"

鬼子万万没想到竟有人把手榴弹扔得这么远，毫无防备之下死伤惨重。不过他们毕竟训练有素，片刻的慌乱之后立即调整过来，嗷嗷叫着开始扫射，一时间几挺歪把子机枪直打得游击队的阵地上尘土飞扬，所有人全给压着抬不起头来。

队员们抬不起头来就不好开枪，蛤蟆球却无所谓，他和大个子躲在一

块巨石后面很安全，鬼子的子弹根本伤不了他。这时，蛤蟆球让大个子抱起他，偷偷露出眼睛瞄了一下鬼子的位置，然后又像一阵风似的扔手榴弹，那手榴弹从深深的战壕里高高跃起，在空中旋转着直奔鬼子而去，又是一阵爆炸声，鬼子又倒下去好多个。

原本，鬼子一听阵地上的枪声就知道不是正规军，气焰嚣张得很，谁知刚一交手，连对方人影还没见到一个，就被对方像小炮一样的手榴弹扔倒了一大片，只好暂时回撤，用机枪扫射。可扫射了一会儿，却发现对方连半点动静也没有，难道全给打死了？鬼子便又吆喝着往前冲，谁知刚猫腰前进了几步，头上又暴风骤雨般地下起手榴弹来，顿时又给炸翻了好几个。

这下，鬼子彻底吓破了胆，再也不敢前进一步了，个个趴下来开火，直打得游击队阵地硝烟弥漫。也不知打了多长时间，不见对方回一枪一弹，便又猫着腰战战兢兢地前进，没有手榴弹，再往前，还是没有，等爬上阵地一看，连半个人影也没有了。

原来，游击队早就安全撤进了深山密林里。这是游击队自成立以来，第一次打的大胜仗，可把大伙儿高兴坏了，上级更是通令嘉奖。队长说功劳全记在蛤蟆球身上，他问道"蛤蟆球，你要什么奖励？"

蛤蟆球一甩胳膊，说："奖励我几十颗手榴弹就行了。"原来手榴弹全让他一个人给扔光了，可他还嫌不过瘾。

大伙儿哈哈大笑起来，一起把蛤蟆球抱了起来。

然而，好景不长，鬼子对这个游击队痛恨之极，终于逮住个机会调集重兵来了个突袭，这回大伙儿大意了，一下子就被重重包围了。

这场战斗特别惨烈，子弹打光了、手榴弹扔光了、阵地给血浸透了，鬼子倒下一层又一层，可没有敢退缩的，倒不是他们不怕死，而是今天来了一个长官，那长官放出狠话：今天不彻底消灭游击队，决不收兵，谁后退，就地枪毙！

打到最后，队长他们全死了，只剩蛤蟆球还活着，因为个矮、藏身在石头后面专扔手榴弹，所以他没有死，即使鬼子的小钢炮也奈何不了他。

然而此时，蛤蟆球的手榴弹已经扔光了。鬼子们都恨透了他，此刻一见他不扔手榴弹了，便号叫着冲上来，谁知蛤蟆球左手扒着战壕壁探出身子，右手连扬几下，几块拳头大的石头直飞出来，竟石无虚发，几个鬼子顿时给砸得满脸污血鬼叫连连！蛤蟆球一边砸一边大叫："爹、娘、乡亲们、战友们，我又砸中了一个，我给你们报仇了……"

突然，蛤蟆球没了声音，原来一颗子弹击中了他，他整个人"扑通"一声掉进了壕沟里。鬼子们见状，纷纷冲了上来，见如此凶猛的人竟是一个残疾人，不禁大惊失色。

这时，那个督阵的长官要来检阅胜利的战果，鬼子们按照惯例要清扫战场，就是往每具尸体上再补上一刺刀，防止有人活着，更防止没死的人对他们的长官突施暗袭。

蛤蟆球的左胸给狠狠地刺了一刀，一时间鲜血直流，鬼子为了泄恨，又往蛤蟆球的两只手上各刺了一刀，就是这双手夺去了好多鬼子的性命。此时，蛤蟆球终于一动也不动了。很快，那个长官戴着雪白的手套，挎着长长的战刀，迈着高高的马靴，得意洋洋地走了过来。

就在这时，只见蛤蟆球突然高高跃起，张开长而粗壮的双臂，一下子抱住了长官又粗又短的脖子。他整个人悬在空中，看起来就像一只充满仇恨的吸血蝙蝠。

所有的鬼子都呆了，他们不知道蛤蟆球的心脏是长在右边的，左胸那一刀居然没把他给刺死。等他们反应过来想上前拉扯蛤蟆球时，蛤蟆球已经和那长官一起倒下了。蛤蟆球用尽最后一点力气，用胳膊上铁球一样的肌肉，夹碎了长官的短脖子。

（题图、插图：谢　颖）

阿P 当楼长

□张宇杰

阿P是个有正义感的热心人。这不，阿P最近刚搬家，立刻被大伙儿推选为楼长。大伙儿往他胳膊上套上一个红袖章，上面写着"楼长"两个大字，搞得像模像样的。

当上楼长的第二天，四楼的马大婶就来找阿P反映情况了："阿P楼长，你快来看，楼下那个垃圾山越来越臭了。"

阿P跟着马大婶过去一瞧，地上果然有一大堆垃圾。底下的已经发霉发黑，显然好久都没有清理过了。马大婶捂着鼻子告诉他，这一小块三角地属于三不管地区，有些人贪图方便，从楼里出来就顺手把垃圾扔在这儿了，日积月累，就成了一个老大难问题。

继马大婶之后，又有不少居民向阿P反映那垃圾问题。阿P又是拍胸口，又是表决心，说一定把这个问

题解决好。邻居们一走，老婆小兰一巴掌拍在他脑袋上，说："你真是肉骨头敲鼓——昏咚咚！"

阿P忙问："怎么啦？"小兰说："你以为这个楼长好当呀？这块老骨头他们啃了几年都啃不动，看你是新来的，就让你来啃呢！"

阿P摸着脑袋一想，还真是这么回事，但他觉得有劲，新官上任三把火，我要把这个老大难问题解决了，那才叫人刮目相看哩。

转眼到了双休日，阿P一早就跑去环卫队，散了几包烟，请了几个工人，借来铁铲扫把垃圾车，然后头顶烈日，挥汗如雨地干了半天，总算把那堆垃圾清理干净，拉走了。

为了保住成果，阿P又买来红漆，在墙上写下一行大字：在此倒垃圾者是乌龟！而且还像模像样地在标语旁边画了一只小乌龟。做好这一切，阿

P脸上露出了满意的微笑，一股成就感油然而生。

还别说，阿P这一手果然有些用，一连几天，没人愿意做乌龟，阿P正暗自得意呢，居委会来找他了："阿P楼长，你楼下那标语档次太低，是不是……"

阿P得意地说："别看档次低，但管用啊！"居委会的人说："不见得吧，你下去看看。"阿P将信将疑，走到楼下一看：好啊，三角地又出现了几大包垃圾。

一时间，阿P的鼻子都气歪了，他朝楼上怒吼道："谁这么不知廉耻啊？真要当乌龟呀？"吼了几句，自然无人回应，阿P暗下决心一定要把扔垃圾的人当面逮住，开他的批斗会！

阿P这脾气一上来，谁也拦不住，他每天天还没亮就起床，然后潜伏在不远处的一个角落里，两眼紧紧盯着那块三角地。

这就叫工夫不负有心人，到了第三天清晨，目标终于出现了，只见从后面楼里出来一个胖女人，手上提着几个鼓鼓的袋子。经过三角地，她想都不想，随手就把袋子往那儿一扔。

阿P大喝一声："站住！"然后猛虎般一跃而起，"噔噔噔"跑到胖女人面前，一字一顿地说："大姐，请你不要在此乱扔垃圾！"

胖女人被阿P吓得不轻，哆嗦着问："你、你不是抢劫吧？"

阿P赶紧把红袖章拿出来，往胳膊上一套，正义凛然地挺挺胸，说："瞪大你的眼睛看清楚，我是楼长，你把垃圾捡起来！"

谁知胖女人一看到红袖章，立刻变了脸色，她嘿嘿冷笑道："楼长？也不怕笑死人！揣个死老鼠就冒充打猎的！该干吗干吗去吧，老娘没工夫陪你玩。"说完，一扭屁股就想走。

阿P一把扭住胖女人，说："嗨，你还真不把楼长当干部啊，好，今天就让你见识见识。"

胖女人可不是省油的灯，她一转身，两只手就朝阿P脸上抓去，嘴里还大声喊："抓流氓，抓流氓啊……"

大清早的这么一喊，楼上的人家全都打开了窗户，这时，只见小兰从楼上冲下来，一把扭住阿P的耳朵，拖着他就往家里走。

阿P可冤了，急忙发誓："没有、我没耍流氓啊……"小兰气呼呼地说："全世界的人都知道你是清白的，可你一蹚这浑水就不一样了，以后这种事不许管！"

阿P这次打了败仗，在居民们面前丢了脸，他哪肯就此罢休，躺在床上想了半天，决定给老家打电话，叫老娘马上进城！

老娘一听儿子想自己了，东西都没顾得上整理，屁颠屁颠地赶来了。阿P一见面就问："娘，这些年您嘴上

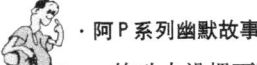

的功夫没撂下吧？"

老娘一听就不高兴了："废话，这功夫撂下的那一天，我也就没气了。"原来阿P的老娘天生一张神嘴，年轻时方圆几十里吵架从未遇到过对手，而骂街更是她的一绝，可以连续作战七天七夜。

老娘问清了事情的经过，立刻摩拳擦掌，要帮儿子在小区里重塑形象，阿P喜不自禁地一拍掌"谢谢娘，这下全看您了。"

再说那个胖女人见阿P灰溜溜的，胆子更大了，索性直接把垃圾从楼上扔下来。这下阿P不客气了，他把老娘带到现场，老娘望望楼上，吩咐儿子道："行了！一把椅子、一个茶壶、一把扇子、一块毛巾。"

阿P赶紧回家准备，把老娘要的东西送下来。老娘往椅子上一坐，先喝一口茶，清清嗓子。阿P见状，忙

说："娘，我先把这些垃圾搬走吧，太臭了！"

"别动！"老娘一摆手，"这是证据，留着吧，我还有用哩！"说罢，运了运气，突然发威："上面黑良心、没道德的人听着……"

阿P在旁边听了一会儿就觉得耳膜要穿孔，只好跑回家去。老娘这一开骂，直到中午也没收住，那声音又尖又高，那话又毒又狠，滔滔不绝地回响在几栋楼的上空。阿P开头盼着胖女人站出来跟老娘对骂，好让老娘好好教训教训她。可等了半天，胖女人连个泡也不敢冒一下。

小兰做好了饭，催阿P下去叫老娘先吃饭。阿P下去一瞧，老娘跷着二郎腿，靠在椅背上，左手摇扇，右手持壶，一副悠然自得的模样。在她脚前，摊开了几包垃圾，老娘还把那些垃圾一样一样陈列出来，然后一样一样地骂过去，光是那半个鸡蛋壳，老娘就从一开始骂到了现在！

老娘看了他一眼，说："把饭送下来。"阿P一怔，劝老娘还是上去吃，在这儿吃太臭了。老娘眼一瞪"你懂个屁！叫你拿下来就拿下来，我一边吃一边骂，那才叫本事！"阿P没办法，只好把饭菜送下来。果然，老娘吃着饭，那骂声也没断过。

到了傍晚，阿P听到有人敲他家的门。他打开门，只见外面站着的竟是那个胖女人。胖女人怯怯地喊了一

声："阿P楼长。"

阿P背着手，不冷不热地问："有什么事吗？"

胖女人脸红红的，声音小得像蚊子叫："阿P楼长，你从哪里请来这尊菩萨？我真的受不了，能不能叫她别骂了？"

阿P板着脸说："怎么样，知道厉害了吧？告诉你，那是我娘，要在这里住一个月……"还没说完，阿P老娘的骂声又一阵接一阵地传上来，胖女人伸手捂住耳朵，恳求道："阿P楼长啊，求求您叫她住嘴吧！骂得实在太厉害了，我简直要疯了！今后我再也不乱扔垃圾了。"

阿P心中得意极了：嘿嘿，终于把这个堡垒攻破了！他挺直身子，严肃地教育道："小区是我家，卫生靠大家，都像你这样，这个家成什么样子了？"胖女人连连点头，满脸痛苦："对，对，对，领导批评得对，快让你娘闭嘴吧！"

阿P也是一个得意就收不住嘴的人，此刻，他又滔滔不绝地说起来："和谐社会知道吗？文明小区有几条，我好好给你讲讲，这第一条……"胖女人实在受不了了："阿P楼长啊，救命啊……"

直到这时，阿P才心满意足地下了楼，笑嘻嘻地对老娘说："娘，您的任务完成了！那个乱扔垃圾的人已经知错了，您老人家就放她一马吧！"

"呸！"老娘把筷子啪地一放，说，"才骂了一会儿，你就心软了？人家认个错你就收手？怪不得你老被人家欺负呢！要骂，就要把她骂怕骂服骂死！"

阿P无可奈何地回了家，到了七点多钟，忽然感觉下面没有老娘的声音了。他正感到奇怪，小兰回来了，焦急地说："坏了，你娘被派出所带走了！"

阿P一下跳了起来："怎么回事？"

小兰说："你娘这么骂，都犯了众怒了，他们报警了。"

阿P不禁倒抽一口凉气，他急忙跑到派出所，一看老娘正一脸不服气地坐在里面，嘴还没闭上哩！几个民警轮番上阵，对她进行了批评教育，一直闹到半夜，这事才算了结。

第二天一早，阿P好说歹说把老娘送回了乡下。从车站回来，他好不郁闷，自己出钱，老娘出力，还被邻居们报警，这叫什么事嘛？

走到楼下那块三角地，阿P突然发现那儿的垃圾都被清理走了，还摆上了几盆鲜花。再看墙上，贴着一张不乱扔垃圾的承诺书，上面密密麻麻写满了签名。阿P眼眶一热，赶紧跑回家拿来笔，在承诺书上郑重签下了自己的大名。他重新戴上红袖章，又认真地在小区里巡视起来……

（题图、插图：顾子易）

真该 问问清楚

□孙雪妹

年轻人李克从厨师学校一毕业，就来到省城，打算开家饭馆。可一到省城，李克却傻了眼，要租个稍大点的门面，一个月租金得一万多。

李克想到了同村的好友大庆。大庆几年前就出来闯荡，现在已经有了一家自己的公司。李克找到了大庆，一五一十说明了来意"兄弟，你生意做得大，认识的人多，能不能帮我找个便宜点的门面房？"大庆是个热心肠，他拍着胸脯说："你放心好了，这件事包在我身上。"说完，硬拉着李克去大酒店里吃了一顿。

大庆对租房的事还挺上心，没过几天，他就告诉李克，门面房的事搞定了，当即开车带李克去看房子。

李克在门面房里左看右看，越看越高兴，问道："这门面房不错，不知道房租怎么样？"大庆很有成就感地说："这个门面房的月租金市面价是一万，因为房东是我的老客户，看在

我的面子上，他只收你五千。"

一听房租这么便宜，李克感觉不对劲，就提醒道："这房子地段好、户型好，却比别的门面便宜一半，这里面不会有什么问题吧？"大庆听了满不在乎地说"你就是太小心，我这房东是个暴发户，手上的房子有好几套，不差这点钱，去年刚刚移民美国，这价钱完全是因为看我的面子。"

听大庆这么说，李克心里的一块石头落地了。大庆拍着李克的肩膀仗义地说："兄弟，你初来乍到，办执照的事也包在我身上！"

在大庆的张罗下，李克和房东王老板签定了租房合同，李克一次性支付给王老板半年的房租和一万元押金，紧接着就是联系装修队，装修饭店。

经过一个月紧锣密鼓的装修，李克的饭店终于开张了。开业这天，彩绸飘舞，鞭炮震天，可是，客人还没坐满，两个工商局的同志找上门来了。

为首的自我介绍道："我姓王。"旁边那个补了一句："这是我们的所长。"李克忙问："有事吗？"王所长严肃地说："对不起先生，你没有办理营业执照，不能营业。"

李克连忙赔着笑脸解释："王所长，我可是守法公民，这肯定是误会，我的营业执照是托我一个朋友代办的。"说完他赶紧掏出手机给大庆打电话，问他营业执照的事。大庆在电话那头很抱歉地说："这一段比较忙，给耽搁了，你和工商局的人好好解释一下，过几天我就去给你办。"

李克把大庆的话向工商局的同志复述了一遍，并再三保证一定抓紧时间办，没想到王所长突然说道："你的问题大了，我们还要通知你，这个门面不能从事经营活动。"

顿时，李克如遭五雷轰顶，急得话也说不完整了："为、为什么？"

王所长说："因为这个房子不符合开店营业的资格，上一个房客也是因为这事没有开成。"临走时，王所长同情地拍了拍李克的肩膀，告诫道："同志啊，出来做事不容易，可得多长几个心眼。"

眼看几乎所有的钱都投进去了，现在却被告知不能营业，李克傻了眼。他急忙找到大庆，两人经多方打听才明白事情的原委，原来王老板已经入了美国籍，而这个门面房，是在他改国籍之后买的。而我国相关法律规定：不得使用境外机构和个人购买的房屋来从事经营活动。

李克彻底蒙了，他一气之下将王老板和大庆一并告上了法庭。

法院经过审理，有了如下的判决：大庆无主观恶意，况且之前已告诉李克有关王老板移民的事，起到了客观提醒的作用，故大庆不用承担责任。而王老板已在之前出租过一次门面房，别人没营业成，说明王老板对此情况已知晓，属主观故意行为，故应负70%的责任，需赔偿李克70%的经济损失；而李克没有了解清楚事情的真相，自身也存在过错，所以应负30%的责任。

律师点评：

我国现有法律明确规定：境外机构和个人（包括港澳台地区）在境内投资购买的非自用、自住商品房，购买后不得随意出租。同样，中国公民不得使用境外机构和个人（包括港澳台地区）购买的房屋，作为住所（经营场所）从事经营活动。故事中的李克违反了法律，自然无法打赢官司。当然，作为出租方，明知外籍房不得出租，却仍与他人签订出租协议，则要承担相应的过错赔偿责任。（题图：佐　夫）

在巴河古镇，有一项传统民间文化活动叫舞天狮，这天狮背后不仅有着源远流长的历史底蕴，还饱含着所有舞狮人的深情厚谊……

舞呀么舞天狮

□ 王应良

1. 你把狮头让出来

位于长江北岸的巴河镇姜家嘴村，有个老汉叫姚国友，是个舞天狮的好手。这年腊月二十四晚上，姚老汉正和老伴在家忙活，突然，他家的大门被推开了，两个和他年龄相仿的老人，裹着一阵寒风闯了进来。

姚国友回头一看，一个是隔壁望江村的刘老二，另一个是金盆村的左水荒。姚老汉忙放下手中的活儿，笑呵呵地说："贵客！贵客！是什么风把你们二位吹来了？"

两人抖了抖满身的雪花，各自从棉袍里掏出一只嘎嘎直叫的大白鹅，然后一齐冲着姚国友拱了拱手，说："狮头！给你拜早年来了！"

姚国友一听他们的称呼，又看了一眼地上的两只白鹅，心里立刻明白了几分。送大白鹅，是巴河一带的古礼。别看大白鹅不值仨瓜俩枣钱，可千里送鹅毛，礼轻情意重，讲的就是一个意蕴，不是德高望重的，送礼的人不会送，受礼的人还不敢收呢！

姚国友赶紧把他们请到上座，说："我怎么受得起这么大的礼？"两人嘿嘿笑着说："应该的！应该的！早就应该来给狮头请安了！"

姚国友冲着正在灶房里忙活的老伴姜桂英，喊道："老婆子！赶快给我们哥儿仨上三盘六碟九碗大菜，烫一壶热酒，我要和两位老弟好好喝一杯。"

不一会儿，姜桂英就把一桌酒菜搬上了桌。三个老伙计一边扯着闲话，一边推杯换盏起来。酒至半酣，刘老二和左水荒互看了一眼，然后端着酒杯，站了起来。刘老二说："姚哥，我和水荒今日来，是无事不登三宝殿，我们想请你这个狮头出山！"

左水荒也忙说："狮头，今年这风调雨顺的，国家的政策又好，我们的'天狮'是不是该闹一闹？"

说起这个"天狮"，那可是巴河地区独有的传统文化。在大江南北玩狮子，基本上都是两个人一前一后，穿着狮衣，举着狮头，随着锣鼓节奏，在地上扑腾打滚，巴河人把这样的狮子称为'地狮'。

而巴河的天狮，是用韧性极好的楠竹篾片，扎成长六尺六寸的狮身，裹上杏黄绸缎狮衣，粘上五彩锡纸，披上金丝银线，而四条腿就是四根手臂粗的竹竿。这天狮由一名身手敏捷的壮汉，把前面两条腿攥在手中，把后面两条腿拴在肩上，然后耸肩提臀，将狮子在空中舞得上下翻飞，眼花缭乱。到了晚上，狮头、狮身、狮尾的篾笼里还要点上三支红烛，照得狮子灯火通明，舞起来流光溢彩，宛如九霄的天狮腾云驾雾而来，煞是好看，所以称之为"天狮"。这个习俗由来已久，每到正月十五，乡亲们纷纷赶到镇上，把几条狭窄的街道挤得水泄不通，百十头天狮沿街舞动，就连对江的燕矶百姓也赶过来观看，那场面蔚为壮观。

此时，姚国友一听舞天狮，顿时停下了酒杯，吃惊地看着两人说："你们想舞天狮？都这么一大把年纪了，老胳膊老腿儿的，舞得动吗？"

刘老二听他这么说，脸上有点挂不住了，面红脖子粗地说："狮头说哪里话？我们年纪是大了点，但这些年的功夫可没搁下，不信你瞧瞧！"说着，他起身离席，拿起一条长板凳，当成天狮，就地来了一个"睡狮抬头"、"雄狮哮天"的架势。

姚国友见他身手不减当年，心里暗暗喝了一声彩，但还是不动声色地端起酒杯，美美地喝了一口，哈哈笑道："老二兄弟还是老当益壮啊！唉！可我这身子骨是一年不如一年，别说舞天狮，就是扛捆稻草也要喘口气，我是舞不动了。再说，这么多年没动过，扎天狮的手艺，怕也是丢到爪哇国去了。"

刘老二和左水荒没想到，过去一听舞天狮就浑身有劲的姚国友竟然拒绝了，两人不禁面面相觑。过了一会儿，左水荒才讪笑着说："姚大哥，俗话说得好，人无头不走，鸟无头不飞，既然这样，你总不能占着茅坑不拉屎，那你就把狮头让出来吧！"

姚国友听了，没好气地说："不就是个狮头吗？无职无权的虚名，吃力不讨好，我也不想占这茅坑了，你们

谁想当就当去吧，我没意见。"说着，他走进里屋，拿出一杆磨得光溜溜、顶上有个红彤彤木雕绣球的木杖，重重地往地上一杵，冷冷地说，"你们谁要，就拿去！"

听到这里，一旁的姜桂英再也忍不住了，她把手中的酒壶往桌上一放，气呼呼地瞪了老伴一眼，说："你这是干什么？你说不当就不当，你当初是怎么答应我爹的？"说罢，她转身过去，抓起堂屋边那两只大白鹅，摔在左水荒和刘老二脚边，冷笑道，"原来两位今天来，是夜猫子进宅

——没安好心啦，就凭你们那两把刷子，也想当狮头？"

2. 活人莫让尿憋死

姜桂英为啥上火，说出这话呢？原来在巴河镇，数三家天狮舞得最精彩：一是姜家嘴的姜家班，二是望江村的刘家班，三是金盆村的左家班。而三套班子中，自古以来又以姜家嘴的天狮扎工最为考究，舞狮的功夫最为精湛，因此各村的天狮班公推姜家班为首。姜桂英的父亲就是上一代的狮头。当年，姜父见姚国友为人机灵，狮子舞得好，就把他招赘当了上门女婿，将扎天狮的手艺倾囊相授，临死前，他亲手把象征狮头权柄的木杖传给了姚国友。

姜桂英的话噎得刘老二和左水荒直翻白眼。刘老二心急气躁地说："桂英嫂子，不是我们想争这个狮头，还不是国友大哥在其位不谋其政嘛？"

左水荒也接过话茬，说："是啊！我们巴河的天狮代代相传，传到我们这一代，没有上千年，怕也有好几百年，我们这些老家伙，再不玩一玩，传给下一辈，难道要把祖宗传下来的手艺带到棺材里去？"

姚国友见老伴发火了，连忙赔着笑脸说："桂英，你听我说，爹临终交代的话，我咋能忘呢？"说着，他又盯着两位老友长叹一声说，"不是我撂挑子，我做梦都想带着大家好好玩

一回，可如今不比当年，这天狮弄起来，得花大钱呀！这钱从哪里来？"

姚国友说的的确是实情。这天狮做工讲究，要扎百八十头狮子，至少要个万儿八千的，而且按祖辈传下来的规矩，每年正月十五天狮舞过一回，到正月十八，就要将它扛到狮王庙前，当众焚化，说是送高贵的天狮回天，来年要想再玩，得重新扎制。在过去，这钱都是由乡绅富户出资。如今，虽然村民的日子好过了，有钱的大户也不少，但让他们出钱舞天狮，门儿都没有！

刘老二和左水荒听姚国友这么一说，就相视一笑。左水荒笑哈哈地说："狮头，钱的事儿就不劳你老哥操心，现在不是讲市场经济吗？我与老二都商量好了，镇上有几百家单位商家，我们的天狮队在他们门口要一要，收他们百儿八十的赞助费，说得过去，说不定我们还能赚呢！"

"这可不行！"姚国友一听，脸上陡然变色，说，"亏你们说得出口，祖宗留下的规矩还要不要？玩天狮怎么能向乡亲们收钱呢？你们把天狮当成什么了，沿街乞讨的狗？"

两人听了，脸上顿时青筋暴出，血泼一般。刘老二性子急，脸红脖子粗地嚷起来："你算哪门子的狮头？这也不

行，那也不行！难道让这天狮就在我们几个老不死的手中完蛋？"

一旁的姜桂英见老哥儿仨，像三只好斗的老公鸡，耸着毛，气呼呼地大眼瞪小眼，当即上前给他们倒酒打圆场："不就是钱嘛？活人咋能让尿给憋死？你们三个合计合计，到底要多少钱？"

左水荒扳着手指头算了算，说："我们三家班子每家出三九二十七人，得扎九九八十一头天狮，紧打紧算也得要一万八千！"

姜桂英听了，转身看着姚国友，笑眯眯地说："老头子，不就是一万八千块钱吗？这几年，我们老两口勤扒苦做，再加上儿女们孝敬的，我手头上有点钱，你是狮头，我们家出一万！"说着，她看着刘老二和左水荒，试探着问，"要不，剩下的你们两个班

主一人摊一点？"

刘老二和左水荒一听，咬了咬牙，当即表态道："行！既然狮头大哥出了大头，我们哥儿俩就一人出四千。"

姚国友听了，脸上顿时笑逐颜开，猛一拍桌子，说："好！就这么定了！时间紧迫，我们马上开始分头准备……"

3. 大火烧了狮王庙

第二天一大早，三家各自带了人马到狮王庙集合。姚国友带了十几个弟子踏着积雪，上山砍竹子，准备扎天狮。刘老二开着自家农用三卡，载着几个有经验的人，上县城买绸布锡纸、金丝银线。剩下的则跟着左水荒，挨家挨户地将各家的长板凳收集到狮王庙前的空场上，以备练习之用。

且说姚国友带着大家，来到白雪皑皑的后山，这儿是一大片参差不齐、粗壮不一的楠竹林。他的儿子姚志刚带着伙伴们，扑进竹林里，举起斧子准备开砍。

姚国友一见，忙上前拦住他们，笑呵呵地问："志刚，你们说说，我们扎天狮，砍什么样的竹子最好？"

姚志刚指着面前一棵笔直的竹子，说："当然是这样又粗又大的。"

姚国友摇了摇头，大步上前，来到一棵瘦竹面前，只见这棵瘦竹的枝头被积雪压得弯成一张弓，但仍然没有折断。姚国友举起斧头，应声砍断，然后回过头说："错！扎天狮的竹子，每年都要等到降雪的日子来砍，要的就是这样的竹子！你们知道为什么吗？"

姚志刚和伙伴们开始一听，疑惑不解，接着便豁然开朗。姚志刚说："爸，我明白了，大竹子虽然刚劲，但容易折断，而这种竹子虽然瘦弱，但风吹不折，雪压不断，最有韧性。"

姚国友欣慰地点点头，大手一挥，说："现在就开始砍吧。"

只半晌工夫，他们就将百十根精选的竹子，扛到了山下的狮王庙前。这时，刘老二已经将缝制狮衣的材料买了回来。姚国友马不停蹄地挑了几个会篾工的好手，与他一起劈竹削篾，赶制天狮。

刘老二和左水荒也没闲着，两人将几十个年轻人组织在狮王庙门前的空场上，将四条腿的长凳当成天狮，挨个儿把手地传授着舞狮动作。这帮年轻人手脚灵活，没几日就能把一条板凳舞得风生水起，煞有介事。他们一边舞着，一边就拿两位老汉打趣道："过去听你们说舞天狮有多难，这个，简单着呢！"

刘老二听了，朝左水荒一使眼色，返身走进庙里，抱出一堆蜡烛，笑哈哈地说："你们将这些蜡烛点燃，每条板凳上插三根，再耍耍试试。"

结果，这帮年轻人再次舞凳时，

那蜡烛不是掉下来，就是被扬起的风吹灭，还有的被泼下来的滚烫蜡油烫得哇哇大叫。左水荒这才笑道："我们巴河天狮，到了晚上，里面可是要点上蜡烛的。这天狮外面是纸糊的，以你们现在的把式，还没舞三下，就会把蜡烛打翻，搞不好就把天狮烧着了。你们还差得远呢！"

刘老二也接过话茬说："你们什么时候能练得烛不倒，火不熄，蜡不流，那才叫八九不离十！"

转眼就过了年，到了正月初八。姚国友扎制的八十一只五彩斑斓的天狮，栩栩如生，摆满了狮王庙的大殿。八十一个壮小伙子，经过十几天的演练，把一条插着蜡烛的板凳，也舞得

虎虎生风。

这天一大早，姚国友他们三个老汉打开狮王庙的大门，爬到庙堂的阁楼上，把放置在这里几十年没动过的锣鼓响器搬下来。三个老汉看着小伙子们在锣鼓家伙的伴奏下，真刀真枪地把天狮舞弄了半晌，直到一个个舞得像模像样，得心应手，这才罢休。

到了中午，好不容易落得空闲的姚国友回到家里，刚端上饭碗，就听见村头有人震天动地大喊一声："快来人啊，狮王庙失火了！"

姚国友一听，惊得丢下碗筷，撒腿奔到村口，只见狮王庙浓烟滚滚，火光冲天，他心里叫苦不迭 完了，这下全完了！八成是有人到庙里烧香，结果遗下了火星，引燃了这场大火。

4.吃了一个闭门羹

尽管狮王庙前有个水塘，可等大伙儿赶来将大火扑灭时，大殿已经被烧掉了一半。大伙儿往放置天狮的殿角一看，彻底傻眼了，近百只天狮几乎全烧成了灰烬。

刘老二一屁股坐到地上，面如死灰地说："完了完了！我们又是出钱又是出力，到头来，还是竹篮子打水一场空！"

左水荒看着姚国友，哭丧着脸说："狮头，你说现在该咋办？巴河镇的乡亲都知道我们要玩天狮，都眼巴

巴地等着瞧呢！"

姚国友阴沉着脸，过了好一会儿，才咬着牙说："水荒说得对，再怎么着，我们也不能失信于乡亲，现在离正月十五还有七天，大不了我们几个拆屋卖瓦，从头再来！"

刘老二一听，头摇得像拨浪鼓似的说："不行！不行！我已经出了四千，家里人都跟我闹翻天了，现在要搞你们搞，反正我已经尽力了。"

这时，姚国友的儿子姚志刚在一边撇着嘴说："爸！我们三家已经拿了这么多钱了，现在别说没有钱，即使有钱，也不能再拿。这舞天狮是舞给全镇人看的，是群众娱乐，算得上是公益活动。既然是公益活动，政府得管，我们为什么不到镇上去找政府出点钱？"

左水荒听了，眼睛一亮，说："志

刚说得对，我看电视上不是说国家要加强那个啥文化保护，我们这舞天狮也传了几百年，在全中国就我们这儿独一份儿，应该算得上！"

刘老二也在一旁鼓动说："是啊！政府不管谁管？你是狮头，要不，你现在就去找找干部？"其他在场的人也纷纷你一言我一语地支持。

听大伙们这么一说，姚国友心动了，他脸都顾不上洗，心急火燎地撒腿就往镇上跑。刚进镇政府的大门，就迎头碰上了镇文化站的郭站长。

郭站长一见姚国友满面烟熏火燎的样子，笑呵呵地打趣道："老姚，你这是怎么了？爬媳妇家的烟囱了？"

姚国友尴尬地笑了笑，说："还不是为了舞天狮闹的！"

郭站长笑着说："是啊，听说你组织了舞天狮，我正要去找你，这是活跃群众文化生活，天大的好事儿，我正寻思着找你商量，把这舞天狮向上面报一个非物质文化遗产。"

姚国友赶紧说道："那好！这不，我正有事儿找你帮忙呢！"说着，他把郭站长拉到一边，把他们的天狮被火烧了，想找政府帮忙的事儿，如此这般地说了一通。

郭站长一听，当即

72

一拍胸脯说："没问题！你们不向群众收一分钱，组织群众文化娱乐活动，镇政府应该支持。今天镇里开团拜会，领导们刚喝完团年酒，我这就带你去找镇长！"

于是，两人径直来到了镇长的办公室前，隔着窗户一瞧，只见办公室里烟雾缭绕，镇长喝得脸红红的，正坐在宽大的沙发上，与镇里几个企业的老板聊得热火朝天。

镇长见有人站在窗外往里瞅，仔细一看，不由得眉头一皱，打开门，冷冷地说："郭站长，你没看见我正忙吗？有什么事儿过几天再说！"

郭站长忙点着头说："镇长，我知道您忙，可这事儿紧急，我就长话短说……"接着，他把姚国友他们舞天狮面临的困境，简单介绍了一下。

一旁的姚国友也赶紧赔着笑脸，接过话茬解释说："镇长，我们本来没想麻烦镇里，只是现在，我们也实在是没辙，才……"

镇长不耐烦地看了姚国友一眼，没好气地打断他的话，不咸不淡地说："你们舞天狮，是镇里叫你们干的吗？"

"不是！可是……"

"既然不是镇里叫你们搞的，镇里凭什么要给你们钱？"

郭站长赶忙说："镇长，他们这不是群众文化娱乐活动吗……"

"啥群众文化娱乐活动？他们舞天狮开场还拜天地、祭鬼神，纯粹就是个封建迷信活动。"说完，"砰"的一声就关上了门。

郭站长脸红脖子粗地看看姚国友，尴尬得不知说什么好。

姚国友是个生性耿直的人，他听镇长这么说，脸顿时往下一沉，重重地哼了一声，转身就走，就连郭站长在后面不停地喊他，他也当作没听见，头也不回知愤愤而去。

回到狮王庙，大家一见姚国友的脸色，就知道事情办砸了。左水荒小心地试探着问："咋了？镇里咋说？"

姚国友再也忍不住了，气得浑身打颤，铁青着脸，骂了一句脏话："他妈的！镇长不给钱不说，他还说我们舞天狮是搞封建迷信活动！"

大家一听，就像炮子铺儿着了火，炸开了窝。刘老二愤愤不平地说："他妈的，老子们出钱又出力，倒成了猪八戒照镜子，里外不是人啦！"

姚志刚和一帮血气方刚的年轻人听了，更是嚷嚷着要跑去找镇长评理。姚国友一看，突然大喝一声："干什么？你们给我回来！老子就不信，死了张屠夫，难道要吃带毛猪？"

5. 东方不亮西方亮

正当他们一筹莫展时，两个陌生人从村道上，向狮王庙走了过来。走在前面的是一位戴着眼镜的年轻人，他走过来问："请问，哪位是姚国

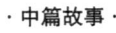

友？"姚国友打量了一下对方，试探着问："我就是，你们是……"

年轻人听了，赶紧上前握住他的手，高兴地说："你就是姚大爷呀！久仰久仰！我们是对江燕矶县的，是专门来请天狮的……"他边说边转过身，指着身后一位中年人，介绍道，"这是我们燕矶县委宣传部的李部长。"

李部长走上前，握着姚国友的手，笑哈哈地说："姚大爷，你们巴河的天狮，在我们燕矶县可谓是高山打鼓，声名远扬呀。这次听说你们要组织舞天狮，我就代表燕矶县委县政府和全县人民，专门前来请你们过去要一要。"

姚国友听了，心里微微一愣，一时也不知他们的真实用意，但他还是礼节性地把两人请进狮王庙里。经过交谈，姚国友总算明白了。

原来，对江的燕矶县正在申报国家级"群众文化示范大县"，上面有关部门要趁着春节期间下来考核调研，他们县准备的民间文化活动缺乏特色，怕难以通过。正好这时，他们听说对江的巴河正准备舞天狮，就把主意打到这里来了。

李部长坦诚地说："情况就是这样，所以请你们正月十五过去。当然，我们会给报酬。"

姚国友听了，皱着眉头，默不作声。左水荒却赶紧插话问道："你们能给多少？"

李部长笑道："你们有多少头天狮，就过去多少头，多多益善。十五、十六、十七三天时间，吃喝住宿我们全包，每头狮子一天一百块，怎么样？"

刘老二一听，把头摇得像拨浪鼓似的说："拉倒吧！我们总共八十一头天狮，不说人工，光成本就花了两三万，划不来，不去！不去！"

李部长赶紧说："那每头我再加五十！"刘老二依旧摇头说"不行！这天狮别说方圆百里，就是全中国，也只有我们巴河有！要去的话一口价，每头天狮，每天两百，少一分免

谈！"

李部长爽快地说："行！只要你们去，两百就两百！"

大家一听，一个个禁不住心动起来，这真叫东方不亮西方亮，本地政府把他们当成草，人家却把他们当成了宝！刚才还在为钱的事情发愁，这不，一眨眼，财神爷就找上门来了，而且除去成本，还能赚他个两三万，这样的好事儿，何乐而不为？

于是，在场的人都把目光齐刷刷地投向姚国友。李部长也笑眯眯地看着他说："姚大爷，我知道您老是当家的狮头，去不去，就等您一句话！"

看着姚国友还在犹豫，老伴姜桂英急忙一招手，把他叫了过去，附在他耳边，叽叽咕咕说了一通，姚国友紧锁的眉头慢慢地舒展开了。他走过来，长吁了一口气说："既然大家都想去，那就去吧！"

左水荒见姚国友答应了，赶紧趁热打铁，说："李部长，我们的狮头可是一言九鼎，你们也不能空口说白话，是不是应该先给点定金？"

李部长说："没问题！我们是诚心诚意地来请你们，定金已经准备好了。"说着，他向戴眼镜的年轻人一使眼色，年轻人赶紧打开皮包，掏出一叠钞票，递到姚国友面前，说："姚大爷，这是两万，您收好，你们去后，钱一天一结，绝不拖欠！我们说话算数！"

姚国友把钱往口袋里一塞，端起面前的茶杯，大声说道："好！一言为定，我知道你们是大忙人，也不留你们，送客！"说着，他就起身陪两人走出狮王庙，一直把两人送到了村口外的大路上。

姚国友回到狮王庙，笑呵呵地对着刘老二和左水荒说："现在钱也有了，我回家一趟，洗把脸，换件衣服，你们俩陪我马上到县城里去。"然后回头叮嘱儿子姚志刚等一帮年轻人，"你们现在就上山砍竹子，从现在起，我们要加班加点，一定要在正月十五以前，把八十一头天狮重新扎起来，可不能把我们巴河天狮的脸面，丢到对江的燕矶去！"

6.巴河天狮有血性

一转眼，正月十五就到了。这天一大早，八十一头金光闪闪的天狮，由八十一个膀大腰圆的汉子举在头顶，列队站在狮王庙前。姚国友手持木杖，他左边是左水荒，右边是刘老二，捧着三牲，在狮王庙里摆了香案，拜完了天地，祭完狮王，就等他一声号令，天狮队就要向对江的燕矶出发了。

就在这时，只见镇文化站的郭站长满头大汗，急急忙忙向狮王庙奔来，他一边跑，一边高声大喊"老姚，你们等等，我有天大的喜讯告诉你们！"

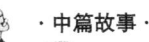

·中篇故事·

姚国友看着气喘吁吁的郭站长，说："喜从何来？"

郭站长赶紧从口袋里掏出一叠钞票，递到姚国友面前，说："镇长答应支持你们，这是镇政府赞助你们的钱！"

姚国友一摆手，板着脸说："迟了，我们已经收了燕矶县的定金！"

郭站长一听就急了，拦在姚国友面前，脸红脖子粗地说："不行！你们不能到燕矶去！"

大家一听就来气了，七嘴八舌地回敬起来："为啥不能？""我们想到哪里去，就到哪里去，你们管不着！""不是说我们是封建迷信吗？早干吗去了？"

郭站长一看这架势，只好哭丧着脸说："老姚，我实话告诉你，今天一大早，镇长接到上面的电话，说是一位曾经在这里工作过的、名叫林国柱的老首长，想来看我们巴河的天狮，他由上面的领导陪着，已经出发了。因此，镇长就给我下了死命令，一定要拦住你们，不能到燕矶去。"

在场年纪大的人听了，心里微微一怔，这个叫林国柱的老首长，他们熟悉得很，他是南下的干部，当年就是他带着部队解放了巴河，又留在巴河工作了一段日子。后来，他调走了，官越当越大，一直升到北京城去了。

但姚国友依然冷笑着说："郭站

长，你也替我向镇长传个话儿，我们巴河的天狮不是一群狗，想用就唤过来，不想用就叱出去！"说完，他将手中的木杖往空中一举，庙前的两排火铳向天空"嗵"一阵响，姚国友走到狮队前面，舞动起木杖上的绣球，大吼一声"天狮开路"，就带着大家，浩浩荡荡地向村口走去。

在村口不远处，有个三岔路口，左边一条通向过江的码头，右边一条通向去镇里的公路。姚国友带着天狮队来到那儿，却径直向右边的一条路走去，后面的人一看，急忙喊道："走错了！走错了！"没料想，左水荒和刘老二回过头来，大喝一声："瞎嚷个啥？懂不懂规矩，狮头往哪里走，你们就跟着往哪里走。"

大家只好一头雾水地跟着姚国友来到了通往镇里的公路上。这时，只见一个车队从远处向这里驶来，姚国友定睛一看，立即示意狮队停下来，接着他从怀里掏出一卷红绸，递给左水荒和刘老二，他们俩把红绸往两根竹竿上一挂，高高举起，只见上面贴着两行字："热忱欢迎老首长回乡，巴河天狮向全镇人民拜年！"

大家一看，更加大惑不解，纷纷嚷嚷说："怎么回事？不去燕矶了？"

姚国友回过头，一声吼"我们的天狮不舞给巴河人看，还叫巴河天狮吗？"说着，一摇手中的木杖，锣鼓家伙立刻震天动地地响起，大家只好随着节奏狂舞起来。

这时，车队在他们面前停了下来，一位白发苍苍的老人由人搀扶着从中间的一辆车子上下来，他怔怔地看了半天，才步履蹒跚地走过来，拉着姚国友的手，唏嘘道："你是国友？当年我离开这里的时候，你还是个毛头小伙子，想不到你都老了！"

姚国友嘿嘿笑着说："老领导，欢迎您回来！"

老首长快人快语，突然面色一凛，问："怎么回事儿？刚才在路上，我听说你们要到燕矶去，怎么又回来了？"

姚国友笑着说："老领导，您听我说一说我们巴河天狮的来历，就知道我们为啥不去燕矶了。"

据说，在南宋时候，姜家嘴有一位叫姜狮臣的先祖，打小就喜欢玩狮子，当时玩的是地狮。后来，金人南下，占领了巴河，他就带领一帮玩狮子的弟兄，参加了岳王爷的岳家军。那一年岳王爷攻打巴河镇，从年里一直拖到年外，久攻不下。正月十五这一天，姜狮臣想起自己每年元宵去镇里玩狮子的情景，顿时计上心来。他吩咐手下的弟兄们，将过去的狮衣从家里找出来，在狮衣里塞上竹篾，用竹竿将狮子举了起来，然后敲起锣鼓，大摇大摆地向城门走去。守城金兵从来没见过狮子有这样的玩法儿，想看个稀奇，就打开了城门。姜狮臣

进门后，一声号令，众兄弟将竹竿一抽，就变成了梭镖，把住了关隘，岳王爷的大军随后势如破竹地冲了进来。而姜狮臣在这次战斗中为国捐躯了。从此以后，巴河人为了纪念先祖，狮子就从地上升到了空中，变成了如今的天狮。

姚志刚听了父亲的一席话，不满地咕哝了一句："我还是不明白，你说这些我从小就听滥的传说干啥？这与你不去燕矶有关系吗？你都收了人家的定金，看你咋收场！"

姚国友狠狠地瞪了儿子一眼，说："你个混球，咋还听不明白？我们

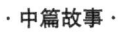

的天狮是祭奠我们的先祖英灵的，不在巴河舞，跑到燕矶去干什么？实话告诉你，我送他们走的时候就把钱还给他们了，我压根儿就没想去！"

姚志刚疑惑地问："那后来，这钱是从哪里来的？"听儿子这么问，姚国友激动地瞅了老伴姜桂英一眼，说："是你妈把我和她准备百年后事的棺材本儿，拿出来了！"

大家一听，恍然大悟，都十分感动，喧闹的现场顿时安静了下来。过了一会儿，狮队中的一个小伙子问道："姚大伯，你都自己掏了钱，咋还瞒着大伙儿，说要去燕矶呢？"

姚国友看了一旁的镇长一眼，哈哈大笑说"我索性告诉你们吧，我早在年前就接到老首长的来信，知道他要来看天狮。我早料到镇里到时候要来求我们。我之所以这么做，是想让他们明白，我们巴河天狮是有血性有尊严的，不是招之则来、挥之即去的狗！今天，老首长即使不来，我们的天狮也不会离开巴河！"

姚国友的话掷地有声，喧闹的现场又一次安静下来。老首长的眼睛湿润了，他走向一直站在旁边的姜桂英，轻声说："你是桂英吧？"说着，他回身看着远处的巴河镇，感慨万千地说，"这巴河镇，自古以来，就是兵家必争之地！你们知道，我为什么要来看天狮吗？当年，我们解放军为了

抢占巴河镇，打过长江去，就是桂英的父亲重演了祖宗的绝技，让我们扮成舞狮人，将枪支弹药藏在天狮里，把我们送进了巴河城。而他为了掩护我，英年早逝。这么多年，巴河的天狮一直让我魂牵梦萦！然而，这些年我也没能来老友的坟前祭奠一番，惭愧呀，我对不起老朋友！"

这时，站在一旁的镇长红着脸走上前，羞愧地对姚国友说："姚大爷，对不起！没想到我们的天狮不仅舞起来好看，而且背后还有这样可歌可泣的故事。你放心，我们镇委镇政府一定会好好保护这个流传了近千年的民俗活动，让它一代代传承下去。"

正月十八的凌晨，舞遍了巴河大街小巷的天狮队，终于回到了狮王庙前。姚国友点燃了一堆篝火，看着一只只天狮随着冲天的火光，冲天而去。左水荒长叹一声，说："当年我们一起舞天狮的情景，就像昨天一样，这一眨眼，几十年就过去了，我是再也舞不动了！"

刘老二也叹了口气说："今年我们算是遂愿了，以后该咋办？"

姚国友笑眯眯地说："你们就放心吧，我们的天狮断不了，你看！"他们转头一看，只见他们三个人的儿子站在火堆旁，正商量着明年正月十五舞天狮的事儿。

三个老汉舒心地笑了。

（题图、插图：杨宏富）

中国美食源远流长，闻名于世，这里讲述一组有关中国名菜的动人小故事。

过桥米线

说起"过桥米线"，那是我国云南的一种小吃，至今已有一百多年的历史了。

这里有个动人的故事。话说清朝年间，滇南蒙自县城外，有位秀才为准备赶考，特地在一座小岛上选了一间居室，埋首苦读，每天由妻子端茶送饭。一开始，天气尚热，还不觉得什么，可天一冷，问题就来了：饭硬菜冷，难以下咽。这下秀才食欲大减，日渐消瘦。妻子看在眼里，急在心上。这天，她特地宰杀了一只鸡，将鸡汤和鸡肉分别

装在两个碗里。那秀才看见鸡汤，眼睛一亮，拿起来就喝，烫得他龇牙咧嘴的。妻子忍不住笑了起来，突然她灵机一动，把肉、蔬菜放到鸡汤里，再加上当地特制的米线，这样鸡汤也就不再烫了，而且味道鲜美。妻子非常聪慧，她知道鸡油能保温，自此之后，她每天就汤下面，变着法儿，给秀才做好吃的。在她的悉心照料下，秀才顺利通过考试并中了举。

这个故事很快就在当地广为传颂，这位妻子发明的米线新吃法也被人们争相效法。由于她每天上岛送饭都要经过一座桥，后来人们为了纪念她，便把这个小吃叫做"过桥米线"。

宫保鸡丁

川菜里有道名菜叫"宫保鸡丁"，历来为人们所喜爱。

为什么叫"宫保鸡丁"呢？话说清朝，四川有个总督叫丁宫保，很敬佩林则徐，还效法林则徐禁烟。他贴出一张告示：凡贩卖和吸食鸦片者，一律处决。告示一出，百姓无不拍手称快。没过多久，丁总督收到了一封举报信，举报他儿子丁君实有吸食、贩卖鸦片的行为。丁总督勃然大怒，命人一查，果然属实，当即把儿子抓起来，判了个死罪。

再说丁总督杀了儿子，心里到底难过啊。这夜三更已过，他还在厅堂

里踱来踱去，毫无睡意。

丁府的厨师们见此，心有不忍，就想给他弄点夜宵消愁解闷，可偏偏那天剩菜不多，只有一小块鸡肉、一点儿花生米，还有一些青椒、葱蒜之类的东西。于是，他们使出浑身解数，先把花生米用油一炸，把鸡肉切成小方丁一炒，再加上些青椒等作料，连酒一起端到厅堂。

丁总督这时也饿了，便坐下来品尝酒菜，一尝觉得味道不错，便高兴地问："这是什么菜？"

厨师们是随便炒的呀，哪有什么菜名呢？想想是专门为总督而炒的，总督大人名叫"宫保"，便信口答道："这道菜叫'宫保鸡丁'！"

此后，"宫保鸡丁"就流传开了。久而久之，人们把"宫保"误叫成了"宫爆"，"宫爆鸡丁"也就成了四川的名菜了。

煎饼卷大葱

这个故事要从黄妹子讲起。黄妹子是沂蒙山人，母亲死得早，跟继母过活。她聪明漂亮，跟一个叫梁马的穷小伙儿情投意合，十分相爱。

可继母相中的是一个富家子弟。为了拆散他俩，继母暗中设了一计。这天，她把梁马请来，给他安排了一间书房，说只有考取功名，才能迎娶黄妹子。然后问梁马还要什么。梁马随口答道，有书有笔就行，其他什么都不要！可一天下来，却不见有人送吃的喝的。这时，梁马才知道自己上当了。黄妹子听到这个消息，心急如焚。突然，她有了主意，亲手烙了一叠很薄很薄的白饼，然后切得方方正正，让丫环给梁马送去。

书房外有个家奴把门，截住了丫环，丫环解释说是送纸的，家奴看看，也就放她进去了。梁马此时都饿昏了，他接到"白纸"，发觉有些不对劲，凑上去一闻，有股香味，便张口一咬，哎呀，原来是饼！这下他吃了个饱，暗暗佩服黄妹子的心灵手巧。

从此，梁马可以平心静气地读书、写文章了，不出两年，就考上了状元。后来，煎饼卷大葱的吃法在民间流传开了。当然，哪里也比不上黄妹子的家乡山东沂蒙山区做得好。

（本栏插图：安玉民　梁　丽）

最快乐的事

□ 张逸楠

玛丽莲是个单亲妈妈，靠在西餐厅的工作，独自辛苦抚养儿子托尼。然而，托尼很不争气，16岁那年就辍学了，跟街上的一帮小流氓混在了一起。半年来，因为小偷小摸、聚众斗殴，他进了好几次警局。

这天，托尼又在街上跟人打架，差点用木棒打断了对方的胳膊。很快，他就被警察带走了。玛丽莲接到警察的电话后，立刻赶去了警局。

在警局，托尼仍然不知悔改，蹲在墙角满脸的不屑。玛丽莲低着头，不停地跟警员说着好话。最后，再次替托尼交了保释金。

在释放托尼之前，警员严肃地警告说："这一次，他的罪行十分严重。

根据本国法律，他必须接受禁足七天的惩罚。倘若，七天内他被发现走出家门一步，你知道后果是什么？"

玛丽莲连连保证说："放心吧，警察先生，我会看好托尼的！"说完，带着托尼回了家。

回到家后，托尼沮丧地一屁股坐在沙发上。平日里，他一天不出门，就会觉得烦躁不安，现在要他在家呆上漫长的七天，这该怎么打发呢？这时，玛丽莲走到他跟前，说："亲爱的，我想我们有必要好好谈一谈了。"

谁知，托尼不以为然地说："我知道你想说什么，我什么也不想听！很遗憾，我没有出生在一个富裕的家庭。既然你不能给我足够的金钱挥霍，我只能一切靠自己。"

玛丽莲没想到，短短几个月，儿子竟然变成这副模样。不过，她没有发火，仍然微笑着说："好吧，我不跟你说这些！不管怎样，这七天时间，

你必须乖乖地呆在家里。亲爱的，你还记得上一次陪我一起吃饭，是什么时候吗？"

托尼呆呆地望了望母亲，沉默不语了。说实话，连他自己也不记得了。话说回来，母亲的厨艺可是一流的，这七天时间，至少可以好好地享受几顿美味大餐。

从那天起，托尼只好每天窝在家里，靠上网玩游戏打发时间。原本他以为，母亲一定会趁机教导他，谁知，母亲竟然像什么事也没发生一样，每天对他不闻不问，只是为他准备一日三餐。更为奇怪的是，托尼突然发现，母亲的餐盘并没有变，而他的餐盘换

成了亮黄的颜色。

第一天早餐，玛丽莲为托尼准备了六瓶可乐和一块饼干。可是，她自己吃的却是香喷喷的三明治和牛奶。

托尼诧异地问："你不是不喜欢我喝可乐的吗？而且一块饼干我怎么吃得饱？"

玛丽莲笑了笑说："对不起，我只能为你准备这些。当然，如果你有钱，我可以为你买任何你喜欢的东西。"

托尼顿时哑口无言。之前在警局，他已经被警察搜光了口袋里所有的东西，而且平时他都是问母亲要零花钱用的。

玛丽莲再次提醒道："现在，我要充分行使一个母亲的权利。这个家所有的东西，都是我挣钱买的。所以，只能我做什么，你吃什么。当然，你可以选择不吃。另外，你休想在冰箱里找到任何吃的！"

没办法，托尼只好用可乐灌饱了肚子，那感觉十分奇怪。

好不容易等到了午餐，托尼心想，终于可以饱餐一顿了。谁知，玛丽莲竟然只为他准备了一包烟。望着空荡荡的餐盘，托尼苦笑着说："平日里，你不是最反对我抽烟吗？"

玛丽莲点了点头，说："是的！但今天例外，希望你好好品味这包香烟，这可是名牌哦。"说完，玛丽莲独自去享用美味的水果比萨了。托尼又气又急，却又无可奈何。

就这样，连续七天，玛丽莲都为托尼准备了非常奇怪的食物。只有三顿，托尼吃到了正常的食物，比如鸡蛋、汉堡和烤火鸡。其余每一顿食物都千奇百怪，有香草冰激凌、水果、巧克力等等。最离奇的一餐，竟然只有一枚黑橄榄。这七天，托尼简直度日如年。

终于，托尼迎来了第八天的朝阳。那一刻，他感觉自己仿佛从地狱里走出来一般，顿时又变得生龙活虎起来。他一边换衣服，一边盘算着今天该去哪里打发时间。突然，托尼接到一个电话，他立刻换好鞋子准备出门。

这时，玛丽莲挡在了门口。托尼哼了一声，说："你知道的，你每次都拦不住我的！"玛丽莲摇头说："我没有拦你。只是，临走前我想告诉你一件事情！"

托尼一边看着时钟，一边不耐烦地说："什么事？快说！"

玛丽莲指了指桌上亮黄色的餐具，问："亲爱的，你知道那是什么？"

托尼瞥了一眼，说："餐具呀！"

玛丽莲点点头，说："确切地说，那是在最高警戒级别的监狱里，囚犯们使用的餐具！"

托尼一听，呆住了："什么？"

玛丽莲顿了顿，继续说道："前几天，我参观了一个特殊的监狱，那里关的都是罪大恶极的死囚犯。我想告诉你的是，这七天来，你所吃的每一餐，都是死囚们在临刑前选择的食物，这是他们在这个世界上的最后一餐。如今，你已经尝过了所有死囚的食物。我不知道，假如是你，你会选择什么食物当最后一餐？"

听到这里，托尼终于醒悟了，原来母亲所做的这一切，是希望自己可以回头。她想到了将来最坏的结果，并且提前预演了一遍。的确，如果自己继续沉沦下去，总有一天，会像那些死囚一样，端着亮黄色的餐盘，目光呆滞地选择这世上的最后一餐。

这时，玛丽莲充满怜爱地握住托尼的双手，说："孩子，你知道人生最快乐的事是什么吗？"

托尼茫然地摇了摇头。

玛丽莲凝视着儿子，哽咽着说："人生最快乐的事，就是可以尽情地享受美食，并且可以满怀希望地期待下一顿美食。亲爱的，愿意每天期待妈妈为你准备的美食吗？什么材料、什么口味的都行，只要你喜欢！"

终于，托尼紧紧搂住了玛丽莲，痛哭流涕地说："妈妈，对不起，是我错了！"

然而，玛丽莲并不知道，就在刚才，托尼接到了一个狐朋狗友的电话。他们决定，今晚去一个千万富翁家里谋财害命。正是玛丽莲的这番话，彻底将托尼从地狱中拯救了出来。

（**题图、插图**：安玉民 梁 丽）

草根英雄

□ 高亚娇

市里正在举办一场业余运动会，所有人不分职业、不分年龄都可以参加。运动会第一天，赛场上就爆出了一个特大新闻：市里的柔道冠军上台才两分钟，就被人打倒在地。市体坛快报的记者小张闻讯后，立刻赶往赛场。

小张来到散打擂台一看，只见一个皮肤黝黑、身材壮实的家伙正高举双臂，庆祝胜利，而在他的脚下，躺着一个比他还要健壮很多的人高马大的胖子，哼哼唧唧着爬不起来。小张仔细一看，正是那个号称打遍全市无敌手的柔道冠军。

小张一阵欣喜，赶紧挤上前采访获胜者："老弟，真厉害，祝贺你荣获本届运动会的'散打王'。大家都以为，你的失败是板上钉钉的，想不到，你爆了本届比赛最大的一个冷门。"

"散打王"一翻白眼，说："哼，这有什么！这只是我的副项，我的主项还没亮出来呢！"

小张一听，更有兴趣了："这么说，你还报了别的项目？"

"散打王"胸有成竹地说："是啊，我还报了短跑，这才是我真正的主项！"

这下，小张兴奋极了，他觉得，如果一个人能在两项风马牛不相及的比赛项目上，都夺得冠军，那肯定是个更火爆的新闻！

很快，短跑比赛就要开始了，在众人的簇拥下，"散打王"来到了比赛现场。只见他耀武扬威地站在起跑线上，活动着身体。而站在"散打王"身边的一个选手，是个皮肤黝黑的瘦子，"散打王"瞪了他一眼，瘦子不由得目露胆怯，双腿发抖！

比赛开始了，只听"砰"的一声，

发令枪响了，众人瞪眼一看，瘦子居然嗖的一下第一个蹿了出去。其他几位选手也不敢怠慢，箭一般在赛道上飞奔。"散打王"人高马大，一步顶其他人两步，很快就超过了其他选手，眼看快追上前面的瘦子了，"散打王"突然大喝一声："站住！"

不料，瘦子听了，不由得一个激灵，他咬紧牙关，青筋直暴，脚下生风，瞬间就把"散打王"甩下了一大截，最后，竟毫无悬念地冲过了终点线！

这个出人意料的结果，让大家看得目瞪口呆。"散打王"气呼呼地喘着粗气，一句话也说不出来。

一看这个结果，小张乐坏了，这个冷门比刚才那个还要"冷"，绝对是个劲爆大新闻，他撇下"散打王"，赶紧去采访那个瘦子："祝贺你，你是这

次短跑比赛的黑马。请问，在刚才惊心动魄的一刹那，你是怎么想的？"

瘦子憨憨地笑了笑，老实地答道："我当时只是想，绝对不能让他追上我，否则我就完了！这是种本能！"

众人一听，都觉得很奇怪，小张也好奇地继续问道："本能？这话怎么说？"

瘦子嘿嘿笑道："是啊，正是凭借强烈的本能，我才绝处逢生，更何况，这也不是我第一次打败他了。"

此话一出，全场哗然。小张也大吃一惊："什么？你们平时就经常切磋吗？"

瘦子抹了一把额头的汗水，无奈地苦笑道："切磋？我是摆地摊的，他是城管队长，他想跟我切磋，我哪敢不奉陪啊！"

您手中有没有得意之作？本刊辟有二十多个原创性栏目，如中国新传说、我的故事、情感故事、16岁故事、海外故事和中篇故事等；您读到或听到什么有趣事可以和大家一起分享吗？3分钟典藏故事、开卷故事、微博故事、外国文学故事鉴赏和快乐辞典等都是本刊推荐性栏目。热忱欢迎来稿，可从邮局寄发，也可从网上传递。邮寄地址：上海绍兴路74号《故事会》杂志社，邮编：200020；如为电子邮件，本期责任编辑信箱：zhong98305@sina.com。

抓紧时间

□ 邓祖薪

小梅是个十分节约的女孩，从来不化妆。她有个表姐在婚介所工作，给她安排了一次相亲，并叮嘱她相亲前先去美容店化个妆。

到了相亲那天，小梅来到相亲的地方。表姐一看，小梅化了妆，比平常漂亮了十倍。可惜，那个相亲对象并不喜欢小梅。表姐正想安慰她，小梅却急迫地问道："表姐，你那里还有没有条件更好的？明天再给我安排一场吧！"

表姐一口就答应下来："有啊，明天老时间老地点，不见不散！"

然而第二天，小梅却看不上那个男的。结束后，她拉住表姐说："还有时间，不如下午再给我安排一场吧。"

表姐十分惊讶，可还是高兴地给她安排了，但仍然没有结果，这回双方都不满意。表姐怕小梅失去信心，鼓励道："我手里的人多着呢，过几天给你挑一个最好的。"

小梅突然问："现在有几个？"表姐说："五个，都很不错的。"

小梅想了想，说："那就明天吧。"表姐惊讶地张大了嘴巴，然后点点头，说："行！那我给你挑个最好的。"

"别挑了。"小梅说，"都约在明天吧！抓紧时间，早上两个，下午三个。"表姐吓了一跳，她还真没见过如此急迫的女孩哩，这丫头一定跟自己斗上气了。

第三天，五场相亲结束后，两人都累得不行，可结果还是白忙活一场。表姐说"这样吧，咱们一鼓作气，明天再安排三场，怎么样？"

"算了吧！"小梅叹了口气，恨恨地说，"我今天晚上非洗脸不可！我已经三天没洗了。"表姐一听傻了："谁叫你不洗脸的？"

"你以为化个妆便宜呀？"小梅嚷了起来，"化一次要一百块呢，贵死人了！"

铁杆粉丝

□ 无 量

萧萧是个小有名气的网络作家。这天，他突然觉得耳鸣不已，跑了好几家医院，医生都束手无策。萧萧沮丧不已，在博客上写下了自己的病痛，感叹人生的无常。

三天后，有个叫"白海豚"的网友打电话给他，说认识一个专治耳病的民间医生。萧萧立刻前往，中医说："这病得吃中药才能根治。可惜，我缺少一种药引，这东西长在非洲。"

萧萧又将消息发布在博客上。不久，"白海豚"再次打来电话，说他通过层层关系，终于买到了药引。

有了药引，中医又说："这煎药的器具也有讲究，必须是梅镇产的一种陶罐。""白海豚"听说后，亲自前往千里之外的梅镇，将陶罐空运回来。

一个月后，萧萧痊愈了。他打电话给"白海豚"，哽咽着说："没有你，我的写作生涯可能就要结束了！"

"白海豚"笑着说："不客气，我可是您的铁杆粉丝哟，期待您写出更多的好作品！"

萧萧不知道，"白海豚"是个文学评论者，平时靠评论萧萧的小说挣稿费。他怕萧萧一病不起，再也不能写小说，这才不辞辛劳地为他张罗。

"白海豚"正高兴呢，不料全身突然起了红疹，奇痒无比。跑了好几家医院，都无济于事。"白海豚"郁郁寡欢，也在博客上感叹人生的短暂。

几天后，一个叫"黑狐狸"的网友打电话给他，说找到了一种专治红疹的民间偏方。之后，"黑狐狸"又不厌其烦地找来各种偏方。

三个月后，"白海豚"终于痊愈了。他打电话给"黑狐狸"，哽咽着说："谢谢你，我终于又能写作了！"

"黑狐狸"笑着说："不客气，我可是您的铁杆粉丝哟，期待您写出更多的好作品！"

"白海豚"哪里知道，"黑狐狸"也是一个文学评论者。平时，他专靠反驳"白海豚"的文章挣稿费……

扔错了

□ 闻春国 编译

二战期间，有个美国士兵从前线回来，坐上了一列开往伦敦的火车。火车上十分拥挤，美国士兵很累，想找一个座位。可他从火车的第一节车厢一直走到了最后一节，却只发现了一个空座，而且上面居然坐着一只小狗。小狗的主人就坐在旁边，是个衣着华丽的英国贵妇。

此时，美国士兵已经很疲惫了，但还是客气地询问道："夫人，打扰一下，这个座位我可以坐吗？"

英国贵妇看了看美国士兵，露出一副不屑一顾的表情，然后用鼻子哼

了哼，说："瞧瞧你们这些美国大兵，怎么都这么粗鲁无礼呢？你没看见我的小菲菲坐在这个位子上吗？"

美国士兵无奈地摇摇头，只好离开了。他在车厢里又从头到尾转了一圈，发现唯一的空座还是英国贵妇旁的那个。美国士兵忍不住再次问道："夫人，请问我可以在这里坐一下吗？我实在太累了。"

英国贵妇皱起眉头，又哼了一声，说："瞧瞧你们这些美国大兵！不仅粗鲁无礼，还自以为是！你坐在这里，我的小菲菲该怎么办？"

听到这里，美国士兵突然俯下身子，抓起了那只小狗，嗖的一下扔出了窗外，然后面无表情地坐在了那个位子上。

顿时，英国贵妇被美国士兵这突如其来的举动，吓得尖叫了起来："天哪！你疯了吗？大家快来帮帮我啊，抓住这个美国混蛋……"

这时，坐在对面的一位英国绅士突然开口了："哎呀，你们美国人老爱做错事。吃饭用叉子你们拿错了手，开车你们走错了方向。现在，你又扔错了对象！"

美国士兵听了，不禁一头雾水："先生，我知道你们英国人习惯左手拿叉、靠左边行车，而我们美国人刚好相反，但现在，我哪里做错了？"

英国绅士指了指英国贵妇，说："小狗多可爱，你应该把她扔出去！"

多项全能

□ 亚　宾

　　小卢是个电视台记者，最近在做一档关于老年人健身的节目，想找一位健身"全能型"老人来采访，但他走遍了公园也找不到，为此十分苦恼。

　　这天早晨，小卢在公园附近遇到一个老人，一问，六十多岁了，但身体硬朗，看样子也就五十出头。

　　小卢随口问道："大爷，您是去公园锻炼吧？"

　　老人一摆手，说："年轻人，锻炼身体呀，随时随地都可以，干吗非要去公园？"

　　小卢一听，嘿，有点意思，这老人观念很不一般嘛，他接着问："大爷，您平常很注意锻炼身体吧？"

　　老人摇摇头，说："一般般吧，也就早中晚各锻炼一回。"

　　小卢更有兴趣了，平常人都是早晨锻炼，顶多早晚各一次，这位老人居然一天锻炼三次。小卢不禁兴冲冲地问道："那……请问您的锻炼方式是……"

　　老人想了想，说："那可多着呢，跑步、柔道、瑜伽、体操……"

　　小卢一听，不由得心花怒放，真是"踏破铁鞋无觅处，得来全不费工夫"，原来面前就是一个活生生的"全能选手"啊，他赶紧趁热打铁："大爷，您能不能具体说一说呢？"

　　老人看了看表，说："哎呀，我赶时间呢，这样吧，干脆你跟我体验一次吧。"说完，拉着小卢就往公交车站赶。

　　很快，一辆拥挤不堪的公交车来了，小卢跟着老人奋力地挤上了车，过了好几站，他又跟着老人在一个小区附近挤下了车。

小卢莫名其妙地问："大爷，您带我来这里干吗？"

老人叹了口气，说："我每天来这里给我的儿子儿媳带小孩，但家里的老伴也要我照顾，中午我还要赶回去给老伴做饭，忙着呢……"

小卢更摸不着头脑了："大爷，您不是说带我体验您的健身方式吗？咱们开始吧。"

老人哈哈大笑道："已经体验完了。"

小卢一头雾水："完了？什么时候开始的呀？"

老人提醒道："你难道忘了，刚才公交车一到，咱们是不是拼命跑过去？"

小卢点点头。

老人笑着说："那就是跑步啊。"

接着又问，"到了车门附近，人挤人，上不去，你推我搡，生拉硬拽，那感觉是不是和柔道一样？"

小卢苦笑着，又点点头。

老人接着说："勉强上了车，却没有座位，身体都被挤得变了形，是不是跟练瑜伽似的？还有，手里攥着车顶上的扶手，是不是跟体操比赛里的吊环差不多？"

听到这儿，小卢终于恍然大悟道："大爷，这么说，您所谓的跑步、柔道、瑜伽、体操，其实就是挤公交车？"

老人点点头，得意地说："别看我平时不去公园锻炼，可我的运动量一点也不小哦，你让那些成天在公园里健身的老头老太来挤一次公交试试，保证不是我的对手……"

·本刊信息传真·

阿P系列幽默故事征文

阿P系列幽默故事栏目开辟二十多年来，深受读者欢迎。阿P是个有多重性格的喜剧人物，他正直、朴实，却又染有许多不良习气；他自作聪明，却又往往事与愿违，弄巧成拙；面对屡屡受挫的现实，他却能自我解嘲，很有点阿Q的精神姿态，让人啼笑皆非。

为了把这个栏目办得更好，本刊再次面向全社会征稿，希望有更多的人来关注阿P，把您身边的阿P故事写得更精彩，更有现实意义和典型意义。

来稿方法：1. 从邮局寄发，请在信封上注明"阿P故事征文"字样，本刊地址：上海市绍兴路74号《故事会》杂志社，邮编：200020。2. 从网上传递，可寄以下信箱：wulun@vip.sohu.net，请在主题上注明"阿P故事征文"字样。凡已和我刊编辑有联系的作者，稿件可继续投给联系的编辑。